HELL'S ANGELS

Hunter S. Thompson

HELL'S ANGELS

Tradução de LUDIMILA HASHIMOTO

www.lpm.com.br
L&PM POCKET

Coleção **L&PM** POCKET, vol. 892

Texto de acordo com a nova ortografia.

Título original: *Hell's Angels*

Primeira edição na Coleção **L&PM** POCKET: outubro de 2010
Esta reimpressão: agosto de 2011

Capa: Ivan Pinheiro Machado. *Foto*: "Motorcycle club 'outlaws' mourn for their chief" © Boris Roessler/epa/Corbis (DC)/Latinstock
Tradução: Ludimila Hashimoto
Revisão: Bianca Pasqualini e Patrícia Rocha

CIP-Brasil. Catalogação na Fonte
Sindicato Nacional dos Editores de Livros, RJ

T389h

Thompson, Hunter S., 1937-2005
Hell's Angels / Hunter S. Thompson; tradução Ludimila Hashimoto. – Porto Alegre, RS: L&PM, 2011.
352p. – (Coleção L&PM POCKET; v. 892)

Tradução de: *Hell's Angels*

ISBN 978-85-254-2064-0

1. Hell's Angels. 2. Guangues de motocicleta - Califórnia (Estados Unidos). 3. Reportagens investigativas. I. Título. II. Série.

10-4467. CDD: 364.106609794
CDU: 343.341(739.4)

Rua Comendador Coruja, 326 – Floresta – 90220-180
Porto Alegre – RS – Brasil / Fone: 51.3225-5777 – Fax: 51.3221-5380

Pedidos & Depto. comercial: vendas@lpm.com.br
Fale conosco: info@lpm.com.br
www.lpm.com.br

Impresso no Brasil
Inverno de 2011

Aos amigos que me emprestaram dinheiro
e piedosamente permitiram que eu
ficasse desempregado.
Nenhum escritor é capaz
de sobreviver sem eles.
Mais uma vez, obrigado.

HST

A ideia deste livro veio de Carey McWilliams, editor do *The Nation*, que me pediu para escrever um artigo sobre o estranho fenômeno das gangues de motoqueiros. O artigo saiu no *The Nation* em abril de 1965. As ideias e sugestões de Carey foram essenciais para o produto final.

Em meu próprio país estou em uma terra distante
Sou forte, mas não tenho autoridade nem poder
Eu venço e, ainda assim, sigo sendo um perdedor
Ao fim do dia digo boa noite
Quando me deito sinto um medo enorme
De cair.

François Villon
(tradução livre)

Sumário

Hora de arrancar, rapazes

1

Califórnia, fim de semana do Dia do Trabalho... Bem cedo, com a neblina do oceano ainda nas ruas, motoqueiros fora da lei usando correntes, viseiras e calças Levi's ensebadas saem em número cada vez maior de garagens úmidas, lanchonetes 24 horas e apartamentos abandonados usados por apenas uma noite em São Francisco, Hollywood, Berdoo e East Oakland, seguindo rumo à península de Monterey, ao norte do Big Sur... A Ameaça está solta novamente, os Hell's Angels, a preciosa manchete de jornal, correm e fazem barulho na estrada de manhã cedo, sentados nos bancos baixos, ninguém sorri, amontoando-se como loucos no meio do trânsito e passando pela pista do meio a 140 km/h, tirando vários finos... como Gênghis Khan num cavalo de ferro, um corcel monstruoso de ânus faiscante, passam fulminantes por você e sobem pelas pernas da sua filha sem pedir licença. Mostram um pouco de classe para os caretas, uma dose daquilo que eles nunca vão poder experimentar. Ah, esses caras gente boa, eles adoram sair costurando o trânsito... Little Jesus, Gimp, Chocolate George, Buzzard, Zorro, Hambone, Clean Cut, Tiny, Terry o Vagabundo, Frenchy, Moudly Marvin, Mother Miles, Dirty Ed, Chuck o Pato, Fat Freddy, Filthy Phill, Charger Charley o Molestador de Crianças, Crazy Cross, Puff, Magoo, Animal e pelo menos mais uns cem... loucos para entrar em ação, cabelos compridos ao vento, barbas e bandanas balançando, brincos, sovacos, chicotes de corrente, suásticas e Harley-Davidsons depenadas refletindo o brilho cromado enquanto o trânsito da 101 dá passagem, nervoso, à formação de motos que lembra o estrondo de um trovão indecente...

> Eles se intitulam os Hell's Angels. Andam de moto pela cidade, estupram e atacam como saqueadores a cavalo – e se vangloriam de que nenhuma polícia é capaz de pôr fim à sua sociedade criminosa de motoqueiros.
>
> *True, The Man's Magazine* (agosto de 1965)

Eles não são caras maus, individualmente. Vou te contar uma coisa: prefiro ter que cuidar de um bando de Hell's Angels do que desses manifestantes dos direitos civis. Quando se trata de criar problemas pra gente, os manifestantes são muito piores.

Carcereiro, Prisão Municipal de São Francisco

Alguns deles são verdadeiros animais. E seriam animais em qualquer sociedade. Esses caras são fora da lei que deveriam ter nascido há cem anos. Naquela época, eles teriam sido pistoleiros.

Birney Jarvis, membro dos Hell's Angels que veio a se tornar repórter policial do *San Francisco Chronicle*

Nós somos o um por cento, cara. O um por cento que não se ajusta e não está nem aí. Então não venha me falar das suas despesas com hospital e das suas multas de trânsito. Quer dizer, você tem sua mulher, sua moto e seu banjo e você está seguindo sua vida. Saímos a socos e pontapés de centenas de brigas, sobrevivemos com as nossas botas e os nossos punhos. Nós somos a nobreza entre os motoqueiros fora da lei, baby.

Um dos Hell's Angels deixando registro para a posteridade

... A jornada tinha começado, motoqueiros "fora da lei" de todo o estado passavam em bandos rumo a Monterey: ao norte vindo de San Bernardino e Los Angeles pela 101. Ao sul vindo de Sacramento pela 50; de Oakland, Hayward e Richmond pela 17, e de São Francisco pela Coast Highway. Os Hell's Angels eram a elite barra pesada e fora da lei... usando a caveira alada nas costas da jaqueta sem mangas e carregando suas "mamas" atrás deles em grandes *chopped hogs*.[1] Eles pilotavam com uma arrogância refinada e deslavada, seguros de sua reputação de gangue de motoqueiros mais detestável de toda a história da cristandade.

De São Francisco, numa formação separada, vinham os Gypsy Jokers, três dúzias no total, o clube fora da lei número dois da Califórnia, loucos por publicidade. E, com

1. Harley-Davidsons. (N.T.)

apenas uma divisão, os Jokers conseguiam ser superiores a grupos como os Presidents, Road Rats, Nightriders e Question Maria, também da Bay Area, Gomorra... com Sodoma a oitocentos quilômetros ao sul, no caldeirão vasto e insano de Los Angeles, gramado do quintal dos Satan's Slaves, número três na hierarquia criminosa, especialistas em montagem de motos com uma queda por carne de cachorro, faixas de cabeça espalhafatosas e loiras jovens e meigas de olhar lobotomizado. Os Slaves eram a turma de Los Angeles, e suas mulheres se agarravam a eles com força, apertando a jaqueta de couro desses idiotas comedores de cachorros rumo ao norte para a sua festa anual com os Hell's Angels, que ainda tratavam o "grupo de L.A." com uma superioridade amigável... com a qual os Slaves não se importavam, porque podiam abusar da impunidade junto com outros clubes do sul: os Coffin Cheaters, Iron Horsemen, Galloping Gooses, Comancheros, Stray Satans e uma laia de sem-teto, lixos da humanidade tão podres que nem os fora da lei – do norte ou do sul – os aceitavam, a não ser numa briga, quando uma corrente ou uma garrafa de cerveja a mais podiam fazer uma diferença crucial.

> Por várias vezes, eu disse que não existe saída para o atual impasse. Se estivéssemos realmente acordados, ficaríamos chocados com os horrores que nos cercam... Largaríamos nossas ferramentas, abandonaríamos nossos empregos, negaríamos nossas obrigações, não pagaríamos mais impostos, não obedeceríamos às leis e assim por diante. Será que alguém que ficar totalmente acordado poderá continuar a fazer as coisas loucas que se espera hoje que a gente faça o dia inteiro?
>
> Henry Miller, em *The World of Sex* – Mil cópias impressas por J.N.H. para "os amigos de Henry Miller", 1941

> As pessoas simplesmente terão que aprender a sair da frente. Nós vamos destruir todo mundo que ficar no nosso caminho.
>
> Um dos Hell's Angels falando com a polícia

Na manhã da Jornada de Monterey, Dia do Trabalho de 1964, Terry o Vagabundo acordou pelado e todo dolorido. Na noite anterior, tinha sido chicoteado com correntes e espancado na frente de um bar em Oakland por nove Diablos, um clube de motos rival da East Bay. "Eu tinha batido num desses caras antes", ele explicou, "e eles não gostaram muito. Eu estava com outros dois Angels, mas eles foram embora um pouco antes de mim. E, assim que eles saíram, os desgraçados dos Diablos me atiraram pra fora do bar. Eles fizeram um belo estrago em mim, aí nós passamos metade da noite procurando eles."

A busca foi em vão, e antes de amanhecer Terry voltou para a pequena casa do Esqueleto em San Leandro, onde estava morando com a esposa e os dois filhos. Esqueleto, um ex-boxeador de 37 anos que uma vez lutou com Bobo Olson, era o Angel mais velho do grupo e também tinha mulher e dois filhos. Mas, quando Terry veio de Sacramento naquele verão para procurar emprego na Bay Arca, Esqueleto ofereceu casa e comida. As duas esposas se deram bem e as crianças se entrosaram. Terry conseguiu um emprego na linha de montagem numa fábrica perto da General Motors, o que por si só já é um tributo à flexibilidade humana que ainda resta entre os representantes do movimento trabalhista norte-americano, já que, à primeira vista, Terry parece condenado a nunca conseguir emprego, uma mistura de Joe Palooka e o Judeu Errante.

Ele tem 1,88 m de altura, 95 quilos, braços fortes, barba cheia, cabelos pretos na altura dos ombros e um comportamento selvagem e espalhafatoso sem intenção nenhuma de confortar a alma de um especialista em recursos humanos. Além disso, ao longo de seus 27 anos ele conseguiu acumular uma longa e tenebrosa ficha na polícia. Um monte de prisões, desde pequenos furtos e lesões corporais até estupro, uso de narcóticos e sexo em público – e tudo isso sem uma única condenação por crime grave. Terry não foi considerado oficialmente culpado de nada além do que qualquer cidadão mais exaltado poderia cometer num momento violento ou de embriaguez, por fraqueza animal.

"É, mas essa história de ficha criminal é tudo mentira", ele insiste. "A maioria dessas acusações é falsa. Eu nunca me vi como um criminoso. Não me esforço pra isso. Não sou tão ganancioso assim. Tudo o que eu faço é natural, faço porque preciso." E acrescenta, depois de uma pausa: "Mas eu acho que estou brincando com a sorte, mesmo não sendo um criminoso. Logo, logo eles vão me pegar por uma dessas malditas besteiras, e aí é adeus, Terry, por vários anos. Acho que está na hora de parar, ir pra Costa Leste, talvez Nova York, ou pra Austrália. Sabe, eu já tive um cartão do Sindicato dos Atores, morei em Hollywood. Droga, eu consigo me dar bem em qualquer lugar, mesmo sendo um fodido."

Num outro sábado, ele poderia ter dormido até duas ou três da tarde e depois saído de novo, com uma dúzia de companheiros, para encontrar os Diablos e bater neles até o bagaço. Mas a Jornada do Dia do Trabalho é o evento mais importante do calendário dos Hell's Angels. É o encontro anual de todo o clã dos fora da lei, um porre pesado de três dias que quase sempre acaba em orgias e em mais uma incomodação para os caretas. Um Angel não perderia essa por motivo nenhum, a não ser por estar na cadeia ou seriamente ferido. A Jornada do Dia do Trabalho é a versão dos bandidos para o Réveillon. É o momento de compartilhar a garrafa de vinho, esmurrar os velhos amigos, fazer sexo a torto e a direito e pôr em prática a loucura generalizada. Dependendo das condições do tempo e de quantas ligações interurbanas são feitas na semana anterior, o número de Angels pode chegar a duzentos mil, sendo que metade já estará bêbada quando chegar.

Às nove horas daquela manhã, Terry e Esqueleto estavam de pé. A vingança contra os Diablos poderia esperar. Hoje, a Jornada. Terry acendeu um cigarro, examinou os hematomas e vergões em seu corpo, depois vestiu uma calça Levi's encrostada, sem cuecas, calçou botas pretas pesadas e vestiu uma blusa vermelha cheirando a vinho velho e sebo humano. Esqueleto bebeu uma cerveja enquanto a mulher esquentava água para o café instantâneo. As crianças tinham sido deixadas na casa de parentes na noite anterior. O sol estava quente do lado de fora. Do outro lado da baía, São Francisco ainda estava coberta pela neblina. As motos estavam abastecidas e enceradas. Tudo o que restava era juntar qualquer trocado e maconha que pudessem encontrar espalhados por ali, amarrar os sacos de dormir nas motos e prender o infame "estandarte".

O importantíssimo estandarte... o uniforme, por assim dizer, a principal identificação... o qual foi descrito com bastante precisão pelo procurador-geral da Califórnia num documento vago, porém muito citado, intitulado "Os Motoclubes dos Hell's Angels".

> O emblema dos Hell's Angels, denominado "estandarte", consiste em remendos bordados na forma de um crânio alado com um capacete de motociclista. Logo abaixo das asas do emblema estão as letras "MC". Acima há uma faixa com as palavras "Hell's Angels". Abaixo do emblema, há um outro remendo com o nome da divisão local, que geralmente é a abreviatura da cidade ou localidade. Esses remendos costumam ser costurados nas costas de uma jaqueta jeans sem mangas. Além disso, alguns membros foram vistos usando diversos tipos de insígnias da *Luftwaffe*[2] e reproduções da Cruz de Ferro Alemã. Muitos usam barba, e os cabelos geralmente são longos e despenteados. Alguns usam um único brinco no lóbulo de uma das orelhas. Observou-se com frequência o uso de cintos feitos com pedaços de correntes de moto polidas, que podem ser tirados e usados como uma arma.
>
> Os Hell's Angels parecem ter preferência por motocicletas americanas grandes e resistentes [Harley-Davidsons]. Os membros do clube geralmente usam apelidos, designados como o seu nome "legal", e são registrados em listas de chamada com esse nome. Alguns clubes estabelecem que os novatos sejam tatuados, e o custo está incluso na taxa de admissão. Provavelmente o denominador comum mais universal na identificação dos Hell's Angels é o seu estado geral de imundície. Investigadores da polícia relatam constantemen-

2. Força Aérea Alemã. (N.E.)

te que essas pessoas, tanto membros de clubes quanto suas companheiras do sexo feminino, parecem estar precisando urgentemente de um banho. Impressões digitais são formas de identificação muito eficazes, porque a maioria dos Hell's Angels tem ficha na polícia (...).

Alguns membros dos Hell's Angels, assim como membros de outros motoclubes "de má reputação", pertencem ao que se afirma ser um grupo de elite denominado "Um por Cento", que se reúne todo mês em diversos locais da Califórnia. Os clubes locais dos Hell's Angels geralmente se reúnem uma vez por semana (...). Não se tem conhecimento até o momento de pedidos de admissão ou permissão para usar o distintivo de "Um por Cento" (...). Outro emblema usado por alguns membros apresenta o número "13". De acordo com relatos, o número representa a décima terceira letra do alfabeto, o "M", que por sua vez simboliza a maconha e portanto indica que o portador desse emblema é usuário da droga.

Essa descrição concisa de imundície repulsiva e criminosa está quase totalmente correta, exceto pela ladainha do um por cento. Todos os Angels usam esse distintivo, assim como a maioria dos outros fora da lei, e ele só significa que eles sentem orgulho de fazer parte do suposto grupo de um por cento dos motoqueiros que a American Motorcycle Association se recusa a aceitar. A AMA é o braço esportivo da Motorcycle, Scooter and Allied Trades Association, um lobby de motocicletas que cresce cada vez mais rápido e que busca desesperadamente estabelecer uma imagem respeitável – uma imagem que os Hell's Angels vêm arruinando de forma consistente. "Nós os condenamos", diz um diretor da AMA. "Eles seriam condenados se usassem cavalos, mulas, pranchas de surf, bicicletas ou skates. Lamentavelmente, eles escolheram as motocicletas."

A AMA afirma representar a opinião de todos os motociclistas respeitáveis, porém seus cinquenta e poucos membros usaram menos de cinco por cento do milhão e meio de motos registradas nos Estados Unidos em 1965. Como observou uma das revistas do ramo, muitos fora da lei não foram incluídos nesse cálculo.

Terry e Esqueleto saíram de casa por voltas das dez, pegando leve no trajeto de três quilômetros até o centro de Oakland, mantendo o ruído do motor baixo, percebendo o olhar fixo de motoristas e pessoas nas esquinas sobre eles, respeitando sinais vermelhos e limites de velocidade. Então aceleraram de repente, a meia quadra da casa de Tommy, vice-presidente da divisão local, onde os outros estavam esperando. Tommy morava numa rua residencial tranquila e decadente em East Oakland... um bairro antigo de casas de madeira pequenas e que um dia foram brancas, grudadas umas nas outras em terrenos minúsculos e gramados gastos pelas gerações de jornaleiros que vêm entregar o *Oakland Tribune*. Agora, nesta manhã de feriado, os vizinhos de Tommy estavam nas varandas ou nas janelas da sala, assistindo ao crescimento daquele terrível espetáculo. Às onze, cerca de trinta Angels estavam lá, bloqueando a metade da rua estreita, gritando, bebendo cerveja, passando tinta verde na barba, acelerando as motos, ajeitando as roupas e dando porrada uns nos outros para já irem se acostumando com a coisa. As garotas estavam quietas, em grupo, usando calça justa, lenços, blusas ou suéteres sem mangas, botas, óculos escuros, sutiãs meia-taça e batons cintilantes, com a expressão cansada das almas apagadas que se tornaram mesquinhas e nervosas por terem aprendido muitas lições amargas da vida em pouquíssimo tempo. Assim como os Angels, a maioria das garotas tinha os seus vinte e poucos anos, embora algumas fossem claramente adolescentes e outras fossem prostitutas já envelhecidas, ansiosas por um passeio saudável ao ar livre no fim de semana.

Em qualquer encontro dos Hell's Angels, com cinco ou até 150 pessoas, não há dúvidas de quem comanda o show: Ralph "Sonny" Barger, o Líder Supremo, um auxiliar de armazém de 1,80 m e 71 quilos, de East Oakland, o mais sangue-frio do grupo, e um negociador duro e esperto na hora de entrar em ação. Ele varia de fanático a filósofo, briguento, apaziguador astuto e juiz final. Para os Angels de Oakland, ele é o Ralph. Todos os outros o chamam de Sonny... mas quando a festa pega fogo e sai do controle, ele atende por nomes como Prez, Papa e Daddy. A palavra de Barger não é questionada, ainda que muitos dos outros pudessem acabar com ele em dois minutos, se alguma vez chegassem a brigar. Mas nunca chegam. Ele raramente levanta a voz, a não ser numa briga com alguém de fora da gangue. Todos os casos de dissidentes dos grupos são tratados nas reuniões das sextas-feiras, ou eles simplesmente somem e mudam de vida para nunca mais cruzar o caminho de nenhum grupo dos Angels.

Se o encontro na casa do Tommy estava um pouco desorganizado, era porque Sonny estava cumprindo pena no Centro de Reabilitação Santa Rita, por estar portando maconha. Com Sonny na cadeia, os outros mantinham as ações no nível mínimo, ainda que Tommy, com seu jeito quieto e desligado, estivesse comandando o show muito bem. Com 26 anos, era um ano mais novo que Barger, loiro, de barba feita, com uma esposa e dois filhos. Ganhava 180 dólares por semana como trabalhador da construção civil. Ele sabia que estava apenas substituindo Prez, mas também sabia que os Angels de Oakland tinham que aparecer com todo o gás na Jornada do Dia do Trabalho. Qualquer coisa menor que isso iria devolver a liderança espiritual para o sul da Califórnia, para a divisão de San Bernardino (ou Berdoo) – os fundadores, por assim dizer – que começou tudo em 1950 e deu as cartas durante quinze anos. Mas a crescente pressão da polícia no sul estava fazendo com que muitos Angels procurassem refúgio na Bay Area. Em 1965, Oakland estava prestes a se tornar a capital do mundo dos Hell's Angels.

Antes da partida estrondosa, houve muita conversa sobre os Diablos e que tipo de demência ou droga estranha os fez cometer o erro tão fatal de atacar um Angel que estava sozinho. Mas isso era um problema de rotina, adiado[3]

3. Em um mês, os Diablos haviam debandado, aterrorizados por uma série de brigas, surras e chicotadas de correntes. Os Angels perseguiram um por um e acabaram com eles. "Coisas assim não acontecem sempre", Terry explicou mais tarde. "Os outros clubes geralmente não se metem com a gente porque, quando se metem, é o fim deles." (N.A.)

e esquecido enquanto eles seguiam em direção à autoestrada, para uma viagem tranquila até Monterey. Ao meio-dia estava tão quente que muitos motoqueiros haviam tirado a camisa e aberto o colete preto, de modo que os estandartes se agitavam atrás deles como capas e as pessoas mais próximas no trânsito podiam ver seus peitos nus, mesmo que não quisessem. As estradas que levavam ao sul estavam lotadas de cidadãos honestos saindo para o fim de semana do Dia do Trabalho e, de repente, eram tomadas pelo pavor quando o grupo dos Angels passava voando... ao ver a multidão de animais sobre rodas, indo a algum lugar público, barulhentos e cabeludos, com seus instintos violentos à flor da pele... a tentação de muitos motoristas era jogar o carro em cima, sem avisar, e esmagar essas víboras arrogantes.

Em San Jose, uma hora ao sul de Oakland, a formação foi parada por dois patrulheiros da rodovia estadual, causando um engarrafamento de 45 minutos na intersecção entre a 17 e a 101. Algumas pessoas pararam seus carros apenas para olhar. Outros diminuíram para quinze ou vinte quilômetros por hora. Enquanto o trânsito se acumulava, houve problemas de escapamentos, superaquecimento de motores e pequenas colisões.

"Eles deram multas para todos que podiam", disse Terry. "Coisas como bancos muito baixos, guidões muito altos, falta de retrovisor, falta de alça de segurança do carona. E, como sempre, eles verificaram as nossas multas anteriores, intimações que nunca respondemos e todas as outras malditas coisas que pudessem imaginar. Mas o trânsito realmente estava cada vez pior, com as pessoas olhando pra gente e tudo mais, e finalmente, graças a Deus, um capitão da patrulha rodoviária apareceu e deu uma bronca naqueles desgraçados por 'criarem situação de risco' ou sei lá o quê. Demos uma gargalhada e caímos fora dali."

> Nós somos bem tratados aqui [em Monterey]. Na maioria dos outros lugares, somos expulsos da cidade.
>
> Frenchy, de Berdoo, falando com um repórter poucas horas antes de os Angels serem expulsos da cidade

Entre San Jose e o desvio para Monterrey, a 101 tem um belo trecho entre as suntuosas colinas com plantações das Montanhas de Santa Cruz. Os Hell's Angels, formando duas filas em cada faixa, pareciam não se encaixar na paisagem de cidades pequenas, como Coyote e Gilroy. As pessoas saíam correndo dos bares e das quitandas para ver aqueles bárbaros lendários da cidade grande. Os policiais esperavam nos cruzamentos, nervosos, torcendo para que os Angels passassem tranquilamente, sem causar problemas. Era quase como se um grupo enorme de guerrilheiros vietcongues tivesse aparecido, marchando em alta velocidade numa formação compacta no meio da rua principal, rumo a um encontro sangrento cujos detalhes ninguém na cidade se interessaria em saber, desde que os porcos depravados continuassem seguindo em frente.

Os Angels tentam evitar confusão na estrada. Até mesmo uma prisão sem importância, numa cidade pequena, no início do fim de semana do feriado pode significar três dias na cadeia, a perda da festa e uma multa salgada quando finalmente forem a julgamento. Eles sabem também que, além da acusação inicial – em geral uma violação de trânsito ou alguma conduta ilegal –, eles provavelmente serão acusados de resistência à prisão, o que pode representar trinta dias na cadeia, corte de cabelo e outra multa de 150 dólares ou mais. Agora, depois de muitas lições dolorosas, eles passam por uma cidade pequena do mesmo modo que um vendedor de Chicago passa por um posto da polícia rodoviária já conhecido no Alabama. Afinal de contas, o que importa é chegar ao destino final, e não criar caso com policiais caipiras no caminho.

Desta vez o destino era uma grande taverna chamada Nick's, um lugar barulhento na Del Monte, a avenida principal, perto da travessa Cannery no centro de Monterey. "Atravessamos a cidade", lembra Terry, "no meio do trânsito e tudo mais. A maioria dos caras conhecia o Nick's, mas eu não, porque estava na cadeia da outra vez. Nós só chegamos depois das três porque tivemos que esperar alguns caras que ficaram para trás num posto de gasolina na 101. Quando chegamos lá, acho que tínhamos umas quarenta ou cinquenta motos. Berdoo já estava lá com umas 75, e continuou chegando gente a noite toda. Na manhã seguinte, tinha umas trezentas pessoas de toda parte."

A razão inicial da reunião era a coleta de fundos para enviar o corpo de um antigo Angel para a mãe na Carolina do Norte. Kenneth "Country" Beamer, vice-presidente da divisão de San Bernardino, tinha sido atropelado por um caminhão dias antes numa aldeia deserta chamada Jacumba, perto de San Diego. Country tinha morrido na melhor tradição fora da lei: sem casa, sem grana e sem possuir nada deste mundo a não ser roupas numa mochila e uma grande Harley reluzente. Os outros acharam que o mínimo que podiam fazer era mandar seus restos mortais para a Carolina, para qualquer família ou lembrança de casa que lá houvesse. "Era o que devia ser feito", disse Terry.

A perda recente de um companheiro deu ao encontro de 1964 um tom solene do qual nem mesmo a polícia conseguiu zombar. Era o tipo de atitude que os policiais achavam irresistível: honras finais a um camarada falecido, com uma arrecadação para a mãe e um pouco de pompa uniformizada para dar um toque de seriedade ao evento. Em consideração a tudo isso, a polícia de Monterey havia informado que os Angels seriam recebidos num espírito de trégua armada.

Era a primeira vez em muitos anos que os fora da lei se viam diante de pelo menos um resquício de hospitalidade cívica. E acabou sendo a última, porque, quando o sol nasceu naquele radiante sábado do Pacífico, o infame estupro de Monterey estava a menos de 24 horas de virar manchete nacional. Os Hell's Angels logo seriam conhecidos e temidos em todo o país. Sua imagem manchada de sangue, álcool e esperma seria conhecida por leitores do *The New York Times, Newsweek, The Nation, Time, True, Esquire* e do *Saturday Evening Post.* Em seis meses, cidades pequenas de costa a costa estariam se armando diante do menor rumor de uma "invasão" dos Hell's Angels. Os três maiores canais de televisão estariam com câmeras atrás deles, e os Angels seriam denunciados no Senado dos Estados Unidos por George Murphy, o ex-dançarino de sapateado. Por mais estranho que possa parecer, ao seguir para Monterey naquela manhã, essa gangue de criminosos fantasiados estava prestes a estourar, como diz o pessoal do showbiz, e seu sucesso seria o resultado da curiosa obsessão por estupros que o jornalismo norte-americano traz sobre o ombro, como um corvo masturbador e zombeteiro. Nada chama mais a atenção de um editor do que um bom estupro. "Nós realmente os surpreendemos dessa vez", explicou um dos Angels. De acordo com os jornais, pelo menos vinte desses canalhas drogados arrancaram duas adolescentes, de catorze e quinze anos, de seus namorados aterrorizados e as levaram para as dunas para serem "violentadas diversas vezes".

REPETIDAMENTE... VIOLENTADAS
14 E 15 ANOS...
MARGINAIS CABELUDOS E MALCHEIROSOS

Um delegado de plantão, chamado por um dos namorados mencionados, disse que chegou "à praia e viu uma enorme fogueira cercada por motoqueiros de ambos os sexos. Em seguida, as duas meninas, quase histéricas, aos prantos, saíram cambaleando da escuridão, implorando por socorro. Uma delas estava completamente nua e a outra vestia apenas um suéter rasgado."

Aqui estava, Deus do céu, a imagem certa para fazer ferver o sangue da opinião pública e causar indignação em qualquer homem que tivesse parentes do sexo feminino. Duas meninas inocentes, cidadãs norte-americanas, carregadas para as dunas e violentadas feito prostitutas árabes. Um dos namorados disse à polícia que eles tentaram salvar as meninas, mas não conseguiram chegar perto delas no meio da multidão que se formou depois que as vítimas tiveram suas roupas arrancadas. Bem ali na areia, sob a luz da lua, num círculo de bandidos perversos... elas foram penetradas repetidas vezes.

Na manhã seguinte, Terry o Vagabundo foi um dos quatro Angels presos por estupro, cuja pena varia de um a cinquenta anos de prisão. Ele negou todo e qualquer conhecimento do crime, assim como Mother Miles, Moudly Marvin e Crazy Cross. Mas, algumas horas depois, com a fiança estabelecida em 1.100 dólares para cada um, foram presos na Cadeia do Município de Monterey, em Salinas... lá na terra do Steinbeck, o vale quente da alface, cujos proprietários são, na maioria, da segunda geração de caipiras que saíram de Appalachia enquanto ainda dava dinheiro, e que agora pagam outros caipiras menos espertos para supervisionar o trabalho de *braceros* mexicanos, cuja aptidão natural para trabalharem curvados foi explicada pelo onipresente senador Murphy: "A constituição física deles é próxima do chão", disse, "então é fácil para eles ficarem curvados".

De fato. E uma vez que o senador Murphy também chamou os Hell's Angels de "a forma mais baixa de animais", presume-se que a constituição física deles é mais apropriada para o estupro inconsequente de qualquer mulher que venham a encontrar enquanto correm de um lugar ao outro, carregando seus pintos como mangueiras de bombeiros. O que não está muito longe da verdade, mas por razões diferentes das que o ex-dançarino gracioso, o senador da Califórnia, poderia nos fazer acreditar.

Quando eles se reuniram naquele sábado no Nick's, ninguém sabia, é claro, que os Angels estavam prestes a se tornar, por meio do estupro, um fenômeno publicitário na mesma escala dos Beatles ou de Bob Dylan. Ao anoitecer, com um sol alaranjado caindo rápido no mar a apenas dois quilômetros dali, o evento principal da noite tinha sido tão inesperado que as protagonistas – ou vítimas – principais chamaram pouca atenção na multidão ruidosa que lotava o bar do Nick e se espalhava pela rua escura.

Terry diz que viu as meninas e seus "namorados" apenas como uma parte da cena toda. "O principal motivo de ter me lembrado deles foi porque me perguntei o que aquela menina branca grávida estava fazendo com um bando de negros. Mas achei que era problema dela, e eu não estava atrás de boceta mesmo. Eu estava com a minha patroa. Estamos separados agora, mas na época estávamos bem e ela não ia admitir que eu mexesse com alguém enquanto ela estivesse perto. Além disso, que diabos, quando você está com velhos amigos que não vê há um ou dois anos, não tem muito tempo pra prestar atenção em estranhos."

A única coisa em que Terry e os outros Angels concordam, em relação à primeira aparição das "vítimas", é que "elas não pareciam de jeito nenhum ter catorze e quinze anos, cara. Aquelas meninas pareciam muito ter uns vinte". (A polícia confirmou a idade das meninas, mas todas as outras informações sobre elas, inclusive os nomes, foram bloqueadas, em respeito à política da Califórnia de negar o acesso da imprensa às vítimas de estupro.)

"Eu nem sei dizer se aquelas meninas eram bonitas ou não", continuou Terry. "Não lembro mesmo. Só posso dizer com certeza que não tivemos nenhum problema no Nick's. A polícia estava lá, mas só para manter as pessoas longe. Era a mesma história de qualquer lugar que a gente vai: o trânsito engarrafado, os valentões do lugar espreitando, menininhas querendo aventuras e um monte de fregueses do Nick's só curtindo a noite. A polícia fez bem de ficar por perto. Todo lugar que a gente vai tem sempre uns caras da vizinhança querendo saber se a gente é macho mesmo. Se a polícia não estivesse lá, a gente ia acabar tendo que machucar alguém. Que inferno, ninguém quer criar problema quando estamos na estrada. A gente só quer se divertir e relaxar."

Dizem, porém, que os Hell's Angels têm ideias nada convencionais sobre diversão e relaxamento. Se eles são, afinal, "a forma mais baixa de animais", nem mesmo o senador Murphy poderia esperar que eles se reunissem numa multidão bêbada para passatempos excitantes como pingue-pongue, bocha ou frescobol. Seus piqueniques são conhecidos há muito tempo por certas formas animalescas de entretenimento, e qualquer menininha que apareça num acampamento com fogueira dos Hell's Angels às duas da madrugada é considerada pronta para o abate pelos fora da lei. Portanto, era apenas natural que as duas meninas tivessem chamado mais atenção quando elas chegaram à praia do que antes, no tumulto festivo do Nick's.

Um aspecto do caso, omitido pela maioria dos relatos dos jornais, tinha a ver com logística elementar. Como essas duas meninas foram parar numa praia deserta, de madrugada, com centenas de marginais motoqueiros bêbados? Foram raptadas do Nick's? E, se foram, o que meninas de catorze e quinze anos estavam fazendo lá, pra começo de conversa? Por que ficaram circulando a noite toda num bar lotado de ponta a ponta com a gangue mais conhecida do estado? Ou teriam sido capturadas na rua em algum lugar, talvez um sinal vermelho, e depois atiradas sobre o tanque de uma Harley envenenada e carregadas pela noite, gritando, histéricas, enquanto curiosos observavam horrorizados?

Os estrategistas da polícia, com a intenção de afastar os Angels, haviam reservado uma área de acampamento para eles longe da cidade, num trecho vazio de dunas entre a Baía de Monterey e o Forte Ord, um centro de treinamento básico do exército. O raciocínio era correto. Os animais foram isolados num local onde poderiam se açoitar em qualquer tipo de fúria orgíaca sem se tornarem perigosos para os cidadãos. E, se as coisas saíssem do controle, os recrutas do outro lado da rua poderiam ser retirados da cama ao toque da corneta e pegar as baionetas. A polícia posicionou uma barreira na rodovia, para o caso de os Angels ficarem agitados e resolverem voltar para a cidade, mas não havia como cercar o acampamento totalmente, nem estrutura para alertar moradores inocentes que pudessem ser atraídos ao local por curiosidade ou por outros motivos mais obscuros, não mencionados nos manuais de treinamento da polícia.

As vítimas disseram aos policiais que haviam ido à praia porque queriam "ver os motoqueiros". Elas estavam curiosas, mesmo depois de diversas horas no Nick's, que estava tão lotado naquela noite que a maioria dos fora da lei resolveu mijar no estacionamento em vez de ter que atravessar um bar lotado para chegar ao banheiro.

"Droga, aquelas garotas não foram pra lá pra cantar uma música", disse Terry. "Elas estavam a fim de agito e queriam uma sacanagenzinha, mas o problema foi que eram muitos caras. No começo, estava legal pra elas. Depois foram chegando cada vez mais caras, se empilhando sobre as dunas... 'oba, boceta', sabe como é, esse tipo de coisa...

e as garotas não queriam. Os negros se mandaram, nunca mais vimos eles. Não sei direito como acabou. Tudo o que eu sabia era que os caras estavam com umas gatas lá nas dunas, mas eu e a patroa apagamos muito cedo. Eu estava tão bêbado que nem consegui fazer nada com ela."

Nenhum jornal de família achou apropriado citar a versão dos Angels, mas, seis meses depois, jogando sinuca num bar em São Francisco, Frenchy se lembrou do episódio desta forma: "Uma das garotas era branca e estava grávida, a outra era de cor, e elas estavam com cinco negrões. Elas ficaram no Nicks umas três horas no sábado à noite, bebendo e conversando com os nossos motoqueiros, depois foram pra praia com a gente, elas e os cinco amigos. Todo mundo estava em volta da fogueira, bebendo vinho, e alguns dos caras estavam conversando com elas, dando em cima delas, claro, e alguém logo perguntou às duas gatinhas se elas queriam ficar doidonas. Sabe como é, se elas queriam fumar um baseado. Elas disseram que sim e depois foram com alguns caras para as dunas. A negrinha foi com uns caras e depois queria voltar, mas a grávida estava realmente a fim. Nos primeiros quatro ou cinco caras ela estava puxando mesmo pra cima dela, mas depois disso ela esfriou também. Nessa hora, também, um dos amigos delas ficou assustado e foi chamar a polícia. E isso foi tudo."

"Na manhã seguinte", disse Terry, "eu fui com alguém, não lembro quem, até uma lanchonete na estrada, onde a gente tomou café da manhã. Quando voltamos pra praia, eles tinham colocado um bloqueio na estrada e as duas mulheres estavam sentadas no carro da polícia, olhando pra todo mundo. Eu não sabia o que estava acontecendo, mas aí um policial disse 'Você é um deles', e meteram as algemas em mim. Aquelas desgraçadas estavam dando risadinhas, rindo cheias de razão... sabe como é, 'Rá, rá, esse é um dos caras'. Foi assim que eu fui parar na cadeia, por estupro.

"Quando a gente chegou na prisão, eu disse: 'Ei, eu quero ser examinado. Chamem um médico. Eu não tenho relação sexual há dois dias'. Mas eles não chamaram. Marvin, Miles e o Crazy Cross já estavam lá, e achamos que estávamos fodidos, até que disseram que a fiança era só 1.100 dólares. Aí a gente viu que eles não tinham muita coisa contra a gente."

Enquanto isso, na Marina Beach, o resto dos Angels estava sendo cercado e escoltado para o norte pela rodovia 156, para o interior. Os policiais davam golpes de cassetete no ombro dos retardatários e mandavam eles irem mais rápido. As estradas secundárias foram bloqueadas pela polícia estadual, enquanto dezenas de guardas de capacete, muitos vindos de municípios vizinhos, guiavam os fora da lei por um corredor polonês. O trânsito foi interrompido por quilômetros enquanto a horda de esfarrapados seguia lentamente pela estrada, acelerando suas máquinas e xingando tudo o que viam pela frente. O barulho era ensurdecedor, e é difícil imaginar o efeito que o espetáculo deve ter exercido sobre os vários turistas de fim de temporada dos outros estados, que paravam no acostamento para deixar a procissão passar. Pela proximidade de uma base do exército, eles sem dúvida pensaram estar dando passagem a uma caravana de tanques, ou pelo menos alguma coisa militar e imponente. Em seguida, porém, viam um exército de marginais sendo conduzido pela estrada feito uma manada de ovelhas doentes. Ah, que pesadelo para a Câmara de Comércio da Califórnia.

Na divisa do município, na US 101, um repórter do *San Francisco Chronicle* falou com Tommy e com outro Angel chamado Tiny, um fora da lei de 1,98 m, 110 quilos, com um rabo de cavalo na altura dos ombros, que mais tarde ganhou fama nacional por seu ataque a uma manifestação "Saiam do Vietnã" em Berkeley.

"Nós somos pessoas comuns", disse Tommy. "A maioria de nós trabalha. Mais ou menos metade é casada, eu acho, e alguns têm casa própria. Só porque gostamos de andar de moto, a polícia cria problema em todo lugar que vamos. Aquela acusação de estupro é falsa e não vai colar. A coisa toda foi voluntária."

"Porra, o nosso fiador vai tirar os caras de lá em duas horas", disse Tiny. "Por que as pessoas não deixam a gente em paz? Tudo o que a gente quer é se reunir e se divertir. Como os maçons, ou qualquer outro grupo."

Mas as máquinas já estavam rodando, e a manchete da matéria de oito colunas era a seguinte: HELL'S ANGELS COMETEM ESTUPRO COLETIVO. Os maçons não têm esse tipo de publicidade desde o século XVIII, quando Casanova entrava pela janela das casas e sujava a reputação do grupo. Talvez um dia os Angels venham a seguir a caduquice burguesa dos maçons, mas até lá algum outro grupo estará produzindo manchetes chocantes: uma gangue de aeromodelistas, ou até mesmo uma fraternidade pacífica, que agora mesmo pode estar se preparando para o que quer que o futuro lhe reserve.

Qual é a tendência do Kiwanis?[4] Há rumores em Oakland de uma nova militância naquela organização, uma comoção radical que poderia alterar drasticamente a imagem do clube. Do jeito que as coisas andam, fica fácil prever uma manhã de domingo, daqui a dez ou vinte anos, em que um grupo de homens de meia-idade, usando ternos escuros com o símbolo dos Hell's Angels na lapela, estará andando pela sala de estar de suas casas financiadas, resmungando com tristeza diante da seguinte manchete: GANGUE KIWANIS COMETE ESTUPRO COLETIVO: QUATRO DETIDOS, OUTROS FUGIRAM, LÍDER PROCURADO.

E, em alguma cidade norte-americana estarrecida, um chefe de polícia estará dizendo, como disse o chefe de polícia de Monterey em 1964 a respeito dos Hell's Angels: "Eles não serão mais bem-vindos, por causa do clima que se criou".

4. Organização internacional de voluntários na área de educação infantil. (N.E.)

A PRODUÇÃO DA AMEAÇA, 1965

2

A imprensa diária é o princípio maléfico do mundo moderno, e o tempo servirá apenas para revelar esse fato com uma clareza cada vez maior. A capacidade que o jornal possui de degenerar é ilimitada e sofisticada, uma vez que o nível de seus leitores pode sempre cair mais e mais. No fim, ela incitará toda a escória da humanidade que nenhum governo ou estado consegue controlar.

Sören Kierkegaard
The Last Years: Journals 1853-55

A melhor coisa dos Angels é que nós não mentimos uns para os outros. É claro que isso não vale para quem não é da gangue, porque temos que responder na mesma moeda. Droga, a maioria das pessoas que você conhece não fala a verdade sobre *nada.*

Zorro, o único Hell's Angel brasileiro

Fazia parte da história inventada.

Arthur Schlesinger Jr., explicando por que foi à imprensa com uma explicação falsa para a Invasão da Baía dos Porcos

Os políticos, assim como editores e policiais, são ávidos por histórias chocantes, e o senador Fred Farr, do município de Monterey, não é exceção. Ele é uma das figuras centrais do caso de Carmel-Pebble Beach e inimigo de bandidos em qualquer lugar, principalmente de gangues de estupradores que invadem sua zona eleitoral. Sua reação às manchetes de Monterey foi rápida e estrondosa. Farr exigiu uma investigação imediata dos Hell's Angels e de todos os outros daquela espécie, cuja falta de prestígio fez com que ficassem conhecidos como os "novos desqualificados". No mundo isolado das grandes motos, longas jornadas e brigas de rua em grande estilo, essa nova estratificação sancionada pelo Estado deu mais importância aos

Hell's Angels. Eles eram, afinal, o Número Um – como John Dillinger.[1]

O procurador-geral Thomas C. Lynch, então novo no cargo, agiu rapidamente e levantou uma investigação medíocre. Ele enviou questionários para mais de cem delegados, promotores de justiça e chefes de polícia, pedindo informações sobre os Hell's Angels e os "novos desqualificados". Ele também pediu sugestões sobre como a lei poderia lidar com eles.

Seis meses se passaram antes que todas as respostas fossem condensadas num relatório de quinze páginas que parecia uma sinopse do enredo dos piores sonhos de Mickey Spillane.[2] Mas em matéria de soluções era vago. O estado iria centralizar a informação sobre esses assassinos, solicitar com insistência instaurações de processos mais enérgicas, colocá-los sob vigilância sempre que possível etc.

Um leitor atento tinha a impressão de que, mesmo se os Angels fossem os monstros que pareciam ser, não havia muito o que a polícia pudesse fazer – e de que, na verdade, o senhor Lynch sabia perfeitamente que tinha recebido, por razões políticas, dicas pouco consistentes.

O relatório era fantasioso, interessante, altamente tendencioso e constantemente alarmista. Exatamente o tipo de material que rende uma boa matéria sensacionalista para a imprensa. Havia muitas loucuras, destruição irracional, orgias, brigas, perversões e um estranho desfile de vítimas inocentes que, mesmo no papel e em linguagem policial cuidadosa, era suficiente para incitar a credulidade dos repórteres policiais mais estúpidos. A demanda foi tão grande nos círculos de jornais e revistas que o escritório do procurador-geral teve que pedir uma segunda impressão. Até os Hell's Angels conseguiram uma cópia – um deles roubou a minha. O ponto-chave do relatório era uma seção intitulada "Atividades de Gangues Criminosas", um breve apanhado de ocorrências que datam de quase uma década atrás. A saber:

---

1. Assaltante de bancos americano (1903-1934). (N.E.)

2. Autor americano de romances policiais (1918-2006). (N.E.)

> Em 2 de abril de 1964, um grupo de oito Hell's Angels invadiu a casa de uma mulher em Oakland, fizeram o amigo dela sair da casa sob a mira de um revólver e a estupraram na presença de seus três filhos. Mais tarde, naquela mesma manhã, algumas companheiras dos Hell's Angels ameaçaram a vítima dizendo que, se ela cooperasse com a polícia, cortariam seu rosto com uma navalha (...).
>
> Nas primeiras horas da manhã de 2 de junho de 1962, relatou-se que três Hell's Angels agarraram uma mulher de dezenove anos em um pequeno bar na área norte de Sacramento e, enquanto dois deles seguravam a mulher no chão do bar, o terceiro tirou parte da roupa dela. Ela estava menstruada, seu absorvente foi retirado e o terceiro indivíduo praticou cunilíngua na vítima (...).
>
> Nas primeiras horas da manhã de 25 de outubro de 1964, nove Hell's Angels e duas de suas companheiras foram presos pela polícia de Gardena após uma denúncia de tumulto em um bar. Policiais relataram que o grupo "começou a quebrar o lugar todo" depois que alguém derramou cerveja em um dos membros da gangue. O bar foi destruído e as mesas de bilhar ficaram cobertas de cerveja e urina (...).

O relatório Lynch registrava dezoito desses abusos e deixava centenas de outros implícitos. Jornais de todo o estado traziam trechos, juntamente com a garantia de que a pressão policial daria um fim rápido ao problema. A maioria dos editores da Califórnia deu à história papel de destaque por um dia ou pouco mais, depois esqueceu o assunto. Os Hell's Angels já tinham chegado às manchetes antes, e o relatório Lynch, baseado numa pesquisa em registros policiais antigos, continha pouca coisa que fosse nova ou surpreendente.

Os Angels pareciam destinados à obscuridade mais uma vez, mas a maré virou graças a um correspondente do *New York Times* em Los Angeles, que produziu um comentário extenso e tempestuoso sobre o relatório Lynch. Ele foi publicado no jornal no dia 16 de março, com uma manchete de duas colunas. Era tudo o que a história precisava: estava feito o estardalhaço. A revista *Time* veio em seguida com um gancho de esquerda intitulado “Os Mais Selvagens”. A *Newsweek* deu um cruzado de direita, intitulado “Os Selvagens”. E, quando a poeira baixou, a mídia nacional tinha um chamariz garantido nas mãos. Era sexo, violência, crime, loucura e depravação, tudo num único pacote. Segue a descrição da Jornada do Dia do Trabalho para Porterville de um ano e meio antes, que saiu na *Newsweek* em 1965:

> Uma multidão estrondosa de duzentos motociclistas de jaqueta preta convergiu para a pequena e sossegada cidade de Porterville, no sul da Califórnia. Eles fizeram tumultos em bares, gritando obscenidades. Pararam carros e abriram suas portas, tentando passar a mão nas passageiras. Algumas de suas companheiras, calçando botas, deitavam no meio da rua e mexiam o corpo de forma sugestiva. Em um bar, seis deles espancaram brutalmente um homem de 65 anos e tentaram raptar a garçonete. Somente depois que 71 policiais de cidades vizinhas, a patrulha rodoviária, cães policiais e mangueiras de água entraram em ação, os motociclistas pularam em suas Harley-Davidsons e deixaram a cidade em meio ao ronco dos motores.

Tanto a *Newsweek* como a *Time* compararam a “invasão” de Porterville de 1963 a um filme chamado *O selvagem,* baseado num incidente semelhante ocorrido em 1947 em Hollister, Califórnia, e estrelado por Marlon Brando. A *Time* se referiu a ele como “um filme que é a cópia de uma parte decadente da vida, mostrando um bando de motoqueiros criminosos, violentos e exibicionistas chamados Black Rebels”. Mas *O selvagem* logo caiu no esquecimento, dizia a *Time,* porque “os personagens eram exagerados e a violência que eles cometiam era crua demais para conquistar a credulidade do público”.

Quem, afinal de contas, conseguia acreditar que uma gangue de bárbaros sobre duas rodas poderia invadir e aterrorizar toda uma cidade da Califórnia? Não a *Time.* Pelo menos não em 1947, quando o primeiro desses incidentes ocorreu. E não em 1953, quando o filme foi lançado. E tampouco dez anos depois, quando a mesma coisa teria supostamente acontecido mais uma vez, em outra cidade. Mas, em 26 de março de 1965, dezoito anos após o chamado primeiro tumulto de motoqueiros nos Estados Unidos, a *Time* finalmente se atracou com a história, e os editores ficaram assustados. Os bárbaros existiam! Eles tinham ficado hibernando em algum lugar durante dezoito anos, lustrando suas motos e passando óleo em suas correntes até que o procurador-geral da Califórnia decidisse apresentá-los à imprensa. O informante da *Time* na Costa Oeste não perdeu tempo em transmitir a notícia para a fortaleza de Luce, onde ela foi imediatamente transformada em duas colunas de baboseiras sensacionalistas na seção de questões nacionais: "Na semana passada ele *[O selvagem]* estava de volta – na vida real!".

"Lynch acumulou uma montanha de provas contra os Hell's Angels", informou a *Time,* "... cuja força demonstra que o grupo já chegou à altura de seu nome sinistro (...). Foi um caso de estupro que motivou a investigação de Lynch. No outono passado, duas adolescentes foram afastadas à força de seus namorados e estupradas por diversos membros da gangue." Isso foi uma calúnia mais do que evidente, uma vez que todas as acusações contra Terry, Marvin, Mother Miles e Crazy Cross foram retiradas menos de um mês após sua prisão. Em sua ânsia de chegar aos detalhes sórdidos da história, os cronistas da *Time* aparentemente pularam a primeira página do relatório Lynch, que afirmava claramente que "investigações posteriores questionaram se o estupro realmente havia sido cometido ou se as identificações feitas pelas vítimas eram válidas. Em carta datada de 25 de setembro de 1964, o promotor de justiça de Monterey fez o requerimento de retirada de acusações na corte municipal de Monterey-Carmel, requerimento este feito em conformidade de opiniões com o júri de acusação". Os comentários de um representante do promotor de justiça do município não foram citados no relatório: "Um médico examinou as meninas e não encontrou nenhuma prova que sustentasse as acusações de estupro", ele disse. "Além disso, uma das meninas se recusou a prestar depoimento e a outra foi submetida a um teste com um detector de mentiras, cujo resultado a apontou como uma pessoa não confiável." No entanto, esses dados não eram muito interessantes e a *Time* não encontrou espaço para eles. Em vez disso, o artigo prosseguia num lamento exaltado e confuso, com uma lista de falsas estatísticas:

> Fundado em 1950, em Fontana, uma cidade siderúrgica oitenta quilômetros a leste de Los Angeles, o clube conta agora com 450 membros na Califórnia. Seu histórico varia de perversões sexuais e vícios a agressões físicas simples e roubos. Eles se vangloriam de 874 detenções por crimes graves, 300 condenações por crimes graves, 1.682 detenções por má conduta e 1.023 condenações por má conduta. Apenas 85 deles chegaram a cumprir pena em prisões e reformatórios.
>
> Nenhuma ação é degradante demais para o bando. Seu ritual de iniciação, por exemplo, exige que todo novo membro traga uma mulher ou garota (chamada de "ovelha") disposta a se submeter a relações sexuais com qualquer outro membro do clube. Mas a atividade favorita deles parece ser apavorar cidades inteiras (...).

Então a *Time* contou a mesma história da invasão de Porterville, que foi publicada simultaneamente pela *Newsweek*. O artigo prosseguia:

> Quando não estão envolvidos em tais atividades, os Angels – às vezes na companhia dos filhos pequenos de um dos membros ou das mulheres solteiras que andam com o grupo – costumam alugar casas em ruínas no subúrbio da cidade, onde compartilham mulheres, drogas e motos com o mesmo desembaraço. Entre um e outro estupor induzido pelas drogas, os Angels saem para roubar motos, e possuem até mesmo um caminhão com uma rampa especial para carregar as máquinas roubadas. Depois, eles podem sair novamente na tentativa de piorar ainda mais seu comportamento sórdido.

Estava claro que não havia espaço para esse tipo de coisa na Grande Sociedade, e a *Time* foi enfática ao dizer que isso estava prestes a chegar ao fim. Os subalternos das autoridades estabelecidas, de prontidão, iam dar uma lição nesses trogloditas. O artigo terminava com uma nota de triunfo:

> (...) Todos os órgãos de imposição da lei receberam dossiês sobre cada membro dos Hell's Angels e de gangues similares e montaram um serviço de informação coordenado que tentará ir ao encalço dos bandidos onde quer que apareçam. "Eles não poderão mais ameaçar a vida, a paz e a segurança dos cidadãos honestos do nosso estado", disse ele [Lynch]. Diante disso, milhares de californianos estremecidos disseram o seu amém agradecido.

Sem dúvida, houve algum estremecimento na Califórnia naquela semana, mas nem sempre motivado pela gratidão. Os Hell's Angels estremeceram com sua gargalhada perversa diante do lixo que foi escrito sobre eles. Outros fora da lei estremeceram de inveja diante da fama repentina dos Angels. Os policiais de toda a Califórnia estremeceram de alegria e nervosismo com a expectativa de seu próximo confronto com qualquer grupo de motoqueiros e com a publicidade que isso iria gerar. E algumas pessoas estremeceram ao ver que a *Time* tinha 3.042.902 leitores.[3]

O que era significativo na visão que a *Time* tinha dos Angels não era sua abordagem tendenciosa da realidade, mas seu impacto. No início de março de 1965, os Hell's Angels praticamente não existiam. A contagem de membros do próprio grupo era de cerca de 85, todos na Califórnia. O assédio rotineiro da polícia havia impossibilitado até mesmo o uso dos estandartes em qualquer cidade, exceto Oakland. O número de associados na divisão de São Francisco havia diminuído de um auge de 75 para apenas onze, sendo que um deles foi expulso. A divisão original de Berdoo (incluindo Fontana) foi reduzida a um punhado de teimosos determinados a afundar junto com o barco. Em Sacramento, a hostilidade de dois homens, o delegado John Miserly e

3. Circulação da *Time* de acordo com seu relatório de dezembro de 1964. (N.A.)

um patrulheiro chamado Leonard Chatoian, dificultou tanto a vida dos Angels que eles já estavam planejando a grande mudança para Oakland... e mesmo lá o cerco estava se fechando pra valer. "Que merda, a gente nunca sabia quando eles iam invadir o El Adobe e botar a gente contra a parede com uma espingarda na cara", lembra Sonny Barger. "A gente até começou a beber no Sinners Club porque tinha porta nos fundos e uma janela que dava pra pular. A polícia estava em cima, cara. A coisa estava feia pro nosso lado."

> Um bom repórter, se escolher a abordagem certa, consegue entender um gato ou um árabe. A escolha é o problema, e, se escolher errado, ele vai sair arranhado ou frustrado.
>
> A. J. Liebling

Na época do relatório, o estado da Califórnia assumiu que vinha lidando com uma conspiração criminosa do tipo mais cruel há quinze anos. Porém, nas cinco páginas dedicadas às atividades criminosas dos Hell's Angels – a maioria envolvendo de uma dúzia a cem fora da lei –, o relatório mencionava apenas dezesseis prisões específicas e duas condenações. O que se poderia pensar? Uma outra parte do relatório afirmava que, dos 463 Hell's Angels identificados, 151 possuíam condenações por crimes graves. Esse é o tipo de estatística que faz os contribuintes terem fé em seus órgãos de imposição da lei... e seria duplamente edificante se os 463 Hell's Angels realmente existissem quando a estatística foi enviada para impressão. Infelizmente, havia menos de cem. Desde 1960, o número de membros ativos nunca passou de duzentos, e um terço deles, por baixo, são Hell's Angels apenas no nome... antigos membros que já ultrapassaram a fronteira do casamento e da meia-idade, apenas carregando o estandarte uma vez ou outra por ano para algum evento importante, como a Jornada do Dia do Trabalho.

O relatório Lynch mencionava diversos desses acontecimentos anuais, mas as descrições não eram completamente objetivas. Por razões óbvias, policiais raramente testemunham um crime em andamento, portanto têm que contar com os outros para dizer o que aconteceu.

A versão da *Newsweek* para o ataque em Porterville foi copiada de forma quase textual do relatório Lynch. Uma outra versão desse caso havia sido publicada no dia 5 de setembro de 1963 no *Porterville Farm Tribune*. Era um relato de uma testemunha ocular, escrito horas após o acontecido por um repórter do *Tribune* chamado Bill Rodgers, que também era o prefeito de Porterville. A manchete dizia: ELES VIERAM, VIRAM E NÃO VENCERAM.

> A polícia de Porterville soube, no sábado de manhã, que o clã de motociclistas da Califórnia poderia aparecer em Porterville no fim de semana.
> (...) No fim da tarde, havia motoqueiros começando a se reunir na esquina da Main com a Olive, usando o Eagle Club como o seu ponto para beber. Alguns motoqueiros estavam no Murry Park. Não vimos ninguém fazendo nada de errado.
> No começo da noite, eles começavam a chegar em grande número e havia uma aglomeração entre a Main e a Olive. Nosso telefone não parava porque as pessoas queriam saber o que a prefeitura estava fazendo a respeito. Insistiram para que chamássemos a guarda nacional, para que fizéssemos prisões em massa, delegássemos funções a cidadãos, armando-os com machados e espingardas.
> Por volta das seis e meia, fomos até a Main Street. O espetáculo estava começando. Os talvez duzentos membros do clã de motociclistas, incluindo algumas mulheres e crianças, estavam ficando agitados. Alguns iam para o meio da rua para perturbar motoristas e pedestres. Cem ou mais motocicletas estavam estacionadas no lado leste da rua.
> Voltamos à delegacia. Torigian e Searle estavam tomando conta das coisas por lá, Porazzo se juntou a eles. Ainda não havia violência, ou nenhum motivo real para fazer prisões. Era o caso de esperar para ver como a situação iria se desenrolar. Foi tomada a decisão de fechar o Murry Park.
> Por volta das oito, recebemos informação pelo rádio de que o grupo de motoqueiros estava deixando o local, seguindo para leste. Era possível que eles ficassem fora da cidade.

Mas, alguns minutos depois, recebemos informação de uma briga e um acidente em um clube nos limites da cidade, em Doyle Colony, e uma ambulância foi chamada. Também fomos informados de que o clã estava voltando para a cidade. A essa altura, tomou-se a decisão de forçar o grupo de motoqueiros a sair da cidade (...).

Durante toda a noite, a central de ligações telefônicas da polícia municipal não parava de receber chamadas, algumas legítimas, mas muitas de anônimos dizendo que eram cidadãos, exigindo proteção e insultando a polícia.

O trânsito estava parado na rua principal. Mil e quinhentos moradores da região foram até a Main com a Olive para ver o que aconteceria. O clã de motociclistas, talvez trezentos a essa altura, estava fazendo a festa com bebida, segurando o trânsito, quebrando garrafas na rua e usando linguagem profana e agressiva, armando o que eles consideravam um espetáculo.

O trabalho da polícia foi dificultado pelo trânsito ruim e pela multidão de espectadores. Passamos pela área em um carro de polícia equipado com um alto-falante, pedindo para os moradores de Porterville saírem da área. Resultado: ninguém saiu do lugar, e outros mais vieram ver o que estava acontecendo, enquanto o clã de motociclistas vaiava.

A quadra da Main que ia da Garden até a Olive, e depois até a Oak, foi fechada para o trânsito. Os patrulheiros rodoviários estavam ao sul, a polícia municipal, ao norte. A área ficou livre rapidamente. O grupo imaginou que tinha se dado bem, que a polícia estava entregando uma quadra da Main Street para eles.

Às nove e meia, oficiais do grupo de cooperação mútua se reuniram na delegacia municipal, Torigian deu as instruções do plano de ação: seguir para o sul pela Main Street de carro, descer a última quadra a pé, levar as motocicletas para o sul, ninguém vai para o norte. As unidades da Patrulha Rodoviária permaneceriam ao sul da Olive com a Main. Não aceitar nenhuma insolência ou abuso. Ou eles saem, ou vão para a cadeia.

Um carro de bombeiros da prefeitura foi colocado em local estratégico na Penney Store e a polícia saiu com cassetete e espingarda na mão. Não havia sirenes, apenas luzes vermelhas piscando. O clã de motociclistas se amontoou no meio da rua, alguns deitaram. Torigian liderou os policiais, falando em um megafone. "Vocês têm cinco minutos para sair da cidade. Mexam-se." A rebeldia acabou. As motos foram ligadas. Houve alguma resistência, meia dúzia deles foram presos. Os bombeiros da prefeitura jogaram água na rua e voltaram a mangueira para o clã. Um motoqueiro tentou ir para o norte. Foi derrubado da moto com a água da mangueira.

Muitos deles foram para o sul. Alguns pararam no Sports Center. Policiais foram enviados para evacuar o Murry Park. Bares noturnos foram inspecionados pela polícia.

Líderes dos três clubes mais importantes representados foram levados para o centro de operações da polícia para interrogatórios enquanto os outros que ficaram foram retidos no Sports Center. Houve ameaças dos Hell's Angels de que, se os seus membros não fossem soltos, eles viriam libertá-los.

Torigian disse que o único meio de libertá-los seria pagando a fiança. Guardas com armas para controle de tumultos estavam a postos para o caso de uma tentativa de fuga.

Por volta das duas e meia, alguns dos motoqueiros voltaram para Porterville. Torigian os interceptou na ponte da Main Street. Ele os mandou dar a volta e ir embora ou seriam presos e suas motos apreendidas, acorrentadas de seis em seis e arrastadas embora.

Quando amanheceu, alguns poucos motoqueiros ainda estavam espalhados pela área. Mas a ameaça de violência e estragos havia sido enfrentada e eliminada.

> Um homem que chamasse todas as coisas
> pelo seu nome certo dificilmente passaria pelas
> ruas sem ser derrubado como um Inimigo Público.
> Lord Halifax

Um exemplo menos evidente de como os relatórios policiais tendem a dramatizar os Angels de forma exagerada é o seguinte relato de uma jornada de 4 de Julho de 1964 até Willits, uma cidade madeireira com cerca de 3.500 habitantes, no norte da Califórnia. A versão oficial tem como base um relato de uma dona de casa de São Francisco, a senhora

Terry Whitright, cujo marido é natural de Willits. As duas versões não são contraditórias, mas a diferença entre os pontos de vista sugere que a realidade sobre os Hell's Angels geralmente depende de quem a descreve.

Aqui temos o que a senhora Whitright disse na carta datada de 29 de março de 1965:

> Caro Hunter,
>
> A primeira vez que vi os Hell's Angels foi nas comemorações do Quatro de Julho em Willits, Califórnia. Willits é uma cidade muito pequena, aproximadamente 150 quilômetros ao norte de São Francisco. Todo dia Quatro de Julho é realizada uma *Celebração do Dia da Fronteira,* que inclui um festival, um desfile, danças etc. Nós comparecemos, e, na Main Street de Willits, os Hell's Angels formavam uma fila de uma quadra e meia, entrando e saindo de um bar lotado. Nós (Lori, Barbie, Terry e eu) estávamos andando na rua, e um homem, de jaqueta de couro preta, botas, camiseta preta suja etc. pegou Lori pela mão e conversou com ela durante algum tempo, perguntando seu nome, e sendo o tempo todo muito gentil e simpático. Isso foi por volta das duas e meia. Mais tarde, já à noite, fomos à casa de uma senhora idosa, onde estávamos hospedados em nossa passagem pela cidade. Ela tem um sobrinho chamado Larry Jordon. Ele é um índio Wilackey de 27 ou 28 anos. Ele também é irmão de Phil Jordon, um jogador de basquete profissional, que jogou no New York Knickerbockers e também no Detroit Pistons. Bom, voltando ao Larry Jordon... Por volta das sete e meia daquela mesma noite, uma menina veio até a porta chorando e gritando "Eileen, Eileen, me ajuda". Fui até a porta, e lá estava o Larry, com sangue escorrendo do lado do pescoço e da têmpora. Eileen, a tia dele, se desesperou, então eu tive que levá-lo até o banheiro e limpá-lo. Ele tinha sido cortado seriamente, com uma navalha ou faca, pelos Hell's Angels. O motivo nunca foi descoberto, não se sabe por que ele foi agredido por seis ou sete Hell's Angels. Ele é do tipo de pessoa que parece se achar melhor do que qualquer um, mas na verdade não é assim, ele se mantém muito distante, nunca procura encrenca, mas também nunca vira as costas para um problema. É bem difícil explicar, você

teria que conhecê-lo, eu acho. Se você conhece bem algum índio, talvez entenda.

Terry voltou (ele tinha ido a uma loja) e, depois de um pouco de conversa e insistência, convenceu Larry a entrar no carro e ir para o hospital. É claro que todo mundo estava bebendo e todos queriam se juntar e expulsar os Hell's Angels da cidade, mas não o fizeram.

Um outro conhecido nosso, chamado Fritz Bacchie, também apanhou deles. Ele foi para casa pegar um revólver, e a polícia o deixou na cadeia por uma noite.

No fim das contas, não houve muitos danos, mas um mal-estar pairou sobre a cidade, ninguém sabia o que ia acontecer em seguida, e ninguém conseguia relaxar de verdade e se divertir um pouco que fosse, como geralmente se faz nessas comemorações de Quatro de Julho.

O procurador-geral contou a história desta forma:

No dia 4 de julho de 1965, a convite do mesmo barman que havia trabalhado num ponto de encontro dos Hell's Angels em Rodeo, os Hell's Angels de Oakland fizeram uma "jornada" para Willits. Um grupo adiantado de trinta componentes entrou na cidade no dia anterior, e na tarde do dia 4 havia 120 motociclistas com suas companheiras reunidos em um bar da cidade. Além daqueles de Oakland, havia Angels de Vallejo e Richmond, assim como do clube "Mofo", de São Francisco. Ocorriam brigas periódicas entre os motociclistas e os cidadãos locais, com garrafas de cerveja, cintos feitos de corrente de motocicletas e abridores de garrafa sendo usados como armas. Observou-se que alguns membros, aparentemente designados como sargentos, não bebiam e passavam o tempo vigiando o grupo. Quando a polícia era chamada, essas pessoas apanhavam garrafas quebradas, derramavam cerveja no sangue que tivesse ficado no chão e entravam e saíam do bar em grupos para dificultar o interrogatório da polícia. Quando um cidadão local assumiu a tarefa de arranjar uma espingarda e retornar ao bar onde o grupo estava reunido, foi preso. Conseguiu-se o auxílio da patrulha rodoviária da Califórnia e da delegacia do município de Mendocino. Em seguida, o grupo foi instruído pelo chefe de polícia a sair da cidade. Depois dessa remoção, algumas brigas entre os próprios Angels ocorreram, mas sem o envolvimento de nenhum cidadão local.

O relato *Lynch-Newsweek* sobre o incidente de Porterville era pouco claro quanto aos detalhes, mas brutalmente claro em sua imagem dos Hell's Angels se aglomerando na cidade e descarregando sua sede de destruição sobre os cidadãos aterrorizados. Em comparação, a versão das testemunhas oculares era apagada e lenta... como o relato da sra. Whitright sobre o incidente em Willits, que não apresentava toda a urgência e a tensão da pitoresca versão policial. Não existe muita discrepância no que diz respeito aos fatos em si, mas as disparidades na ênfase e no contexto são a diferença entre uma manchete autêntica e um tapa-buraco na maioria dos jornais das grandes cidades. Os Hell's Angels de fato "invadem uma cidade", como geralmente são acusados, ou simplesmente entopem uma rua principal e alguns bares fazendo barulho de bebedeira, ferindo assim os sentimentos de vários moradores locais?

Num contexto mais amplo, qual é a ameaça real que os Hell's Angels representam? E qual é a gravidade de sua ameaça à vida e à integridade física dos habitantes da Califórnia... ou de Idaho, Arizona, Michigan, Nova York, Indiana, Colorado, New Hampshire, Maryland, Flórida, Nevada, Canadá e todos os outros lugares onde os rumores de sua chegada deixaram a população alvoroçada?

3

> Eu realmente estremeço pelo meu país
> quando reflito que Deus é justo.
>
> Thomas Jefferson

De acordo com os números do próprio procurador-geral Lynch, a situação geral do crime na Califórnia faz os Angels parecerem uma gangue de delinquentes juvenis insignificante. A polícia contou 463 Hell's Angels: 205 em Los Angeles, 233 na área que vai de São Francisco a Oakland, e o resto espalhado pelo estado. Esses afastamentos lamentáveis da realidade fazem com que seja difícil aceitar suas outras estatísticas. O pacote duvidoso alegava que as condenações dos Angels incluíam 1.023 crimes de má conduta e 151 crimes graves, principalmente roubo de veículos, roubos a residências e agressões. Isso para todos os anos e todos os supostos membros, incluindo muitos afastados há bastante tempo. Os números absolutos da Califórnia em 1963 mostravam 1.116 homicídios, 12.448 lesões corporais qualificadas, 6.257 transgressões sexuais e 24.532 roubos a residências. Em 1962, o estado registrou 4.121 mortes no trânsito contra 3.839 em 1961. Os números de apreensões de drogas em 1964 mostraram um aumento de 101% nas apreensões de maconha com adolescentes em relação a 1963. Em 1965, uma matéria na segunda página do *San Francisco Examiner* dizia: "A taxa de doenças venéreas entre adolescentes [da cidade] de quinze a dezenove anos mais do que dobrou nos últimos quatro anos". Mesmo com as atenuantes referentes ao aumento anual da população, as prisões de adolescentes têm aumentado 10% ao ano ou mais em todas as categorias. No final de 1965, o governador Edmund "Pat" Brown, um democrata, foi repreendido pelos republicanos na legislatura por "permanecer indiferente" à ameaça do aumento dos índices criminais, que, segundo eles, haviam crescido 70% durante seus sete anos de mandato.

Com esse pano de fundo, faria pouca diferença para a segurança e a paz de espírito do californiano comum se todos os motoqueiros fora da lei do estado (todos os 901, de acordo com a polícia) fossem enforcados em 24 horas.

Se a "Saga dos Hell's Angels" podia comprovar alguma coisa, era o poder impressionante da imprensa dominante de Nova York. Os Hell's Angels como existem hoje foram praticamente criados pela *Time*, pela *Newsweek* e pelo *New York Times*. O *Times* é o maior peso-pesado do jornalismo nos Estados Unidos. Em nove de cada dez matérias, o jornal faz jus à sua reputação. Ainda que os editores não tenham pretensão de ser infalíveis, vez ou outra eles metem os pés pelas mãos. Não faria sentido tentar enumerar essas falhas. Além disso, o propósito desta ladainha não é desmascarar nenhum jornal ou revista, e sim assinalar o efeito potencialmente gigantesco que eles podem exercer através de qualquer matéria cuja estrutura básica seja endossada e disseminada não apenas pela *Time* e pela *Newsweek,* mas pelo hiperprestigiado *New York Times*. O *Times* aceitou o relatório Lynch sem questioná-lo e simplesmente o reimprimiu numa versão muito resumida. A manchete era: CALIFÓRNIA TOMA MEDIDAS PARA CONTROLAR O TERRORISMO DOS MOTOQUEIROS BANDIDOS. A parte principal do artigo era bastante direta, mas as primeiras linhas eram ficção pura: "Uma taverna do interior é invadida por um grupo de motoqueiros desordeiros. Eles agarram uma cliente e a estupram. Na saída, exibem suas armas e ameaçam observadores curiosos com represálias horríveis caso contem o que viram. As autoridades já têm dificuldade para encontrar uma testemunha disposta a falar, quanto mais para prender e processar os transgressores."

Esse incidente jamais ocorreu. Ele foi criado, como uma espécie de montagem jornalística, pelo correspondente que fez a seleção das partes do relatório. Mas o *Times* não é escrito nem editado por idiotas, e qualquer um que tenha trabalhado em um jornal por mais de dois meses sabe como precauções técnicas são tomadas até mesmo na matéria mais extravagante, sem a preocupação de não causar impacto sobre o leitor. E elas resultam basicamente na arte de publicar uma matéria sem ter responsabilidade legal sobre ela. A palavra "suposto" é indispensável nesta arte. Outras palavras-chave são "disse fulano" (ou "afirmou"), "relatou-se" e "de acordo com". Em quatorze parágrafos pequenos de jornal, a matéria do *Times* continha nove desses termos. Os dois mais cruciais tinham a ver com introduções hollywoodianas e com o '"*suposto* estupro coletivo' no último Dia do Trabalho de duas meninas de catorze e quinze anos, por cinco a dez membros dos Hell's Angels na praia de Monterey" (o itálico é meu). Em nenhum lugar do texto foi dito ou ficou implícito que as acusações de Monterey haviam sido retiradas havia muito tempo, *de acordo com a primeira página do relatório citado*. O resultado foi uma amostra de um jornalismo negligente e emocionalmente tendencioso, um trabalho antiético que não faria ninguém erguer a sobrancelha nem provocaria um murmúrio caso fosse publicado na maioria dos jornais americanos... Mas o *Times* é um peso-pesado mesmo quando está errado, e o efeito desse artigo foi colocar o selo da respeitabilidade numa história que era, na verdade, um acidente histérico com motivações políticas.

Se a *Time* e a *Newsweek* não tivessem jamais tocado no assunto, a mídia de massa com sede em Nova York teria se apoderado dele de qualquer maneira. Um câncer social tinha sido descoberto pelo principal jornal norte-americano. E então... uma semana depois veio o duplo tiro de canhão *Time-Newsweek* que realmente colocou os Angels no topo. O que se seguiu foi uma orgia de publicidade. Os Hell's Angels, há muito tempo adormecidos, receberam a exposição equivalente a dezoito anos em seis meses, e isso naturalmente lhes subiu à cabeça.

Antes do estupro de Monterey, eles eram desordeiros medíocres conhecidos apenas pela polícia da Califórnia e por alguns milhares de fanáticos por motos. O que quer que isso significasse, eles eram a maior e mais famosa gangue de motoqueiros do estado. Entre os fora da lei, sua supremacia era incontestável – e ninguém mais se preocupava com isso.

Depois, como resultado do incidente de Monterey, eles estavam na primeira página de qualquer publicação diária da Califórnia, inclusive jornais de Los Angeles, Sacramento e São Francisco, examinados e selecionados todos os dias por pesquisadores da *Time* e da *Newsweek*. Algumas matérias diziam que as vítimas estavam assando marshmallows na praia com seus *dois* namorados – que lutaram bravamente para salvá-las – quando um grupo de mais ou menos quatro mil Hell's Angels cercou o acampamento e disse coisas do tipo: "Não se preocupem, garotos, nós só vamos arrombar as garotas pra vocês". (E depois, de acordo com um relato: "O barbado apertou os lábios cheios de pelos contra os da menina. Ela gritava e se debatia. Ele e um outro Angel a pegaram e arrastaram, gritando, e desapareceram na escuridão. Um grito agudo foi seguido por um xingamento rouco...")

HELL'S ANGELS ESTUPRAM ADOLESCENTES
4.000 MOTOQUEIROS INVADEM MONTEREY

Porém, apenas duas das dezoito violações específicas citadas no relatório Lynch ocorreram depois do Dia do Trabalho de 1964, e as duas foram brigas de bar. Portanto, a história estava tão disponível para a imprensa um dia após o estupro de Monterey quanto seis meses mais tarde, quando o procurador-geral convocou uma entrevista coletiva e entregou o relatório num belo pacote branco, um para cada abutre da mídia. Até então, ninguém havia demonstrado muito interesse... ou não tinha tido tempo, porque no outono de 1964 a imprensa tinha todos os seus talentos disponíveis voltados para o assunto da eleição nacional, que era, na verdade, a sensação do momento. Dizia-se que toda espécie de assuntos importantes estava esperando em suspenso, e alguém tinha que ficar de olho na tendência nacional.

Nem mesmo o senador Goldwater estava tratando do assunto dos Hell's Angels. "O crime nas ruas" rendia votos para ele. Milhares de pessoas se sentiam ameaçadas por gangues de vagabundos perambulando, a pé, pelas ruas da vizinhança de suas casas nas favelas urbanas. Os democratas se referiam a isso como uma crítica racista... mas o que eles teriam dito se Goldwater tivesse alertado os eleitores sobre um exército de desordeiros brancos, entorpecidos e depravados, aos milhares... com base na Califórnia, mas com divisões se proliferando por todo o país e até pelo mundo, tão rápido que se perdia a conta... e tão altamente ágeis, com suas máquinas espantosas, que quantidades enormes deles poderiam aparecer em quase qualquer lugar, a qualquer momento, para pilhar e destruir uma comunidade?

> Bárbaros imundos reproduzindo-se feito ratos na Califórnia e se espalhando para o leste. Ouçam o rugir das Harleys, Você ouvirá de longe, como um trovão. E depois, carregado pelo vento, virá o cheiro de sangue seco, sêmen e sebo humano... o ruído ficará mais alto e então eles vão surgir, no horizonte a oeste, olhos vermelhos e esbugalhados, espuma nos lábios, mascando alguma essência de raiz contrabandeada de uma selva estrangeira... eles vão raptar suas mulheres, saquear sua loja de bebidas e humilhar o seu prefeito num banco da praça da cidade...

Agora havia um assunto. A ladainha sobre "o crime nas ruas" era vaga demais. O que Goldwater precisava era de um conceito atualizado, como "o crime nas rodovias", crime motorizado, do qual ninguém estava a salvo. E, na primeira vez que os democratas o desafiassem, ele poderia mostrar fotos dos Hell's Angels mais imundos e ler em jornais os relatos do estupro de Monterey e outras histórias: "...eles a arrastaram, gritando, e desapareceram na escuridão"; "...o barman, quase inconsciente, se arrastou até o balcão enquanto os Angels cravavam uma tatuagem nas suas costelas com os pés..."

Infelizmente, nenhum dos dois candidatos escolheu a história de Monterey e, não havendo nenhum outro interessado, ela desapareceu rapidamente de vista. De setembro de 1964 a março do ano seguinte, os Hell's Angels protagonizaram uma série de conflitos discretos e sem publicidade com as polícias de Los Angeles e da Bay Area. A publicidade ostensiva do estupro de Monterey os tornou tão famosos na Califórnia que já não tinha nenhuma graça fazer parte da cena. Cada minuto nas ruas representava um risco calculado para qualquer homem que vestisse uma jaqueta dos Hell's Angels. As chances de ter problemas eram grandes, exceto em Oakland[1], e a punição por ser pego provavelmente seria severa. No auge da repressão, um ex-Angel de São Francisco me disse: "Se eu fosse demitido do meu emprego amanhã e voltasse a andar com os Angels, perderia a minha carteira de motorista em um mês, entraria e sairia da cadeia a toda hora, ficaria endividado até o pescoço com o meu fiador e seria perseguido pela polícia até sair da área". Na época, eu o tachei de paranoico incorrigível. Depois comprei uma moto grande e comecei a rodar por São Francisco e pela East Bay. A moto era uma BSA lustrosa, como veio da fábrica, sem nenhuma semelhança estética com uma Harley dos fora da lei, e a roupa que eu mais usava nas ruas era um casaco marrom-claro, a última coisa que um Hell's Angel usaria. Ainda assim, três semanas depois de ter comprado a moto, fui preso três vezes e acumulei pontos suficientes para perder a minha carteira de motorista da Califórnia, que eu mantive com um esforço mais ou menos diário, graças apenas a uma insistência fanática em destinar grandes quantias ao pagamento de fianças e ao que parecia ser um envolvimento sem fim com juízes, oficiais de justiça, policiais e advogados, que sempre me diziam que a causa estava perdida. Antes de comprar a moto, eu havia dirigido um carro

1. Havia uma diferença básica entre o tipo de pressão que os Angels sofriam em Oakland e em qualquer nutro lugar. Em Oakland, a coisa não era política, não era o resultado de nenhuma pressão por parte das autoridades públicas ou de planejamento tático – era mais uma coisa pessoal, uma queda de braço. Barger e o seu pessoal se dão muito bem com a polícia. Na maioria dos casos, e com algumas diferenças sutis, eles operam na mesma frequência emocional. Tanto os tiras quanto os Angels negam isso. A mera sugestão de compatibilidade psíquica é rejeitada por ambas as partes como uma forma de calúnia comunista. Mas os fatos são óbvios para qualquer um que já tenha visto um confronto rotineiro ou esteve presente em uma batida policial pacífica em um dos bares dos Angels. Distanciados, eles xingam uns aos outros ferozmente, e a frágil trégua costuma ser interrompida por perseguições em alta velocidade e breves confrontos violentos que raramente saem nos jornais. Porém, por trás da fúria e do barulho, ambos estão fazendo o mesmo jogo, e geralmente com as mesmas regras. (N.A.)

durante doze anos, em todos os estados do país com exceção de quatro, e tinha sido multado apenas duas vezes por excesso de velocidade, ambas em áreas de controle rigoroso de velocidade – uma em Pikeville, Kentucky, e outra em algum lugar perto de Omaha. Portanto, foi um certo choque ter que encarar a perda da carteira por violações cometidas num período de três semanas.

A repressão era tão óbvia que até mesmo motociclistas respeitáveis reclamavam de assédio policial indevido. A polícia negou oficialmente, mas, pouco antes do Natal daquele ano, um policial de São Francisco disse a um repórter: "Nós vamos pegar esses caras. É uma guerra".

"De quem o senhor está falando?", perguntou o repórter.

"Você sabe de quem estou falando", respondeu o policial. "Os Hell's Angels, aqueles motoqueiros bandidos."

"O senhor quer dizer qualquer um que esteja numa moto?", disse o repórter.

"O inocente terá que sofrer junto com o culpado", respondeu o policial.

"Quando terminei a reportagem", lembra-se o repórter, "eu a mostrei a um policial que encontrei na rua em frente ao Palácio da Justiça. Ele riu e chamou um colega. 'Olha isso', ele disse. '__________ pisou na bola de novo'."

A única conquista significativa da imprensa durante o inverno rigoroso de 1964-1965 foi uma série debochada que saiu no *San Francisco Chronicle,* baseada em algumas festas dos Angels no novo clube da divisão de São Francisco que foi invadido e fechado quase imediatamente depois que a série foi publicada. Enquanto isso, os Angels de Oakland se alimentaram fartamente da maré dos refugiados. Vindos de Berdoo, Hayward, Sacramento, os Angels estavam se mudando para os poucos refúgios que sobravam. Em dezembro, a divisão de Barger estava tão inchada e faminta de inimigos que eles começaram a atravessar a ponte e a atacar os Angels de São Francisco. Barger achou que São Francisco, ao deixar que o número de sócios diminuísse para onze, havia desonrado a tradição dos Angels a tal ponto que eles deveriam confiscar seus estandartes. Consequentemente, ele decretou a extinção da divisão de São Francisco e mandou o seu pessoal recolher as jaquetas. Os Angels de São Francisco reagiram, mas estavam muito debilitados pelos ataques enfurecidos de Oakland. "Cara, a gente estava sentado lá no bar", disse um deles, "relaxando perto da mesa de bilhar com umas cervejas, e de repente a porta abria com tudo e lá estavam eles, com as correntes e tudo mais.

"Mas a gente finalmente foi atrás deles. Fomos até o bar deles e botamos fogo numa das motos. Você tinha que ver. A gente queimou a moto bem no meio da rua, cara. Depois a gente foi pra sede deles e arrasamos com os caras. Que estrago! Vou te falar, a gente teve umas brigas pra valer."

Isso foi em dezembro. Mais dois meses tranquilos se passaram... e aí veio o relatório do procurador-geral, crueldade de costa a costa e uma porção de novas possibilidades. A situação toda mudou num instante. Num dia, eles eram uma gangue de vagabundos, batalhando por um dólar suado... e 24 horas depois eles estavam lidando com repórteres, fotógrafos, escritores free-lance e todo tipo de oportunista do showbiz interessado em dinheiro. Na metade de 1965, eles estavam firmemente estabelecidos como os maiores bichos-papões dos Estados Unidos.

Além de aparecerem em centenas de jornais abastecidos por agências de notícias e meia dúzia de revistas, eles posaram para câmeras de emissoras de televisão e deram entrevistas em programas de rádio. Fizeram declarações para a imprensa, apareceram em vários comícios e negociaram com informantes de Hollywood e editores de revistas. Foram procurados por místicos e poetas, apoiados por estudantes rebeldes e convidados para festas dadas por liberais e intelectuais. A coisa toda era muito esquisita e teve um efeito profundo em alguns Angels que ainda usavam o estandarte. Eles desenvolveram um complexo de prima-dona, exigindo contribuições em dinheiro (para ludibriar o Imposto de Renda) em troca de fotos e entrevistas. O *New York Times* foi duramente atingido por essas mudanças, e uma mensagem de Los Angeles de 2 de julho de 1965 dizia:

"Um homem apresentando-se como o 'relações-públicas' dos (...) [Hell's Angels] entrou em contato com a mídia jornalística oferecendo-se para vender a cobertura fotográfica da 'briga' do próximo fim de semana por quantias que variavam de quinhentos a mil dólares. Ele também se ofereceu para arrumar entrevistas com membros do clube por cem dólares cada, ou mais, caso tirassem fotos. O representante disse aos repórteres que seria 'perigoso' ir ao bar de San Bernardino onde o grupo se reúne com frequência sem pagar pela 'proteção'. Uma revista, disse ele, pagou mil dólares por uma permissão para que um fotógrafo acompanhasse o grupo esta semana."

O relato era uma combinação de verdade e absurdo, acrescido do fato de que o correspondente do *Times* de Los Angeles havia desenvolvido, a essa altura, uma séria aversão a qualquer coisa relacionada aos Hell's Angels. Suas razões eram excelentes. Eles haviam ameaçado espancá-lo se ele tentasse conseguir uma matéria sobre os Hell's Angels sem antes contribuir com os fundos do clube. Nenhum jornalista gosta de ser atrasado no cumprimento do seu dever por causa de subornos em dinheiro, e a reação natural – ou pelo menos a reação lendária – é a rápida decisão de pegar firme na história, como um buldogue com um osso na boca, e escrevê-la a todo custo.

A reação do *Times* foi mais sutil. Eles tentaram tirar a ênfase dos Angels, na esperança de que eles fossem embora, exatamente o contrário do que aconteceu. A história já estava virando uma bola de neve, e os monstros que o *Times* havia ajudado a criar voltaram, com um assessor de imprensa, para assombrá-los. Lá estava um punhado de desordeiros, sem prestígio até mesmo em San Bernardino, exigindo mil dólares de qualquer jornalista que quisesse ficar perto deles por um único fim de semana. A maioria dos Angels via o humor da coisa, mas, mesmo naquele estágio do jogo, havia alguns que acreditavam estar cobrando um preço justo. E sua crença era justificada quando "uma revista" aparecia com mil dólares (de acordo com o *Times)* ou 1.200 (de acordo com os Angels). A questão dessa contribuição é muito delicada porque, mesmo se os editores admitissem tal pagamento, o escritor e/ou fotógrafo que fez o pedido faria qualquer coisa para evitar o rótulo de que tinha de comprar suas histórias. Os Angels falavam abertamente sobre o dinheiro no começo, mas negaram o assunto mais tarde, depois que Sonny Barger passou a mensagem de que tal assunto poderia lhes causar problemas com impostos. É fato, porém, que um fotógrafo a serviço da *Life* passou um bom tempo com os Angels, trabalhando numa matéria fotográfica que nunca foi publicada.

Uma curiosidade interessante sobre a exigência de pagamento para proteção é que os Angels pegaram a ideia de um homem que ganha mais de cem mil dólares por ano capitalizando diversos modismos. Esse é o relações-públicas mencionado pelo *Times*. Seu envolvimento com os Angels começou em Berdoo, no círculo das corridas de *dragster*, mas ele nunca foi o relações-públicas deles. Tratava-se apenas de um contato barulhento, um número de telefone e um aproveitador não contratado com uma propensão a perturbar a imprensa. (No verão de 1965, ele estava comercializando camisetas do Fã-Clube dos Hell's Angels, que venderam razoavelmente bem até o dia em que os Angels declararam que queimariam todas as camisetas que vissem pela frente, mesmo se tivessem que arrancá-las do corpo das pessoas.)

Com o tempo, ele arruinou completamente a imagem dos Angels de Berdoo cobrando uma nota preta de qualquer pessoa que quisesse vê-los. E como ninguém (exceto "uma revista") estava disposto a pagar, e como ninguém caiu no seu blefe, ele conseguiu se passar, por quase seis meses, por representante bem relacionado de uma coisa que já tinha ido por água abaixo havia muito tempo. Os Angels de Berdoo cometeram o clássico erro de Dick Nixon – chegaram ao topo cedo demais. A publicidade do estupro de Monterey e duas brigas subsequentes na cidade resultaram numa repressão tão implacável que os poucos que insistiam em usar o estandarte eram forçados a agir mais como refugiados do que fora da lei, e a reputação da divisão enfraqueceu, como era de se esperar. Em meados de agosto de 1965, enquanto o circo estava pegando fogo em Oakland, o *Los Angeles Times* analisou a situação em Berdoo: HELL'S ANGELS DESAPARECEM NO VALE, PRESSÃO DA POLÍCIA AMANSA CLUBES DE DESORDEIROS. O primeiro parágrafo dizia: "Qualquer motoqueiro fora da lei que venha a existir no Vale [de São Fernando] deve ter se escondido embaixo da terra, diz a polícia. Eles estão na moita, causando pouco problema e nenhum tumulto."

"Se alguns deles colocarem a cabeça para fora e aparecerem nas ruas agora", ameaçou um tenente da polícia, "a primeira viatura que os vir vai abordá-los para interrogatório. Se não conseguirmos encontrar nada de errado, quase sempre há multas de trânsito pendentes. É o suficiente para tirá-los da rua, e isso os irrita muito.[2]

"Nós mantemos um posto de controle em Gorman, na rodovia Ridge, para pará-los e desencorajá-los quando grupos do norte da Califórnia, onde eles são mais ativos, tentam se mudar para Los Angeles. Temos outros postos na rodovia Pacific Coast, especialmente perto de Malibu.

"Eles se tornaram um grupo bastante flexível. Nós temos uma lista de 2.500 [sic] nomes de membros dos vários clubes, mas nem nos preocupamos em tentar registrar endereços. Eles estão sempre se mudando. Eles mudam de endereço, de nome, mudam até a cor do cabelo."

Em Fontana, principal território da divisão de Berdoo, os Angels não fazem muito estardalhaço em público e não são incomodados com frequência. "Um grupo de quatro ou cinco, tudo bem", disse o inspetor da polícia Larry Wallace. "Se tem um bando de dez ou doze, ou mais, a gente faz uma batida."

---

2. A tática ficou rapidamente popular entre policiais em outras partes do estado e em situações que não tinham nada a ver com os Hell's Angels. É um meio de controle de multidão especialmente eficaz e, em meados de 1966, era um procedimento padrão para lidar com manifestantes pela paz em Berkeley. A polícia passou a pegar pessoas aleatoriamente e a verificar através do rádio seus registros de trânsito. Minutos depois, a central dava a resposta e, se a pessoa detida tivesse pelo menos uma multa pendente ou alguma advertência de estacionamento irregular, ela seria "tirada das ruas" – um eufemismo policial que significa "levada para a prisão". (N.A.)

Em seu escritório particular, Wallace guarda uma recordação para se lembrar do que os Angels significam para ele. É uma reprodução emoldurada de um Modigliani, um retrato de uma mulher de cinco por dez centímetros, que ele apreendeu no apartamento de um Angel. A mulher tem uma expressão sonolenta, pescoço longo e uma boquinha afetada. Uma cruz de ferro foi rabiscada sobre a cabeça e a palavra "socorro" foi escrita em seus cabelos. Em volta do pescoço, há uma estrela de Davi com uma suástica carimbada em cima e, na garganta, há um buraco de bala de revólver, com o desenho da bala saindo por trás da cabeça. Espalhados aqui e ali estão os pensamentos do dia dos Angels:

Drogas Sempre
Sempre Chapado

Honesto policial, se eu soubesse que a minha
...saúde estava em perigo,
...eu nunca teria acendido um.

Os Angels sobreviveram em Berdoo, mas nunca recuperaram seu status do fim dos anos 50 e começo dos 60. Quando a fama finalmente apareceu, não tinham nada a oferecer a não ser uma reputação horrível e um assessor de imprensa espertalhão. Otto, o presidente da divisão, não conseguia arrumar um bico em lugar nenhum. Sal Mineo estava falando em uma taxa de três mil dólares para conseguir a participação dos fora da lei em um filme, mas os Angels não conseguiram ter quórum: alguns estavam na prisão, outros tinham desistido e muitos dos melhores integrantes tinham ido para o norte, para Oakland – ou a "Terra de Deus", como alguns deles dizem –, onde Sonny Barger dava as ordens e ninguém falava sobre o desaparecimento dos Hell's Angels. Mas Otto também queria um pouco de aventura e ainda tinha um punhado de seguidores fiéis para apoiá-lo. Eles ainda conseguiram se sair bem por uma última vez: um show com a indumentária completa para um redator do *Saturday Evening Post.*

O artigo do *Post* foi publicado em novembro de 1965 e, embora tenha expressado uma visão crítica, os Angels ficaram muito mais impressionados com a quantidade da cobertura do que com a qualidade. O efeito da matéria sobre eles foi considerável. Afinal, eles foram capa do *Saturday Evening Post,* em cores e junto com a princesa Margaret. Eles eram autênticas celebridades, não restava nenhum mundo a ser conquistado. Sua única queixa era que não estavam enriquecendo. ("Esses filhos da puta estão usando a gente e fazendo cena", disse Barger ao repórter do *Post,* "e não estamos levando nem uma porcaria de centavo com isso.") Era verdade que os Angels de Oakland haviam sido cortados das negociações de Los Angeles, mas acabaram conseguindo quinhentos dólares pelas fotos que venderam ao *Post,* portanto era difícil vê-los como uma minoria totalmente explorada.

> Somos um bando imponente de heróis,
> Estamos organizados há dez anos
> Somos conhecidos pela cidade
> Como os Granadeiros de Bowery[3]...
> Somos uma raça boa e antiga
> Com uma pedra de carvão
> E um pedaço de cano também.
> Damos uma surra nos guardas do Brooklyn
> Se eles mostrarem suas cartas,
> Corremos feito o diabo
> Quando o chão é plano
> Por cerca de quatrocentos metros.
> E as garotas, as belezinhas,
> Ficam apaixonadas até o pescoço,
> Quando sentem o estilo
> E o cheiro do óleo no cabelo
> Dos Granadeiros de Bowery.

de "The Bowery Grenadiers", letra e música de John Allison[4]

---

3. The Bowery, região de Nova York. (N.T.)
4. © Copyright 1957, Hollis Music. Inc., Nova York. Usada com permissão.

Minhas relações com os Angels duraram cerca de um ano e nunca acabaram de verdade. Cheguei a conhecer bem alguns deles, e a maioria dos outros, o suficiente para ficar tranquilo ao lado deles. Mas no começo, devido a inúmeros avisos, eu ficava nervoso até para beber. Eu conheci uma meia dúzia de Angels de São Francisco numa tarde no bar de uma espelunca velha chamada DePau Hotel, localizada na área industrial da zona portuária de São Francisco e às margens do gueto de Hungers Point. Meu contato foi o Frenchy[5], um dos menores e mais malandros dos desordeiros, que então era sócio de uma oficina mecânica de consertos de transmissão chamada Box Shop, na Evans Avenue, em frente ao local decadente onde ficava o DePau. Frenchy tem 29 anos, é um mecânico habilidoso e ex-tripulante de submarino da marinha. Ele tem 1,65 m e pesa 60 quilos, mas os Angels dizem que ele não tem medo de absolutamente nada e que briga com qualquer um. Sua mulher é uma jovem loira, calma e graciosa, cujo gosto está mais para música country do que para brigas e grandes festas. Frenchy é bom no violão, no banjo e no copo de cerveja.

A Box Shop está sempre cheia de carros, mas nem todos pertencem a clientes que pagam. Frenchy e uma equipe rotativa de três ou quatro Angels tomam conta do lugar, trabalhando com uma carga horária diária que varia de quatro a doze horas, mas de vez em quando tiram uma folga para uma viagem de moto, uma festa prolongada ou um passeio de veleiro pelo litoral.

Falei com o Frenchy por telefone e o encontrei no dia seguinte no DePau, onde ele estava jogando sinuca com Okie Ray, Crazy Rock e um jovem chinês chamado Ping-Pong. Assim que entrei no bar, tirei o meu blazer Palm Beach, em consideração à atmosfera rigorosamente igualitária que os clientes pareciam preferir.

Frenchy me ignorou por um tempo suficiente para tornar a coisa desconfortável, depois acenou com a cabeça dando um ligeiro sorriso e deu uma tacada seca na direção

5. O Frenchy de São Francisco, não o Frenchy de Berdoo. (N.A.)

de uma das caçapas. Comprei um copo de cerveja e fiquei observando. Não acontecia nada de mais. Ping-Pong era o que mais falava e eu não sabia ao certo o que pensar dele. Ele não estava usando nenhum emblema, mas falava como um veterano. (Mais tarde fiquei sabendo que ele tinha obsessão de entrar no clube e passava muito tempo na Box Shop e no DePau. Ele não tinha moto, mas tentava compensar andando com uma Magnum 357 de cano curto na cintura.) Os Angels não se impressionavam. Eles já tinham um membro chinês, um mecânico da Harley-Davidson, mas ele era um tipo quieto e de confiança, que não tinha nada a ver com o Ping-Pong, que deixava os desordeiros nervosos. Eles sabiam que o chinês estava determinado a impressioná-los, e estava tão ansioso para mostrar suas qualidades, diziam, que ia acabar fazendo todo mundo ir para a cadeia.

Quando o jogo de sinuca acabou, Frenchy se sentou na frente do balcão e perguntou o que eu queria saber. Conversamos por mais de uma hora, mas seu jeito de conversar me deixava nervoso. Ele fazia pausas de vez em quando, deixando uma pergunta no ar, e me encarava com um sorrisinho sombrio... uma alusão a alguma piada particular que ele tinha certeza de que eu tinha entendido. A atmosfera estava carregada de hostilidade, como fumaça em uma sala abafada, e por um momento presumi que ela estava toda voltada para mim – e a maior parte dela estava, quando fiz a minha aparição inicial, mas o foco se dissolveu muito rapidamente. A sensação de ameaça permaneceu, ela é parte da atmosfera que os Hell's Angels respiram... O seu mundo é tão cheio de hostilidade que eles nem sequer a reconhecem. São deliberadamente duros com a maioria dos estranhos, mas recebem reações negativas mesmo quando tentam ser amigáveis. Eu já os vi tentando entreter uma pessoa de fora contando histórias que eles consideravam muito engraçadas, mas que geravam medo e causavam repulsa numa pessoa com um tipo de senso de humor diferente.

Alguns dos desordeiros percebem essas falhas na comunicação, mas a maioria fica perplexa e ofendida ao ouvir que as "pessoas normais" os consideram horríveis. Eles ficam bravos quando leem sobre como são sujos, mas, em vez de roubarem um desodorante, eles se esforçam para ficar ainda mais sujos. Apenas alguns cultivam um mau cheiro corporal perceptível. Os que têm esposa e namorada firme tomam banho com a mesma frequência de qualquer pessoa que tenha um subemprego, e compensam isso emporcalhando suas roupas com mais frequência.[6] Esse tipo de exagero é a espinha dorsal do estilo deles. O forte fedor que dizem que eles exalam não é tanto o mau cheiro corporal, e sim o cheiro de graxa velha em seus uniformes grosseiros. Todo Angel recruta vem para a sua iniciação usando uma calça Levi's nova, uma jaqueta com as mangas cortadas combinando com a calça e um emblema impecável nas costas. A cerimônia varia de uma divisão para outra, mas a parte mais importante consiste sempre em sujar o uniforme novo do iniciado. Um balde de bosta e urina é coletado durante a reunião e depois derramado na cabeça do recém-chegado num batismo solene. Ou então ele tira as roupas e fica nu enquanto o balde de sujeira é derramado sobre as roupas e os outros as pisoteiam.

Essas são as suas "originais", a serem usadas todos os dias até apodrecerem. A calça Levi's é mergulhada no óleo e depois pendurada para secar no sol, ou deixada debaixo da moto à noite para absorver o vazamento do cárter. Quando elas ficam esfarrapadas demais para serem usadas, são colocadas por cima de uma Levi's nova. Muitas jaquetas ficam tão sujas que o emblema fica quase invisível, mas não são jogadas no lixo até caírem aos pedaços, literalmente. O estado das originais é um sinal de status. Elas levam um ou dois anos para ficar no ponto e fazer um homem sentir que está em um nível mais alto.

Frenchy e os outros Angels no DePau queriam saber se eu os havia localizado pelo cheiro. Mais tarde naquela mesma noite, na reunião semanal, notei que vários deles

---

6. As patroas dos Angels são geralmente contra o mau cheiro. "Meu marido uma vez ficou dois meses sem tomar banho", lembra uma moça de Richmond. "Ele queria ver como seria fazer jus à fama que as pessoas nos davam... Eu tenho sinusite e não consigo sentir muito cheiro mesmo, mas um dia ficou tão ruim que eu disse: 'Vai pegar o outro colchão, eu não vou dormir com você até você tomar banho'." (N.A.)

estavam usando camisas de lã caras e jaquetas de esqui por baixo do uniforme. Quando os bares fecharam, às duas horas, cinco dos desordeiros foram ao meu apartamento para uma rodada de bebida de varar a noite. No dia seguinte, eu soube que um deles era um notório piolhento, um criador de chato ambulante. Examinei a minha sala cuidadosamente, procurando piolhos e outros insetos, mas não encontrei nada. Esperei, nervoso, por cerca de dez dias, achando que ele podia ter deixado ovos que ainda estavam incubando, mas nenhum piolho apareceu. Nós ouvimos muito Bob Dylan naquela noite, e durante muito tempo eu me lembrava dos piolhos toda vez que escutava a voz dele.

Isso foi no início da primavera de 1965. No meio do verão, eu tinha me envolvido tanto com o ambiente dos desordeiros que não tinha mais certeza se estava fazendo uma pesquisa sobre os Hell's Angels ou se estava, aos poucos, entrando para o grupo. Quando me dei conta, estava passando dois ou três dias da semana em bares dos Angels, na casa deles, em viagens e festas. No começo, eu os mantive longe do meu mundo, mas após alguns meses meus amigos ficaram acostumados a encontrar Hell's Angels no meu apartamento a qualquer hora do dia ou da noite. As chegadas e saídas causavam alvoroços periódicos na vizinhança e às vezes as pessoas se aglomeravam na calçada. Quando isso chegou aos ouvidos do proprietário chinês do meu apartamento, ele enviou mensageiros para descobrir a natureza do meu trabalho. Certa manhã, pedi para Terry o Vagabundo atender a porta para despistar uma cobrança de aluguel, mas a sua ação foi interrompida pela chegada de uma viatura chamada pela vizinha. Ela foi muito educada enquanto os Angels retiravam suas motos da entrada da casa dela, mas no dia seguinte me perguntou se "aqueles rapazes" eram meus amigos. Eu disse que sim e, quatro dias depois, recebi uma ação de despejo. O aparecimento do caso do estupro era uma ameaça clara e constante aos valores da propriedade. O quarteirão tinha que ser purificado. Somente muito tempo depois que eu tinha me mudado dali, percebi que a mulher estava totalmente aterrorizada. Ela tinha visto grupos de Angels entrando e saindo do meu apartamento de vez em quando, mas, quando deu uma olhada neles e ouviu o terrível som de suas motos, passou a se apavorar toda vez que ouvia uma motocicleta. Eles eram uma ameaça para ela todas as noites, com seus zumbidos e estrondos sob a janela, e nunca passou pela cabeça dela que o ruído do motor de uma Harley de um desordeiro, que ela ouvia de vez em quando, não era diferente do gemido agudo das motos do centro odontológico universitário a uma quadra dali. À tarde ela ficava na frente da casa, molhando a calçada com uma mangueira e olhando fixamente para qualquer Honda que descesse a ladeira vinda do centro médico ali perto. Algumas vezes, a rua toda parecia estar cheia de Hell's Angels. Era mais do que qualquer proprietário que pagava seus impostos poderia suportar. Na verdade, as visitas deles não eram marcadas por nada mais sinistro do que música alta, algumas motos na calçada e algum lixo jogado pela janela dos fundos de vez em quando. A maior parte das condutas impróprias ocorria nas noites em que não havia nenhum Angel por perto. Uma das minhas visitas mais respeitáveis, um executivo da área de publicidade de Nova York, ficou com fome após uma longa noite de bebedeira e roubou um presunto da geladeira de um apartamento vizinho. Um outro convidado botou fogo no meu colchão e nós tivemos que jogá-lo pela janela dos fundos. Um outro saiu feito louco pela rua com um megafone Falcon de alta potência, normalmente usado em barcos para sinalizar perigo. Pessoas saíram para xingá-lo de pelo menos vinte janelas, e ele escapou por pouco de apanhar de um homem de pijama que saiu correndo na direção dele com um enorme taco de golfe.

Uma outra noite, um advogado da cidade entrou com o carro na calçada e, na beira da entrada da minha casa, meteu a mão na buzina e tentou derrubar a porta com o para-choque. Um poeta que estava me visitando arremessou uma lata de lixo embaixo das rodas de um ônibus que passava, provocando um barulho que parecia de um acidente grave. Meu vizinho de cima disse que parecia o som de um Fusca sendo esmagado. "Eu levantei da cama num pulo", ele disse.

"Mas, quando olhei pela janela, só vi o ônibus. Achei que o carro devia ter batido de frente e ido para debaixo do ônibus. Ouvi um som horrível de coisa arrastando. Achei que tivesse gente esmagada lá embaixo nas ferragens."

Um dos piores incidentes daquela época não provocou nenhum tipo de reclamação: foi uma espécie de demonstração de potência de fogo bem-intencionada, que ocorreu num domingo por volta das três e meia da madrugada. Por razões que nunca chegaram a ser esclarecidas, arrebentei minhas janelas dos fundos com cinco tiros de uma escopeta calibre 12, que foram seguidos, minutos depois, por seis tiros de uma Magnum 44. Foi uma explosão prolongada de tiroteio intenso, risadas bêbadas e vidro quebrando. Porém, os vizinhos reagiram com silêncio total. Por um tempo, presumi que alguma estranha corrente de ar tivesse absorvido todo o barulho e carregado para o mar, mas, depois do meu despejo, eu soube que foi outra coisa. Todos os tiros tinham sido devidamente registrados no diário de bordo das fofocas. Um outro inquilino do prédio me disse que o proprietário foi convencido, por todas as histórias que ouviu, de que o interior do meu apartamento tinha sido reduzido a pó por causa de orgias, brigas, incêndios e tiroteios gratuitos. Ele tinha até ouvido histórias sobre motos entrando e saindo pela porta da frente.

Esses incidentes não resultaram em nenhuma prisão, mas, de acordo com os boatos na vizinhança, todos estavam relacionados aos Hell's Angels, que comandavam suas ações no meu apartamento. Provavelmente foi por isso que quase nunca chamavam a polícia, todos tinham medo de que os Hell's Angels se vingassem.

Pouco depois que eu me mudei dali, um grupo de parentes do proprietário, que falavam mandarim, foi inspecionar o apartamento, aparentemente com o propósito de calcular a cobrança de uma indenização. Eles pareciam perplexos, mas imensamente aliviados, por não terem encontrado nenhuma destruição grave. Não havia nenhum sinal da presença dos Hell's Angels, e a única moto à vista estava na calçada. Ao saírem, eles pararam para olhá-la, conversando rapidamente em seu próprio idioma. Eu fiquei um pouco preocupado, achando que poderiam estar falando em confiscar a minha moto para saldar o aluguel anterior, mas o único membro do grupo que falava inglês me garantiu que eles estavam admirando sua "elegância".

Até mesmo o proprietário tinha apenas uma vaga compreensão da ameaça dos Hell's Angels à sua propriedade. Todas as reclamações tiveram que ser traduzidas para o chinês, e eu imagino que ele as tenha considerado incompreensíveis. Com um referencial pessoal não afetado pelos meios de comunicação de massa em inglês, ele não tinha como saber por que meus vizinhos estavam tão agitados. As pessoas que ele tinha mandado para me pressionar quando o aluguel estava atrasado desconheciam igualmente o assunto de motoqueiros fora da lei. Eles ficaram com muito medo do meu filhote de Doberman, mas não se abalaram quando tocaram a campainha naquela manhã e ficaram frente a frente com Terry o Vagabundo.

Ele tinha varado a noite e estava grogue de vinho e bolinhas. Era um dia frio e úmido, e no caminho para o meu apartamento ele havia passado numa loja do Exército da Salvação e comprado, por 39 centavos, os restos desgrenhados de um casaco de pele. Parecia algo que a Marlene Dietrich poderia ter usado nos anos 20. A bainha esfarrapada batia nos joelhos dele, e as mangas pareciam cachos de cabelos emaranhados saindo das cavas do seu colete de Hell's Angels. Coberto pelo casaco, ele parecia pesar cerca de 130 quilos... uma criatura primitiva e insana, de botas, barba e óculos escuros de aros redondos, como os de um cego.

Deixá-lo atender a porta era como uma solução definitiva para o problema do aluguel. Quando ele foi andando pelo corredor, com seus passos pesados, nós abrimos mais uma rodada de cervejas e esperamos para ouvir os gritos horrorizados e o som de passos de gente correndo. Mas tudo o que ouvimos foi uma conversa rápida murmurada e segundos depois Terry estava de volta à sala do apartamento. "Que droga, eles não deram a mínima", ele disse. "Para eles eu sou só mais um americano. As duas senhoras deram um sorriso pra mim, e o baixinho que falava inglês foi tão educado que eu fiquei até sem graça. Eu disse que você tinha saído e que eu não sabia quando ia voltar, mas eles disseram que iam esperar."

Fazia trinta segundos que ele tinha voltado para a sala quando ouvimos uma agitação na rua. A polícia tinha vindo por causa das motos, e Terry correu para fora. A discussão que se seguiu juntou um grupo de umas 25 pessoas, mas os chineses não ligaram. Eles tinham vindo para tratar de dinheiro, e não se desviariam de seu objetivo por causa de uma briga sem sentido entre policiais e uma coisa que parecia ter atravessado a terra escavando da Mongólia até ali.

A maioria das pessoas que pararam para observar a discussão tinha reconhecido o emblema nas costas do Terry e, portanto, podia assistir à cena a partir de muitos níveis de envolvimento diferentes, embora a única questão verdadeira era se Terry e Mouldy Marvin (que ficou dentro do apartamento) receberiam uma multa de quinze dólares por obstruir uma entrada de carros residencial, ou se os homens da lei seriam complacentes, permitindo que as motos fossem levadas dez metros rua acima, para um local em que era permitido estacionar.

Os policiais estavam obviamente gostando daquilo tudo. Uma reclamação de estacionamento em local proibido havia levado a um enfrentamento dramático (diante de uma multidão) com um dos Hell's Angels mais conhecidos. O pior que eles poderiam fazer era preencher duas multas no total de trinta dólares, mas foram necessários vinte minutos para tomar a decisão fatal. Por fim, o policial que havia tomado a iniciativa nos primeiros momentos do drama deu um basta à história toda ao pegar bruscamente o talão de multas, virar as costas para Terry e dar um suspiro de desprezo e cansaço. "Tudo bem, tudo bem", ele disse com rispidez. "Só tire essas malditas coisas do caminho, tá bom? Que droga, eu devia mandar rebocar as duas, mas..." O policial era jovem, mas tinha uma boa presença de cena. Era como ver o Bing Crosby humilhando os Amboy Dukes, negando-se a prestar queixa contra um de seus líderes, acusado de cuspir no sino da Igreja de St. Mary.

4

Eles são os Wild Bill Hickoks, os Billy the Kids – são os últimos heróis americanos que nós temos, cara.

Ed "Big Daddy" Roth

Peguem aqueles vândalos.

Newsweek (março de 1965)

Nem todos os fora da lei estavam felizes por serem celebridades. Os Angels de São Francisco tinham ficado seriamente marcados depois da série do *Chronicle* e viam os repórteres como indicadores certos de desastres. Do outro lado da baía, em Oakland, a reação era mais variada. Após sete anos sendo praticamente ignorados pela imprensa, os fora da lei da East Bay estavam mais curiosos do que precavidos – exceto os recém-chegados, especialmente os de Berdoo. Eles tinham ido a Oakland em busca de refúgio e não de publicidade, e a última coisa de que precisavam era de um fotógrafo de jornal. Vários eram procurados na Califórnia sob acusações de roubo, agressão física e falta de pagamento de pensão. Até mesmo uma foto casual ou um nome gritado de forma despreocupada num estacionamento poderia desencadear uma série de eventos que os mandaria para a prisão. Uma foto tirada em Oakland, ou uma entrevista que mencionasse nomes, poderia ser pega por uma agência de notícias e publicada em San Bernardino na manhã seguinte. Depois disso, seria apenas uma questão de horas até que os cães farejassem sua trilha.

A publicidade também tinha um efeito negativo na situação dos Angels em relação a empregos. No final de 1964, talvez dois terços dos fora da lei estavam trabalhando, mas um ano depois esse número tinha caído para cerca de um terço. Terry foi sumariamente demitido de seu emprego na linha de montagem da General Motors alguns dias depois da publicação do artigo da *True*.[1] "Eles apenas me mandaram ir embora", disse, dando de ombros. "Não deram nenhuma

1. Agosto de 1965. (N.A.)

razão, mas os caras que trabalhavam comigo falaram que o chefe da seção tinha ficado abalado com aquele artigo. Ele perguntou pra um dos caras se já tinha me visto drogado alguma vez e se eu já tinha falado de estupros de gangue, esse tipo de bobagem. O sindicato disse que vai brigar, mas que se dane, eu tenho outras formas de conseguir o meu pão."

A demanda por motoqueiros fora da lei não está muito alta no mercado. Com algumas exceções, até mesmo aqueles com os requisitos necessários para o trabalho preferem pedir seguro-desemprego... o que dá a eles a folga para dormir até tarde, gastar bastante tempo com as motos e fazer uns bicos sempre que sentirem necessidade. Alguns cometem assaltos, outros roubam motos, acessórios de carros ou trabalham como cafetões. Muitos são sustentados por esposas ou namoradas, que ganham bem como secretárias, garçonetes e dançarinas de boates. Alguns dos fora da lei mais jovens ainda moram com os pais, mas não gostam de falar sobre isso e só vão para casa quando têm que se curar de uma ressaca, ou para assaltar a geladeira ou filar uns trocados do pote de biscoitos da família. Os Angels que trabalham geralmente o fazem em meio período ou ficam pulando de um emprego para outro, ganhando bem numa semana e nada na outra.

Eles são estivadores, auxiliares de armazém, motoristas de caminhão, mecânicos, balconistas e operários eventuais em qualquer emprego que pague rápido e não exija nenhuma fidelidade. Talvez um entre dez tenha um emprego fixo ou uma renda decente. Skip, de Oakland, é inspetor de uma linha de montagem da General Motors e ganha duzentos dólares por semana. Ele tem casa própria e até se mete na bolsa de valores. Tiny, sargento do exército e principal nocauteador da divisão de Oakland, é "supervisor de crédito" de uma rede de lojas de aparelhos de TV local. Ele tem um Cadillac e ganha 150 dólares por semana para pressionar pessoas que atrasam as prestações.[2] "A gente encontra

2. Diversas aparições no tribunal desfalcaram a renda de Tiny antes do fim de 1965, e em junho de 1966 ele foi forçado a pedir licença com prazo indeterminado no trabalho para comparecer a seu próprio julgamento, sob acusação de estupro. (N.A.)

muito malandro nesse negócio", ele diz. "Geralmente ligo pra eles primeiro. Eu me apresento como um profissional, até ter certeza de que estou falando com a pessoa certa. Aí digo pra ele: 'Presta atenção, filho da puta, eu tô te dando 24 horas pra aparecer aqui com o dinheiro'. Eles geralmente se cagam de medo com isso e pagam rapidinho. Se não pagarem, eu vou até a casa do cara de carro e chuto a porta até alguém atender. De vez em quando, pego um engraçadinho tentando me enrolar... Aí eu pego uns dois caras, dou uns trocados pra eles pela ajuda, e a gente sai pra fazer uma visitinha pro vagabundo. Isso sempre resolve. Nunca tive que bater em ninguém até hoje."

Há outros com rendas estáveis, mas a maioria dos Angels trabalha de forma esporádica no tipo de emprego que logo será dominado pelas máquinas. Já é difícil conseguir trabalho não especializado com cabelos até os ombros e um brinco de ouro... Tem que ser um empregador que esteja desesperado ou que tenha uma tolerância fora do comum... Mas pedir emprego sendo membro de uma "conspiração criminosa de motoqueiros" conhecida no país inteiro é uma desvantagem que só pode ser compensada por talentos especiais, que poucos Angels possuem. A maioria não tem experiência nem instrução, nenhuma referência social ou econômica além de uma extensa ficha na polícia e um excelente conhecimento sobre motocicletas.[3]

Portanto, há mais aspectos a serem levados em conta em sua postura do que apenas um ávido desejo de serem aceitos num mundo em que eles nunca venceram. Sua verdadeira motivação é uma certeza instintiva de saber a quantas anda o placar. Eles estão fora do jogo e sabem disso. Diferentemente dos rebeldes universitários, que com um mínimo esforço podem sair da luta para o status social, o motoqueiro fora da lei vê o futuro com os olhos malignos

3. Em meados de 1966, a guerra do Vietnã colocou vários Angels de volta ao mercado de trabalho. O volume de embarque de militares pelo Terminal do Exército de Oakland provocou uma demanda tão grande por operadores e carregadores que os Angels eram contratados quase contra a vontade. (N.A.)

de um homem sem a mínima possibilidade de ascensão, de qualquer tipo. Em um mundo cada vez mais adaptado aos especialistas, técnicos e máquinas fantásticas e complicadas, os Hell's Angels são perdedores óbvios, e isso os chateia. Mas em vez de se submeterem passivamente ao seu destino coletivo, eles o transformaram na base de sua vingança social em tempo integral. Eles não esperam ganhar nada, mas, por outro lado, não têm nada a perder.

Se uma das desvantagens de se tornar uma figura pública era a incapacidade de arrumar um emprego, a outra era a decepção de descobrir que a fama pode vir sem o dinheiro. Pouco depois que as revistas de notícias os transformaram em celebridades, eles começaram a falar em "ficar rico com isso tudo", e o medo de serem esquecidos logo deu lugar a um ressentimento melancólico por estarem sendo "usados" para vender jornais e revistas. Eles não tinham certeza de como a riqueza viria, ou por que, ou até mesmo se a mereciam... mas pareciam ter certeza de que a balança de pagamentos estava prestes a pender para o lado deles. Esse sentimento atingiu o auge quando um Angel foi capa do *Post,* e por algumas semanas depois disso era difícil falar com eles sobre qualquer coisa que não fosse dinheiro. Eles estavam fazendo todo tipo de acordo, tinham inúmeras ofertas que precisavam ser pesadas e analisadas... agarrar logo uma bolada ou tentar ir com calma e preparar uma agenda de royalties a serem distribuídos em cotas perpétuas.

Nenhum deles percebeu a canoa furada em que estavam até seus acordos começarem a ruir. Os Angels não perceberam rápido o curso das coisas porque ainda eram celebridades. Mas um dia o telefone parou de tocar e o jogo tinha acabado. Eles ainda estavam falando de dinheiro, mas a conversa logo iria se tornar desagradável. O dinheiro estava por toda parte, mas eles não conseguiam colocar as mãos nele. O que precisavam era de um bom empresário ou de um informante louco por dinheiro, mas não conseguiam arranjar nenhum dos dois. Não havia ninguém para tirar de Sal Mineo os três mil dólares que eles queriam para ajudá-lo a fazer seu filme, e ninguém com a lábia necessária para tirar dois mil dólares dos produtores do programa de Merv Griffin, que também haviam falado em fazer um filme. (Deus sabe que tentei, e os Angels ainda me culpam por ter acabado com a chance de levar os dois mil que queriam, mas a triste realidade é que o pessoal do Merv simplesmente não iria pagar... talvez porque soubessem que Les Crane já havia agendado uma ponta com os Hell's Angels.) Havia outros que tentavam envolver os fora da lei em negócios ilícitos. Um jornalista de São Francisco que conhecia os Angels foi contatado por uma pessoa de um canal de TV que queria estar por perto com uma equipe de filmagem na próxima vez que os fora da lei destruíssem uma cidade. Mas o negócio foi por água abaixo quando os Angels ofereceram, por cem dólares para cada um, aterrorizar qualquer cidade que o pessoal da TV escolhesse. Deve ter sido tentador, uma garantia plena de algumas cenas de arrepiar os cabelos... E o fato de a oferta ter sido recusada serve como uma medida da preocupação da indústria televisiva com o bem-estar do público.

Os Angels estavam extremamente orgulhosos da sua exposição no *Post,* ainda que a capa trouxesse um de seus membros mais obscuros e menos típicos. Apesar da oportunidade de apresentar a seus 6.670.000 leitores"[4] um retrato realmente perturbador, o *Post* resolveu ficar com Skip Von Bugening, um ex-músico de rock e caixa de supermercado, que tem a aparência e o jeito de falar do que todo mundo imagina como o candidato ideal para o Job Corps.[5] Skip é um bom rapaz, mas mostrá-lo ao público como um típico Hell's Angel é como fazer um *remake* de *O selvagem* com Sal Mineo como protagonista em vez de Marlon Brando. Menos de seis meses depois de ter sido capa do *Post,* tomaram o estandarte de Skip e o expulsaram do clube. "Ele nunca foi um Angel de verdade", disse um deles. "Era só um exibido de merda."

À medida que os fora da lei ganhavam mais publicidade, a reação deles era cada vez mais ambígua. No início,

---

4. Tiragem no final de 1965, de acordo com o departamento de distribuição do Post. (N.A.)

5. Programa educativo que auxilia jovens americanos a iniciar-se em uma carreira profissional. (N.E.)

quando quase tudo o que era dito sobre eles era retirado do Relatório Lynch, eles ficavam injuriados porque nenhum jornalista responsável poderia ser tão desleixado e parcial. Eles falavam de editores e repórteres como verdadeiros lixos humanos, corruptos incorrigíveis, com os quais não valia a pena falar em nenhuma situação. Cada artigo desfavorável provocava acessos de raiva, mas eles gostavam de ser entrevistados e fotografados. Em vez de se recolherem a um silêncio de indignação, tentavam ir à forra dando mais entrevistas para colocar os pingos nos is.

Apenas uma vez eles se tornaram realmente hostis a tudo relacionado à mídia. Foi logo depois da publicação dos artigos da *Newsweek* e da *Time*. Eu me lembro de ter tentado mostrar o artigo da *Time* para o Crazy Rock, que na época trabalhava no Hilton de São Francisco como vigia noturno. Ele deu uma olhada no recorte e o jogou de lado. "Eu ia ficar louco se começasse a ler essa coisa", ele disse. "Não tem nada a ver. É tudo papo-furado." Os Angels de São Francisco queriam me dar uma surra de correntes por uma questão de princípios. Depois disso, quando encontrei os Angels de Oakland, havia uma conversa sobre botar fogo em mim por causa do que a *Newsweek* tinha feito. Somente depois que o meu artigo sobre motos foi publicado no *The Nation,* eles realmente acreditaram que eu não os estava enganando o tempo todo.

Porém, mais adiante no mesmo ano, e especialmente depois que eles fizeram a sua estreia na política, num confronto com os manifestantes de Berkeley pela paz, os Angels pararam de rir dos recortes de jornal a seu respeito. O tom das matérias estava mudando, em particular no *San Francisco Examiner,* da Hearst, e no *Oakland Tribune,* de William Knowland. Até mesmo no *San Francisco Chronicle,* um jornal que nunca tinha feito nada a não ser rir dos Angels, o falecido Lucius Beebe reservou uma de suas colunas de domingo para zombar dos manifestantes de Berkeley e terminou dizendo: "Os Hell's Angels davam a impressão de estarem possuídos por um sentimento de adequação e realismo que está em falta em qualquer lugar da East Bay".

A essa altura, era impossível saber se os Angels estavam passando a perna na imprensa ou vice-versa. Observadores imparciais e leitores assíduos de jornais acharam a trégua muito estranha. Lá estava o *Examiner,* que sempre tinha visto os Angels com medo e antagonismo, de repente apresentando-os como patriotas mal compreendidos. O *Examiner* passou por momentos difíceis ultimamente, mas ele permanece influente entre aqueles que temem que o rei George III possa ainda estar vivo, morando na Argentina. O *Tribune é* o mesmo tipo de jornal, mas sem as divergências confusas que passaram a caracterizar o *Examiner.* Em 1964, por exemplo, o império de Hearst abandonou Goldwater, enquanto o *Tribune* manteve o apoio. Por coincidência, o sr. Knowland havia dirigido a primeira campanha vitoriosa do senador na Califórnia, portanto não havia muita dúvida sobre a posição do *Tribune* – um tanto isolada – em novembro. Em alguns círculos, o *Tribune* é visto como um exemplo clássico do que os antropólogos chamam de "esforço atávico[6]".

Lucius Beebe era um caso à parte, e suas opiniões sobre qualquer questão importante não eram mais levadas em conta desde a adoção de arames farpados nos campos. De vez em quando, porém, ele aparecia com uma história realmente clássica e, por alguma razão, o *Chronicle* continuou a publicá-las mesmo depois da sua morte, no início de 1966. Em três anos de leitura do jornal, nunca encontrei ninguém que levasse Beebe a sério, até que vários Angels citaram sua coluna para mim – com expressão séria e certa dose de orgulho. Quando eu ri, eles ficaram chateados. Ele os havia comparado de modo favorável aos Texas Rangers e, com o tipo de crítica a que eles estavam acostumados, aquilo equivalia a uma conquista digna de medalha de ouro. Tentei explicar que Lucius era um charlatão, mas eles não aceitavam nada do que eu falava. "Merda. É a primeira vez

---

6. Ele também gera lucro, diferentemente do *Examiner,* que, em 1965, finalmente entregou os pontos e juntou-se ao *Chronicle,* agora o único jornal diário de São Francisco. Em vez de encerrar suas atividades, o *Examiner* passou a ser uma publicação vespertina. (N.A.)

que eu leio alguma coisa boa sobre a gente", disse um deles, "e você vem me dizer que o cara é um babaca... que droga, isso é melhor do que qualquer coisa que *você* já escreveu sobre a gente."

De fato era verdade, e eu me senti mal com isso. Nunca tinha me ocorrido comparar Tiny com Bat Masterson. Ou Terry com Billy the Kid. Ou Sonny com Buffalo Bill. Mesmo depois que o Big Daddy resumiu tudo, eu ainda não conseguia ver a relação... E depois veio o Beebe, com a sua comparação aos Texas Rangers, que os Angels reconheceram imediatamente.

> Você negaria publicações impressas?
>
> Lema anglo-saxão

Entre tudo o que se falou sobre os Angels, ninguém jamais os acusou de modéstia, e esse novo tipo de imprensa era uma massagem para o ego há muito maltratado deles. Os Angels estavam começando a ver a fama repentina como uma confirmação do que eles sempre suspeitaram: que eles eram criaturas raras e fascinantes ("Acorda e aproveita, cara. Nós somos os Texas Rangers."). Era o choque do reconhecimento, há muito esperado. Embora eles nunca tenham entendido a velocidade dos acontecimentos, estavam satisfeitos com o resultado de forma geral. Ao mesmo tempo, eles reconsideraram a visão tradicional que tinham da imprensa: nem *todos* os repórteres eram mentirosos natos. Havia exceções, aqui e ali, com coragem e disposição para escrever a verdade.

5

Ele usava calça de sarja
E botas de motoqueiro
E uma jaqueta preta de couro
Com uma águia nas costas
Ele tinha uma moto envenenada
Que arrancava como uma bala,
Aquele idiota era o terror da
Highway 101

Sucesso das jukeboxes no final dos anos 50

O clima da Califórnia é perfeito para motos, assim como para pranchas de surf, carros conversíveis, piscinas e apatia. A maioria dos motoqueiros são tipos inofensivos de fim de semana, tão perigosos quanto esquiadores e mergulhadores. Mas, desde o fim da Segunda Guerra Mundial, a Costa Oeste vem sendo infestada por gangues de jovens revoltados com suas motos, perambulando pelas autoestradas em grupos de dez a trinta, parando sempre que ficam com sede ou cãibras de tanto pilotar para beber cerveja e fazer barulho. A alquimia da publicidade fez o fenômeno parecer novíssimo em 1965, mas até mesmo entre os membros dos Hell's Angels há aqueles que insistem que a atividade dos fora da lei engrenou em meados dos anos 50, quando os personagens originais começaram a sair de cena para se casar, pagar financiamento da casa própria e cumprir pena.

A coisa toda começou, eles dizem, no final dos anos 40, quando a maioria dos ex-soldados do exército queria voltar para um padrão estável: faculdade, casamento, emprego, filhos – todos os acessórios pacíficos que vêm acompanhados de uma sensação de segurança. Mas nem todos se sentiam assim. Como os andarilhos que seguiram para o Oeste depois de Appomattox, havia milhares de veteranos em 1945 que rejeitaram completamente a ideia de voltar ao seu padrão de vida de antes da guerra. Eles não queriam estabilidade, e sim privacidade – e tempo para digerir as coisas. Era um sentimento nervoso, de decadência, um tipo de *Angst* que sempre vem depois de uma guerra... uma percepção do tempo comprimida, nos limites extremos do fatalismo. Eles queriam mais ação, e uma das formas de ir atrás disso era numa grande motocicleta. Em 1947, a Califórnia estava repleta delas, quase todas máquinas potentes de fabricação americana da Harley-Davidson e da Indian.[1]

> Duas dúzias de Harleys depenadas reluzindo encheram o estacionamento de um bar chamado El Adobe. Os Angels gritavam, riam e bebiam cerveja, sem prestar atenção em dois adolescentes que estavam afastados da multidão, com cara de medo. Um dos meninos finalmente falou com um fora da lei magro e barbado chamado Gut: "Nós gostamos das suas motos, cara. Elas são muito bacanas." Gut olhou para eles, e depois para as motos. "Que bom que vocês gostaram delas", ele disse. "Elas são tudo o que temos."
>
> Setembro de 1965

Os Hell's Angels dos anos 60 não estão muito interessados em suas origens ou em seus ancestrais espirituais. "Esses caras não estão mais por aqui", Barger me contou. Mas alguns estavam – embora não fosse fácil localizá-los em 1965. Alguns estavam mortos, outros estavam presos e os que tinham se endireitado preferiam evitar publicidade. Um dos poucos que consegui localizar foi Preetam Bobo. Eu o encontrei num sábado à tarde no porto de iates de Sausalito, do outro lado da baía de São Francisco, preparando sua chalupa de doze metros para uma viagem de ida para o Caribe. A tripulação para a viagem, segundo ele, consistiria de seu filho de dezesseis anos, dois Hell's Angels em boas condições para navegar e a sua admirável namorada britânica loira, que estava estendida no deque com seu biquíni azul. Preetam é um dos dois únicos membros vitalícios da divisão de Angels de Frisco. O outro, Frank, afastou-se do mundo dos fora da lei depois de sete anos como presidente

1. Hoje extinta. (N.A.)

da divisão de Frisco e está agora surfando no Pacífico Sul. Frank é o George Washington do império dos Angels, seu nome é mencionado com veneração tanto entre outras divisões como na de Frisco. "Ele foi o melhor presidente que já tivemos", eles dizem. "Ele nos manteve unidos e foi bom para a gente." Frank tinha classe e lançou muitas modas, do brinco de ouro e da barba tingida de roxo ao piercing falso de nariz, que ele usava sempre que tinha o público certo. Durante todo o seu reinado, de 1955 a 1962, ele teve o emprego fixo de cameraman respeitado, mas precisava de mais agito do que qualquer emprego poderia proporcionar. Para isso, ele tinha os Angels, um meio para realizar seus caprichos e fantasias, um calmante para agressões de todo tipo e uma eventual chance de fugir das trevas de um dia de trabalho, como uma espécie de soldado numa exibição de poderio militar, para poder dar pelo menos uma pequena sacudida nas pessoas que ele não poderia atingir de outra forma. Frank sempre acompanhava a moda, tanto que foi até Hollywood e comprou o blusão de moletom amarelo e azul que Lee Marvin usou em *O selvagem*. Frank usou o moleton esfarrapado, e não apenas em viagens e festas. Quando sentia que os Angels estavam sendo perseguidos além do normal, ele aparecia no escritório do chefe de polícia com seu moletom de Hollywood e exigia justiça. Se isso não surtia efeito, ia ao Sindicato dos Direitos Civis Americanos – uma medida que Barger de Oakland descartou totalmente devido a suas implicações "comunistas". Ao contrário de Barger, Frank tinha um senso de humor malicioso e um instinto de autopreservação muito sofisticado. Em sete anos no comando do que era – e ainda é – a maior e mais turbulenta de todas as divisões dos Hell's Angels, ele nunca foi preso e nunca teve uma briga interna. Até mesmo os Angels consideram esse recorde impressionante. Para conquistar a vice-presidência, Preetam teve que brigar com sete Angels no espaço de uma semana, três deles numa só noite, e espancá-los até deixá-los em carne viva. Mas essa era a praia de Bobo. Antes de os Hell's Angels entrarem em sua vida, ele era um dos mais promissores pugilistas peso médio de São

Francisco, e não era nenhuma proeza para ele derrubar meia dúzia de brigões de bar. Mais tarde, quando se tornou um especialista em caratê, ele destruiu com prazer uma nova geração de rivais.

Os Angels o consideravam um capanga valioso. "É bom ter um lutador profissional por perto", disse um deles, "mas ele tem que pegar leve com os companheiros. Tem gente que enche a cara e começa a bater nos outros."

Até a sua partida, Bobo era a mais detestável presença nos bares do cais do porto. Os colegas não gostavam muito de beber em sua companhia, e tinham uma boa razão para isso. Não era aconselhável tomar um porre com ele. Uma vez, num acesso de raiva, ele deu um golpe de caratê e rachou um banco de mármore de dez centímetros de espessura no Palácio da Justiça. Até a polícia desconfiava dele. Ele dirigia uma escola de caratê e gostava de "batalhas mortais", uma versão do caratê para as lutas de boxe sem luvas da era John L. Sullivan. Não é necessário que um dos lutadores morra, mas a luta prossegue até que um deles não consiga ficar de pé, por qualquer que seja a razão... e, se acontecer de a razão ser a morte, já fica previamente acertado entre os lutadores e os espectadores, selecionados com cuidado, que a morte é acidental.[2] Infelizmente, Bobo aceitou um desafio de morte feito no calor do momento por um visitante japonês numa noite em que uma colunista social de São Francisco, junto com várias amigas, tinha vindo falar com ele sobre a possibilidade de fazer uma matéria exclusiva e fora do comum. O resultado foi um pesadelo de sangue, gritos furiosos e pânico no recinto. Ninguém morreu, mas o espetáculo foi bastante violento, e, logo em seguida, o nome de Preetam Bobo foi retirado das listas de professores de caratê licenciados.

Só então, depois de esgotar todos os outros meios de desmoralizar o público, foi que ele se voltou seriamente para

2. As mortes são extremamente raras. O combate geralmente acaba quando os patrocinadores de um dos homens decidem que a luta está perdida. (N.A.)

a atividade de escritor. Alguns anos antes, havia desistido das motos "por causa do estigma". Depois de uma longa pausa trabalhando como motoboy, ele se deparou com o *Rubaiyat,* de Omar Khayyam, e achou que seria necessário publicar suas próprias opiniões. No entanto, só poderia fazê-lo sob a condição de andar pelas ruas do mundo da maneira convencional: "Eu me senti como uma prostituta, disse ao editor que ia tomar jeito. Droga, eu não queria passar o resto da minha vida como um entregador de encomendas".

Preetam Bobo é objeto de estudo de alguma coisa, mas eu nunca soube bem como chamar isso. Ele é um monumento ambulante a tudo o que os Hell's Angels gostariam de defender, mas poucos defendem. Preetam é o fora da lei completo e, de alguma forma, ele faz isso funcionar. Assim como Frank, passou por todo um período na ativa sem nunca ter sido preso. "Só é preciso saber ficar quieto perto da polícia", ele diz. "Sempre que tínhamos problemas com a lei, eu apenas saía de perto devagar e ficava de boca fechada. Se um deles me fizesse alguma pergunta, eu respondia com educação e dizia 'senhor'. Nessas situações, cara, eles gostam de ser chamados de 'senhor', é a melhor coisa a fazer, só isso. Além do mais, é muito mais barato do que ir pra cadeia."

Bobo foi motoqueiro por muito tempo antes de ser um Hell's Angel. Ele se lembra de uma noite em que passou pela esquina da Leavenworth com a Market, no centro de São Francisco, e viu um bando de motoqueiros em frente a um bar de sinuca chamado Antones. Ele parou para cumprimentar e logo em seguida já fazia parte de um grupo pouco coeso de motoqueiros que se intitulavam, meio de brincadeira, Comandos da Market Street. As motos eram relativamente raras no início dos anos 50, e as pessoas que tinham uma ficavam felizes quando encontravam companhia. "Você podia passar lá qualquer hora do dia ou da noite", lembra Preetam, "e ia ter pelo menos dez motos lá na frente. Às vezes, nos finais de semana, tinha cinquenta ou sessenta. Já era um caso de polícia naquela época. Os comerciantes reclamavam que as motos impediam os clientes de estacionar na frente de suas lojas."

Os Comandos da Market Street continuaram existindo, sem muito estardalhaço, durante cerca de um ano. Então, no início de 1954, *O selvagem* chegou à cidade e as coisas mudaram. "A gente foi ao cinema Fox, na Market Street", disse Preetam. "Éramos cerca de cinquenta, com garrafas de vinho e jaqueta de couro preta. Sentamos lá no balcão, fumando charuto e bebendo vinho. E vibramos feito uns malucos. A gente se viu na tela. Todo mundo era o Marlon Brando. Acho que eu vi esse filme umas quatro ou cinco vezes."

Os Comandos ainda estavam sob efeito de *O selvagem* quando veio a segunda onda, na figura do profeta louco Rocky, o messias, trazendo notícias das terras do sul. Dez anos depois, Birney Jarvis, um repórter policial do *San Francisco Chronicle* e ex-Hell's Angel, descreveu o momento da verdade num artigo.[3]

> Num dia quente do verão de 1954, um demônio moreno e atraente, exibindo uma barba pontuda e um chapéu-coco, deslizou com sua Harley-Davidson e parou cantando pneus num ponto de encontro de motoqueiros em São Francisco.
> A jaqueta Levi's desbotada, com as mangas arrancadas de qualquer jeito com uma faca, estava enfeitada com a caveira da morte alada de olhar malicioso que se tornou tão conhecida entre os homens da lei da Califórnia.
> Dava para ver as marcas de suor debaixo do braço na camisa xadrez quando ele ajeitava o guidão de 1,20 m de altura. Com uma virada de pulso, ele acabava com o sossego de uma tarde de domingo na Market Street.
> Ele apoiou a moto no estribo e lustrou o cromo brilhante de seu garfo com suspensão "XA" – doze centímetros mais longo que a original – com um lenço esfarrapado. Ele olhou ao redor, limpando as mãos sujas de graxa com indiferença na calça jeans coberta de óleo.
> Esse era Rocky. Ninguém queria saber qual era o seu sobrenome porque ele era "clássico" e porque era um Hell's Angel de Berdoo.
> Trinta motoqueiros com botas lustrosas e cabelo bem cortado tinham visto a sua chegada, não sem desconfiança

3. Para a revista *Male*. (N.A.)

porque ele era, na época, um estranho, e todos eles tinham sido companheiros de viagens durante muito tempo... O comitê de boas-vindas era fundamental para a associação aos Hell's Angels. Ainda que totalmente careta se comparada aos Angels de tempos recentes, a gangue da esquina tinha contratempos constantes com a polícia... Rocky foi eleito o presidente da nova divisão dos Hell's Angels porque sabia andar de moto muito bem e tinha estilo.

"Ele conseguia desenhar um zero no chão com aquela moto deixando o pé nos apoios e, cara, ele entendia do assunto", lembrou um membro dos Angels. Os motoqueiros encontraram uma costureira que podia reproduzir o emblema sinistro de Rocky e não demorou muito até que quase quarenta Angels estivessem trovejando de São Francisco. O emblema com os dizeres "Hell's Angels – Frisco" em torno do crânio alado com os dentes à mostra custava 7,50 dólares e era costurado de forma simples numa jaqueta Levi's. O fundo branco sob as letras vermelhas logo ficou manchado de fuligem e sangue de muitas batalhas em bares que se seguiram.

"Olha, cara, aqueles roxos não foram culpa nossa", disse um veterano com cicatrizes de brigas de bar. "A gente entrava num bar e alguém provocava ou tentava passar uma cantada nas nossas garotas, aí a gente brigava. O que mais a gente podia fazer?"

Os relatórios da polícia eram cada vez mais numerosos e os Angels eram forçados a mudar de um bar a outro. O bar onde eles costumavam se encontrar – geralmente uma lanchonete 24 horas ou um salão de sinuca – mudava a cada semana, tempo necessário para que as reclamações de barulho e conduta imprópria trouxessem a polícia para o lugar. "Nós afugentamos aqueles motoqueiros vadios para fora da Market Street porque eles estavam tirando rachas no meio do trânsito. Muitos deles estavam roubando motos, e estávamos de olho em todos eles", disse Ted Terrível, um policial de motocicleta que uma vez chamou vários Hell's Angels de amigos.

"A gente chamava aquele motoqueiro furioso de Ted Terrível porque ele era mau de verdade, cara. Poxa, ele andava feito um louco naquela moto pra pegar a gente, e aí ele acusava a gente de tudo.[4] Chegou a um ponto em que eu tinha

4. Em 1966, Ted Terrível passou num sinal vermelho com um carro de polícia não identificado e colidiu com um ônibus da viação Grayhound. A batida matou sua esposa, destruiu o carro e feriu gravemente o patrulheiro. (N.A.)

que trabalhar para pagar as minhas multas e ficar fora da prisão", disse um Angel que perdeu a carteira de motorista quatro vezes devido a ocorrências no trânsito.

Um incidente engraçado relacionado à insígnia dos Hell's Angels alguns anos atrás ainda é motivo de riso na gangue de motoqueiros.

Um Angel conhecido como "o Mudo" foi parado por um policial por excesso de velocidade, perto da praia em Santa Cruz, num domingo à tarde. O Mudo exibia com orgulho o seu estandarte numa jaqueta Levi's rasgada. "Tira isso", um patrulheiro escreveu em um bloco de notas oferecido educadamente pelo Mudo, que era surdo-mudo.

O Mudo tirou a jaqueta Levi's, deixando à mostra um outro emblema dos Angels na jaqueta de couro. "Tira essa também", ordenou o patrulheiro irado, mais uma vez usando o bloco de papel e a caneta do Mudo. E embaixo da jaqueta de couro tinha uma blusa de lã que também tinha o símbolo do clube. "Tira isso", o policial rabiscou, irritado. Sob a blusa havia uma camiseta. Ela também tinha sido estampada com a insígnia do clube. "OK, espertinho, tira essa também", escreveu o patrulheiro, confuso.

Com um sorrisinho malicioso, o Mudo tirou a camiseta, estufando o peito e mostrando a caveira da morte risonha tatuada no corpo. O policial levantou as mãos com ódio, deu uma multa para o Mudo e acelerou no carro de patrulha. Mas quem riu por último foi o Mudo. Ele estava preparado para ir até o fim. As calças e as cuecas também tinham o símbolo.

"Ele era um filho da puta fora do comum", concordam os amigos do Mudo.

As pessoas já ficam desconfiadas da gente porque somos Hell's Angels. É por isso que a gente gosta de impressionar elas. Elas só ficam meio ansiosas, só isso.

Jimmy, de Oakland

Muitos dos Angels são diplomados em outros clubes de desordeiros... alguns dos quais, como os Booze Fighters, eram tão numerosos e temíveis na sua época quanto os Angels são hoje. Foram os Booze Fighters, e não os Hell's Angels, que começaram o tumulto de Hollister, que inspirou o roteiro de *O selvagem*. Isso foi em 1947, quando a média de idade dos futuros Hell's Angels dos anos 60 era menos de dez anos.

Na época, Hollister era uma cidade de cerca de quatro mil habitantes, uma comunidade agrícola a uma hora ao sul de Oakland, afastada, ao pé da Cordilheira Diablo. A única fama da cidade em 1947 era a de produtora de 74% de todo o alho consumido nos Estados Unidos. Hollister foi, e até certo ponto ainda é, o tipo de cidade que Hollywood mostrou ao mundo na versão para o cinema de *A leste do paraíso,* um lugar onde o comandante do posto local da Legião Americana é um líder cívico por definição.

Então aconteceu, no Quatro de Julho daquele ano, que os cidadãos de Hollister se reuniram para a celebração anual. Os rituais tradicionais do Dia da Independência – bandeiras, bandas, virgens de batom etc. – foram programados para preceder um evento mais contemporâneo, a subida de moto pela montanha e as competições de velocidade anuais, que nos anos anteriores haviam atraído competidores num raio de quilômetros... rapazes do vale, fazendeiros, comerciantes de cidades pequenas, veteranos, apenas um grupo de sujeitos decentes que por acaso andavam de moto.

A subida da montanha e as corridas de 1947 também atraíram competidores num raio de quilômetros... muitos quilômetros e muitos competidores. Quando o sol nasceu atrás da cordilheira naquela manhã de 4 de julho, a força policial local, composta por sete homens, tomava, nervosa, o seu café após uma noite passada em claro na tentativa de controlar três mil motociclistas (a polícia diz quatro mil, os motoqueiros veteranos dizem dois mil, então três mil deve estar perto do número certo). Mas ficou estabelecido, sem sombra de dúvida, que Hollister estava tão cheia de motos que mil a mais ou a menos não fariam muita diferença. A multidão estava cada vez mais fora de controle. No fim do dia, toda a área do centro da cidade estava coberta de garrafas de cerveja vazias e quebradas, e os motoqueiros estavam tirando racha na rua principal. Brigas de bêbados se esmurrando viravam verdadeiras pancadarias generalizadas. Diz a lenda que os motoqueiros literalmente tomaram conta da cidade, desafiaram a polícia, maltrataram as mulheres locais, saquearam as tavernas e bateram em todos que ficassem no caminho. A loucura daquele fim de semana resultou em manchetes suficientes para chamar a atenção de um produtor desconhecido chamado Stanley Kramer e de um jovem ator chamado Brando. Pouco antes de sua morte, em 1966, a colunista de fofocas de Hollywood Hedda Hopper tomou conhecimento da ameaça dos Hell's Angels e investigou suas origens desde a época de *O selvagem.* Isso a levou a culpar Kramer, Brando e todas as outras pessoas ligadas de alguma forma ao filme por todo o fenômeno fora da lei. A verdade é que *O selvagem,* apesar do tratamento reconhecidamente ficcional, era uma obra inspirada de jornalismo cinematográfico. Em vez de institucionalizar o senso comum, ao estilo da *Time,* ele contava uma história que estava apenas começando e que foi inevitavelmente influenciada pelo filme. Ele forneceu aos fora da lei uma imagem duradoura e romântica deles mesmos, um reflexo coerente que pouquíssimos conseguiam encontrar no espelho, e ela logo se tornou a resposta dos motoqueiros a *O sol também se levanta.* A imagem não é correta, mas a culpa por sua ampla aceitação não pode ser colocada no filme. *O selvagem* foi cuidadoso ao diferenciar "bons fora da lei" de "maus fora da lei", mas as pessoas que mais foram influenciadas preferiram se identificar com Brando e não com Lee Marvin, cujo papel de vilão era muito mais fiel à realidade do que o retrato do herói confuso de Brando. Eles se viam como Robin Hoods modernos... bárbaros viris e desarticulados, cuja boa índole foi distorcida em algum momento na luta pela expressão da própria personalidade, e que passaram o resto de suas vidas violentas buscando revanche num mundo que tinha sido injusto com eles quando eram jovens e indefesos.

Outra contribuição de Hollywood à cultura dos Hell's Angels foi o seu nome. Os Angels dizem que foi inspirado em um famoso esquadrão de bombardeio da Primeira Guerra Mundial que estava posicionado perto de Los Angeles e cuja tripulação andava de moto pela área quando não estava voando. Há outros que dizem que os Angels tiraram o nome de um filme de Jean Harlow baseado na ideia de algum roteirista sobre uma Corporação Militar Aérea que pode ou não ter existido na época da Primeira Guerra Mundial. O filme se chamava *Hell's Angels* e, sem dúvida, ainda era exibido em 1950, quando os inquietos veteranos que fundaram a primeira divisão dos Angels em Fontana ainda estavam tentando decidir o que fazer deles próprios. Se por um lado o nome pode ter se originado antes que qualquer Hell's Angel tenha nascido, ele ficou perdido na história de alguma base militar desconhecida até se tornar famoso através de Hollywood, que também criou a imagem de homens selvagens em motocicletas – uma imagem que depois foi adotada e modificada drasticamente por uma nova espécie de exilado que nem Hollywood podia conceber antes de sua aparição, em carne e osso, nas rodovias da Califórnia.

O conceito do "motoqueiro fora da lei" era tão exclusivamente norte-americano quanto o jazz. Nunca havia existido nada parecido. Por um lado, eles pareciam ser uma espécie de anacronismo degenerado, um remanescente humano da era do Velho Oeste. Porém, por outro lado, eles eram tão novos quanto a televisão. Não havia absolutamente nenhum precedente, nos anos que se seguiram à Segunda Guerra Mundial, de gangues de bandidos desordeiros montados em motocicletas, divertindo-se com a violência, cultuando a inconstância e achando que rodar oitocentos quilômetros num fim de semana não é nada demais... para badernar com outras gangues de motoqueiros em algum lugarejo do interior totalmente despreparado até mesmo para receber uma dúzia de turistas pacíficos. Muitas cidadezinhas pitorescas da zona rural sentiram o gostinho do turismo pela primeira vez não com famílias chegando em Fords ou Chevrolets, mas com bandos de "garotos da cidade" beberrões chegando em suas motocicletas.

Retrospectivamente, os relatos de testemunhas do tumulto em Hollister parecem tímidos se comparados ao filme. Um comentário mais preciso sobre a natureza do "tumulto" de Hollister é o fato de que uma força de 29 policiais, reunida às pressas, conseguiu controlar toda a confusão já no começo da tarde do dia 5 de julho. À noite, o grosso dos motoqueiros havia saído da cidade, no melhor estilo *Time,* em busca de níveis mais odiosos de comportamento sórdido. Os que ficaram para trás o fizeram a pedido da polícia. Sua punição variou de 25 dólares em multas de trânsito a noventa dias na prisão por atentado ao pudor. Das seis a oito mil pessoas supostamente envolvidas no tumulto, cinquenta foram tratadas com ferimentos no hospital local. (Para visualizar melhor a dimensão dos tumultos de motoqueiros, é bom ter em mente que mais de cinquenta mil americanos morrem a cada ano em acidentes com automóveis.)

Ninguém jamais acusou os Hell's Angels de assassinatos brutais, pelo menos não no tribunal... Mas é preocupante imaginar o que poderia acontecer se os fora da lei viessem a ser algum dia considerados legalmente responsáveis por três ou quatro mortes, acidentais ou não. Provavelmente todos os motoqueiros da Califórnia seriam arrancados das ruas e transformados em hambúrguer.

Por muitas razões, quase sempre contraditórias, a visão e o som de um homem numa moto têm um efeito desagradável para a grande maioria dos americanos que dirigem carros. No encalço do alvoroço provocado pelos Hell's Angels, um repórter do *New York Herald Tribune*[5] escreveu um longo artigo sobre o mundo das motocicletas e concluiu, no decorrer da sua pesquisa, que "ao avistar um motoqueiro passando, acontece algo que provoca em muitos motoristas de carro a vontade de cometer assassinato".

Quase todas as pessoas que já andaram de moto por algum tempo concordarão com isso. As rodovias estão cheias de pessoas que dirigem como se o único propósito de ficar atrás de um volante fosse se vingar de todas as injustiças já cometidas contra elas por homens, bichos ou pelo destino. A única coisa que as mantém na linha é o seu próprio medo da morte, da prisão e de ações judiciais... o que é muito menos provável que aconteça se elas conseguirem

5. Hoje extinto. (N.A.)

encontrar uma moto para provocar, em vez de outro carro de uma tonelada ou um poste de concreto. Um motoqueiro tem que pilotar como se todas as outras pessoas na estrada estivessem lá para matá-lo. Algumas delas estão, e muitas das que não estão são igualmente perigosas, porque a única coisa que pode alterar o seu modo engessado e desatento de dirigir é uma ameaça de punição física ou legal, e não há nada numa motocicleta que ameace qualquer homem que esteja de carro.[6] A moto é totalmente vulnerável. Sua única defesa é a mobilidade, e toda situação de acidente é potencialmente fatal, em especial numa autoestrada, onde não há nenhum espaço para cair sem ser atropelado quase imediatamente. Apesar desses perigos, a Califórnia – onde as autoestradas são um estilo de vida – é, de longe, o maior mercado de motocicletas do país.

---

6. Preetam Bobo conta a história de um homem em um "carro novo enorme" que o fechou, fazendo-o sair da estrada na Rodovia 40 numa tarde de domingo nos anos 50. "O canalha desgraçado não parava de vir pra cima do meu farol traseiro", disse Preetam, "até que eu finalmente parei no acostamento. Os outros caras viram tudo, então a gente decidiu dar uma lição no desgraçado. Cara, a gente se juntou em volta dele por todos os lados... batemos na capota dele com correntes, arrancamos a antena e quebramos todas as janelas que conseguimos alcançar... tudo isso a uns 110 km/h, cara. Ele nem reduziu. Ele estava apavorado." (N.A.)

6

Começamos a ver que os Hell's Angels estavam assumindo um caráter mítico. Eles haviam se tornado heróis populares – modelos substitutos de comportamentos que a maioria dos jovens poderia apenas fantasiar (a menos que fossem arrastados para a atividade mafiosa) e campeões lendários que iriam ao socorro dos oprimidos e perseguidos. Dizem que um motociclista mais velho, presenciando o assédio policial sobre os companheiros numa cidade próxima do município de Prince George, comentou o seguinte: "Espere só até os Angels ficarem sabendo disso quando eles chegarem amanhã – eles vão destruir este lugar".

De um artigo da *TransAction* (agosto de 1966), escrito por dois psicólogos que trabalharam com a polícia de Maryland para impedir tumultos numa cidade que se preparava para sediar competições nacionais de motociclismo

Eu quebrei a cara dele. Ele quis dar uma de esperto. Me chamou de marginal. Ele devia ser muito burro.

Um Hell's Angel dando uma explicação a um estranho

De todos os hábitos e predileções que a sociedade considera alarmantes, a falta de consideração dos fora da lei com o consagrado conceito de olho por olho é o que mais assusta as pessoas. Os Hell's Angels tentam não fazer nada pela metade, e pessoas de fora do grupo que se comportarem de forma descomedida com certeza causarão problemas, queiram ou não. Isso, junto com uma crença na retaliação total por qualquer ofensa ou insulto, é o que faz dos Angels um problema tão grande para a polícia e um objeto de fascínio tão mórbido para o público em geral. Sua alegação de que não são eles que começam é provavelmente verdadeira na maioria dos casos, mas sua ideia do que seja uma provocação é perigosamente abrangente. E uma de suas principais dificuldades é que quase ninguém parece entender isso.

Porém, eles têm uma regra prática bastante simples: em qualquer discussão, um Angel está *sempre* certo. Discordar de um Hell's Angel é estar *errado,* e persistir no erro é uma provocação explícita.

Apesar de tudo o que os psiquiatras e os castradores freudianos dizem sobre os Angels, eles são durões, maus e potencialmente perigosos como bandos de javalis. No momento em que uma briga começa, quaisquer fetiches com couro ou sentimentos de inadequação tornam-se totalmente irrelevantes, como qualquer pessoa que se meteu com eles confirmará com tristeza. Quando você entra numa discussão com um grupo de motoqueiros fora da lei, suas chances de não sair desfigurado dependem do número de aliados bons de briga que você consegue reunir no tempo que se leva para estraçalhar uma garrafa de cerveja. Nesse meio, o espírito esportivo é coisa de velhos liberais ou jovens idiotas.

Muitas de suas "vítimas de ataques" são pessoas que viram filmes de faroeste demais. Elas são vítimas do complexo de John Wayne, que faz com que comecem a ficar alvoroçadas no momento em que percebem qualquer insulto. Isso é relativamente seguro em algumas áreas da sociedade, mas em tavernas frequentadas por motoqueiros fora da lei consiste no pior tipo de insensatez. "Eles estão sempre procurando alguém para desafiá-los", disse um policial de São Francisco. "E, uma vez que você se mete com eles, é tudo ou nada. Caso um estranho não queira arranjar confusão com eles, se um dos vadios disser algo pra mulher dele, ele não pode se sentir ofendido ou vai ter que brigar com quatro ou cinco Angels, e não apenas um. As pessoas têm que entender isso."

Um dos Angels de Frisco explicou isso sem meias palavras: "O nosso lema, cara, é 'Todos pra Cima de Um e Um pra Cima de Todos'. Se você se meter com um Angel, você vai ter 25 deles no seu pescoço. Quer dizer, eles vão te quebrar, baby, e pra valer."

Os fora da lei levam o conceito de "Todos pra Cima de Um" tão a sério que ele está registrado no estatuto do clube como Regimento Interno Número 10: "Quando um Angel dá um soco em um não Angel, todos os outros Angels têm que participar".

Os fora da lei nunca sabem, de um momento ao outro, quando terão que se atracar com um adversário determinado a humilhar o estandarte. Segue aqui um relato nebuloso, porém razoavelmente instrutivo, sobre um confronto com um ex-Angel chamado Phil e o seu Jaguar XKE. Durante várias horas antes do acidente, Phil estava numa hospedaria bebendo e discutindo com meia dúzia de membros da divisão de Oakland. Por fim, eles disseram a ele para ir embora ou levaria porrada. Phil saiu da hospedaria, afastou o carro uns cinquenta metros da fileira de motos no meio-fio e depois foi com tudo para cima delas, como um trator, e quebrou a perna de um Angel que tentou tirar a moto do caminho. Foi assim que o relatório Lynch contou a história:

> No dia 4 de novembro de 1961, um morador de São Francisco que passava de carro pela Rodeo, possivelmente sob efeito do álcool, atingiu uma motocicleta que pertencia a um Hell's Angel e que estava estacionada em frente a um bar. Um grupo de Angels perseguiu o veículo, tirou o motorista de dentro do carro e tentou destruir o veículo, que era caro. O barman afirmou que não havia visto nada, mas uma garçonete do bar forneceu aos policiais a identificação de alguns dos responsáveis pela agressão. No dia seguinte, foi dito aos policiais que um membro da gangue Hell's Angels ameaçou de morte essa moça e uma outra garçonete. Outra testemunha, um homem que identificou de modo definitivo os cinco participantes do ataque, inclusive o vice-presidente dos Hell's Angels de Vallejo e dos "Road Rats" de Vallejo [desde que esse grupo foi absorvido pelos Hell's Angels], informou aos policiais que, em virtude de seu medo de retaliação por parte de membros do clube, ele se negaria a prestar depoimento sobre os fatos que havia relatado.

Motos são derrubadas por carros todos os dias por todo o país, mas, quando o incidente envolve motoqueiros fora da lei, mais uma vez a história é outra. Em vez de acertar a coisa com uma troca de informações sobre seguradoras ou, na pior das hipóteses, uma discussão com alguns socos, os Hell's Angels espancaram o motorista (um antigo membro) e "tentaram destruir o veículo". Perguntei a um deles se a polícia tinha exagerado esse aspecto, e eles disseram que não, que eles tinham feito o natural: quebraram os faróis, chutaram as portas, quebraram as janelas e arrancaram várias peças do motor.

Outro confronto esclarecedor ocorreu logo após o incidente de Monterey, quando os fora da lei ainda se sentiam fortes. Começou como um ato rotineiro de revanche, mas que acabou não se concretizando. Talvez por essa razão o relatório da polícia tenha sido de uma discrição surpreendente:

> No dia 19 de setembro de 1964, um grande grupo de Hell's Angels e Satan's Slaves dirigiu-se a um bar em South Gate (município de Los Angeles). Eles estacionaram as motocicletas de forma a bloquear metade da rua. Disseram aos policiais que recentemente fora pedido a três membros do clube que ficassem longe do bar, e que eles tinham vindo para destruir o lugar. Quando se aproximaram, o dono do bar trancou as portas e apagou as luzes, e ninguém mais entrou, mas o grupo chegou a destruir um muro baixo de concreto. Quando a polícia chegou, membros do clube estavam deitados na calçada e na rua. Foi dada ordem para que eles saíssem da cidade, o que fizeram com relutância. Enquanto iam embora, ouviu-se alguns deles dizerem que voltariam para destruir o bar.

No geral, tratou-se de um ataque bastante tranquilo e, com exceção da destruição da cerca de concreto, ele entrou para os registros como uma vitória rotineira da lei e da ordem. Também foi um bom exemplo da ética da retaliação total: quando pedem para você não voltar mais a um bar, você não apenas bate no dono – você volta com o seu exército e destrói o lugar, quebra a casa inteira e tudo o que ela representa. Sem acordo. Se um homem se meter com você, quebre a cara dele. Se uma mulher não quiser nada com você, estupre-a. Esse é o modo de pensar, se não a realidade, por trás de todas as ações dos Hell's Angels. É também o lado da história que chega aos editores de revistas de notícias. A combinação dos testemunhos de 104 delegacias de polícia é prova suficiente de que os fora da lei são incapazes de impor seus códigos selvagens em qualquer nível da sociedade a não ser o deles próprios... Mas, ainda assim, o mundo do colarinho branco e dos engravatados fica obviamente alarmado só de ouvir que esses códigos existem. Eles de fato existem, e também são seguidos, como é mencionado nos parágrafos finais do relatório do procurador-geral da Califórnia:

> O grupo procura tirar partido do chamado "código dos gângsteres" de lealdade ao grupo e ameaças às pessoas que possam comparecer ao tribunal para depor contra eles. Houve casos de Hell's Angels punindo testemunhas com agressões físicas. No caso de a testemunha ou vítima ser mulher, as companheiras dos Angels parecem dispostas a participar de ameaças para intimidar testemunhas. Um problema de ordem prática visto em diversos casos é que tanto as vítimas como as testemunhas geralmente frequentam o mesmo ambiente dos Hell's Angels. Enquanto estupros coletivos e perversões sexuais podem ter ocorrido, as vítimas e testemunhas em geral não são de classe social mais elevada, portanto estão vulneráveis aos costumes da "comunidade de bares". Acredita-se que a única abordagem plausível para a solução desse problema é que os investigadores da polícia reconheçam isso e tomem todas as medidas necessárias para proteger as testemunhas tanto antes quanto depois do julgamento.

Nem todos os membros da comunidade de bares encontrarão consolo nessas palavras. Os Angels e seus aliados guardam rancor por um tempo muito maior do que a polícia acha necessário para proteger testemunhas, e a polícia tem uma tendência a perder o interesse em uma testemunha de acusação cerca de cinco minutos depois que o júri entra no tribunal com o veredicto. Qualquer barman que tenha provocado a prisão de um Angel sentirá nada além de pânico diante do som do motor de uma motocicleta nas ruas e do barulho do salto de botas de couro se aproximando da porta. Os Angels não seguem o rastro de seus inimigos por toda a parte, mas passam tanto tempo em bares que é provável que apareçam com sede em quase todo lugar, e, uma vez que um inimigo é localizado, a notícia corre rápido na rede de contatos. São necessários apenas dois ou três Angels e menos de cinco minutos para demolir um bar e mandar um homem para o hospital. É provável que eles não sejam presos... Mas, mesmo se forem, o estrago já está feito.

Uma futura vítima – como o dono do bar em South Gate, que sofreu apenas o prejuízo de uma cerca no primeiro ataque – sempre saberá que seu estabelecimento possui uma certa distinção: ele está marcado e, enquanto os Hell's Angels e os Satan's Slaves existirem, há uma chance de alguns deles voltarem para terminar o serviço.

A hierarquia dos fora da lei é sempre instável, mas o espírito não é nada diferente do que era nos anos 50, quando foi formada a primeira divisão dos Hell's Angels, à sombra imponente dos Booze Fighters. A definição original permanece a mesma: um bandido perigoso numa moto grande e veloz. E a Califórnia os vem produzindo há anos. Muitos são independentes, impossíveis de se distinguir de um Hell's Angel a não ser pela inscrição nas costas – "Sem Clube" ou "Lobo Solitário" ou, às vezes, apenas "Foda-se". Talvez quinhentos ou mais, com certeza menos de mil, pertencera a clubes como Gypsy Jokers, Nightriders, Comancheros, Presidents e Satan's Slaves. Cerca de 150, a partir de 1966, formam a elite dos fora da lei, os Hell's Angels.

A única diferença marcante entre os Hell's Angels e os outros clubes de fora da lei é que os Angels são mais radicais. A maioria dos outros são fora da lei em meio período, ao passo que os Angels cumprem o papel sete dias por semana: usam o emblema em casa, na rua e às vezes até no trabalho. Eles vão de moto para comprar um litro de leite no mercadinho do bairro. Um Angel sem o seu emblema se sente nu e vulnerável, como um cavaleiro sem armadura.

Um policial de Sacramento perguntou uma vez a um Angel de 1,65 m e 60 quilos:

"Qual é a graça disso?"

"Ninguém me enche o saco se eu estiver com o estandarte", ele respondeu.

A linha divisória entre os fora da lei e a maioria dos cidadãos honestos está sujeita a mudanças a qualquer momento, e muitos clubes respeitados arruinaram sua imagem da noite pro dia. Basta um tumulto, um relatório da polícia e um pouco de publicidade... e, de repente, eles são fora da lei. Em muitos casos, isso leva à extinção do clube, com a maioria dos membros se sentindo ofendida e escandalizada por uma coisa desse tipo ter acontecido. Mas os poucos responsáveis pelo problema não serão mais bem-vindos nos círculos respeitáveis. Em termos técnicos, eles se transformam no que chamam de "independentes", mas esse termo é equivocado porque qualquer motoqueiro que se refere a si mesmo dessa forma já é um fora da lei de qualquer jeito. A única coisa que falta é se juntar a um clube e, cedo ou tarde, ele vai encontrar um. A comunidade dos motoqueiros é muito unida – dos dois lados da lei – e os pontos de vista mais radicais são representados pela American Motorcycle Association e os Hell's Angels. A única maneira de conseguir status é se juntando a um desses dois clubes. As pessoas que levam as motocicletas tão a sério a ponto de se associar a um clube da AMA não aceitam a rejeição de forma tranquila. Como os convertidos ao comunismo ou ao catolicismo, os Hell's Angels que já foram membros da AMA levam seu papel de fora da lei mais a sério do que os outros.

Os Angels são muito desorganizados no âmbito pessoal para terem alguma perspectiva clara sobre o mundo, mas admiram a inteligência, e alguns de seus líderes são surpreendentemente bem articulados. Os presidentes de divisões não têm um tempo estabelecido para ficar no cargo, e um líder forte, como é o caso de Barger, permanecerá sem oposição até o dia em que for para a cadeia, for assassinado ou encontrar suas próprias razões para abandonar o estandarte. Os fora da lei respeitam muito o poder, mesmo que tenham que criar a sua imagem própria dele. Apesar das possibilidades anárquicas das máquinas que pilotam e veneram, insistem que sua maior preocupação na vida é "ser um Angel honrado", o que exige uma grande obediência às normas do grupo. Eles têm um senso muito forte de "pertencer a algo", de ser capaz de contar um com o outro. Por causa disso, eles veem com desprezo os independentes, que geralmente se sentem tão mal – caso tenham adotado os fora da lei como ponto de referência – que fazem qualquer coisa para entrar em um clube.

"Eu não sei por que", disse um ex-Angel, "mas você é quase obrigado a entrar pra um clube. Se não entrar, nunca vai ser aceito em lugar nenhum. Se você não tiver nenhum estandarte, fica meio que entre uma coisa e outra. E no fim você não é nada."

Essa noção extremada de união é fundamental para a mística dos fora da lei. Se os Hell's Angels são os rejeitados da sociedade, como eles francamente admitem, então é ainda mais necessário que eles se defendam de ataques dos "outros" – os certinhos desprezíveis, gangues inimigas ou agentes armados da polícia. Quando alguém dá um soco em um Angel, todos os outros se sentem ameaçados. Eles estão tão absorvidos pela própria imagem que não conseguem imaginar que uma pessoa que ameaça seu estandarte pode não estar preparada para enfrentar o exército inteiro.

> Porque muitos são chamados, mas poucos, escolhidos.
>
> São Mateus

Desde as revelações do relatório Lynch, os Angels rejeitaram tantos pedidos de associação que um deles disse que parecia "uma praga de gafanhotos". A maioria dos candidatos a Angels são independentes que de repente sentem falta de companheirismo e status... Mas houve um caso em que os Angels foram condescendentes e absorveram um clube inteiro: os Question Marks, de Hayward, que se tornaram a divisão de Hayward dos Hell's Angels. Outros pedidos de título vieram de longe: Indiana, Pensilvânia, Nova York, Michigan e até de Quebec... E, quando os títulos não eram acessíveis, alguns clubes de motos do Leste simplesmente criaram a sua própria insígnia e começaram a se autodenominar Hell's Angels.[1]

De 1966 em diante, os Hell's Angels propriamente ditos estavam confinados à Califórnia, mas, se a resposta geral à sua publicidade puder ser considerada um indicativo, eles terão que se expandir, queiram ou não. O nome não foi registrado, mas, mesmo se tivesse sido, a ameaça de um processo judicial não seria exatamente um problema para qualquer gangue de motoqueiros que quisesse se apropriar dele. A única chance que os Angels têm para controlar a sua imagem está na expansão seletiva, concedendo títulos apenas para os clubes maiores e mais temíveis que se candidatarem, mas apenas sob a condição de que eles aterrorizem qualquer outro na área deles que tente usar o nome.

Os Angels não terão nenhuma dificuldade para exportar o seu nome para a Costa Leste[2], mas a realidade cotidiana de ser um motoqueiro fora da lei na Califórnia não é fácil de

1. Um clube chamado Detroit Renegades decidiu manter a própria identidade e superar os Angels. Em janeiro de 1966, 44 deles foram presos quando uma batida policial na loja do andar térreo do clube apreendeu dezoito pistolas. A ação foi motivada por reclamações de vizinhos de que a presença dos Renegades havia espalhado o medo no bairro. "Eles vieram de forma totalmente inesperada", disse um morador do prédio vizinho. "E eles bebem lá embaixo. Quando bebem demais, as mulheres do bairro ficam com medo." A polícia disse que a maioria dos fora da lei era de operários de fábrica e frentistas de posto de gasolina, cujas idades variavam de 18 a 33 anos. Apesar da elegância do uniforme dos Renegades – jaquetas de couro pretas e camisas de cetim –, um vizinho os descreveu como "gente de aparência deplorável". Mais tarde, em 1966, apareceu uma divisão não oficial dos Hell's Angels em Detroit. Depois de algumas bem divulgadas prisões em massa, os líderes fizeram a Barger uma solicitação de título nacional, que ainda estava pendente no outono, quando este livro foi para o prelo. (N.A.)

2. Em agosto de 1966, os Angels mudaram oficialmente seu símbolo, colocando "Hell's Angels" acima do crânio e "Califórnia" embaixo. Novas divisões no Leste e no Centro-oeste se preparavam para entrar em operação em 1967. Elas teriam autorização para usar o símbolo tradicional, mas com o nome do seu próprio estado. (N.A.)

ser transplantada. As motos foram feitas para o sol, são perigosas e desconfortáveis na chuva e na neve. Uma gangue de motoqueiros em Nova York, Boston ou Chicago poderia agir realmente como Hell's Angels apenas durante alguns meses do ano, enquanto na Califórnia os fora da lei podem se locomover livremente a qualquer hora que desejarem, exceto nas montanhas. Esse fator se reflete nas vendas de motocicletas no país: em 1964, Nova York registrou 23 mil motos, enquanto a Califórnia tinha 203.420 – uma relação de aproximadamente nove para um. Por outro lado, em 1964 havia o dobro de motocicletas em Nova York do que havia em 1961, quando apenas dez mil estavam registradas.[3]

Usando o truque do "um por cento" da AMA, um sociólogo poderia deduzir a partir desses números que, em 1970, apenas em Nova York, haveria quinhentos potenciais Hell's Angels... Cerca de cinco vezes o tamanho do grupo que conseguiu fazer um ataque repentino à imprensa nacional em 1950... E, em 1970, todas as divisões dos Angels terão um assessor de imprensa. De acordo com a indústria de motocicletas, havia cerca de 1.500.000 motocicletas registradas nos Estados Unidos em 1965, com uma média de 4,1 motoqueiros para cada moto licenciada. (Esse número é completamente irreal, 1,5 seria mais provável.) Pelas contas da indústria, porém, chega-se a pouco mais de seis milhões de motociclistas, mais de um milhão deles na Califórnia. (Isso também é bastante questionável, e não apenas é baseado nos 4,1 motociclistas por moto, mas, ao se empregar a palavra "motocicleta" sem nenhum qualificador, evoca-se a imagem das autoestradas da Califórnia repletas de enormes motocicletas superpotentes.)

Contextualizados, os números não são tão ameaçadores. De acordo com a revista *Cycle World* e com o *Los Angeles Times,* "o crescimento acelerado do mercado de motocicletas está concentrado no setor de peso leve, que

---

3. A Pensilvânia mais do que dobrou seus registros de motocicletas entre 1964 (35.196) e 1965 (72.055). Outros estados com o maior número de registros são a Flórida e Illinois, com mais de cinquenta mil cada em 1965, incluindo os fora da lei. (N.A.)

representa 90% do total". O que a indústria chama de peso leve é uma coisa muito diferente de uma Harley-Davidson, ou Harley 74, e a maioria das motos pequenas, segundo a *Cycle World,* "é usada para o lazer, no transporte escolar e por esportistas nas trilhas e nos passeios no deserto". Em outras palavras, a fórmula das vendas no atual mercado de motocicletas é: "Menos peso e motor menor é igual a 'divertimento' e respeitabilidade". E, com base nesse pressuposto, a indústria prevê (conforme os 4,1) um núcleo permanente de 8.894.000 de motociclistas nos Estados Unidos em 1967. Mais uma vez, os números da indústria são inchados, mas, levando em conta a popularidade crescente do transporte sobre duas rodas, um número de seis milhões para 1967 não seria absurdo... E isso, é claro, significaria sessenta mil bárbaros, ou o fim do mundo civilizado.

> Melhor reinar no inferno que servir no céu.
>
> John Milton, *O paraíso perdido*

Em termos puramente financeiros, a indústria de motocicletas é uma mina de ouro. Um dos meus pesadelos recorrentes remonta ao ano de 1958... *Acabo de chegar a Nova York com mil dólares no bolso e, numa noite fresca de outubro, saio da estação do metrô na Times Square... desvio de vários mendigos, um grupo de drogados, dois travestis e uma testemunha de Jeová que fala como o Hortelino Troca-Letras... e depois, numa parte estreita da calçada próxima ao Centro de Recrutamento do Exército Americano, sou encurralado por um jovem japonês todo desgrenhado que diz ser um dos irmãos Honda... ele está duro e desesperado, precisando de fundos para uma passagem de avião para Tóquio, e por 894 dólares ele me oferece a sua parte no negócio, com tudo assinado, testemunhado e bem acertado na presença de qualquer advogado que eu quisesse indicar... ele me mostra o passaporte e um monte de cópias amassadas de desenhos de uma motocicleta. Sem dúvida ele é um dos irmãos Honda... Eu ouço, dou um sorriso de quem está bem informado e pago a minha taxa para passar por ele: uma moeda de 25 centavos e um bilhete de metrô, rejeitando a sorte com uma determinação estúpida e correndo para uma entrevista inútil.*

Mesmo hoje, qualquer homem com o mínimo de inteligência deveria pegar todo o dinheiro que gastaria numa moto nova e, em vez disso, comprar ações da Honda – ou de qualquer uma das outras trinta fabricantes, inclusive da Harley-Davidson, que, apesar do conceito de administração e tecnologia da Idade da Pedra, ainda é a única fabricante de motocicletas norte-americana.[4]

A história da Harley-Davidson e do mercado doméstico de motocicletas é um dos capítulos mais tristes da história da livre iniciativa norte-americana. No final da Segunda Guerra Mundial, havia menos de duzentas mil motocicletas registradas nos Estados Unidos, pouquíssimas delas importadas. Durante os anos 50, enquanto a H-D estava consolidando seu monopólio, a venda de motos dobrou e depois triplicou. A Harley tinha uma mina de ouro nas mãos – até 1962-1963, quando começou o ataque das importações. Em 1964, os registros haviam saltado para quase um milhão, e as Hondas leves vendiam na mesma velocidade com que os japoneses as traziam do outro lado do oceano. Os executivos da H-D ainda estavam refletindo sobre a concorrência oriental quando foram atingidos do outro lado pela Birmingham Small Arms Ltda., da Inglaterra. A BSA (que também fabrica Triumphs) decidiu desafiar a Harley no seu próprio quintal e na sua própria classe, apesar da desvantagem do aumento dos preços provocado por uma barreira protecionista gigantesca. Em 1965, quando os números já haviam aumentado 50% em relação ao ano anterior, o monopólio da H-D foi atacado de forma violenta em duas frentes. Os únicos compradores com os quais podiam contar eram policiais e fora da lei,

---

4. De acordo com a revista *Forbes* (15 de setembro de 1966), as vendas da Harley-Davidson passaram de dezesseis milhões de dólares no ano fiscal de 1959 para 29.600.000 dólares em 1965. No mesmo período, as vendas da Honda nos Estados Unidos deram um salto de modestos quinhentos mil dólares para 77 milhões de dólares – e continuou aumentando, chegando a 106 milhões em 1966. (N.A.)

enquanto os japoneses tomavam conta do filão dos preços baixos e a BSA infernizava sua vida nas pistas de corrida. Em 1966, com a continuação do crescimento do mercado das motos, a Harley tinha visto sua participação cair para menos de 10% do mercado doméstico e estava lutando até para manter isso.

Com toda a sua maquinaria e seu pensamento voltados para os motores de 1.200 cilindradas, a empresa tem poucas chances de competir no mercado de peso leve e médio até pelo menos 1970... Mas eles ainda têm bastante força na classe de peso pesado, e em 1966 as Harley estavam ganhando tantas corridas importantes quanto as BSAs ou as Triumphs. Porém, essa estranha igualdade não tem sido mantida no mercado. A maioria das H-Ds de corrida são originais feitas sob encomenda para alguns dos melhores corredores dos Estados Unidos, e com motores muito maiores do que os de seus adversários britânicos. A Harley ainda não alcançou um modelo de produção que possa competir com as japonesas e europeias – nas ruas, nas pistas ou nas trilhas – em termos de peso, preço, dirigibilidade ou tamanho de motor.

Com certeza existe uma lição valiosa na incapacidade da Harley-Davidson de acompanhar o ritmo de um mercado sobre o qual já teve controle. É impossível conceber uma situação semelhante no mercado de automóveis. E se a Ford, por exemplo, fosse a única fabricante de carros no final da Segunda Guerra Mundial? Eles conseguiriam ter perdido mais de 90% do mercado até 1965? Um monopólio com uma forte barreira protecionista estaria no comando até mesmo no mercado de ioiôs. Como o rei do ioiô se sentiria se lhe arrancassem, em menos de uma década, todos os seus clientes com a exceção dos Hell's Angels e dos policiais?

7

Numa democracia próspera que também é uma sociedade de vencedores e perdedores, qualquer homem sem uma arma, ou pelo menos a ilusão de uma, é um desprivilegiado por definição.

Sr. Cazador, um tipo medíocre esportista com conhecimento sobre gatilhos e olho clínico para oportunidades

Eles são um bando de bichas cabeludas, só isso. Eles conseguem deixar qualquer um enojado.

Drag queen de São Francisco

Um Hell's Angel que morava na 33th Street, em Sacramento, recebia reclamações constantes por ficar fazendo comentários maliciosos para as mulheres que passavam pela sua casa... "Vamos trepar, baby", ou "Oi, beleza, vem sentar na cara do papai". Um patrulheiro que foi verificar uma dessas reclamações primeiro ameaçou prender o fora da lei, depois perguntou com desprezo, se ele não podia arranjar "coisa melhor pra fazer". O Angel pensou um pouco e respondeu: "Não, nada, a não ser foder um policial".

De uma conversa com um policial de Sacramento

O atual aumento repentino das motos leves está relacionado com as motocicletas dos fora da lei da mesma maneira que as camisetas falsas do Fã-clube dos Hell's Angels estão relacionadas com os verdadeiros Hell's Angels. As motos pequenas são divertidas, práticas e relativamente seguras, enquanto as grandes são bombas sobre duas rodas, e os fora da lei que andam com elas prefeririam andar a pé a serem vistos numa Honda, Yamaha ou Suzuki. Segurança e discrição são as últimas coisas que eles querem. Suas máquinas são perigosas, temperamentais e caras em todos os sentidos.[1] Nunca houve um fora da lei que visse a sua moto como

1. Em 1966, o licenciamento de uma Harley 74 de um ano custava 48 dólares. (N.A.)

qualquer outra coisa senão uma gigantesca arma mortal. E também nunca houve um fora da lei que sentisse qualquer outra coisa senão desprezo pela ideia de divertimento saudável e seguro... o que é um dos motivos pelos quais eles evitam até as mais básicas medidas de segurança que a maioria dos motoqueiros consideram óbvias. Você jamais verá um Hell's Angel usando capacete. Muito menos uma jaqueta de couro com tachas de prata no estilo Brando-Dylan, normalmente associada a motoqueiros bandidos e "rituais de fetiche de couro". Essa imagem se restringe a pessoas que não entendem nada de motocicletas. Jaquetas de couro pesadas são comuns até mesmo no New York's Madison Avenue Motorcycle Club, uma gangue da classe executiva cujos membros incluem um dentista, um produtor de cinema, um psiquiatra e um funcionário da ONU. Ted Develat, o produtor de cinema, lamentou o problema de imagem que ele e os outros enfrentam com suas jaquetas de couro. "Mas se você é uma pessoa prática, você tem que se vestir dessa forma", ele explicou. "Se você derrapa, é bem mais barato rasgar o couro do que ralar a própria pele."

Também dói muito menos. Um círculo de vinte centímentros de pele esfolada nas costas é algo complicado de aguentar e demorado para sarar. Corredores profissionais de motociclismo, que aprenderam sofrendo, usam, além do capacete, luvas, calças e jaqueta, todas de couro.

Mas não os Hell's Angels. Qualquer coisa que seja segura está longe de ser o que eles querem. Fazem uma concessão para as lentes escuras ou estranhos óculos de proteção na estrada, mas mais pela aparência do que pela proteção. Os Angels não querem que ninguém pense que eles estão diminuindo os riscos. As jaquetas de couro estavam na moda em meados da década de 50, e muitos fora da lei costuravam emblemas nelas. Mas, à medida que sua reputação foi crescendo e a polícia começou a fechar o cerco, um dos Angels de Frisco veio com a ideia de emblemas removíveis, para serem arrancados e escondidos em momentos complicados. Isso marcou a era das jaquetas jeans sem manga: no início, a maioria dos fora da lei usava o emblema por cima da jaqueta de couro, mas no sul da Califórnia era quente demais para isso, então a divisão de Berdoo foi pioneira na ideia da ventilação nos sovacos, sem jaqueta nenhuma, apenas o emblema. O próximo passo, pela lógica, seria abandonar a calça Levi's, e aí a imagem estará completa – nada além de botas, barbas, coletes e enfeites bizarros na genitália. Alguns dos fora da lei mais velhos ainda usam jaqueta de couro, especialmente perto da Bay Area, onde os invernos são frios, mas elas definitivamente não se encaixam no estilo. Qualquer independente querendo entrar para o clube seria taxado de "careta e frouxo" se aparecesse vestindo couro.

A visão de um monte de Hell's Angels na estrada é inesquecível para qualquer pessoa. A chegada deles em um posto de gasolina causa pânico entre os frentistas. Simplesmente não há como lidar com uma caravana de marginais conhecidos no país inteiro chegando e exigindo cinco ou dez litros de gasolina cada um. Num sábado de manhã, perto de Oakland, parei em um posto de gasolina na Rodovia 50 e estava conversando cordialmente com o frentista sobre o calor insuportável e a falta de confiabilidade das máquinas... quando o posto de repente se encheu de motoqueiros fora da lei roncando o motor das motos, gritando e correndo de um lado para o outro entre as bombas de gasolina. "Deus do céu!", disse o frentista. Ele ficou perturbado. Esqueceu quanto eu tinha que pagar e deixou que eu mesmo enchesse o meu radiador enquanto observava, horrorizado, os fora da lei. O posto era grande e novinho em folha, com quatro funcionários, mas o contingente Hell's Angels-Gypsy Joker tinha o controle total da situação desde o momento em que chegaram. Eles colocaram a própria gasolina, arremessaram latas de cerveja de um lado para o outro e remexeram as prateleiras procurando por óleo de motocicleta. Os cinco ou seis motoristas que estavam perto das bombas ficaram apenas sentados nos carros, observando. Os funcionários do posto se moviam com cautela, torcendo para que nenhum dos fora da lei roubasse algo na frente deles. Um roubo dessa forma exigiria uma atitude e ninguém queria isso. Qualquer pessoa que já tenha lidado com os Angels há de concordar que este é um dos piores aspectos: por que começar a protestar por causa de um furto, um insulto ou um estrago... sob o risco de começar uma discussão que pode terminar em uma briga sangrenta? É mais barato deixar a caravana de bandidos escapar sem pagar por dez litros de óleo e cinco tanques de gasolina, ou será que um homem deve arriscar os dentes e as janelas de vidro espelhado insistindo para que os fora da lei paguem, até o último centavo, por tudo o que estão levando? O dilema é especialmente ruim para um empregado. Um frentista de posto de gasolina diante de uma gangue de Hell's Angels é como um caixa de banco assalariado diante de um assalto à mão armada. Um operador de bomba de gasolina deveria arriscar a levar uma surra mais do que um caixa deveria arriscar a vida para salvar o dinheiro segurado do banco?

Se os Angels tivessem bom-senso, frequentariam apenas postos de gasolina arrendados por donos que estão sempre ausentes. A diferença é fácil de perceber, em menos de um minuto, para qualquer pessoa que já tenha trabalhado como frentista, e muitos dos fora da lei já trabalharam. Mas, como um grupo, eles não estão preocupados com isso e recorrem a uma ignorância imprevisível e obstinada, que os faz escolher, de vez em quando, um posto de gasolina cujo dono trabalha no local doze horas por dia, investiu as economias da esposa na franquia, e cujo corpo fica inflado de adrenalina diante da possibilidade de ser vitimado por uma gangue de pervertidos. Pessoas assim guardam revólveres na caixa registradora, na caixa de ferramentas e até, em bairros violentos ou mais sujeitos a assaltos, em coldres de ombro por baixo de seus uniformes amigáveis. A maioria dos incidentes com os Angels em postos de gasolina envolve proprietários que entram em pânico e ficam enfurecidos só de vê-los.

Algumas pessoas conseguem desempenhar bem o papel de duronas, mas algumas são uma negação. Os Angels têm medo desses "doidos", como os chamam, porque a chance de eles atirarem pelo mais nobre dos motivos e por motivo nenhum é a mesma. Mas que Deus tenha piedade de um homem que aponta uma arma para um grupo de Hell's Angels e depois é desarmado. Existem algumas histórias terríveis desse tipo, e em todos os casos a vítima poderia ter se salvado se tivesse atirado primeiro e depois alegasse legítima defesa. Na escala de valores dos Angels, a única coisa pior do que um dedo-duro que fica assustado e fala mais do que devia é um oponente valentão que não consegue ir até o fim sem fraquejar. Pessoas assim recebem retaliação total: o ataque natural a qualquer obstáculo humano, mais o desprezo aumentado e convertido em tortura infernal a qualquer homem que tente lidar com eles nos seus próprios termos e falhe... ou pelo menos no que pareçam ser os seus próprios termos, ainda que à revelia.

A estranha verdade é que os Angels nem sempre respeitam os seus próprios termos – ou, mais uma vez, aquilo que aparenta ser os seus próprios termos – e geralmente são receptivos em qualquer ação fora do seu próprio quintal, com pessoas que não os tiverem julgado antecipadamente a ponto de pressupor que eles têm que ser tratados com violência. Eles têm tanta consciência da sua reputação de animais violentos que sentem um prazer perverso em ser amigáveis.

O dono de um posto de gasolina perto da cidade serrana de Angels Camp (cenário do conto de Mark Twain "A célebre rã saltadora do condado de Calaveras") recorda o seu primeiro encontro com os Hell's Angels em tom de medo e espanto: "Uns trinta deles chegaram fazendo barulho no meu posto de gasolina uma noite. Eles disseram que precisavam de um lugar para consertar as motos. Eu só dei uma olhada neles e disse para ficarem à vontade. Depois dei o fora dali o mais rápido que pude."

Foi uma reação bastante normal para um homem que tomava conta de um posto sem segurança nenhuma nas montanhas à noite. Mesmo a decisão de lutar até a morte não daria muito certo contra trinta marginais. "Depois de mais ou menos uma hora, finalmente criei coragem para voltar e ver se o meu posto ainda estava de pé", ele disse.

"Os Angels estavam quase terminando. Eu nunca fiquei tão surpreso em toda a minha vida. O lugar estava impecável. Eles tinham limpado com gasolina todas as ferramentas que tinham usado e colocaram todas de volta exatamente no lugar em que estavam. Eles até varreram o chão. O lugar estava mais limpo do que quando chegaram."

Histórias como essa são comuns, até mesmo entre policiais. O dono de um bar em Poterville, por exemplo, deu o seguinte depoimento: "Eles entraram de moto no meu bar, até quebraram o piso fazendo isso. Mas, antes de ir embora, eles pagaram por cada dano causado, cada vidro quebrado. E eu nunca vendi tanta cerveja na minha vida. Eles são sempre bem-vindos aqui."

Muitos comerciantes se humilharam para ganhar dinheiro às custas dos Angels. Tudo o que eles querem é respeito, e o medo explícito é uma de suas formas mais puras. Qualquer homem que admita discretamente estar amedrontado está seguro com eles, a não ser que exagere... e isso acontece, geralmente com homossexuais não assumidos que passam da conta na bebida ou nas drogas e ficam incapazes de se controlar na presença de tantos "machos sádicos". Os fora da lei quase sempre dão uma dura em quem se empolga demais. Eu me lembro de uma festa, uma noite, quando eles decidiram botar fogo em um aluno de Berkeley que estava sendo inconveniente. Diante dos protestos do anfitrião, eles passaram uma corda em volta dos tornozelos da vítima e disseram que iam arrastá-la com uma moto. Isso também causou protestos, então eles resolveram que iriam pendurá-lo por um braço numa viga da sala de estar. Depois de cerca de meia hora, eles se arrependeram e o tiraram da corda, balançando a cabeça, perplexos, diante do silêncio absoluto do rapaz. O coitado não disse uma palavra durante toda a ação. Ele parecia estar em estado de confusão mental, e eu tive a leve impressão de que ele havia planejado aquilo tudo. Depois ele foi para fora e ficou sentado em um tronco de árvore durante horas, sem dizer absolutamente nada, mas estremecendo de vez em quando como um homem voltando a si depois de algum barato indescritível.

Os Angels são bastante prestigiados no circuito sado-masoquista, e, embora os bandidos de motocicleta, enquanto grupo, sejam constantemente acusados de terem tendências a desvios sexuais, desconfio que a verdade sobre a questão tenha sido definitivamente revelada numa tarde por um Angel de Frisco, que disse: "Porra, é verdade, eu aceito um boquete a qualquer hora por dez pratas. Uma noite dessas, num bar do centro da cidade, um veado chegou para mim com uma nota de dez... Ele me deu a nota e perguntou o que eu queria beber. Eu disse: 'Um Jack Daniels duplo, baby', e ele falou pro barman: 'Dois desses pra mim e pro meu amigo', depois sentou lá embaixo na barra de ferro e me fez um boquete incrível, cara, e tudo o que eu tive que fazer foi sorrir pro barman e ficar na minha." Ele riu. "Porra, e eu com quatro crianças e uma vadia lá na frente dançando e rebolando com um negrão qualquer. Que merda, cara, o dia em que puderem me chamar de veado vai ser quando eu deixar uma dessas bichas me chupar por menos de dez contos... Cara, eu ia até pra debaixo d'água e trepava com peixe por esse dinheiro, é só me dizer quem vai pagar."

Até que ponto os Hell's Angels podem ou não ser sadomasoquistas enrustidos ou homossexuais reprimidos é, para mim – depois de um ano na companhia constante de motoqueiros fora da lei –, quase inteiramente irrelevante.

Há críticos literários que insistem que Ernest Hemingway era um veado atormentado e que Mark Twain foi perseguido até o fim dos seus dias por uma predileção pela sodomia inter-racial. Essa é uma boa forma de criar uma polêmica nos periódicos acadêmicos, mas não vai mudar uma palavra do que eles escreveram nem vai alterar o impacto que seu trabalho teve no mundo sobre o qual estavam escrevendo. Pode ser que Manolete tivesse um fetiche por cascos de couro ou sofresse de terríveis hemorroidas resultantes de longas noites em salões espanhóis... mas ele foi um grande toureiro, e é difícil ver como qualquer teorização freudiana possa ter o menor efeito na realidade do que ele fez de melhor.

Pela mesma razão, o comportamento dos Hell's Angels não seria modificado ou controlado por um momento se todos os jornais da nação os denunciassem como homossexuais violentos – mesmo se eles o fossem. É significativo que eu nunca tenha ouvido ninguém que tenha alguma relação pessoal com eles confirmar o ponto de vista freudiano. Isso porque, provavelmente, qualquer pessoa que passa um tempo com os Angels sabe a diferença entre motoqueiros fora da lei e o culto homossexual ao couro. Em qualquer bar cheio de Hell's Angels, haverá uma fileira de motos reluzentes estacionadas em frente. Em um bar de fetichistas, existem imagens surrealistas de motocicletas na parede e talvez, mas não sempre, uma ou duas Harleys repletas de acessórios de couro estacionadas do lado de fora – completas, com painéis de vidro, rádios e cestos de plástico vermelhos. A diferença é tão básica quanto a diferença entre um jogador de futebol americano profissional e um torcedor fanático. Um está participando de uma dimensão singular e violenta da realidade, o outro está venerando algo, é um adorador passivo e às vezes um imitador ridículo de um estilo que o fascina porque é extremamente distante da realidade para a qual ele acorda todas as manhãs.

De acordo com o relatório Lynch, "enquanto os homossexuais parecem ser atraídos pelos Hell's Angels, nenhuma informação recebida indica que os Hell's Angels, enquanto grupo, sejam homossexuais. Seu interesse principal parece se concentrar em contatos heterossexuais. Algumas perversões heterossexuais aparecem nos relatórios policiais, mas, tomadas em seu contexto, parecem ser meios de chamar atenção, de 'ser diferente', e são realizadas principalmente pelo impacto que causa nos outros. Essas e outras atitudes que atraem a atenção são descritas pelos Angels como 'manifestações de estilo'."

O relatório Lynch certamente não é a última palavra sobre os Angels, mas a natureza e a inclinação do documento é tal que qualquer evidência disponível de comportamentos homossexuais seria enfatizada. O relatório faz tantas referências ao termo cunilíngua que a palavra felação é notável pela ausência. Sem dúvida, há ramificações freudianas até mesmo nessa omissão, mas, mais uma vez, acho que em sua maior parte elas não vêm ao caso. Qualquer tentativa de explicar os Hell's Angels como um fenômeno essencialmente homossexual seria um pretexto, uma recusa pretensiosa de uma realidade que é tão complexa e tão potencialmente maligna quanto qualquer outra coisa na sociedade americana.

> A motocicleta é obviamente um símbolo sexual. É o que se chama de símbolo locomotor fálico. É uma extensão do corpo, um poder entre as pernas.
>
> Dr. Bernard Diamond,
> Criminologista da Universidade da Califórnia, 1965

A ligação pública mais conhecida entre motoqueiros fora da lei e a homossexualidade é um filme intitulado *Scorpio Rising*. Trata-se de um clássico underground medíocre, criado no início dos anos 60 por um jovem cineasta de São Francisco chamado Kenneth Anger. Ele nunca afirmou que *Scorpio* tivesse alguma coisa a ver com os Hell's Angels, e sua maior parte foi filmada no Brooklyn com a cooperação de um grupo de aficionados por motocicletas tão pouco organizado que sequer se preocupou em arranjar um nome. Diferentemente de *O selvagem,* a criação de Anger não possuía nenhuma intenção jornalística ou de documentário. Era um filme de arte com uma trilha sonora de rock'n'roll, uma estranha crítica aos Estados Unidos do século XX que usava motocicletas, suásticas e homossexualidade agressiva como uma nova trilogia cultural. Quando os Hell's Angels chegaram à cultura *mainstream,* Anger já havia feito vários outros filmes com forte apelo homossexual e pareceu não gostar da ideia de estar tão parado no tempo a ponto de seu trabalho parecer algo tão banal quanto documentários sobre temas atuais.

No entanto, *Scorpio Rising* entrou em cartaz em São Francisco em 1964 num cinema de North Beach chamado The Movie, no mesmo prédio em que Anger estava morando na época, e que anunciava o filme na calçada com uma montagem de recortes de jornal sobre os Hell's

Angels. A insinuação era tão óbvia que até os Hell's Angels de São Francisco fizeram uma peregrinação para conferir. Eles não gostaram nem um pouco. Não estavam putos, mas sinceramente ofendidos. Sentiram que seu nome havia sido apropriado para uso comercial fraudulento. "Ei, eu gostei do filme", disse Frenchy. "Mas não tinha nada a ver com a gente. Todo mundo curtiu. Mas aí a gente saiu do cinema e viu todos aqueles recortes sobre a gente, colados como se fossem propagandas. Nossa, aquilo foi uma droga, não estava certo. Muita gente foi sacaneada, e agora a gente tem que ouvir toda essa merda sobre a gente ser veado. Porra, você viu o jeito que aqueles vadios estavam vestidos? E aquelas motos de merda? Cara, não me diga que aquilo tem alguma coisa a ver com a gente. Você sabe que não tem."

Anger parecia concordar, mas em silêncio. Não havia razão para estragar um novo *boom* do filme... E, além disso, um dos talentos mais aguçados do repertório dos homossexuais é a habilidade de reconhecer a homossexualidade dos outros, quase sem exceção. Então o fenômeno surgiu: os Angels começaram a fornecer ao *Scorpio* o realismo que lhe faltava. O fator veadagem secreta deu à imprensa um elemento de extravagância para misturar com os relatórios de estupro, e os próprios fora da lei estavam relegados a níveis ainda mais baixos da fascinação sórdida. Mais do que nunca, estavam envoltos numa aura de mistério erótico e violento... Brigões devassos, prontos para uma relação sexual com qualquer coisa que respire, e em qualquer tipo de orifício.

8

> Esses marginais com suas motos e seus ornamentos nazistas odeiam o mundo e todos que estão nele. Eles são uma séria ameaça, uma maldita ameaça que cresce a cada ano.
>
> Policial da Flórida citado na *Man's Peril* (fevereiro de 1966)

> Eles veneram suas motocicletas. Eles a levam para dentro de casa à noite. Dormem em camas cobertas de graxa, mas suas motos estão impecáveis.
>
> Policial de Los Angeles, 1965

Quanto mais os Angels se afastam do seu próprio quintal, maior é a probabilidade de causarem pânico. Um grupo deles, visto numa rodovia pela primeira vez, é uma afronta a qualquer noção normal do que devia estar acontecendo no país. É bizarro a ponto de parecer uma alucinação desagradável... e é nesse contexto que o termo "fora da lei" realmente faz sentido. Ver um Angel sozinho rasgando o trânsito, desafiando todas as regras, limites e padrões, é entender a motocicleta como um instrumento de anarquia, um recurso de provocação e até uma arma. Um Hell's Angel a pé pode parecer um idiota. Seus gestos forçados e suas conversas sem importância podem ser interessantes por algumas horas, mas, passado o estranhamento inicial, seu cotidiano é tão tedioso e deprimente quanto um baile à fantasia para crianças retardadas. Existe algo patético em um bando de homens se reunindo todas noites no mesmo bar, levando a si mesmos muito a sério com seus uniformes esfarrapados, sem esperar nada a não ser uma chance de brigar ou uma rodada de boquetes de alguma faxineira bêbada.

Mas não há nada de patético na visão de um Angel em sua moto. O todo – homem e máquina juntos – é muito mais do que a soma das partes. Sua motocicleta é a única coisa que ele domina totalmente na vida. É o seu único símbolo válido de status, sua arma, e ele a mima do mesmo jeito que uma nova estrela de Hollywood mima o seu corpo. Sem ela, ele não é melhor do que um marginalzinho de esquina. E ele sabe disso. Os Angels não são articulados em relação a muitas coisas, mas falando sobre motos eles têm a inspiração de um apaixonado. Sonny Barger, um homem que não é dado a divagações sentimentais, definiu uma vez a palavra "amor" como "o sentimento que você tem quando gosta de uma coisa tanto quanto da sua moto. É... acho que dá pra dizer que isso é amor."

O fato de que muitos Angels praticamente criaram as suas motos a partir de peças roubadas, trocadas ou feitas sob medida explica apenas em parte o tremendo apego que têm por elas. E preciso ver um fora da lei montar em sua moto e depois começar a pular no pedal de ignição para poder avaliar com precisão o que isso significa. É como ver um homem com sede encontrar água. Sua feição muda, toda a sua postura irradia confiança e autoridade. Ele se senta por um momento com a grande máquina roncando entre as pernas, e depois sai com tudo... às vezes de um jeito tranquilo e silencioso, às vezes com uma empinada estrondosa que faz as janelas tremerem, mas sempre com estilo, com inspiração. E, ao partir desse jeito grandioso ao fim de cada noite de bar, ele deixa aos outros a melhor imagem possível de si mesmo. Cada Angel é um espelho na sociedade de admiração mútua. Eles refletem e renovam a confiança uns dos outros, na força e na fraqueza, no desatino e no triunfo... E toda noite, na hora de fechar, eles vão embora com esplendor: a jukebox geme uma melodia de Norma Luboff, a luz do bar enfraquece e Shane sai gritando, bêbado, sob o luar.

Se os Hell's Angels são ou não verdadeiros artistas da motocicleta é difícil dizer. Com exceção de alguns rachas, os fora da lei são barrados em todas as competições autorizadas, portanto não existe nenhuma tabela de desempenho como referência.[1] Suas motos são completamente diferentes das máquinas de corrida e de passeio, e até de outras motos de estrada. Os Angels contam histórias sobre deixar profissionais comendo poeira em pegas improvisados... Mas também existem histórias de fora da lei em Harleys turbinadas sendo humilhados por Ducatis peso leve.

Talvez as histórias sejam verdadeiras, talvez não. Mesmo assim, o argumento ainda é válido. As motocicletas são projetadas para propósitos específicos: trilhas, corridas, viagens ou apenas para dar uma volta no bairro. Todas correm... assim como cachorros e cavalos, mas ninguém cria cavalos para caçar gambás nem inscreve cães no Kentucky Derby. Os fabricantes de motos tentam há décadas fazer um modelo que realmente sirva a todos os propósitos, mas até agora ninguém conseguiu.

Não existe nenhuma comparação válida entre pilotar uma moto na terra ou numa competição e pilotar no trânsito todo dia, nas ruas da cidade e nas autoestradas. Diferentes habilidades estão envolvidas, e diferentes tipos de reflexo. Algumas motos de corrida mais rápidas não têm freio, o que significaria morte instantânea no trânsito. Porém, muitos pilotos profissionais dizem que as autoestradas são muito mais perigosas do que qualquer pista de corrida. Os pilotos de trilha sentem a mesma coisa: alguns nem se dão ao trabalho de licenciar suas motos para a cidade. Don McGuire, um piloto veterano em subida de terrenos acidentados e mecânico de motocicletas em tempo integral em Richmond, insiste que somente um louco ou masoquista dirigiria uma moto no trânsito. "Veja dessa forma", ele diz: "Em qualquer tipo de corrida, todos vamos na mesma direção e sabemos o

1. Essa é uma questão de exclusão mútua. Um Angel à paisana poderia entrar em qualquer evento da AMA pelo preço de um Cartão de Esportista de dois dólares, isso o qualificaria para competir, mas também o tornaria um candidato à associação na AMA, o que seus irmãos fora da lei jamais tolerariam. O estatuto dos Hell's Angels é muito claro sobre questões de conflito de interesse. Nenhum Angel pode ser membro de qualquer outro clube ou organização de motociclistas. Ter um cartão da AMA custaria o estandarte de um homem. (N.A.)

que estamos fazendo. Ninguém tem que se preocupar com doidos, bêbados ou senhoras idosas saindo de becos sem saída. Isso faz uma diferença brutal. Você pode se concentrar no próprio motor e mantê-lo sob controle. A gente se machuca de vez em quando, mas quebrar um osso é o pior que acontece e pouquíssimas pessoas morrem.

"Mas as autoestradas! Meus Deus, lá está você, seguindo em frente no trânsito a uns 100 km/h, bem no limite de velocidade, e isso é tudo o que você pode fazer para ficar fora do caminho das pessoas. Se a pista estiver um pouco molhada, ou até úmida da neblina, você terá problemas, não importa o que aconteça. Reduza a velocidade e vão encostar na sua traseira ou forçá-lo a sair da pista. Acelere para tentar arranjar mais espaço e algum imbecil vai pisar no freio bem na sua frente. Sabe Deus por que, mas eles fazem isso o tempo todo.

"Uma bobagenzinha dessas e você está no moedor de carne. No instante em que você pisa no freio, começa a perder o controle. As motos não derrapam como carros. E, depois de cair, você vai ter sorte se só passarem por cima de você duas vezes."

Durante o ano de 1965, mais de mil pessoas morreram nos Estados Unidos em consequência de acidentes com motocicletas. Automóveis mataram cinquenta vezes mais, mas o número crescente de mortes com motos levou a American Medical Association a classificar as motocicletas como "um sério risco à saúde em nossas comunidades". Os Hell's Angels perdem uma média de quatro membros por ano nas estradas, mas, considerando a forma como a maioria deles pilota, uma taxa de mortalidade de 4% ao ano é um enorme tributo à sua habilidade. A Harley 74 é provavelmente a única moto que pode causar estrago de verdade num carro, e um Angel que anda a toda consegue intimidar o trânsito tanto quanto um torpedo em alta velocidade. Os fora da lei são especialistas em Harleys, e em seu mundo restrito, nos seus próprios termos, eles podem andar melhor e mais rápido do que quase qualquer pessoa.

No final dos anos 50, antes de os Angels ficarem famosos, Pete, da divisão de São Francisco, era um dos melhores *drag racers* no norte da Califórnia. Ele foi patrocinado por uma revendedora local da Harley-Davidson e encheu um quarto de troféus. Ele não apenas usava o emblema dos Hell's Angels nas corridas, como também ia pilotando sua moto de competição para a pista, carregando sua bela loira atrás dele. Outros corredores traziam as motos em trailers, tratando-as como se fossem vasos de porcelana chinesa.

"O Pete realmente sabia fazer uma moto andar", lembra um dos Angels. "O jeito que ele ia lá e ganhava tinha muito estilo. Quando chegava na pista, cara, ele só mudava as velas de ignição e mandava ver, com os guidões altos e tudo, e liquidava aquelas latas-velhas."

No início dos anos 60, Pete deixou de ser um Angel, sentindo que já não servia mais para aquilo. Pouco depois do seu aniversário de trinta anos, levou a esposa e os dois filhos para uma pequena cidade nas Sierras, onde tentou se estabelecer como um mecânico sossegado do interior. Sua aposentadoria durou dois anos e poderia ter sido mais longa se os Angels não tivessem ficado famosos. Mas a tentação da publicidade e de mais aventura era muito grande. No início de 1965, Pete estava de volta à cidade, bebendo com os camaradas, mudando a família de lugar a toda hora e aprontando por aí para conseguir peças para montar uma moto nova.

Como a maioria dos outros Angels, ele respeita o produto que vem da fábrica apenas em termos de potencial, um pacote de boa matéria-prima, mas dificilmente uma máquina que qualquer homem de estilo queira ter para si.[2]

Os fora da lei tendem a ver as suas motos como monumentos pessoais criados à sua própria imagem, por mais abstrata que seja, e desenvolvem uma afeição por elas que é difícil de entender para quem está de fora. Parece pose, ou até perversão, e talvez seja, mas para os aficionados por motos é algo muito real. Qualquer pessoa que já tenha possuído uma dessas feras será sempre um pouco doente por

2. Quando finalmente acabou de ser montada, a moto chegava a 172 km/h em exatos doze segundos. (N.A.)

ela. Não as motos pequenas, mas aquelas enormes, caras, temperamentais e desproporcionais, que respondem ao acelerador como um cavalo que dá coices quando é chicoteado, que ficam de pé no ar e correm quinze metros numa roda só, queimando o chão com explosões de faíscas do escapamento cromado. As motos pequenas podem ser divertidas, como dizem os fabricantes, mas os Fuscas são divertidos também, assim como armas de chumbinho. Motos grandes, Ferraris e revólveres Magnum 44 são coisas que estão além da diversão. São máquinas tão poderosas e eficientes em seu próprio domínio que, apesar de terem sido feitas pelo homem, desafiam sua habilidade de controlá-las, de levá-las ao limite de sua função e de suas possibilidades. Esse é um dos pilares da mística da moto grande que se manifesta de forma tão intensa na vida de cada Hell's Angel. Ou, como eles dizem: "É aí que tá, cara. É aí que mora a coisa."

Nem todo mundo se sente confortável com essa ideia. Eu tinha sido dono de uma moto grande antes, e duas *scooters*, mas só porque elas eram baratas e disponíveis quando eu tinha um dinheiro para comprar alguma coisa. Não existe lugar na mística para esse tipo de pragmatismo, e quando eu disse aos Angels que estava pensando em comprar uma moto eles ficaram ansiosos para ajudar. O principal, é claro, era comprar uma Harley-Davidson. Eles tinham várias para vender, mas as mais novas todas tinham chapa fria... Elas também eram baratas: uma moto de 1.500 dólares por quatrocentos é difícil de se recusar, mas para andar em uma moto roubada você tem que saber explicar a um policial por que o número do chassi ou do motor não tem nenhuma semelhança com o número do documento. Existem maneiras de lidar com isso, mas se alguma coisa dá errado a punição é cumprir pena na prisão, e eu não estava a fim. Tentei, sem sucesso, fazer com que os Angels me encontrassem uma Harley 74 de segunda mão, barata e legalizada, preparada de acordo com a última moda entre os fora da lei. Depois, assim como alguns fora da lei de vanguarda, optei pela Harley Sportster, mais leve e mais moderna. Depois da pressão por parte do lado mais respeitável, tentei a Triumph

Bonneville e até a austera BMW. No final, reduzi as escolhas à Sportster, à Bonneville e à BSA Lightening Rocket. Todas as três dão voltas na frente de uma Harley 74 de fábrica, e até a versão dos Angels da Harley – que é qualquer coisa menos de fábrica – não consegue competir com os melhores e mais novos modelos produzidos sem ter que fazer alterações e ser pilotada por uma cara muito bom. O fato de ter acabado comprando uma BSA é secundário. A moral da história é que levei quatro semanas perguntando e pensando muito, com 1.500 dólares em jogo, para perceber que as Harleys sem acessórios não eram, a princípio, máquinas superiores. Mais tarde, depois de andar com a moto durante uns meses, entendi que a diferença entre um Hell's Angel numa Harley e um executivo aficionado por motos numa Triumph feita para corridas não está toda no motor. Os Angels arriscam a sorte até o limite. Eles correm riscos extremos sem pensar duas vezes. Eles foram rebaixados, excluídos e derrotados de tantas maneiras como indivíduos que não estão dispostos a ser educados e cuidadosos na única área em que levam vantagem.

A relação especial entre um Angel e a sua moto é óbvia até para as pessoas que não entendem absolutamente nada de motocicletas. Ao reunir dados para o seu artigo do *Saturday Evening Post,* Bill Murray assistiu a um documentário de TV de meia hora feito por uma rede de televisão de Los Angeles com uma pequena cooperação dos Angels de Berdoo. Um dos quatro sujeitos era, nas palavras de Murray, "um bruto de fala quase inarticulada atrás de uns óculos de fundo de garrafa, conhecido como Blind Bob. (Ele falou ferozmente sobre o que aconteceria a qualquer um que tentasse mexer com a *sua* garota. 'Se ela está comigo, está comigo', ele disse, rangendo os dentes)."

A visão de Murray dos Angels era de total desprezo, mas ele ficou encantado com a imagem de pelo menos um dos brutos numa Harley. "O momento mais vivo do programa", ele disse, "foi quando Blind Bob, um simplório relaxado e desarticulado durante a entrevista, foi mostrado andando de moto na autoestrada. Ele manobrava aquela máquina grande e poderosa com uma facilidade irretocável, guiando-a naturalmente com uma mão, como Valenzuela conduzindo Kelso para a largada, o vento forte batendo no rosto e a boca firme num sorriso de pura alegria. Cravado em cima da sua Harley, esse tolo adquiria uma graça instantânea..."

Com raras exceções, a moto fora da lei é uma Harley 74, uma motocicleta gigante que sai da fábrica de Milwaukee pesando trezentos quilos, mas que os Angels depenam até chegar a uns duzentos. No jargão do mundo das motocicletas, a Harley é uma *hog* [porco], e a moto do fora da lei é uma *chopped hog* [porco retalhado]. Basicamente, é a mesma máquina que todos os policiais usam, mas a moto da polícia é um elefante carregado de acessórios se comparado aos dínamos esbeltos e personalizados que o Angels pilotam. A semelhança é mais ou menos a mesma que existe entre um Cadillac saído da fábrica e o mesmo carro despojado de qualquer acessório, em sua essência *dragster*. Os Angels se referem às 74 padrão como "caçambas de lixo", e a Lei Número 11 do regimento interno é um comentário mordaz e imponente: "Um Angel não pode usar o emblema enquanto estiver andando numa caçamba de lixo com um não Angel". Uma *chopped hog,* ou *chopper*, é um pouco mais que um chassi pesado, um banco minúsculo e um potente motor de 1.200 cilindradas. Isso é quase o dobro do tamanho do motor de uma Triumph Bonneville ou da BSA Lightning Rocket, ambas com 650 cilindradas e capazes de chegar a velocidades entre 190 e 210 km/h. A Honda Super Hawk tem um motor de 305 cilindradas e uma velocidade máxima de quase 160 km/h. Um colunista do *Los Angeles Times* descreveu uma vez as *hogs* como "o tipo de moto que os transportadores alemães usavam para carregar cachorros e galinhas – e gente – na Segunda Guerra Mundial: máquinas rebaixadas e grotescas, com pilotos à altura".

Não existe nada nas estradas, com exceção de alguns carros esporte ou de corrida, que possa alcançar uma 74 fora da lei artisticamente retalhada, contanto que haja espaço para "forçar passagem" ou "sair costurando" com ela e aproveitar ao máximo o motor enorme. Em virtude de seu tamanho e diferenças básicas de engenharia, porém, uma Harley 74 equipada normalmente mal consegue correr mais que uma Honda de 305 cilindradas, e muito menos que uma Triumph de carburador duplo ou uma BSA. Não é incomum que as pessoas que andam nessas motos britânicas busquem oportunidades para humilhar um policial numa Harley. Mas os policiais de motocicleta são espertos – eles estão por dentro. Até a Patrulha Rodoviária da Califórnia, com seus Dodges envenenados, vê uma moto britânica ou uma *hog* fora da lei como uma afronta a sua imagem de dona da estrada. Uma vez fui parado por excesso de velocidade por um carro da Patrulha Rodoviária, que acelerou até ficar a menos de um metro da minha traseira antes que eu percebesse que estava sendo seguido. O motorista ligou a sirene no último momento e eu, naturalmente, parei no acostamento, um pouco abalado. Quando perguntei por que tinha corrido tão perto de mim, ele disse: "Achei que você poderia tentar virar rápido naquela saída e escapar".

Eu disse que aquilo nunca tinha me passado pela cabeça – o que era verdade naquela hora, embora hoje pudesse ser diferente. "Bem, que bom que você não tentou", ele respondeu. "O último marginal de motocicleta que tentou fugir de mim morreu. Eu fiquei na traseira dele até ele cometer um erro, aí eu passei por cima dele."

Por 1.300 a 1.400 dólares, qualquer pessoa que tenha um desejo de apostar corridas fatais com carros de polícia pode comprar, direto do showroom da loja, uma motocicleta que chega a 190 km/h. Mas para conseguir tirar uma performance desse tipo de uma 74 é preciso esforço e habilidade consideráveis. O primeiro passo é uma alteração drástica da relação peso-potência. Os Angels depenam suas *hogs* até ficarem só com o essencial, até mesmo a ponto de removerem o freio da roda dianteira. Essa limpeza em si já faz uma grande diferença, mas a maioria das motos dos fora da lei são também turbinadas com cames roubados, válvulas maiores, canos e cilindros reforçados. Os únicos acessórios que eles carregam são aqueles exigidos por lei: farol traseiro, espelho retrovisor e uma alça para as mãos do passageiro. Um fanático pode satisfazer a exigência do retrovisor usando um espelho de dentista minúsculo, que é tecnicamente legal.

Outras modificações incluem um tanque de gasolina feito sob medida na metade do tamanho, a retirada do para-lama dianteiro e um para-lama traseiro reduzido, ou "chanel", que termina em cima da roda; guidões muito altos e um banquinho tão baixo que parece uma almofada fina de couro em cima do motor; garfos dianteiros prolongados para estender a distância entre os eixos e levantar a extremidade superior; uma embreagem de pedal, ou "suicida", e uma variedade de toques pessoais, como amortecedores inclinados, faróis duplos minúsculos, uma roda dianteira da espessura da roda de uma bicicleta, barras cromadas altas em forma de cruz (chamadas de "barras de veadinho"), usadas como alça de passageiros, e todo tipo de ornamento cromado ou com pintura de chamas.

Uma *chopper* em geral é uma obra de arte, chegando a um custo de três mil dólares para ser montada, sem contar a mão de obra. Dos impecáveis raios cromados das rodas à direção superleve perfeitamente balanceada e às doze camadas de tinta especial no tanque de gasolina, trata-se de uma máquina bela e graciosa e de mecânica quase tão perfeita que é difícil imaginá-la guinchando por alguma rodovia, de madrugada, nas mãos de um marginal bêbado a apenas alguns segundos de uma batida a toda velocidade contra uma árvore ou um *guard rail* de aço. Esse é um dos muitos paradoxos das histórias a respeito dos Hell's Angels. Tudo que lhes falta em apresentação pessoal, eles compensam no trabalho nas motos... Mas qualquer um deles pode pegar uma máquina na qual trabalhou durante seis meses e destruí-la em segundos em uma arrancada sem sentido, a toda velocidade, numa curva que é porrada garantida para qualquer coisa acima de 80 km/h.

Isso se chama "passar pro lado mais alto", uma experiência terrível que um Angel supostamente descreveu desta maneira: "Todos nós já passamos pro lado mais alto, baby. Você sabe o que é isso? É quando a sua moto começa a deslizar depois que você chega fervendo numa curva a 120 ou 130 por hora... Ela derrapa pro lado mais alto da curva, baby, até bater na guia ou numa grade ou no acostamento ou em qualquer coisa que esteja lá, e aí ela é atirada pra cima... Isso é o que se chama de fazer uma decolagem com estilo, baby."

Uma noite, no inverno de 1965, eu levei a minha moto – e um passageiro – pro lado mais alto numa estrada escorregadia por causa da chuva ao norte de Oakland. Entrei numa curva obviamente perigosa a uns 110 km/h, esticando a minha segunda marcha. A pista molhada impediu que eu inclinasse o suficiente para compensar a tremenda inércia e, em algum lugar no meio da curva, percebi que a roda traseira não estava mais seguindo a dianteira. A moto estava indo para o lado na direção de uma rampa de trilhos de uma ferrovia e não havia nada que eu pudesse fazer a não ser esperar. Por um instante, a sensação era de muita paz... E depois foi como ser atirado para fora da estrada por uma bazuca, mas sem nenhum barulho. Nem um cervo numa colina nem um homem num campo de batalha chega a ouvir o tiro que o mata, e um homem passando pro lado mais alto numa motocicleta ouve o mesmo tipo de silêncio em alta velocidade. Há faíscas, quando o aço cromado raspa na estrada, um tranco terrível quando o seu corpo começa a dar cambalhotas no primeiro impacto... e depois disso, se você tiver sorte, não acontece absolutamente nada até você acordar no pronto-socorro de algum hospital com o couro cabeludo caindo nos olhos e uma camisa encharcada de sangue grudada no peito, enquanto pessoas com aparência de funcionários públicos olham fixamente para você e garantem uns aos outros que "esses malucos desgraçados nunca aprendem".

Não existe nada de romântico numa batida feia, e o único consolo é o choque anestésico que vem com a maioria dos ferimentos. O meu passageiro voou da moto em um longo arco que terminou nos trilhos da estrada de ferro e estilhaçou o seu fêmur, forçando as pontas afiadas através dos músculos e da carne até irem parar no cascalho molhado. No hospital, eles tiveram que lavar a terra das pontas do osso antes de colocarem a perna dele de volta no lugar... mas ele disse que só doeu no dia seguinte. Não doeu nem quando ele estava caído na chuva imaginando se alguém na estrada iria chamar uma ambulância para pegar a gente.

Não existe um Hell's Angel que não tenha vivido a cena do pronto-socorro, e uma das consequências naturais é que o seu medo de acidentes é moderado por uma espécie de desdém cavalheiresco por ferimentos físicos. Quem é de fora pode chamar isso de loucura ou de outras coisas mais esotéricas... mas os Angels vivem num mundo em que a violência é tão comum quanto cerveja derramada, e eles convivem com isso com tanta facilidade quanto os esquiadores aficionados convivem com o risco de quebrar a perna. Essa aceitação despreocupada de derramamento de sangue é a chave para o terror que eles inspiram nas pessoas certinhas. Até mesmo um lutador de rua pequeno sem muita habilidade tem uma tremenda vantagem sobre o americano de classe média padrão, que não entra numa briga desde a puberdade. É uma simples questão de experiência acumulada, de ter levado porrada o bastante para esquecer o pânico que as pessoas de bem associam a uma briga séria. Um homem que já teve o nariz esmagado três vezes em brigas vai correr o risco de novo quase sem pensar. Nenhum treinamento em qualquer arte marcial pode ensinar isso, a menos que o professor seja um sádico, e mesmo assim seria difícil, porque a experiência dos alunos seria artificialmente distorcida e limitada.

O caratê tem uma presença forte em São Francisco. Em 1965, havia cerca de sete mil estudantes de caratê pagando mensalidades regularmente em academias e perambulando pela Bay Area... Mas em qualquer bar movimentado você ouve a história de um barman que "bateu num cara que tentou se sair bem com uns golpes de caratê". Não importa muito quantas histórias são verdadeiras. O argumento é válido: a diferença entre sobreviver e se dar mal numa situação de atrito físico é quase sempre uma questão de reflexos condicionados. Um barman com a mão calejada bate mais rápido e com mais força do que um aluno de caratê que nunca sangrou numa briga. Pelo mesmo motivo, um Hell's Angel que já tenha ido pro lado mais alto vezes suficientes para fazer piada disso dirige uma motocicleta com um estilo e uma entrega que só vêm com experiências dolorosas.[3]

Depois de ter andado com os Angels durante um certo tempo, fiquei tão acostumado a ver faixas, ataduras, tipoias e rostos inchados que comecei a achar normal e parei de perguntar o que tinha acontecido. Mesmo assim, as boas histórias de brigas eram sempre os assuntos mais comentados, e as histórias ruins eram tão chatas e previsíveis quanto os quadros de qualquer programa de televisão dominical. A maioria de suas brigas é com pessoas de fora que não percebem onde estão se metendo. As pessoas que os conhecem estão muito atentas para a ética do "todos pra cima de um", que não é atenuada por nenhum estatuto de restrições. Um Angel em sua área está tão protegido quanto um contrabandista da Máfia em um bairro italiano violento.

Apesar dessa imunidade ameaçadora, eles de vez em quando passam dos próprios limites e apanham feio de pessoas que ou não conhecem as regras do jogo, ou acham melhor ignorá-las. Até o Barger, agora em seu oitavo ano como presidente da divisão de Oakland, admite que já quebraram o seu nariz, acertaram a sua mandíbula e socaram os seus dentes.

Mas um único acidente de moto pode deixar um homem mais arrebentado do que uma dúzia de brigas desastrosas. O Funny Sonny, de Berdoo, tem uma placa de aço na cabeça, um pino de aço no braço, um tornozelo de plástico e uma cicatriz profunda no rosto – tudo por causa de tombos. Ele ganhou o apelido quando os outros Angels acharam que a placa de aço estava causando um efeito esquisito em seu cérebro. Quando os Angels de Berdoo fizeram uma jornada para Santa Ana em outubro de 1964, Funny Sonny fez grande sucesso entre os moradores da cidade. Multidões se juntaram para ouvir suas intrigas contra a polícia, os tribunais e a estrutura social em geral. Mais tarde, ele foi preso por ter um enorme número de multas de trânsito pendentes.

---

3. Cinco Hell's Angels morreram em brigas ou acidentes em 1964, e três em 1965. Até o momento, em 1966, foram três, além de um que foi gravemente ferido por um tiro no estômago e outro que ficou paralisado para sempre do pescoço para baixo, também por causa de um tiro. (N.A.)

O circo dos marginais e o estupro por presunção de violência de Bass Lake

9

> Como foi que os Angels chegaram a se tornar esses baderneiros tão odiados? A resposta é que não foi fácil. Eles se esforçaram durante muito tempo para conseguirem ser malandros, cruéis e covardes.
>
> Revista *True Detective* (agosto de 1965)

> Eu passei por toda essa conversa fiada de escola e família. É tudo bobagem. Nossa, como eu sou feliz por ter sido aceito pelos Angels! Nunca vou querer ser nada a não ser um Angel e ponto final!
>
> Resposta a uma pergunta

Em meados do verão de 1965, os Hell's Angels já eram tema de pelo menos duas teses acadêmicas, e com certeza havia outras a caminho. No entanto, por toda a Califórnia, havia pessoas cujas relações reais ou imaginárias com motoqueiros fora da lei tinham sido pessoais demais para permitir qualquer perspectiva abstrata e sociológica sobre a ameaça. Para cada um que havia visto um Angel em carne e osso, havia quinhentos outros que tinham ficado paralisados de medo pela gritaria da mídia. Portanto, não foi nenhuma surpresa quando uma certa tensão popular se acumulou com a aproximação do Quatro de Julho.

Na noite da sexta-feira anterior ao dia 4, liguei para a Box Shop. Eu nunca tinha participado de uma jornada de feriado, e, como aquela tinha tudo para ser um verdadeiro agito, decidi ir junto. O Frenchy quis se certificar de que eu não estava planejando levar ninguém comigo antes de confirmar o local. "É em Bass Lake", ele disse. "Uns 320 quilômetros a leste daqui. Eu estou um pouco preocupado de ir. Pode ser que dê problema. A gente espera conseguir se encontrar e se divertir, mas, com toda essa publicidade, acho que todos os policiais do estado estarão lá."

Havia bons motivos para esperar a presença da polícia: a imprensa estava soando os alarmes há semanas.

No dia 25 de junho, um boletim da United Press International, vindo de Los Angeles, dizia o seguinte: POLÍCIA PREOCUPADA COM A APARIÇÃO DE QUATRO DE JULHO DOS HELL'S ANGELS. Citava o procurador-geral Lynch para mencionar que o seu escritório havia recebido "diversos relatórios" sobre o que os Hell's Angels tinham em mente para o seu piquenique anual de verão. (Um desses "relatórios" se originava da tentativa vã de vender a cobertura da briga de rua do Quatro de Julho para o *New York Times* e outras partes interessadas. O rumor da briga de rua se espalhou rapidamente e até ganhou um espaço na transmissão de Nova York do noticiário da NBC.)

Depois, no final de junho, um tumulto de motociclistas em Lacônia, New Hampshire, foi capa de jornais de todo o país. A imprensa da Califórnia deu destaque total porque o prefeito de Lacônia responsabilizou os Hell's Angels por tudo. A edição da *Life* de 2 de julho trazia uma longa matéria sobre Lacônia, com fotos de um carro em chamas, soldados da Guarda Nacional com baionetas nos fuzis e uma coleção de armas confiscadas, incluindo machadinhas, pés de cabra, facas, socos-ingleses, correntes e chicotes de couro. Cerca de quinze mil motociclistas teriam ido à loucura no pequeno balneário de New England, entrando em confronto com a polícia e botando fogo em vários prédios, enquanto os Hell's Angels os encorajavam. O aviso para a Califórnia estava claro. Se um punhado de Angels podia causar todo aquele tumulto a 4.800 quilômetros de casa, era terrível considerar o que o clã inteiro poderia fazer no seu próprio quintal da Costa Oeste.

Bass Lake é uma pequena estação de veraneio perto do parque nacional de Yosemite, em Sierra Nevada. Os Angels fizeram uma fraca tentativa de manter em segredo o seu destino, mas a vaidade de muitos arruinou a discrição de poucos e, uma vez que a informação vazou, não havia como parar. A polícia obteve a informação a partir de "fontes anônimas", a imprensa pegou a informação com a polícia e, quando ela chegou às ondas de rádio, soava como uma novela radiofônica de Orson Welles. Os primeiros noticiários do sábado,

3 de julho, davam a impressão de que os cidadãos de Bass Lake estavam prestes a enfrentar de forma derradeira um destino cruel demais para ser descrito.

Mas nem mesmo os apresentadores dos noticiários pareciam estar certos quanto ao destino dos fora da lei. Eles tiveram o cuidado de atribuir a informação a relatórios da polícia, que também diziam – de acordo com os jornais daquela manhã – que se esperava que os Hell's Angels atacassem em quase todo lugar entre Tijuana e Oregon. O *Los Angeles Times* especulou que a praia próxima de Malibu poderia ser o cenário de uma versão atualizada de *O selvagem, só* que desta vez com sangue de verdade e sem Marlon Brando. O *San Francisco Examiner* relatou um plano dos Hell's Angels para aterrorizar um evento do Lions Club no subúrbio de Marin County, ao norte da Golden Gate. E o *Chronicle* revelou um plano maligno dos Hell's Angels de "arrebentar" uma festa beneficente para os cães-guias de cegos, também em Marin County.

HELL'S ANGELS SE REÚNEM

Foi dito que pelo menos uma dúzia de comunidades por todo o estado estavam "marcadas para invasões". O clima do feriado se tornou bem mais emocionante. Lá estavam todos aqueles alpinistas de fim de semana, tipos honestos e trabalhadores com vontade de relaxar, fugindo para áreas de acampamento distantes em carros cheios de salsichas, carvão e raquetes de frescobol... e todos eles se perguntavam se iriam passar o fim de semana sem traumas ou surras com correntes.

Antes da jornada de Bass Lake, toda a publicidade dos fora da lei tinha surgido depois do fato, vinda de histórias melodramáticas de relatórios de policiais, vítimas e curiosos. Agora, pela primeira vez, era realmente possível comparecer a uma reunião dos Hell's Angels. Só era preciso meter a mão no caldeirão dos boatos e escolher o local certo.[1]

---

1. Ou ligar para a Box Shop... (N.A.)

A Patrulha Rodoviária da Califórnia havia anunciado a existência de uma nova e sofisticada rede de rastreamento, um sistema de comunicação via rádio projetado para detectar qualquer agrupamento de motoqueiros fora da lei e transmitir os seus movimentos para a polícia de todo o estado para que nenhuma comunidade fosse pega de surpresa. Mas não havia nenhum anúncio de planos para neutralizar a ameaça. Um mal-entendido muito difundido sobre os Hell's Angels é que eles são, a princípio, ilegais, e que todas as suas jornadas potencialmente explosivas poderiam ser abafadas logo de início com a simples prisão da gangue inteira no momento em que ela aparecesse na estrada. Isso estabeleceria uma situação judicial interessante, uma vez que os policiais que realizassem as prisões teriam dificuldade para encontrar uma acusação válida para enquadrá-los. Não existe nada ilegal em ir de motocicleta de uma cidade a outra. Mil Hell's Angels poderiam ir de Nova York a Los Angeles sem o risco de serem presos até violarem pelo menos uma lei ou estatuto local. Os Angels são bem informados sobre isso e, antes de saírem numa jornada, verificam o itinerário no mapa e trocam informações sobre quais cidades no caminho podem ser perigosas... seja por limites de velocidade mais baixos que o normal, falta de sinalização, leis incomuns ou qualquer outra coisa que possa atrasá-los. A maioria anda de moto pela Califórnia há anos e sabe por experiência quais cidades têm probabilidade maior de serem hostis. A cerca de cinquenta quilômetros ao sul de São Francisco, por exemplo, há uma cidadezinha chamada Half Moon Bay, onde motoqueiros fora da lei são presos ao serem vistos. Os Angels sabem disso e tentam evitar o lugar. Se quisessem criar caso por uma política de perseguição tão óbvia, eles conseguiriam quase com certeza invalidar qualquer prisão no tribunal, mas fazer isso tomaria tempo e dinheiro, e Half Moon Bay não é tão importante assim para eles. Não é uma cidade boa para agitar.

Reno está numa categoria diferente. Durante muitos anos, os Angels fizeram a Jornada de Quatro de Julho para Reno, mas, depois que uma dúzia de Angels destruiu uma taverna em 1960, a "Maior Cidade Pequena do Mundo" aprovou uma lei proibindo que mais de dois motociclistas andassem juntos dentro dos limites da cidade. Não há placa alguma declarando isso em nenhum dos muitos acessos para a cidade, e a lei com certeza seria derrubada no tribunal se um trio de turistas de motocicleta do Leste fosse para a cadeia simplesmente por andar junto pela cidade. Mas não é provável que isso aconteça. A lei foi criada para dar à polícia de Reno uma arma legal contra os Hell's Angels. E até os próprios Angels poderiam derrubá-la no tribunal se algum deles estivesse disposto a (1) passar um fim de semana prolongado na prisão, (2) pagar no mínimo cem dólares de fiança, (3) voltar a Reno algumas semanas depois, com um advogado, para se declarar inocente e ser notificado de uma data para o julgamento, (4) fazer uma outra viagem para Reno, mais uma vez com um advogado, para discutir o caso no tribunal e (5) com toda certeza, retornar para uma terceira audiência em Reno ou na cidade próxima de Carson para recorrer da sentença numa instância superior e (6) conseguir dinheiro suficiente para pagar um advogado pelo tempo e pelo esforço que seriam necessários para preparar um relatório com impacto suficiente para convencer um tribunal estadual de Nevada de que um dos estatutos locais de Reno é inconstitucional, irracional e discriminatório.[2]

A justiça não é barata neste país, e as pessoas que insistem nela estão desesperadas ou possuídas por uma determinação pessoal que beira a obsessão. Os Hell's Angels não têm essa convicção, nem mesmo quando isso significa abrir mão dos prazeres de Reno. Eles tentam evitar lugares em que as condições são desfavoráveis para eles, legalmente ou em outro aspecto... e geralmente são bastante perspicazes

2. Os Angels entendem o preconceito popular contra eles bem o suficiente para evitar aparições em tribunais sempre que possível. Um fora da lei diante de um tribunal do júri sabe que vai ter que cortar o cabelo, fazer a barba e pegar uma gravata emprestada em algum lugar. A experiência ensinou a eles como se comportar no tribunal. Um Angel de Frisco derrubou uma acusação de lesão corporal porque o policial que o prendeu não conseguia reconhecê-lo de jeito nenhum no julgamento. Sem o cabelo e o uniforme, ele se parecia com milhares de outras pessoas. (N.A.)

para perceber quais são as probabilidades. Jornadas são acima de tudo festas, não jogos de guerra, e as cadeias das cidades pequenas são chatas.

Considere as alternativas disponíveis para um chefe de polícia numa cidade distante de vinte mil habitantes – com uma força policial de 25 homens – quando ele é informado de que algo em torno de trezentos a quinhentos motoqueiros fora da lei devem estar vindo na direção dele em questão de horas. A pior coisa que ele teve que enfrentar em nove anos foi um assalto a banco envolvendo uma troca de uma dúzia de tiros com dois bandidos de Los Angeles. Mas isso foi há muito tempo, e desde então seu trabalho tem sido sereno... acidentes de estrada, adolescentes bagunceiros e brigas de bêbados no fim de semana em algum dos bares locais. Nada em sua experiência o preparou para enfrentar um exército de vândalos semi-humanos, uma versão moderna da quadrilha de Jesse James... criminosos infames que pisariam num policial do mesmo jeito que pisariam num sapo e com os quais, uma vez fora de controle, só se pode lidar com a força bruta.

Mesmo que ele tenha poderes legais de emergência e uma cadeia grande o bastante para prender todos eles, ainda existe o problema de conseguir prendê-los. Dois dos seus homens estão doentes, dois estão de férias, portanto restam 21. Ele rabisca alguns números no bloco de papel em cima da mesa: 21 homens, cada um com uma espingarda (cinco tiros) e um revólver (seis tiros) dá a ele uma chance máxima, numa emboscada cuidadosamente realizada, de tirar de circulação duzentos inimigos – deixando centenas de outros subitamente enlouquecidos de medo e raiva. Eles poderiam causar estragos terríveis, e uma emboscada está fora de questão, de qualquer maneira, por causa da publicidade apavorante. O que o governador do estado mais progressista da nação teria a dizer sobre o massacre deliberado de duzentos cidadãos por uma força policial interiorana no Dia da Independência?

A alternativa é deixar os fora da lei entrarem na cidade e tentar mantê-los sob controle, pelo menos até eles começarem a fazer alguma coisa... Mas isso poderia levar a um confronto, e sem aviso: o inimigo teria tempo para se drogar e se embebedar, tempo para escolher a arma e o local da batalha. Varando a noite no esforço de reunir reforços, poderia se reunir cinquenta ou 65 homens convocados de cidades e condados vizinhos... Mas num feriado prolongado nenhuma força policial tem muitos homens sobrando, e mesmo esses estariam sujeitos a ser chamados de volta a qualquer momento, caso o bando dos fora da lei mudasse o curso e parasse para uma cerveja em algum lugar inesperado. Todo o plano de batalha teria que ser modificado de repente.

Os Angels nunca travaram uma batalha intensa contra as forças da ordem e da lei, mas já atacaram policiais sozinhos ou três ou quatro deles com tanta frequência que a polícia da maioria das cidades os trata com bastante educação ou os enfrenta com toda a força possível. Os fora da lei não compartilham do respeito que a classe média tem pela autoridade e não reverenciam "o distintivo". Eles medem a autoridade de um policial pela sua capacidade de impô-la. Algumas das histórias do tumulto de Hollister, em 1947, contam que a polícia local foi trancada em suas próprias celas por motoqueiros agitados, que em seguida "tomaram a cidade de assalto". Mas o único Hell's Angel ainda na ativa que estava de fato presente em Hollister dá um desconto para a maioria das histórias que foram crescendo ao longo dos anos. "A gente só estava lá para uma festa", ele explica. "Quanto a dar socos nos moradores e coisas do tipo, a gente não fez nada disso. Claro que a gente fez muito barulho, e fomos atrás de algumas pessoas que tacaram pedra na gente. Quando os policiais começaram a entrar em pânico, a gente colocou uns dois ou três nas latas de lixo e amontoou as motos deles em cima, só isso."

Em 1948, um ano depois de Hollister, cerca de mil motoqueiros fizeram uma festa em Riverside, perto de Los Angeles. Correram pelas ruas, soltaram rojões sobre a polícia e aterrorizaram os moradores em geral. Um bando sorridente parou o carro de um oficial da Força Aérea no meio da cidade. Quando o aviador tocou a buzina, os motoqueiros pularam no capô do carro e o destruíram, quebraram todas as janelas, deram um soco no motorista e passaram a mão em sua esposa aterrorizada, antes de deixá-los ir embora com um aviso para não buzinarem para pedestres. O xerife Cary Rayburn encurralou um grupo de invasores e ordenou que saíssem da cidade, mas eles o esbofetearam com desprezo, arrancaram o seu distintivo e rasgaram seu uniforme. Quando o xerife chamou reforços, os fora da lei fugiram.

Muito antes da era dos pactos de ajuda mútua entre forças policiais vizinhas, os primeiros selvagens tinham bom-senso suficiente para não lutar pra valer contra policiais armados. Até hoje eles só desafiam a polícia se estiver óbvio que a situação exija moderação por parte da lei... um tumulto em formação, uma briga diante de câmeras da TV ou qualquer confronto que atraia uma multidão e deixe os tiros fora de questão.[3] Por causa disso, um bando de Hell's Angels numa jornada para uma cidade de veraneio é algo infernal para os policiais da zona rural que precisam lidar com a questão. O segredo é controlá-los sem nenhuma provocação, mas os fora da lei são provocados muito facilmente. Uma vez que a demonstração de forças saia do controle, com certeza haverá feridos, publicidade negativa e a chance de uma reprimenda para manchar a carreira de qualquer policial

---

3. Em agosto de 1966, três Angels foram presos por agredir policiais que invadiram o velório de um Hell's Angel no sul de São Francisco. "Sua conduta não pode ser tolerada", disse o juiz W. Howard Hartley ao pronunciar a sentença. "Essa coisa de 'vamos pegar os policiais' não pode ficar sem punição. Vocês agem como parasitas. Você não demonstram nenhum respeito pelas pessoas nem por vocês mesmos. A sua hostilidade contra a lei está acima da compreensão." Os três Angels haviam se confessado culpados pelo que era, então, uma nova lei que caracterizava como crime grave a agressão de um oficial de polícia... Assim, em vez de admitir culpa por resistência à prisão, algo menos grave, eles ficaram vulneráveis a penalidades novas e mais severas. Um deles – Lew Roseberry, 22 anos, de Hayward – pegou um ano de prisão e cinco anos de condicional. Ray Hutchins III, também 22 anos, teve perdão concedido devido ao seu desempenho honroso na Força Aérea. Ele pegou apenas seis meses de prisão e três anos de condicional. Ken Krake, 22 anos, mencionou sua experiência como escoteiro e se safou com noventa dias de prisão. (N.A.)

que perca a cabeça e tome medidas extremas, como atirar no meio de uma briga e acertar a pessoa errada.

Os procedimentos de execução das leis nos Estados Unidos nunca foram planejados para controlar grandes grupos de cidadãos rebelados, mas para proteger a estrutura social contra pessoas ou atos criminosos específicos. Sempre se imaginou que a polícia e os cidadãos formam uma aliança natural contra os bandidos maus e perigosos, que com certeza devem ser presos assim que forem vistos e baleados pela polícia em caso de resistência.

Porém, há indicações de que essa "aliança natural" possa estar se encaminhando para algo semelhante à Linha Maginot. Cada vez mais a polícia se vê em conflito com alianças inteiras de cidadãos, nenhum deles criminosos no sentido tradicional da palavra, mas muitos potencialmente tão perigosos para a polícia quanto qualquer criminoso armado. Isso é particularmente verdadeiro em situações que envolvem grupos de negros e de adolescentes. O tumulto de Watts, em Los Angeles, 1965, foi um exemplo clássico dessa nova configuração. Uma comunidade inteira se voltou contra a polícia com tanto ímpeto que a Guarda Nacional teve que ser chamada. No entanto, poucos dos revoltosos eram criminosos, pelo menos não até o tumulto começar. Pode ser que os Estados Unidos estejam desenvolvendo uma categoria totalmente nova de criminosos que estão, em sua maioria, inseridos na sociedade... pessoas que ameaçam a polícia e a estrutura social tradicional, mesmo quando não estão violando nenhuma lei... porque elas veem A Lei com desprezo e a polícia com desconfiança, e esse ressentimento prolongado pode explodir sem aviso diante da menor provocação.

Alguns dos crimes mais espetaculares dos Hell's Angels são, em termos técnicos, delitos leves, como "comportamento obsceno" e "perturbação da ordem". Esses são crimes de rotina, que geralmente aparecem nos registros policiais como "vadiagem infame". Milhares de pessoas são autuadas todos os anos por obscenidade em local público, por brigar em bares e dirigir em alta velocidade em áreas residenciais. Mas, quando quinhentos representantes de uma espécie aparentemente subumana se encontram numa comunidade sossegada e começam a mijar nas ruas, arremessar latas de cerveja uns nos outros e a correr com motocicletas barulhentas ao redor da praça do vilarejo, o efeito do choque nos cidadãos é mais grave do que o de um assalto ao banco local com uma metralhadora no estilo Dillinger. O banco, afinal, tem seguro. Poucos homens cairiam no choro diante da possibilidade de a Corporação Federal de Seguro de Depósitos ter que pagar uma indenização... Mas relatos de cem marginais imundos a caminho de uma estância montanhosa podem deixar a população inteira em pânico armado.

Essa era a situação no dia 3 de julho de 1965. Bass Lake estava sob tensão havia dias. Exemplares da revista *Life* do dia 2 de julho, com a matéria sobre Lacônia, estavam expostos com destaque nas prateleiras dos mercados da cidadezinha. Os moradores estavam esperando pelo pior. A julgar por toda a publicidade, a previsão mais otimista seria a de brigas de bêbados e danos à propriedade, temor cívico e possibilidade de ser agredido a qualquer instante. Também era provável que os fora da lei comprassem todo o estoque de cerveja da cidade, como é de costume. E, se os animais fizessem jus à sua reputação, havia razões de sobra para se esperar um holocausto com incêndio, saques e estupro. Quando o fim de semana começou, a atmosfera em Bass Lake lembrava a de uma cidadezinha do Kansas se preparando para um tornado.

10

Cara, quando você tinha quinze ou dezesseis anos, você pensava que ia acabar virando um Hell's Angel? Como é que eu fui me envolver com vocês?... Meus Deus, eu saí do exército e voltei para Richmond, comecei a andar de moto por aí, usando roupas de algodão, camisas esportivas e até capacete... E aí conheci vocês. Eu comecei a ficar cada vez mais sujo, mais imundo. Não dava pra acreditar... Aí perdi o emprego e comecei a passar todo o tempo indo a jornadas ou me preparando pra elas. Meu Deus, eu ainda não consigo acreditar.

Fat D., um Hell's Angel de Richmond

Que é que você quis dizer com a palavra "certo"? A única coisa que preocupa é o que é certo *pra gente*. Nós temos a nossa própria definição de "certo".

Um Hell's Angel imerso em filosofia

Segundo Frenchy, a jornada começaria às oito da manhã, saindo do El Adobe, uma taverna na East Fourteen Street, em Oakland. (Até o outono de 1965, o El Adobe era a sede não oficial da divisão de Oakland e o ponto de partida de todas as atividades dos Hell's Angels no norte da Califórnia. Em outubro, porém, ele foi demolido para a construção de um estacionamento, e os Angels se mudaram de volta para o Sinners Club.)

As primeiras previsões do tempo diziam que todo o estado estaria fervendo naquele dia, mas o amanhecer em São Francisco estava enevoado como de costume. Eu dormi demais e, na pressa de sair logo, esqueci a minha câmera. Não deu tempo para tomar café, mas comi um sanduíche de creme de amendoim enquanto carregava o carro... saco de dormir e isopor para a cerveja atrás, gravador na frente e, debaixo do banco do motorista, uma Luger descarregada. Fiquei com o pente de balas no bolso, pensando que poderia vir a ser útil se as coisas saíssem do controle. Credenciais da imprensa são legais de ter, mas em situações de tumulto uma pistola é o melhor tipo de garantia de privilégios.

Quando saí do meu apartamento já eram quase oito, e em algum lugar da Bay Bridge coberta de névoa, entre São Francisco e Oakland, ouvi o primeiro boletim de rádio:

> Na manhã de hoje, a comunidade serrana de Bass Lake está se preparando para uma invasão divulgada da conhecida gangue de motoqueiros Hell's Angels. A polícia fortemente armada e assistentes de xerifes estão posicionados em todas as estradas que levam a Bass Lake. O xerife do condado de Madera, Marlin Young, informa que há helicópteros e outras forças de emergência de prontidão. Órgãos de imposição da lei vizinhos, incluindo a Patrulha Canina do xerife do condado de Kern, foram alertados e estão prontos para entrar em ação. Informativos recentes dizem que os Hell's Angels estão se concentrando em Oakland e San Bernardino. Fique sintonizado para mais detalhes.

Entre aqueles que fizeram questão de ficar sintonizados naquela manhã estavam milhares de cidadãos honestos a caminho das proximidades de Bass Lake e Yosemite para passar o feriado. Eles haviam acabado de sair de casa, a maioria ainda impaciente e com sono depois das arrumações de última hora e de ficar apressando as crianças para acabarem o café da manhã... quando o rádio dos carros lançou um aviso de que eles estavam se dirigindo para o redemoinho do que poderia se tornar em breve uma zona de combate. Eles haviam lido sobre Lacônia e outros ataques dos Hell's Angels, mas, no papel, a ameaça sempre pareceu distante. Aterrorizante, é claro, e real ao seu modo, mas sem aquele pavor com acidez no estômago que vem com a percepção de que desta vez é *você*. Os jornais de amanhã não estarão falando sobre pessoas que apanharam e se assustaram a cinco mil quilômetros de distância, mas exatamente sobre onde você e a sua família estão pensando em passar o fim de semana.

> *Os Hell's Angels... sangue, estupro coletivo... olhe para a sua esposa, seus filhos no banco de trás, você conseguiria*

protegê-los de uma gangue de jovens valentões enlouquecidos de tanta droga e cerveja?... Lembra-se daquelas fotos? Brigões de rua grandes e feios, que não têm medo nem da polícia, amantes de brigas, balançando correntes e chaves de fenda enormes, facas – sem nenhuma piedade.

A ponte estava lotada de veranistas que queriam começar cedo. Eu estava vinte ou trinta minutos atrasado e, quando cheguei à cabine de pedágio na extremidade da ponte que fica em Oakland, perguntei ao guarda se algum Hell's Angel havia passado por ali antes de mim. "Os filhos da puta safados estão bem ali", ele disse, apontando com a mão. Eu não sabia do que ele estava falando até andar mais duzentos metros e passar por uma aglomeração de pessoas e motocicletas ao redor de uma picape cinza com uma suástica pintada na lateral. Eles pareciam ter se materializado na névoa, e a visão estava causando um efeito ruim no trânsito. Existem dezessete cabines de pedágio no sentido leste da ponte, e o volume de carros que sai delas é afunilado em apenas três saídas, onde todos os motoristas brigam por uma posição numa corrida curta e em alta velocidade entre as cabines de pedágio e os divisores de tráfego a oitocentos metros de distância. Esse trecho é perigoso numa tarde clara, mas com um Show de Horrores surgindo aos poucos ao lado da estrada, em meio à neblina de uma manhã de feriado, a briga por uma posição era pior do que o normal. As buzinas soavam ao meu redor enquanto os carros desviavam e reduziam a velocidade, cabeças virando para a direita. Era o mesmo tipo de desorganização do trânsito que ocorre perto de um acidente grave, e muitos motoristas foram para a rampa errada naquela manhã depois de olharem demais para a reunião monstruosa sobre a qual – se estivessem ouvindo o rádio – tinham sido alertados momentos antes. E agora lá estava ela, em carne, tatuada e fedida, e osso... a Ameaça.

Eu estava perto o suficiente para reconhecer os Gipsy Jokers, cerca de vinte deles, andando de um lado para o outro perto da picape, esperando os atrasados. Eles não prestavam nenhuma atenção no trânsito, mas só a aparição deles era o suficiente para fazer qualquer um parar para pensar. Exceto pelo estandarte, eles eram exatamente iguais a qualquer grupo de Hell's Angels: cabelos compridos, barba, jaquetas pretas sem mangas... e as inevitáveis motocicletas rebaixadas, muitas com sacos de dormir presos com cordas aos guidões e garotas sentadas com ar de preguiça nos pequenos bancos.

Eram oito e quinze quando cheguei ao El Adobe. O estacionamento estava cheio de motos. Parei numa lanchonete no centro de Oakland para encher o meu cantil de café e esperar que os fora da lei se juntassem. Eram os Gipsy Jokers que formavam a maior parte da multidão no estacionamento do El Adobe quando cheguei. Um grupo de cinquenta ou sessenta Angels já tinha ido para Bass Lake.

Eu me apresentei e me dei muito mal. Haviam espalhado que essa seria uma jornada frustrada mesmo, e a ideia de ter um escritor na rabeira não deixou ninguém animado... o que era compreensível. Bem, para começar, eu não tinha perguntado aos Jokers se eu seria bem-vindo na jornada e não esperava que eles fossem me perturbar se achassem que eu estava com os Angels. Buck, um índio enorme numa Harley roxa, me disse depois que eles pensaram que eu era da polícia.

A hostilidade era óbvia, porém silenciosa. Decidi ficar com os Jokers até que eles saíssem, e depois eu tentaria alcançar os outros. Eles estavam alguns minutos na frente e eu sabia que iam se manter abaixo do limite de velocidade. Um pequeno grupo de Angels tentando alcançar uma jornada geralmente passa pelo trânsito a 130 ou 140 km/h, usando as três faixas da estrada ou passando pelo meio dos carros se não tiver outro jeito de passar... porque eles sabem que todos os policiais estão adiante, observando a grande formação. Mas quando os fora da lei se movem em massa, sob o olhar vigilante da Patrulha Rodoviária, eles mantêm um ritmo que deixaria orgulhosa uma escolta do Exército Americano.

Na maior parte do ano, os Hell's Angels ficam bastante quietos. Perto de casa, em seu próprio quintal, eles cultivam uma espécie de convivência forçada com a polícia local.

Mas no verão, em qualquer fim de semana, uma das seis divisões pode decidir sair por aí sozinha, vinte a trinta membros, lançando-se na estrada a caminho de alguma cidade pequena que tenha uma força policial simbólica, para atacar como uma gangue de piratas algum dono de taverna sem sorte cujo único consolo é um elevado lucro com as cervejas que poderá ser eliminado a qualquer momento pela violenta destruição do recinto. Se tiver sorte, haverá apenas algumas brigas, copos quebrados ou uma reunião sexual pública e explícita, envolvendo desde exibicionismo obsceno até uma suruba em uma das cabines.

Essas incursões independentes geralmente viram notícia, mas é nas suas duas jornadas principais – Dia do Trabalho e Quatro de Julho – que os jornais e a desordem fazem a festa. Pelo menos duas vezes por ano, os fora da lei de todas as partes do estado se reúnem em algum lugar da Califórnia para uma farra colossal.

Uma jornada representa muitas coisas para os Angels: uma festa, uma exibição e um exercício de solidariedade. "Você nunca sabe quantos Angels existem até sair numa jornada grande", diz Zorro. "Alguns morrem, outros pulam fora, outros vão pro xadrez, e sempre tem gente nova entrando. É por isso que as jornadas são importantes: você fica sabendo quem está do seu lado."

É preciso um líder forte como Barger para manter a disciplina necessária para levar um grupo grande de Hell's Angels ao destino da jornada. Os problemas podem acontecer em quase todo lugar. (Os Angels não admitem, mas uma das maiores diversões para eles numa jornada é assustar e discutir com as pessoas no caminho.) Eles não teriam nenhum problema indo da Bay Area até Bass Lake se quisessem viajar incógnitos, vestidos como outros turistas de fim de semana e dirigindo Fords ou Chevrolets. Mas isso está fora de cogitação. Eles usam suas roupas de festa, tornando-se o mais visíveis possível.

"As pessoas já ficam desconfiadas da gente porque somos Hell's Angels", explicou Zorro. "É por isso que a gente gosta de impressionar. Elas só ficam meio ansiosas, só isso. Elas odeiam qualquer coisa que não seja adequada ao seu modo de vida."

Qualquer um que já tenha visto os Angels numa jornada concorda que os camponeses californianos provavelmente consideram esse espetáculo inadequado ao seu modo de vida. Trata-se de um zoológico humano sobre rodas. Um fora da lei, cuja aparência normal do dia a dia chega a atrapalhar o trânsito, aparece numa jornada com a barba tingida de verde ou vermelho vivo, os olhos escondidos atrás de óculos de proteção laranjas e uma argola de metal no nariz. Outros usam capa e faixa de cabeça Apache, ou óculos de sol enormes e capacete prussiano pontudo. Brincos, capacetes da *Wehrmacht*[1] e a Cruz de Ferro alemã praticamente fazem parte do uniforme, assim como a Levi's coberta de graxa, as jaquetas sem manga e todas aquelas belas tatuagens: "Mamãe", "Boneca", "Hitler", "Jack, o Estripador", suásticas, adagas, crânios, "LSD", "Amor", "Estupro" e a inevitável insígnia dos Hell's Angels.

Muitos usam outros enfeites mais esotéricos – símbolos, números, letras e frases enigmáticas –, mas poucos deles tinham qualquer significado público até os fora da lei começarem a falar com repórteres. Entre os primeiros a serem expostos estava o número "13" (identificando um usuário de maconha). Esse é quase tão comum quanto o distintivo de um por cento. Outros, como o adesivo com as letras "DFFL" (Dope Forever, Forever Loaded)[2] e o Coelhinho da *Playboy* (zombando do controle da natalidade) foram mostrados pela revista *True*, que também explicava as asas multicoloridas dos pilotos: asas vermelhas indicando que o Angel praticou cunilíngua em uma mulher menstruada, asas pretas pelo mesmo ato numa mulher negra e asas marrons para sodomia.

A Califórnia possui leis relativas a "atentado ao decoro público", mas por algum motivo elas raramente são aplicadas aos Hell's Angels, cuja existência por si só ridiculariza todo decoro público.

---

1. Forças Armadas do III Reich. (N.E.)

2. Drogas para sempre, sempre chapado. (N.T.)

"Quando você chega a um lugar onde as pessoas podem ver você, você quer parecer o mais repugnante e repulsivo possível", disse um deles. "Nós somos completamente excluídos, intrusos contra a sociedade. E é assim que queremos ser. A gente ri de tudo que pareça bom. Somos canalhas pro mundo, e o mundo é canalha pra gente."

"Não ligo se os outros pensam que somos maus", disse um outro. "Acho que é isso que faz a gente seguir em frente. A gente luta contra a sociedade e a sociedade luta contra a gente. Isso não me incomoda."

Pouquíssimos Angels não desviariam do seu caminho para dar um susto nos caretas, de preferência de um jeito que desequilibre o metabolismo deles e que depois os faça gritar no meio da noite por alguns dias, mas também existe uma certa dose de humor envolvida. Funny Sonny uma vez explicou os trajes bizarros dos Angels como "uma espécie de piada, um baile de máscaras gigante".

O que é verdade até certo ponto, mas nem todo mundo curte o senso de humor dos Angels... que pode variar de gargalhadas das piadas de Jackie Gleason a risadinhas contidas diante da visão do rosto de um homem sendo dilacerado por uma garrafa de cerveja quebrada.

UMA ESTRANHA BATIDA NA TOCA DA GANGUE

> San Diego, 18 de julho (UPI) – Quatro caixões, duas lápides e símbolos nazistas foram encontrados no sábado na sede de uma gangue de motociclistas, onde três membros foram presos sob acusações relacionadas a narcóticos.
> A residência também continha um trono de 1,5 metro de altura, uma coruja empalhada, uma espada de decapitação oriental e vários troféus de motociclismo, informou a polícia.

Eu não me lembro de ter ouvido nenhuma risada naquela manhã no El Adobe. Os Angels que estavam atrasados continuavam chegando e, em vez de ir embora sozinhos, preferiam ficar com quem estivesse por ali. De vez em quando alguém empinava uma moto no estacionamento. Outros estavam agachados no chão, fazendo ajustes de última hora no carburador, e os que não tinham mais nada para fazer ficavam parados ao lado da moto, fumando ou bebendo cerveja de algumas latas que estavam sendo passadas de mão em mão. Bill, o presidente dos Jokers, estava concentrado em pensamentos profundos diante de um mapa rodoviário com Dirty Ed, presidente dos Hell's Angels de Hayward. Hutch, o vice-presidente dos Jokers e seu principal porta-voz, estava ao lado do meu carro com dois Angels ouvindo o noticiário. "Caras, as mulheres de lá são demais", disse um dos Angels. "Só espero que eles não escondam as fêmeas."

A certeza de que uma força policial de emergência com cães estava esperando por eles – uma certeza agora reforçada por boletins de rádio – já havia feito diferença na preparação para a jornada. Muitos que normalmente levariam as suas "patroas" haviam deixado as garotas por causa da possibilidade de sérios confrontos com a polícia. Ficar enjaulado numa cidade do interior já é ruim se você estiver sozinho, mas ter a esposa ou namorada trancada na mesma cela – e não em casa para ligar para advogados e fiadores – é um tipo de risco duplo que os Angels aprenderam a evitar.

Quando vi eternos garupeiros como Sonny, Terry, Tiny, Tommy e Zorro sem as mulheres, percebi que os fora da lei estavam esperando por confusão séria. Mas ao invés de tentar evitá-la, como costumavam fazer no passado, desta vez eles estavam determinados a ir com tudo. "A gente não está tão a fim de ir pra Bass Lake", disse Barger, "mas, com toda essa coisa de jornal e rádio dizendo que eles estão preparados pra pegar a gente lá, não dá pra voltar atrás. Esta é uma jornada que a gente tem que fazer ou eles nunca mais vão deixar a gente em paz. A gente não quer confusão, mas se Deus assim quiser, ninguém vai poder dizer que a gente fugiu da briga."

Esse era o tipo de conversa que estava rolando no estacionamento quando o alerta do rádio das oito e meia passou para a canção de rock chamada *A World of Our Own*.

We'll build a world of our own
That no one else can share.
All our sorrows we'll leave far behind us there...[3]

A música fez a cena inteira se cristalizar. Enquanto eu estava lá sentado no carro, bebendo café num cantil que sobrou do exército numa manhã fria e desagradável, quando todos nós deveríamos estar em casa, na cama, eu tentava encaixar as letras na cena da qual eu fazia parte. A princípio, parecia apenas mais uma canção sobre sonhos adolescentes absurdos com uma boa batida dançante:

And I know you will find
there'll be peace of mind
when we live in a world of our own[4]

Um mundo só nosso... E depois, meu bom Deus, me dei conta de que eu estava bem no meio daquilo, com um bando barulhento de caras legais que nenhum homem poderia renegar... Restos estranhos de um naufrágio na maré cheia, Os Selvagens, Motoqueiros Fora da Lei.

Eu tinha a sensação de que, a qualquer momento, um diretor iria aparecer balançando cartazes com as palavras "corta" ou "ação". A cena era estranha demais para ser real. Numa manhã tranquila de sábado em Oakland, em frente a um bar sujo que lembrava um bar turco, esse estranho fruto da humanidade havia se juntado... usando etiquetas com os dizeres "Hell's Angels" e "Gipsy Jokers". E naquele momento estavam ansiosos para sair logo para seu piquenique anual do Dia da Independência... uma reunião monstruosa, vagabunda demais para Hollywood, uma paródia grosseira da cena louca e melodramática que já havia ficado famosa através de Marlon Brando.

---

3. Nós vamos construir um mundo só nosso / que ninguém mais pode ter / E lá todas as nossas dores ficarão para trás... (N.T.)

4. E eu sei que você vai achar / que haverá paz de espírito / quando vivermos em um mundo só nosso. (N.T.) © Copyright 1965 by Springfield Music, Ltda, Chappell & Co., Inc., proprietário dos direitos de publicação e outros relacionados no Hemisfério Ocidental.

No entanto, a ação tinha sido certificada pela *Times*, pela *Newsweek* e pelo *The New York Times*. Era real o suficiente para isso. Grant Wood poderia tê-la intitulado *Modernos Americanos*. Mas não havia nenhum artista presente, muito menos fotógrafos ou informantes da grande imprensa de Nova York. Lá estava o rádio falando sem parar sobre a iminente destruição de uma cidade de veraneio da Califórnia por um exército de quinhentos vândalos de motocicleta e nem um único repórter de alguma agência de notícias estava lá para conseguir um relato em primeira mão. Na verdade, a imprensa estava acompanhando o caso através da polícia, por telefone – o que parecia estranho dada toda a publicidade adiantada que eles haviam provocado.

Finalmente, o presidente dos Jokers deu o sinal e nós saímos do estacionamento como um trovão. As primeiras motos avançaram na frente e as outras seguiram, fazendo uma algazarra e forçando os motores. Mas o barulho parou quase imediatamente. Quando a formação entrou na rodovia, a poucas quadras do bar, os motoqueiros formaram duas fileiras lado a lado em cada pista, mantendo constantes 100 km/h. Todos pareciam sérios e determinados. Não havia absolutamente nenhuma conversa entre eles.

> Este é um homem que não tem identidade. Mas *esta noite* ele desestabilizou o Departamento de Polícia de Los Angeles e o Corpo de Bombeiros de Los Angeles. Ele mobilizou a Guarda Nacional. Esta noite ele é alguém. Esta noite ele tem uma identidade.
>
> Reverendo G. Mansfield Collins,
> um pastor de Watts, falando após os tumultos de 1965

Como se tratava das celebridades mais repreensíveis a surgir nos últimos anos, era inevitável que sua árdua viagem a Bass Lake atraísse cidadãos horrorizados ao longo de todo o trajeto. Em Tracy, uma cidade de cerca de onze mil habitantes na US 50, as pessoas que estavam em lojas saíam correndo para olhar melhor. Eu estava em uma loja de bebidas com ar-condicionado comprando cerveja quando os fora da lei passaram pela cidade. “Meu bom Deus Todo-Poderoso!”, disse o balconista. Ele correu até a porta e a abriu, deixando entrar uma rajada de ar quente e barulho da rua. Ficou ali parado durante alguns minutos com a mão no braço de um cliente que foi para o lado dele. Todo o centro de Tracy estava em silêncio, exceto pelo ronco dos motores das motos. Os fora da lei passaram devagar pela rua principal, como se estivessem fazendo a revista, mantendo uma formação organizada, sem conversas e absolutamente impassíveis. Depois, no limite leste da cidade, aceleraram até 100 km/h e sumiram de vista.

Em Modesto, onde a US 99 cruza Central Valley, havia multidões nas calçadas e fotógrafos nos cruzamentos do centro da cidade. Algumas das fotos depois apareceram na rede da Associated Press... fotos maravilhosas, Dia da Independência na Califórnia com os nativos subindo as montanhas com os penteados da última moda na Costa Oeste.

Enquanto os principais grupos de fora da lei seguiam com esplendor e obediência à lei rumo ao seu destino, havia outros, os atrasados e confusos, e os independentes mais persistentes, que se apressavam para alcançar os outros. Em algum lugar próximo ao desvio de Manteca, um grupo de Hangmen de El Cerrito passou como um trovão. Eles se materializaram do meio do trânsito no meu retrovisor. Eu os vi se aproximando antes de ouvir o barulho... e, de repente, eles estavam bem ao lado do meu carro, enchendo a paz ensolarada da manhã com um estrondo que abafava o som do rádio.

O trânsito desviou para a direita, como se estivesse abrindo caminho para um caminhão de bombeiros. Na minha frente, havia uma caminhonete com crianças atrás. Elas apontavam para os bandidos, eufóricas, quase perto o bastante para esticar o braço e tocá-los. O trânsito todo ficou lento. As motos passaram tão rápido que algumas pessoas provavelmente pensaram que um avião pulverizador de plantações tivesse passado em voo rasante. Mas aquilo não teria perturbado ninguém por mais de um instante. O que fez a aparição repentina dos fora da lei ser tão enervante foi o fator intromissão. O Central Valley é uma área de terra cultivada saudável e exuberante. Ao longo da estrada, há placas pintadas à mão fazendo propaganda de milho verde, maçã e tomate à venda em bancas de madeira. Nos campos, os tratores passam devagar pelos sulcos na terra, seus motoristas protegidos do sol por sombrinhas amarelas presas acima do banco. É um clima tão apropriado para aviões pulverizadores quanto para cavalos e gado. Mas não para motoqueiros fora da lei: eles pareciam tão deslocados quanto uma multidão de negros muçulmanos na Feira Estadual da Geórgia. A visão desses refugiados da sociedade de bares da cidade grande, correndo por aí à solta na terra de Norman Rockwell[5], era difícil de aceitar. Era algo descarado, anormal e arrogante.

5. Pintor americano (1894-1978) que ilustrava cenas de cidades pequenas. (N.E.)

11

Não fosse pela presença da ralé e dos ignorantes, dos amorfos, esquisitos e incompletos, dos irracionais e absurdos, das infinitas configurações do encantador girino humano, o horizonte não teria um sorriso tão largo.

Frank Moore Colby, *Imaginary Obligations*

Os Hell's Angels, como grupo, em geral são estúpidos ao extremo, mas eles têm alguma perspicácia, e a sua predileção por viagens em bando está longe de ser apenas uma questão de showbiz. Tampouco se deve inteiramente a aberrações e defeitos de sua personalidade coletiva. Sem dúvida, esses são fatores, mas o principal motivo é puramente pragmático. "Se você quiser que a polícia deixe você em paz, tem que deixar eles agitados", explica Barger. "Se a gente fizer a cena com menos de quinze motos, eles vão sempre parar a gente. Mas se a gente aparecer com cem ou duzentos, eles vão fazer uma porra duma escolta, vão mostrar um pouco de respeito. Os policiais são como qualquer pessoa: não querem mais problema do que acham que podem dar conta."

Isso era obviamente verdade em Bass Lake, que já havia sediado uma reunião dos Hell's Angels em 1963, uma ocasião que resultou na violação de uma igreja local. Por causa desse dano anterior causado à comunidade, unido a um medo de interromper o movimento do turismo, os órgãos de imposição da lei do condado de Madera decidiram combater os Hell's Angels com um novo tipo de estratégia. O promotor de justiça, Everett L. Coffee, redigiu um documento: um "mandado de segurança" com o objetivo de manter os Angels fora de Madera para sempre. Ou pelo menos essa era a ideia.

Por volta do meio-dia, ficou claro, pela enorme quantidade de sinais de alerta no rádio, que diversos grupos grandes de Hell's Angels estavam realmente seguindo para Bass Lake. No entanto, havia outros relatos de comunidades, tanto do norte como do sul da Califórnia, ainda "preparadas para uma invasão". Isso porque vários elementos da imprensa haviam conseguido convencer uns aos outros de que, na verdade, havia de quinhentos a mil Hell's Angels. Então, quando apenas duzentos apareceram em Bass Lake, tanto a mídia quanto a polícia tinham certeza de que os demais iriam atacar em outro lugar. Quando meia dúzia dos Angels de Frisco apareceram no condado de Marin, eles foram cercados de imediato e seguidos pelos assistentes do xerife, que sabiam que eles eram apenas a primeira parte de um exército inteiro prestes a surgir do outro lado da colina. A triste verdade era que Frenchy e alguns dos seus soldados da Box Shop haviam desistido da jornada principal, para evitar confusões, e decidiram sair sozinhos para um fim de semana pacífico. No final das contas, eles foram perseguidos com mais rigor do que teriam sido em Bass Lake.

Se os Angels precisavam de fatos concretos para provar sua política de resistência pela quantidade, eles conseguiram no Quatro de Julho. Os únicos fora da lei que não foram intimidados pela polícia foram os que participaram da reunião. Os poucos grupos fragmentados que saíram sozinhos foram perseguidos e multados por todo o estado. Depois, uma contagem cuidadosa de cada Hell's Angel que passava somava menos de trezentos, incluindo todos os outros clubes. Onde os outros setecentos fora da lei passaram o fim de semana fica a cargo da imaginação de cada um. Se o senhor Lynch sabia, não queria falar.[1]

Em algum lugar perto de Modesto, no meio do caminho entre Oakland e Bass Lake, ouvi no rádio que estavam sendo montadas barreiras na rodovia para impedir os fora da lei de entrarem na área da estação de veraneio. Nessa hora, eu estava um pouco à frente do comboio Jokers-Angels, mas atrás do contingente principal de Angels que havia saído do El Adobe antes da minha chegada. Eu queria estar por perto

1. O sr. Lynch se recusou solenemente a falar sobre os Hell's Angels. O assunto parece constrangê-lo. Como procurador-geral do estado mais populoso da nação, ele é uma testemunha viva da teoria de que o silêncio vale ouro. O governador Brown é seu grande amigo e apoiador. (N.A.)

quando eles chegassem a Bass Lake, porque o noticiário não deixava dúvidas de que um grande tumulto era inevitável.

Há dois caminhos para se chegar a Bass Lake pela rodovia US 99. Eu sabia que os Angels iriam para Madera pelo sul e depois pegariam a Califórnia 41, uma estrada ampla e bem pavimentada que vai até Yosemite. A outra rota de acesso é cerca de oitenta quilômetros mais curta, mas é um labirinto de desvios e estradas estreitas pelas montanhas. Ela começava em Merced e subia até Tuttle, Planada, Mariposa e Bootjack. De acordo com o mapa, os últimos trinta quilômetros pareciam uma trilha de cabras com chão de cascalho. Meu carro estava fazendo um barulho estranho e trepidando desde São Francisco, mas eu entrei à esquerda em Merced e enfiei o pé no acelerador para um passeio de montanha-russa pelas encostas. Apenas dois dos fora da lei, ambos perdidos, cometeram o erro de pegar a mesma rota. Passei por um deles. Ele estava ajoelhado diante de um mapa num posto de gasolina antigo perto de Mormon Bar. O outro, com uma garota na garupa, passou por mim se lamentando na subida para Mariposa. A temperatura ao meio-dia era de quarenta graus, e as montanhas marrons da Califórnia pareciam prestes a pegar fogo a qualquer momento. O único verde da paisagem era uma borda de arbustos de carvalho acima do vale. As pessoas que se declaram conhecedoras do assunto dizem que essas pequenas árvores nodosas existem em apenas dois lugares: Califórnia e Jerusalém. De qualquer modo, elas queimam bem e, se um incêndio tem início no gramado abaixo, o principal trabalho da brigada de incêndio de plantão é impedir que ele chegue aos carvalhos, ali atarracados no vento seco feito um exército de virgens nervosas, um incêndio explosivo à espera da faísca inicial.

Eu seguia chacoalhando atrás de um carro de bombeiros quando um fora da lei desgarrado passou zunindo por mim. Parecia que ele tinha se cansado do ritmo lento e botou a sua *hog* em segunda... e foi serpenteando até me alcançar e aí passou para a terceira. Os homens da brigada de incêndio arregalaram os olhos, como se um urso polar tivesse atravessado a estrada correndo. A moto desapareceu num instante, mas o zunido e as explosões das suas mudanças de marcha pairavam no ar como o som de um jato passando. E, naquele instante, os bombeiros puderam ver rapidamente o piloto cabeludo, a suástica no tanque de gasolina e a garota na garupa – uma visão tão indescritivelmente estranha para os seus olhos das montanhas que tudo o que eles podiam fazer era ficar pasmos.

A alguns quilômetros a oeste de Mariposa, bem no meio das montanhas, ouvi outro boletim de rádio:

> O motoclube dos Hell's Angels chegou a Bass Lake, e há relatos de membros tentando se infiltrar na área da estação de veraneio. As autoridades, munidas de uma ordem judicial, estão montando bloqueios nas estradas com muitos homens num esforço para manter os motoqueiros fora da região durante o fim de semana prolongado.

Se os bloqueios da estrada estivessem em posições estratégicas, eles poderiam evitar um encontro, interrompendo o acesso a áreas de acampamento na floresta e forçando os fora da lei a se reunirem em lugares aonde eles certamente iriam, pela própria natureza do seu encontro, violar algum regulamento nacional ou municipal. Um bloqueio em Oakhurst, pouco antes do limite com a floresta nacional, poderia ter criado uma situação na qual os Angels poderiam ser presos por obstruir a rodovia ou, passando por ela, por invasão de propriedade particular. Com um pouco de imaginação, os bloqueios da estrada poderiam ser alterados para forçarem um grupo de fora da lei a sair para o sul e outro para o norte. Não faltavam métodos que as autoridades poderiam ter usado para impedir uma reunião dos Hell's Angels em Bass Lake. Mas era a mesma história de sempre: a polícia estava esperando pelo menos quinhentos selvagens chegarem para uma briga de rua. Os bloqueios iriam detê-los, mas por quanto tempo? E depois? A ideia de que os Angels iriam percorrer trezentos quilômetros para uma festa e seriam mandados de volta por um bloqueio a quinze quilômetros do seu destino era obviamente um pensamento fantasioso. Com certeza haveria violência, um conflito com derramamento de sangue numa rodovia importante, com o trânsito do feriado congestionado por quilômetros. A alternativa era deixá-los passar, mas isso também trazia uma série de possibilidades trágicas. Era uma sinuca de bico, um verdadeiro desafio à máquina legal e social do condado de Madera.

Em um posto de gasolina em Mariposa, eu pedi informações sobre como chegar a Bass Lake. O frentista, um menino de uns quinze anos, me aconselhou, num tom solene, a não ir para lá. "Os Hell's Angels vão destruir o lugar", ele disse. "Tem uma matéria sobre eles na revista *Life*. Meu Deus, por que é que alguém ia querer ir pra Bass Lake? Aqueles caras são terríveis. Eles vão botar fogo na cidade."

Eu disse a ele que eu era um mestre de caratê e queria estar lá quando o circo pegasse fogo. Quando eu estava indo embora, ele me aconselhou a tomar cuidado e não me arriscar. "Os Hell's Angels são piores do que você pensa", ele disse. "Eles enfrentam até tiro de espingarda."

O trecho seguinte da estrada parecia algo saído de um diário de Lewis e Clark.[2] O carro ficou tão danificado que eu achei que teria que abandoná-lo em algum lugar antes de acabar o fim de semana e pegar uma carona de volta para São Francisco em uma das picapes com suásticas. Entre uma travessia de riacho e outra, eu me divertia contando para o gravador como era esquisito estar seguindo uma gangue de psicopatas da cidade grande num lugar como aquele. A estrada nem aparecia no mapa. Vez ou outra, eu passava por uma cabana de madeira abandonada ou por restos de equipamentos de garimpo. Exceto pelo rádio, eu me sentia tão distante da civilização quanto qualquer caçador solitário nos cumes recortados da cordilheira de Mission, no norte de Montana.[3]

---

2. Exploradores americanos que desbravaram os Estados Unidos em uma expedição antropológica e geográfica no século XIX. (N.E.)

3. Terra do maior bando de ursos pardos dos Estados Unidos, cerca de quatrocentos no total. (N.A.)

Por volta das duas da tarde, cheguei ao asfalto lisinho da Rodovia 41, ao sul de Bass Lake. Eu estava mexendo no dial do rádio, procurando boletins, quando passei por uma barraquinha de cachorro-quente e vi duas motos fora da lei estacionadas de forma muito visível ao lado da estrada. Fiz uma curva de 180 graus, estacionei ao lado das motos e encontrei Gut e Buzzard refletindo sobre a ordem judicial. Buzzard, que antes era de Berdoo, é um Hell's Angel vindo direto de Central Casting. Ele é uma estranha combinação de ameaça, obscenidade, elegância e verdadeira desconfiança de qualquer coisa que se mova. Ele dá as costas para fotógrafos e acha que todos os jornalistas são agentes do Chefe de Polícia, que mora numa cobertura do outro lado de um fosso profundo que nenhum Hell's Angel jamais vai atravessar, exceto como prisioneiro, para ter as mãos decepadas como uma lição para os outros. Existe uma bela coerência em Buzzard, ele é um porco-espinho entre os homens, com os espinhos sempre eriçados. Se ganhasse um carro novo numa rifa comprada no nome dele por uma namorada temporária, ele entenderia isso de imediato como um truque para fazê-lo pagar uma falsa taxa de licenciamento. Ele acusaria a garota de ser uma vadia contratada, espancaria o responsável pela rifa e trocaria o carro por quinhentas caixas de calmantes e um cajado com cabo de ouro.

Eu me divirto com Buzzard, mas nunca conheci ninguém de fora dos Angels que não achasse que a melhor coisa pra ele seriam doze horas de cacetadas. Uma manhã, na época em que Murray estava fazendo a sua pesquisa para o seu artigo do *Post,* eu lhe garanti que era seguro ir até a casa do Barger em Oakland para uma entrevista. Aí voltei a dormir. Algumas horas depois, o telefone tocou e era o Murray gritando enraivecido. Ele disse que estava conversando tranquilamente com Barger quando, de repente, ele se defrontou com um psicótico de olhos arregalados que balançava uma bengala nodosa na sua cara e gritava "Quem é você, porra?". A descrição do agressor não se encaixava com nenhum Angel que eu havia conhecido, então liguei para o Sonny e perguntei o que tinha acontecido. "Ah, era só o Buzzard", ele disse, e riu. "Você sabe como ele é."

É verdade. Qualquer pessoa que tenha conhecido Buzzard sabe como ele é. O Murray demorou algumas horas para se acalmar depois da apresentação dele, mas, semanas depois, após uma demorada reflexão e a uma distância de 4.800 quilômetros, ele ainda estava afetado o bastante pelo incidente para escrever isto:

> Nós tivemos uma conversa cheia de cortesias por cerca de meia hora, e a uma certa altura Barger disse: "Sabe, ninguém nunca escreveu nada de bom sobre a gente, mas é que a gente nunca fez nada de bom para escreverem". Mas o clima agradável começou a mudar visivelmente quando quatro ou cinco Angels, incluindo Tiny, o enorme sargento da divisão, apareceram e se juntaram para a entrevista. Um deles, um jovem carrancudo de barba preta chamado Buzzard, estava brincando com um chapéu estilo *pork-pie* e uma bengala que havia arrumado em algum lugar. Ele balançava a bengala no ar quando falava e batia com ela em mim de vez em quando. De repente, eu tive a nítida impressão de que ele estaria com vontade de usá-la com alguém. Eu era o único candidato no recinto. Eu tinha certeza de que Barger e os outros Angels não iam me pegar para vítima, mas eu sabia que, se Buzzard começasse a aprontar com a bengala, eu não poderia contar com ninguém para pará-lo antes de me machucar. Reagir teria sido loucura, porque o código dos Angels exigiria que eles todos atacassem a favor do amigo Buzzard, e eu teria sido arrasado. Senti a ameaça no ambiente e, assim que pude resolver a situação sem dar a impressão de estar fugindo (o que poderia ter sido um erro fatal), eu me despedi de Sonny e fui saindo da casa devagar.

Cito o Murray porque ele me dá uma impressão de equilíbrio. Sua visão dos Angels era muito diferente da minha. O Buzzard foi o único que realmente o provocou. Os outros apenas o deixaram amedrontado. A existência deles era um insulto a tudo o que ele considerava decente. Ele podia estar certo, e até certo ponto eu espero que estivesse, porque isso aumentaria a satisfação – o senso de cultura e segurança do velho mundo – que tive ao concordar com ele algumas vezes.

Na verdade, Buzzard não é tão perigoso assim. Ele tem um senso dramático aguçado e é chegado a adereços esquisitos. O chapéu *pork-pie* a que Murray se referiu é um panamá caro com uma faixa de madras. Eles custam cerca de dezoito dólares nas melhores lojas de San Juan e são usados por executivos americanos em todo lugar no Caribe. A bengala do Buzzard, que Murray viu como uma espécie de porrete, é parte integrante de seu uniforme, de sua imagem. Ao lado de Zorro, Buzzard é o elegante da gangue. Se não fosse o emblema e a barba preta cuidadosamente aparada, ele quase se pareceria com um acadêmico. Com quase trinta anos, ele é alto, magro e articulado. Durante o dia, é sossegado o bastante para fazer piadas sobre isso, mas, ao anoitecer, ele começa a tomar Seconal, que o afeta da mesma maneira com que a lua cheia afeta um lobisomem. Seus olhos ficam vidrados, ele rosna para a jukebox, estala os dedos e anda de um lado para o outro em estado de pânico. À meia-noite ele é um verdadeiro perigo, um relâmpago humano procurando um alvo para atingir.

O meu primeiro encontro com Buzzard foi na barraca de cachorro-quente perto de Bass Lake. Ele e Gut estavam sentados em uma mesa do pátio, ponderando sobre o documento legal de cinco páginas que haviam recebido momentos antes. "Eles colocaram um bloqueio perto da Coarsegold", disse Gut. "Todo mundo que passa recebe um negócio desses, e eles tiram uma foto sua quando entregam isso."

"Aquele filho da puta", disse Buzzard.

"Quem?", eu perguntei.

"Lynch, aquele desgraçado. Isso é coisa dele. Eu queria pôr as mãos naquele babaca sem-vergonha." Ele jogou o documento na mesa de repente. "Veja, *você* leu isso. *Você* pode me dizer o que isso significa? Droga, não! Não pode! Ninguém conseguiria entender essa merda!"

O título da coisa era: ORDEM JUDICIAL PARA MOSTRAR A RAZÃO POR QUE NÃO DEVE SER EMITIDO UM MANDADO DE SEGURANÇA PRELIMINAR, E SIM UM MANDADO DE SEGURANÇA TEMPORÁRIO. Ele denominava como autor da ação "O

Povo do Estado da Califórnia" e como indiciados "Fulanos 1 a 500, Sicranas 1 a 500, individualmente e enquanto associados sob o nome e o estilo de HELL'S ANGELS, ONE PERCENTERS, COFFIN CHEATERS, SATAN'S SLAVES, IRON HORSEMEN, BLACK AND BLUE, PURPLE AND PINK ou RED AND YELLOW, associações sem personalidade jurídica própria".

A intenção da ordem judicial era clara, mas a linguagem específica era tão vaga e arcaica quanto a lista de indiciados, que deve ter sido tirada de algum recorte de jornal amarelado do final dos anos 50. Ela representava um mandado de segurança temporário, aplicável a qualquer um que fosse fotografado no ato de recebê-la da polícia, contra (1) a violação de qualquer lei pública, estatuto ou regulamento ou qualquer perturbação do sossego público... (2) qualquer conduta que seja indecente ou ofensiva aos sentidos... ou (3) portar ou possuir, com o propósito de serem usados como armas, qualquer cassetete, estilingue, bastão, taco, espingarda de cano serrado, soco-inglês, canivete, corrente de pneu e armas de fogo de qualquer tipo...

Ele citava, como razão para a ordem, o incidente de dois anos antes na Pequena Igreja nos Pinheiros: "Os indiciados estavam bêbados (...) e entraram na dita igreja sem autorização e, sem permissão, tomaram posse de mantos do coral, vestindo-os, e desfilaram a pé e de motocicleta de maneira lasciva usando linguagem vil e obscena. Na hora e no local mencionados foi necessário que o assistente de xerife ameaçasse (sic) os ditos indiciados para recuperar os mantos mencionados".

A segunda página do documento apresentava em nota uma queixa, dizendo que é "fato conhecido no estado da Califórnia" que membros dessas associações, "através de intimidações, agressões e outros meios violentos em geral, tentam tomar o controle da área na qual se reúnem; que uma deflagração de violência geralmente está presente nessas ações, com consequentes ferimentos e possível perda de vida de membros da comunidade; que o único meio certo e aceitável para qualquer indivíduo evitar essa violência é permanecer em casa ou deixar a área na qual membros das associações indiciadas estejam presentes".

Para o imenso deleite de Buzzard, eu não sabia explicar o que o documento significava. (Assim como não o soube um advogado de São Francisco que tentou interpretá-lo para mim.) No final, a polícia do condado de Madera também não sabia explicar, mas sua tradução para a linguagem das ruas foi relativamente clara: ao primeiro sinal de problema, todas as pessoas em motocicletas seriam levadas para a cadeia e não poderiam pagar fiança.

Gut parecia mais deprimido do que nervoso diante do andamento dos acontecimentos. "Só porque eu tenho barba", ele resmungou, "eles querem me pôr na cadeia. O que é que este país está virando?" Eu estava tentando pensar numa resposta quando um carro da Patrulha Rodoviária parou a cinco metros de onde estávamos sentados. Enrolei rapidamente a ordem judicial em volta da lata de cerveja que eu estava bebendo. Os dois policiais apenas ficaram sentados ali nos olhando, com uma espingarda na frente deles, em cima do painel. Uma voz aguda saiu do rádio deles num tom de urgência, informando vários movimentos dos Hell's Angels: "Nenhum relato de prisão em Fresno... grandes grupos na Rodovia 99... grupo de vinte parou no bloqueio a oeste de Bass Lake...".

Fiz questão de falar no meu gravador, na esperança de que, ao verem isso, não mirassem em nós três perante uma ordem repentina pelo rádio de "tomar a atitude apropriada". Gut afundou na cadeira de madeira, dando goles na Crush e olhando para o céu. Buzzard parecia tremer de raiva, mas se controlou. A semelhança aparente entre os dois era impressionante: ambos altos, magros, vestidos para pegar a estrada, mas nenhum dos dois parecia esquelético. Barbas aparadas, cabelo entre médio e longo e nenhum ostentando qualquer sinal de armas ou acessórios estranhos. Sem a insígnia dos Hell's Angels, eles não teriam atraído mais atenção do que uma dupla de figuras excêntricas de Los Angeles em viagem.

Naquela época, Gut não era oficialmente um Angel. Alguns anos antes, ele havia sido um dos membros titulares da divisão de Sacramento – a qual, assim como a divisão de Frisco, começou com um quê de boêmia. Terry o Vagabundo era outro membro titular dos Angels de North Sac. Eles sempre se deram bem com o elemento beatnik de Sacramento e, quando a divisão se mudou para Orlando, eles trouxeram um pouco dessa influência com eles. Ela não fez muito sucesso no El Adobe. Os Angels de Oakland originais era brigões invocados – uma linhagem mais pura, por assim dizer – e eles nunca tinham tido contato com o jazz, a poesia e o elemento de contestação de Berkeley e São Francisco. Por causa desse conflito de formação, a consolidação repentina em Oakland de Angels refugiados de Sacramento e Berdoo teve um efeito perturbador na cena como um todo.

Um viajante como a maioria dos outros, Gut também havia sido um membro da divisão de Berdoo, mas agora, aos 27 anos, ele estava pensando melhor antes de fazer mais uma investida. O registro de membro não é transferido automaticamente, o companheirismo, sim. E sempre se presume que um Angel transitório vai acabar sendo absorvido por qualquer divisão pela qual ele queira andar, mas sempre existe um período de espera... só pra ter certeza. No caso de Gut, o período de teste era uma coisa muito recíproca. Ele disse que queria voltar para a faculdade no outono. Já tinha feito um ano numa faculdade do sul. Ele queria fazer desenho industrial e seu caderno de esboços de motocicletas mostrava um talento natural. "Eu não tenho tanta certeza se quero voltar pros Angels de novo", ele disse uma noite. "Mas eu detesto perder amigos. Às vezes acho que queria deixar o grupo e me envolver com alguma coisa diferente, mas é muito difícil dizer isso pros Angels." Um amigo de Gut, que não era Angel, previu: "Ele vai voltar. Ele não tem como não voltar."[4]

Nós três ainda estávamos ali sentados, falando sobre qualquer coisa, quando o carro patrulha recuou de repente, fez uma curva fechada no estacionamento e saiu zunindo pela estrada. Terminei a minha cerveja rapidamente e estava

4. Gut acabou saindo dos Angels e indo para a cena do LSD em Berkeley. (N.A.)

guardando o gravador quando houve um som monstruoso ao nosso redor. Segundos depois, uma falange do motocicletas veio rugindo a oeste da montanha. Gut e Buzzard correram na direção da estrada, felizes, acenando e gritando. A estrada ficou carregada de motocicletas. A barraca de cachorro-quente ficava no topo de uma montanha acima de Bass Lake, que era última barreira geográfica entre os Angels e o seu destino. A polícia, com sua sabedoria, havia conseguido acumular pelo menos cem motos no bloqueio da estrada, onde as ordens judiciais eram entregues com formalidades, e eram liberadas todas de uma vez. Então, em vez de chegar em grupos discretos, os fora da lei cobriram o cume da montanha numa grande massa... berrando, vaiando, balançando bandanas e apresentando aos cidadãos um espetáculo realmente aterrorizante. A disciplina da rodovia tinha ido toda por água abaixo. Agora o estado era de loucura generalizada. A visão de Gut e Buzzard pulando ao lado da estrada fez com que Little Jesus levantasse as mãos e soltasse gritos de triunfo total. Sua moto virou para a direita e quase bateu em Charger Charley, o Molestador de Crianças. Um Angel que eu nunca tinha visto passou num triciclo laranja, chutando o ar como um peão de rodeio. Andy, de Oakland, que não tinha carteira de motorista, passou com a mulher sentada na sua frente, no tanque de gasolina, pronta para segurar o guidão assim que visse a polícia. O barulho parecia um deslizamento de terra, ou um grupo de bombardeiros sobrevoando a área. Mesmo conhecendo os Angels, eu não conseguia acompanhar o que estava vendo. Era como Gênghis Khan, a Cavalaria de Morgan, *O selvagem* e o Estupro de Nanking, todos ao mesmo tempo. Gut e Buzzard pularam em suas motos e saíram roncando os motores para se juntar ao bando.

Quando eu estava entrando no meu carro, outra moto entrou no bando. Era uma BSA fora da lei, um animal raro nessa associação, e nela estava um homem robusto, com cara de mau, de trinta e tantos anos, com uma câmera Nikon de quatrocentos dólares pendurada no pescoço... Don Mohr, então fotógrafo do *Oakland Tribune.* Exceto pela Nikon e pela ausência do emblema, Mohr parecia tão encardido e ameaçador quanto qualquer Hell's Angel, e com uma boa razão. Ele era um motociclista veterano, que andava de moto há mais tempo que a maioria dos Angels. Diferentemente de muitos de seus contemporâneos, ele havia desenvolvido pelo menos um de seus talentos e adquirido influência no mundo do dinheiro e dos caretas, mas nunca abandonou as motos. Em Oakland, ele usava um terno azul para trabalhar e dirigia um Thunderbird branco. Porém, quando os Angels saíam numa jornada, ele se juntava a eles na sua velha Beezer. Usava botas, uma Levi's cheia de graxa e uma jaqueta jeans sem mangas, mostrando tatuagens nos dois braços. Ele parecia um Rocky Marciano peso médio e falava do mesmo jeito.[5]

Fizemos breves considerações sobre a natureza do fim de semana, mas a essa altura a última das motos tinha atravessado a montanha e nós dois queríamos alcançá-las. Eu o segui pela estrada sinuosa até Bass Lake e logo chegamos à ponta da caravana. Os fora da lei não estavam acima do limite de velocidade, mas estavam fazendo reduções barulhentas de marcha e curvas rápidas com quatro motos emparelhadas, gritando e acenando para as pessoas ao lado da estrada, fazendo todo o possível para dar à sua chegada o grau máximo de trauma cívico. Se eu fosse um cidadão de Bass Lake naquele momento, teria ido para casa e carregado todas as armas que eu possuísse.

---

5. Pouco tempo depois da jornada de Bass Lake, Mohr se tornou um Angel honorário. (N.A.)

12

Todo mundo sabe que os nossos cavalariços são invencíveis. Eles lutam porque estão com fome. Nosso império está cercado por inimigos. A nossa história foi escrita com sangue, não vinho. Vinho é o que bebemos para celebrar as nossas vitórias.

Anthony Quinn no papel de Átila, no filme *Átila, o Huno*

Bass Lake não chega a ser uma cidade, e sim um complexo de veraneio – uma rede de pequenos povoados ao redor de um lago estreito de cartão-postal, que tem onze quilômetros de comprimento e menos de um quilômetro e meio de largura em qualquer ponto. O correio fica ao norte do lago em um conjunto de lojas e construções, todas de propriedade de um homem chamado Williams. Esse era o ponto de encontro dos Angels... Mas o xerife local, um gigante chamado Tiny Baxter, havia decidido mantê-los fora da área por meio de um segundo bloqueio da estrada a cerca de oitocentos metros do centro da cidade. Essa foi a decisão de Baxter, e ele tinha o apoio de uma força policial de três homens e meia dúzia de guardas florestais.

Quando cheguei lá, os fora da lei estavam parados ao longo dos dois lados da estrada, e Barger estava avançando para encontrar Baxter. O xerife explicou para o cacique dos Angels e à sua Guarda Pretoriana que uma espaçosa área de acampamento havia sido cuidadosamente reservada para eles na montanha acima da cidade, onde eles não "seriam incomodados". Baxter tem 1,98 m e o físico de um jogador da defesa do Baltimore Colts. Barger tem pouco mais de 1,80 m, mas nenhum de seus seguidores tinha a menor dúvida de que ele investiria contra o xerife se as coisas de repente ficassem difíceis. Acredito que o xerife também não duvidava disso, e eu com certeza não duvidava. Barger tem um jeito firme e cuidadoso, um controle instintivo que leva quem é de fora a pensar que dá para persuadi-lo. Mas também existe uma ameaça silenciosa, um fanatismo egocêntrico trabalhado por oito anos no comando de uma legião de rejeitados que, naquela tarde sufocante, estavam julgando o xerife apenas pelo seu tamanho, sua arma e pelo punhado de jovens guardas que lhe davam apoio. Quem ganharia um confronto inicial estava fora de questão, mas dependia de Barger a decisão do que valeria aquela vitória.

Ele decidiu ir para as montanhas, e sua legião o seguiu sem questionamentos ou mágoas. O guarda que indicou o caminho falou dando a impressão de que era um trecho de dez minutos numa estrada de terra próxima. Observei a horda dos fora da lei disparar naquela direção, depois conversei por alguns minutos com dois dos guardas que ficaram para vigiar o bloqueio. Eles pareciam um pouco tensos, mas sorriram quando perguntei se eles tinham medo de que os Hell's Angels pudessem tomar a cidade. Eles tinham espingardas na cabine da caminhonete, mas, durante o confronto, as armas ficaram fora do alcance da visão. Ambos tinham vinte e poucos anos e pareciam muito tranquilos, considerando-se a ameaça tão divulgada que haviam acabado de conhecer e desviar. Mais tarde, creditei isso à influência de Tiny Baxter, o único policial que eu já vi colocar Sonny Barger na defensiva.

Eram umas três e meia quando comecei a subir a estrada de terra até a área de acampamento designada para os Angels. Trinta minutos depois, ainda estava seguindo trilhas de motocicletas numa picada recente feita por uma escavadeira, algo que parecia saído de uma selva das Filipinas. A inclinação exigia a primeira marcha em toda a subida, num ziguezague igual a uma trilha de veados. A área de acampamento propriamente dita ficava num local tão alto que, quando finalmente cheguei, parecia que apenas uma neblina baixa e densa nos separava de uma vista nítida da ilha de Manhattan, do outro lado do continente. Não havia sinais de água, e a essa altura os Angels estavam com uma sede que se tornava crítica. Eles haviam sido desviados para um campo seco a cerca de três mil metros de altura nas Sierras, e era obviamente uma viagem chata. Eles não se importaram com a subida, mas agora sentiam que tinham sido passados para trás e queriam uma retaliação. O mau humor predominante foi compartilhado por Barger, que sentiu que o xerife o havia feito de bobo. A área de acampamento era apropriada apenas para camelos e cabras. A vista era excelente, mas uma área de acampamento sem água na Califórnia num Quatro de Julho é tão inútil quanto uma lata de cerveja vazia.

Ouvi durante algum tempo a conversa e a gritaria sobre guerra, depois desci a montanha correndo e liguei para um jornal de Washington para o qual eu escrevia na época a fim de dizer que eu estava prestes a enviar uma matéria sobre um dos maiores tumultos da década. No caminho de descida, passei por motos fora da lei no sentido contrário. Elas tinham sido paradas no bloqueio de Bass Lake e estavam indo para a área de acampamento. A caminhonete com a suástica passou em primeira marcha, com duas motos na caçamba e uma terceira uns cinco metros atrás, na ponta de uma longa corda em meio a uma nuvem de poeira. O piloto aguentava firme com uma cara fechada atrás de óculos de proteção verdes e um lenço amarrado sobre o nariz e a boca. Atrás da caminhonete havia um Plymouth vermelho que irrompeu em gritos e buzinas quando passei. Eu parei, sem reconhecer o carro, e dei ré. Eram Larry, Pete e Puff, o novo presidente da divisão de Frisco. Eu não tinha visto eles desde a noite da reunião no DePau. Pete, o corredor de *dragster*, estava trabalhando como motoboy na cidade, e Larry estava esculpindo totens em tocos de árvores no quintal de outros Angels. A moto deles tinha quebrado na rodovia perto de Modesto, e eles tinham pegado carona com três garotas bonitas que pararam para oferecer ajuda. Isso explicava o Plymouth, e agora as garotas faziam parte da ação. Uma delas estava sentada no colo de Pete no banco de trás, seminua, e sorria com ar distraído enquanto eu explicava o problema do acampamento. Eles decidiram seguir em frente e eu disse que os encontraria mais tarde na cidade... ou em algum outro lugar, e àquela altura eu pensava que provavelmente seria na cadeia. Uma cena muito feia começava a se formar. Logo, logo, os Angels estariam descendo a montanha em massa e sem paciência para conversas sensatas.

Nas Carolinas, eles dizem que o "povo da montanha" é diferente do "povo das planícies". Eu, como natural de Kentucky, com mais montanhas do que planícies no sangue, tenho inclinação a concordar com isso. Essa era uma das teorias que eu vinha elaborando durante o caminho desde São Francisco. Diferentemente de Porterville ou Hollister, Bass Lake era uma comunidade de montanhas... e, se o antigo padrão apalache se mantivesse, as pessoas teriam reações de raiva ou pânico muito mais lentas, mas perderiam totalmente a razão e a compaixão uma vez que a confusão tivesse começado. Assim como os Angels, elas teriam a tendência a voltar, numa emergência, ao seu próprio senso de justiça natural, que tem uma semelhança apenas superficial com qualquer coisa escrita nos livros sobre direito. Eu achava que os tipos de montanha seriam muito mais tolerantes com o teatro barulhento dos Angels, mas, em comparação com os seus primos das planícies, muito mais rápidos em pagar na mesma moeda à primeira mostra de insulto ou mau trato físico.

Na descida da montanha, ouvi outro plantão de notícias, dizendo que os Hell's Angels estavam seguindo para Bass Lake e para grandes problemas. Também houve uma menção a um detetive de Los Angeles que havia atirado em um dos suspeitos capturados para interrogatório sobre o estupro da sua filha no dia anterior. A visão do suspeito sendo levado pelo corredor da delegacia foi demais para o detetive, que perdeu o controle de repente e começou a atirar à queima-roupa. Havia relatos de que a vítima era um Hell's Angel, e os jornais à venda em Bass Lake naquela tarde tinham a seguinte manchete: HELL'S ANGEL LEVA TIROS EM CASO DE ESTUPRO. (O suspeito, que sobreviveu, era um andarilho de 21 anos. Depois ele foi absolvido de qualquer conexão com os Angels ou com o estupro da filha do detetive... que vendia livros de receita de porta em porta quando foi seduzida a entrar em uma casa que se sabia ser frequentada por tipos que têm *dragsters* e carros envenenados. O detetive admitiu ter perdido a cabeça e atirado no homem errado. Depois alegou insanidade temporária e foi inocentado de todas as acusações por um júri de Los Angeles.) Porém, a imprensa demorou alguns dias para separar o estupro e os tiros dos Hell's Angels, e nesse meio-tempo as manchetes colocaram lenha na fogueira. Além das matérias sobre Lacônia, incluindo a da *Life,* os boletins de rádio e todas as previsões assustadoras na imprensa diária, agora mais essa, um estupro dos Hell's Angels em Los Angeles, e a tempo para os jornais do dia 3 de julho.

Considerando todos esses ingredientes inflamáveis, não senti nenhum traço de culpa alarmista quando finalmente consegui uma conexão Bass Lake-Washington e comecei a delinear o que estava prestes a acontecer. Eu estava numa cabine telefônica de vidro no centro de Bass Lake, que consiste em uma agência de correios pequena, uma mercearia grande, um bar, um restaurante com um saguão e alguns estabelecimentos pitorescos de sequoia, que pareciam bastante inflamáveis. Enquanto eu falava, Don Mohr parou a moto – depois de ter furado o bloqueio com as suas credenciais de jornalista – e avisou que estava com pressa para ligar para o *Tribune.* Meu editor em Washington estava me dizendo como e quando enviar a matéria, mas eu não deveria fazê-lo até que o tumulto estivesse a todo vapor, com danos significativos tanto à integridade física quanto à propriedade... e aí eu não deveria enviar nada além de uma variação rebuscada do resumo padrão das agências de notícias: Quem, O Quê, Quando, Onde e Por quê.

Eu ainda estava ao telefone quando vi um rapaz grande de cabelo espetado com uma pistola no cinto andar até Mohr e mandá-lo sair da cidade. Não pude ouvir muito bem o que estava acontecendo, mas vi Mohr mostrar um pacote de credenciais, enfileirando-as como um jogador de cartas experiente com um baralho falso. Eu sabia que ele precisava usar o telefone, então concordei com o meu editor em Washington que iríamos começar pelo começo e desliguei. Mohr ocupou a cabine imediatamente, deixando para mim a incumbência de lidar com a multidão que havia se juntado.

Por sorte, o meu traje era indefinido demais para que chegassem a alguma conclusão. Eu estava com uma calça

Levi's, botas de borracha de cano alto do L.L Bean de Maine e uma jaqueta de lã xadrez preta e branca sobre uma camisa polo branca. O rapaz mandão de cabelo espetado perguntou quem eu era. Dei a ele o meu cartão e perguntei por que ele estava com aquela pistola grande na cintura. "Você sabe por quê", ele disse. "O primeiro desses filhos da puta que vier com conversa pra cima de mim, eu vou dar um tiro bem na barriga. É a única língua que eles entendem." Ele balançou a cabeça na direção de Mohr, que estava na cabine telefônica, e não havia nada no seu tom de voz que me fizesse achar que eu estava isento. Dava para ver que a pistola era uma Magnum 357 Smith & Wesson de cano curto, potente o bastante para abrir buracos na cabeça do cilindro da BSA de Mohr, se necessário. Mas à distância de um braço isso pouco importava. A arma era assassina de qualquer distância até cem metros, e muito mais do que isso nas mãos de um homem que soubesse usá-la. Ele estava usando um coldre de policial no cinto que segurava a calça cáqui, em cima do quadril direito e numa posição complicada para ser pega com rapidez. Mas ele estava muito consciente de que tinha uma arma e eu sabia que ele era capaz de abrir as portas do inferno se começasse a agitá-la no ar.

Perguntei a ele se era um assistente de xerife.

"Não, eu estou trabalhando para o sr. Williams", respondeu, ainda analisando o meu cartão. Depois olhou para mim. "O que você está fazendo com esse bando de motoqueiros?"

Expliquei que eu era apenas um jornalista tentando ganhar a vida . Ele balançou a cabeça, ainda acariciando o meu cartão. Eu disse que ele podia ficar com o cartão, o que pareceu agradá-lo. Ele o colocou no bolso da sua camisa cáqui, depois enfiou os polegares no cinto e me perguntou o que eu queria saber. O tom da pergunta deixava implícito que eu tinha sessenta segundos para pegar a história para a matéria.

Eu encolhi os ombros. "Ah, eu não sei. Eu estava pensando em dar uma olhada, talvez escrever algumas coisas."

Ele deu uma risadinha com ar de esperteza. "Ah, é? Você pode escrever que nós estamos prontos pra eles. Vamos dar a eles tudo o que querem."

A rua empoeirada estava tão cheia de turistas que eu não havia notado a natureza singular do grupo que nos cercava. Eles não eram turistas de jeito nenhum. Eu estava no meio de cerca de cem membros do comitê de vigilância civil. Havia outros cinco ou seis de camisa cáqui e com pistolas. De relance, eles pareciam um grupo qualquer de rapazes do interior em qualquer vilarejo rústico das Sierras. Mas, quando olhei ao redor, vi que muitos carregavam porretes de madeira e outros tinham facas de caça na cintura. Eles não pareciam ser maus, mas era óbvio que estavam tensos e prontos para arrebentar algumas cabeças.

O comerciante Williams havia contratado alguns matadores de aluguel para proteger o seu investimento à frente do lago. O restante eram valentões voluntários que estavam esperando o dia inteiro por uma briga com um bando de garotos cabeludos da cidade, que usavam corrente no lugar de cinto e fediam a sebo humano. Eu me lembrei do humor dos Angels no alto da montanha e esperei ouvir a qualquer momento o primeiro sinal das motos descendo para a cidade. A cena tinha todos os indícios de uma briga infernal e, exceto pelas pistolas, parecia bastante equilibrada.

Nesse momento, a porta da cabine telefônica se abriu atrás de mim, e Mohr apareceu. Ele olhou com curiosidade para a multidão, pegou a câmera e tirou algumas fotos com naturalidade, como qualquer fotógrafo cobrindo um piquenique da Legião Americana faria. Em seguida montou na moto, ligou o motor e subiu a montanha zunindo em direção ao bloqueio da estrada.

O rapaz de cabelo espetado parecia confuso, e aproveitei a oportunidade para ir andando devagar até o meu carro. Ninguém disse nada e não olhei para trás, mas eu esperava levar uma pancada nos rins com um pedaço de pau a qualquer momento. Apesar das credenciais da imprensa, tanto Mohr como eu tínhamos sido firmemente identificados com os fora da lei. Nós éramos caras da cidade, invasores e, naquelas circunstâncias, os únicos neutros eram os turistas, que eram fáceis de identificar. Quando estava saindo da cidade, eu me perguntei se alguém em Bass Lake trocaria as minhas roupas de sempre por uma camisa e uma bermuda havaiana fluorescente e umas sandálias estilosas.

A situação no bloqueio estava surpreendentemente tranquila. As motos estavam mais uma vez estacionadas dos dois lados da estrada e Barger estava falando com o xerife. Com eles estava o chefe dos guardas florestais da área, que explicava num tom animado que uma outra área de acampamento havia sido reservada para os Angels: Willow Cove, cerca de três quilômetros pela estrada principal e bem na ponta do lago. Parecia bom demais para ser verdade, mas Barger fez um sinal para o seu pessoal seguir o jipe do guarda e verificar. A estranha procissão seguiu devagar pela rodovia, depois virou e adentrou pelo meio dos pinheiros numa trilha de jipe que ia dar no acampamento.

Dessa vez, não houve reclamações. Willow Cove só precisava ter cerveja de graça para ser perfeito. Uma dúzia de Angels saltou da moto e correu para o lago com todas as roupas no corpo. Estacionei à sombra de uma árvore e saí para dar uma olhada. Estávamos numa pequena península projetada para dentro de Bass Lake e separada da estrada por oitocentos metros de uma floresta de pinheiros. Era um cenário bucólico e um lugar muito improvável para ser reservado para uma orgia. Mas tinha sido, e os fora da lei começaram a tomar as providências para ocupá-lo, como um exército vitorioso. O xerife Baxter e o guarda florestal explicaram para Barger que havia apenas duas condições para que eles usassem o local: (1) que eles o deixassem tão limpo e em ordem como estava quando chegaram e (2) que permanecessem entre eles e não ameaçassem os acampamentos do outro lado do lago, que estavam cheios de turistas. Sonny concordou, e a primeira crise do fim de semana havia terminado. O clã dos fora da lei, que agora contava com duzentos, estava acomodado num agradável reino particular, sem nenhum motivo consistente para reclamar. Além disso, o Angel-Mor havia se comprometido a manter o seu pessoal sob controle. Era uma situação anormal para Barger. Em vez de passar o fim de semana incitando a sua legião de embriagados de um local hostil a outro, atacado a todo momento por uma autoridade cruel com seus distintivos e armas, ele agora via o seu pessoal numa vila agradável... num estado de rara igualdade com o resto da humanidade, o qual só poderiam interromper cometendo alguma ofensa intencional, violando um acordo que o Prez havia honrado com a sua palavra.

A transação tinha sido realizada em estilo indígena hollywoodiano. Havia uma simplicidade infantil no diálogo entre Barger e os homens da lei:

> "Se você jogar limpo com a gente, Sonny, nós vamos jogar limpo com você. Nós não queremos problemas e sabemos que vocês têm tanto direito de acampar neste lago quanto qualquer outra pessoa. Mas, a partir do momento que você causar problemas para nós ou para qualquer outra pessoa, vamos ser duros com vocês, vai ser um vale de pólvora para você e toda a sua gangue."
>
> Barger faz um sinal afirmativo com a cabeça, parecendo entender. "Nós não viemos aqui para causar problemas, xerife. Pelo que ficamos sabendo, vocês tiveram problemas esperando por nós."
>
> "Bem, o que você esperava? Ouvimos dizer que vocês estavam vindo para uma briga de rua, para quebrar tudo." Baxter dá um sorriso forçado. "Mas não há motivos para vocês não se divertirem aqui como qualquer outra pessoa. Vocês sabem o que estão fazendo. Não há nada de errado com vocês. Nós sabemos disso."
>
> Então Barger dá um sorriso bem frouxo, mas é tão difícil ele sorrir que até uma careta significa que ele achou algo muito engraçado. "Para de mentir, xerife. Você sabe que nós somos todos uns malucos fodidos, senão não estaríamos aqui."

O xerife deu de ombros e voltou para o carro, mas um dos assistentes ouviu a conversa e logo estava dizendo para cinco ou seis Angels sorridentes como eles eram caras decentes. Barger saiu para recolher o dinheiro para a cerveja. Ele ficou no meio da grande clareira pedindo doações. Nós estávamos lá há meia hora e eu já tinha sofrido um esvaziamento fatal no meu estoque. Puff havia visto o isopor no meu carro. Eu não tinha planejado chegar ao acampamento e gastar logo de cara toda a minha provisão de cervejas para o fim de semana. Porém, diante das circunstâncias, eu tinha pouca escolha. Ninguém me ameaçou, mas também ninguém imaginou que eu não tinha trazido a cerveja com o único propósito de dividi-la com eles naquele momento crucial de falta total de bebida. Na verdade, eu mal tinha dinheiro suficiente para colocar gasolina para voltar a São Francisco. Acabadas as minhas duas caixas, eu não podia comprar uma única lata no fim de semana inteiro sem passar um cheque, e isso estava fora de cogitação. Além disso eu era – e talvez ainda seja – o único jornalista que os Angels tinham visto que não tinha despesas pagas pela empresa. Assim, eu estava um pouco preocupado com a reação deles quando eu fosse obrigado a alegar falta de dinheiro e começasse a beber da cerveja comprada com a vaquinha. O meu gosto pela cevada é muito poderoso, e eu não tinha nenhuma intenção de passar um fim de semana sem cervejas num sol de rachar.

Olhando agora, isso parece ser uma questão pequena, mas não parecia na hora. Não era um bom momento para fazer a minha caridade... o repuxo estava forte. Em algum lugar na cacofonia de espumas e assovios que se seguiu à descoberta do meu estoque escondido, eu me lembro de ter dito, a ninguém em particular: "Tudo bem, que se dane, é melhor que isso funcione para os dois lados". Mas não havia nenhuma razão para acreditar que assim seria. Naquele estágio de sua fama de maus, os Hell's Angels equiparavam todos os repórteres à *Time* e à *Newsweek*. Apenas alguns deles me conheciam, e os outros não iam ficar felizes quando eu começasse a espreitar o estoque de cervejas, esvaziando uma lata atrás da outra num esforço febril para compensar o que eu havia perdido.

Muitas horas mais tarde, depois que a crise da cerveja havia passado, eu me senti um pouco idiota por ter me preocupado. Os fora da lei nem ligaram. Para eles era tão natural eu tomar sua cerveja quanto eles tomarem a minha. Ao término do fim de semana, eu tinha tomado três ou quatro vezes mais do que o que eu tinha trazido comigo... E, hoje, pensando no ano quase inteiro em que fiquei bebendo cerveja com os Angels, acho que saí ganhando. Mas não é assim que eles avaliam as coisas. Apesar do seu fetiche pela suástica, a relação fiscal entre os Angels está próxima do comunismo puro: "de cada um de acordo com as suas habilidades e a cada um de acordo com as suas necessidades". Os momentos e o espírito da troca são tão importantes quanto o volume. Por mais que eles afirmem admirar o sistema da livre iniciativa, eles não conseguem sustentá-lo entre eles mesmos. A sua ética de trabalho é mais na ordem do "aquele que tem divide". Não existe nada verbal ou dogmático, eles apenas não conseguiriam fazer diferente.

Mas nada disso estava claro naquela tarde em Bass Lake, enquanto eu assistia ao desaparecimento do meu estoque e Barger recolhia fundos. Embora o xerife Baxter tivesse saído, seis assistentes haviam se instalado no acampamento, no que parecia ser uma base permanente. Eu estava falando com um deles quando Barger se aproximou com um monte de dinheiro. "O xerife disse que aquela loja perto da agência do correio ia vender pra gente toda a cerveja que a gente quisesse", ele falou. "E se usarmos o seu carro? Provavelmente vai dar problema se a gente usar uma das caminhonetes."

Eu não me importava, e o assistente disse que era uma ideia excelente, então nós contamos o dinheiro na capota do carro. Deu 120 dólares em notas e uns quinze dólares em moedas. Depois, para o meu assombro, Sonny me deu o monte todo e me desejou boa sorte. "Tenta ir rápido", ele disse. "O pessoal está com muita sede."

Insisti para que alguém fosse comigo para me ajudar a pôr a cerveja no carro... mas o verdadeiro motivo pelo qual eu não queria ir sozinho não tinha nada a ver com questões de ajuda no carregamento. Eu sabia que todos os fora da lei moravam em cidades grandes, onde o preço de um pacote com seis latas varia de 79 centavos a 1,25 dólar. Mas nós não estávamos nem um pouco perto de uma cidade grande, e eu também sabia, por experiência de longa data, que lojas pequenas em regiões distantes às vezes tiram a sua política de preços do *Manual da Extorsão*.

Uma vez, perto da fronteira de Utah com Nevada, eu tive que pagar três dólares por um pacote com seis latas, e, se esse fosse o caso em Bass Lake, eu queria uma testemunha confiável – como o próprio Barger, por exemplo. A preços normais de cidades grandes, 135 dólares dariam para comprar trinta caixas de cerveja, mas, no alto das Sierras, dariam apenas para vinte, ou talvez quinze, isso se os comerciantes fossem sérios. Os Angels não estavam em condições de fazer compras comparando preços e, se estavam prestes a aprender uma dura lição socioeconômica, imaginei que seriam mais receptivos para a má notícia se ela viesse de um dos seus. Também havia o fato de que enviar um escritor pobre para comprar 135 dólares em cervejas era, como Khruschev disse de Nixon, "mandar um bode tomar conta do milho".

Mencionei isso quando estava indo para a cidade, depois que Sonny e Pete tinham concordado em ir comigo. "Era melhor você voltar com a cerveja", disse Sonny. "A pessoa tinha que ser muito burra para fugir com o dinheiro da nossa cerveja." Pete riu. "A gente até sabe onde você mora. E o Frenchy disse que a sua patroa é bonitona também." Ele disse isso brincando, mas percebi que estuprar a minha esposa foi a primeira forma de retaliação que passou pela cabeça dele.

Barger, político que é, se apressou para mudar de assunto. "Eu li aquele artigo que você escreveu sobre a gente", ele disse. "Estava bom."

O artigo tinha sido publicado havia mais ou menos um mês, e eu me lembro de uma noite no meu apartamento, quando um dos Angels de Frisco disse, com um sorriso de cerveja, que se eles não gostassem do que escrevi iriam derrubar a minha porta à noite, derramar gasolina no corredor e depois jogar um fósforo. Nós todos estávamos de bom humor naquela hora, e eu me lembro de ter apontado para a espingarda de cano duplo carregada na minha parede e respondido, com um sorriso, que eu iria apagar pelo menos dois deles antes que fugissem. Mas nenhum desses atos violentos chegou a acontecer, então presumi que ou eles não tinham lido o artigo, ou conseguiram conviver com o que ele dizia. No entanto, fiquei desconfiado pelo fato de ele ter sido mencionado, sobretudo por Barger, cujas opiniões automaticamente viravam o discurso oficial dos Hell's Angels. Eu tinha escrito o texto com a ideia de que nunca mais teria nenhum contato com motoqueiros fora da lei, aos quais eu me referia como "fracassados", "assassinos ignorantes" e "brigões impiedosos". Nenhum desses eram termos que eu estivesse ansioso para explicar, cercado por duzentos fora da lei embriagados num acampamento isolado na Sierra.

"O que você está fazendo agora?", perguntou Barger. "Está escrevendo mais alguma coisa?"

"Estou", respondi. "Um livro."

Ele deu de ombros. "A gente não quer nada além da verdade.[1] É como eu sempre digo, não tem muita coisa boa pra você escrever sobre a gente, mas eu não entendo como isso dá às pessoas o direito de simplesmente inventar coisas... essa meninada toda, que merda! A verdade já não é ruim o suficiente para eles?"

Estávamos quase chegando à loja do Williams e, de repente, eu lembrei do meu interrogador de cabelo espetado e a sua barreira linguística superpotente. Fiz o retorno no pé da montanha e estacionei o carro com o máximo de discrição a cerca de trinta metros da loja. De acordo com o assistente do xerife que estava no acampamento, a venda já tinha sido combinada. Tudo o que tínhamos que fazer era pagar, colocar a cerveja no carro e ir embora. Sonny estava com o dinheiro e, até onde eu sabia, eu era apenas o motorista.

Passaram-se quinze segundos até entendermos que algo havia arruinado o plano. Quando saímos do carro, os vigilantes civis começaram a vir na nossa direção. Estava muito quente e sem vento, e eu podia sentir o gosto da poeira que pairava no estacionamento. Uma viatura da polícia do condado de Madera estava estacionada na outra ponta do centro comercial, com dois policiais no banco da frente.

1. Alguns meses depois, eles decidiriam que a verdade não era suficiente. Tinha que haver dinheiro também. Isso gerou tensão, que resultou em ressentimento e, por fim, em violência. (N.A.)

As pessoas se aglomeraram perto do carro e formaram uma parede humana coesa na calçada de tábuas em frente à loja. Tudo indicava que elas não tinham sido avisadas sobre a transação iminente. Abri o porta-malas do carro, achando que Sonny e Pete entrariam para pegar a cerveja. Se a coisa ficasse feia, eu poderia pular para dentro do porta-malas e me trancar por dentro. E depois eu chutaria o banco de trás e sairia dirigindo quando tudo tivesse acabado.

Nenhum dos dois Angels fez qualquer movimento em direção à loja. O trânsito havia parado e os turistas estavam parando a uma distância segura para observar. A cena cheirava a Hollywood: o momento final, *Matar ou morrer, Onde começa o inferno.* Mas, sem as câmeras e a música de fundo, não parecia a mesma coisa. Após um longo momento de silêncio, o sujeito de cabelo espetado deu alguns passos à frente e gritou: "É melhor vocês caírem fora daqui agora. Vocês não têm nenhuma chance".

Fui andando até ele para conversar, pensando em explicar o acordo da cerveja. Eu não era particularmente contra a ideia de um tumulto, mas não queria que acontecesse bem naquela hora, com o meu carro no meio e eu como participante. A coisa teria sido feia: dois Angels e um escritor contra cem valentões do interior numa rua empoeirada das Sierras. O rapaz do cabelo espetado ouviu a minha explicação, depois balançou a cabeça. "O senhor Williams mudou de ideia", ele disse. E aí eu ouvi a voz de Sonny atrás de mim: "Ah, então foda-se! A gente pode mudar de ideia também". Ele e Pete haviam se aproximado para participar da discussão, e agora os vigilantes avançavam para apoiar o cabeça de ouriço, que não parecia nem um pouco preocupado.

É, eu pensei, lá vamos nós. Os dois policiais da viatura não tinham se mexido. Eles não estavam com nenhuma pressa para acalmar os ânimos. Ser espancado por uma multidão é uma experiência muito apavorante... é como ficar preso numa arrebentação forte no mar. Não há muito o que fazer senão tentar sobreviver: já aconteceu comigo duas vezes, em Nova York e em San Juan, e estava a segundos de acontecer mais uma vez em Bass Lake. A única coisa que evitou que isso acontecesse foi a chegada suspeita e oportuna de Tiny Baxter. A multidão se afastou para dar lugar ao seu grande carro com a luz piscando no alto. “Eu achei que tivesse dito para vocês ficarem fora da cidade”, ele disse com rispidez.

“Nós viemos pegar a cerveja”, respondeu Sonny.

Baxter balançou a cabeça. “Não, o Williams disse que está com pouca cerveja. Vocês vão ter que ir ao mercado do outro lado do lago. Eles têm bastante.”

Saímos na mesma hora. Assim como a primeira área de acampamento, a primeira tentativa de comprar cerveja tinha todos os indícios de um estrago calculado. Baxter podia saber o que estava fazendo ou não, mas, se ele sabia, merece crédito por pensar em uma estratégia tão sutil e engenhosa. Ele apareceu apenas algumas vezes durante o fim de semana, mas todas as vezes foi num momento crítico e ele sempre chegava com uma solução. Depois que ele resolveu a crise da cerveja, os Angels começaram a vê-lo como um simpatizante secreto e, à meia-noite do primeiro dia, Barger estava se sentindo quase pessoalmente responsável pelo bem-estar de todas as pessoas em Bass Lake. Cada vez que Baxter arrumava alguma coisa, ele deixava os Angels mais em débito. A estranha responsabilidade acabou destruindo o fim de semana de Barger. O imprevisto da ordem judicial e os inúmeros acordos que ele tinha feito com o xerife fizeram com que ele ficasse constantemente preocupado. Um dos seus poucos prazeres era saber que Baxter também não estava conseguindo dormir.

Quando estávamos contornando o lago, ficamos especulando que tipo de multidão estaria nos esperando na próxima loja. “Aqueles desgraçados iam estraçalhar a gente”, disse Pete.

“É, e é aí que a coisa ia pegar”, murmurou Sonny. “Aquele xerife não sabe que chegou muito perto de ter uma guerra nas mãos.”

Não levei aquele comentário muito a sério. Porém, quando o fim de semana acabou, soube que ele não estava brincando. Se Barger tivesse sido espancado por uma multidão de moradores da cidade, nada menos que uma companhia da milícia armada poderia ter impedido o grupo principal dos fora da lei de invadir a cidade para uma vingança. Um ataque ao presidente teria sido sério o bastante, mas, naquelas circunstâncias – uma jornada pela cerveja planejada pela polícia –, isso teria sido evidência da mais podre das traições, uma facada nas costas, e os Angels teriam feito exatamente o que todos eles foram para Bass Lake com a expectativa de fazer. A maioria teria terminado o fim de semana na prisão ou no hospital, mas eles já estavam esperando por isso também. Teria sido um bom tumulto, mas, lembrando de tudo o que aconteceu, eu não acho mais que o conflito inicial teria sido equilibrado. Muitos dos vigilantes teriam perdido a vontade de brigar assim que percebessem que os seus adversários tinham a intenção de causar ferimentos graves em qualquer um que alcançassem. Big Frank, de Frisco[2], por exemplo, é um faixa preta em caratê que entra em qualquer briga com a ideia de arrancar o globo ocular de alguém. É um golpe de caratê tradicional e não é difícil para quem saiba o que está fazendo... embora não seja ensinado em aulas de "autodefesa" para donas de casa, executivos e balconistas invocados que não toleram nenhum valentão pegando no seu pé. A intenção é desmoralizar o oponente, e não cegá-lo. "Na verdade, você não arranca o globo ocular", explicou Big Frank, "você só meio que dá um apertão pra ele pular pra fora da órbita. Dói tanto que a maioria dos caras simplesmente desmaia."

Os garotos americanos machões normalmente não brigam assim. E muito menos batem com correntes pesadas em pessoas que estejam de costas... Quando eles estão numa briga em que coisas como essas acontecem, têm bons motivos para sentir que estão em desvantagem. Uma coisa é levar um soco no nariz, e outra muito diferente é ter o globo ocular arrancado ou os dentes estraçalhados com uma chave inglesa.

---

2. Ou Frank Número Dois, não o lendário Frank, ex-fora da lei e ex-presidente. (N.A.)

Portanto, se tivesse havido uma briga com os exércitos completos naquela tarde, os moradores da cidade provavelmente teriam debandado depois do primeiro confronto. Mas a polícia teria demorado um pouco para reunir forças suficientes para vencer. Enquanto isso, os fora da lei teriam se saciado empregando todos os métodos de destruição na propriedade do comerciante Williams: quebrar janelas, saquear geladeiras de cerveja e provavelmente caixas registradoras também. Alguns levariam tiros do cabeça de ouriço e da sua turma, mas a maioria tentaria fugir ao primeiro sinal de uma ação séria da polícia. Isso teria resultado em perseguições e combates violentos, mas Bass Lake está muito longe da área dos Angels e muitos deles não teriam conseguido chegar em casa sem serem capturados em bloqueios nas estradas.

Barger sabia disso e não queria que isso acontecesse. Mas ele também sabia que não havia sido por hospitalidade ou preocupação com a justiça social que eles tinham conseguido uma área de acampamento. Tiny Baxter tinha uma bomba nas mãos, e tinha que tomar muito cuidado para não deixar que explodisse. Essa era a vantagem de Barger, a certeza de que seus homens iriam se comportar como animais selvagens se fossem pressionados demais. Mas isso só duraria enquanto as coisas permanecessem tranquilas. John Foster Dulles teria chamado isso de "equilíbrio de terror", um impasse passageiro que nenhum dos dois lados gostaria de perturbar. Se essa era uma situação justa ou desejável para uma comunidade florestal americana, mais uma vez, não vem ao caso. Por mais estranho ou irreal que o confronto de Bass Lake possa ter soado para os ouvintes de rádio de Nova York ou Chicago, nenhuma das pessoas que estavam no local tinha qualquer dúvida sobre o que estava vendo. Certo ou errado, estava acontecendo, e, quando os Angels se instalaram em Willow Cove, até a ordem judicial feita na região havia se tornado irrelevante. Era preciso lidar com os fora da lei de acordo com a realidade de cada momento.

Eu não havia planejado me envolver fisicamente, mas, depois de ter escapado por um triz na loja do Williams, estava sendo identificado com os Angels de forma tão direta que não fazia mais sentido tentar voltar despercebido para a neutralidade. Barger e Pete pareciam achar normal que fosse assim. Enquanto passávamos perto do lago, eles tentavam explicar, com um ar de seriedade, a importância do símbolo deles. Pete pareceu perplexo diante da necessidade de uma explicação. "Nossa", ele disse, "isso é o mais importante de tudo."

O outro mercado ficava no centro da principal área turística e, quando chegamos lá, a multidão estava tão concentrada que o único lugar para estacionar era entre a bomba de gasolina e a porta lateral. Se acontecesse alguma confusão, nós estaríamos encurralados sem nenhuma chance de escapar. À primeira vista, a cena parecia ainda pior do que aquela da qual acabávamos de ser salvos.

Mas esta multidão era diferente. Parecia que eles estavam esperando há horas para ver os Hell's Angels em ação, e naquele momento, quando os dois saíram do carro, houve um murmúrio de satisfação. Não havia moradores da cidade, apenas turistas – pessoas da cidade, do vale e do litoral. A loja estava cheia de jornais com a matéria sobre o estupro dos Hell's Angels em Los Angeles, mas ninguém parecia assustado. Uma multidão de curiosos se juntou enquanto os fora da lei negociavam com o dono, um homem baixo de cara redonda, que ficava repetindo "Claro, rapazes, eu vou cuidar de vocês". Ele era agressivamente amigável, a ponto de colocar o braço sobre os ombros sujos de Pete quando eles estavam indo para o estoque de cervejas.

Comprei um jornal e fui até o balcão de café e lanches no canto extremo da loja. Enquanto eu lia a matéria sobre o estupro, ouvi uma menininha atrás de mim perguntar: "Onde eles estão, mãe? Você disse que a gente ia ver eles." Virei para ver a criança, uma fadinha de pernas tortas com o primeiro dente permanente nascendo e, mais uma vez, me senti grato pelo fato de meu único descendente ser do sexo masculino. Olhei para a mãe e me perguntei que estranhas adaptações sua mente havia sofrido nesses tempos maravilhosamente prósperos. Ela tinha no máximo 35 anos, cabelo loiro curto e uma blusa sem mangas só com uma parte enfiada dentro da bermuda justa. Era um retrato da Geração Pepsi... numa tarde quente da Califórnia, uma mulher barriguda usando óculos St. Tropez passeia por um mercado de uma cidade de veraneio, puxando pela mão a filha em idade escolar e esperando no meio de uma multidão ansiosa a chegada do Circo dos Marginais anunciado pela *Life*.

Eu me lembro da primavera anterior, quando eu estava dirigindo à noite de São Francisco para Big Sur, e ouvi um boletim de rádio sobre um maremoto que iria atingir a costa da Califórnia por volta da meia-noite. Pouco antes das onze, cheguei ao Hot Springs Lodge, um hotel que fica num penhasco bem acima do mar, e entrei correndo para dar o alarme. Era uma noite parada, e as únicas pessoas que ainda estavam acordadas eram meia dúzia de moradores locais sentados em volta de uma mesa de sequoia com algumas garrafas de vinho. Eles já tinham ouvido os avisos e estavam esperando a coisa acontecer. Um maremoto era uma visão que valia a espera. Naquela mesma noite, de acordo com relatos aflitos da polícia, mais de dez mil pessoas correram para Ocean Beach, em São Francisco, criando um congestionamento que varou a noite na rodovia da costa. Elas também estavam curiosas. E, se a onda tivesse chegado no horário previsto, a maioria teria morrido. Por sorte, ela enfraqueceu em algum lugar entre Honolulu e a Costa Oeste...

Uma aglomeração de cerca de cinquenta pessoas se formou para nos ver colocando as cervejas no carro. Alguns adolescentes criaram coragem para oferecer ajuda. Um homem com um short de madras e meia social preta ficou pedindo para Pete e Sonny posarem enquanto ele se afastava para fazer uma sequência panorâmica com a sua câmera de filmagem amadora. Outro homem, também de bermuda, aproximou-se de mim devagar e perguntou com discrição: “Ei, é verdade que vocês são nazistas?”.

“Eu, não”, eu disse. “Eu sou dos kiwanis.”

Ele acenou com a cabeça com uma expressão de quem entendia, como se já soubesse a resposta. “Então, o que é essa coisa que vocês propagam?" ele perguntou. "Essa coisa, sabe, das suásticas."

Fui chamar o Sonny, que estava mostrando aos nossos ajudantes como empilhar as caixas no banco de trás. "Ei, este homem quer saber se você é nazista." Eu esperava que ele risse, mas ele não riu. Ele fez a negação de sempre em relação às suásticas e Cruzes de Ferro ("Isso não significa nada, a gente compra essas coisas em lojas de bugigangas"), mas, no momento em que o homem estava se sentindo satisfeito porque aquilo não passava de uma simulação grosseira, Barger soltou um daqueles improvisos exaltados que o teriam transformado num favorito entre os jornalistas da Bay Area. "Mas tem muita coisa naquele país que a gente admira", ele disse, se referindo à Alemanha de antes da guerra. "Eles tinham disciplina, e não eram nem um pouco cagões. Eles podiam não ter todas as ideias certas, mas pelo menos respeitavam seus líderes e podiam contar uns com os outros."

O público parecia querer refletir sobre o assunto e, enquanto isso, sugeri que voltássemos para Willow Cove. Eu esperava que a qualquer momento alguém começasse a gritar algo sobre Dachau e que algum judeu furioso nocauteasse Barger com um banquinho de acampamento. Mas não houve sinal de nada do tipo. O clima estava tão amistoso que nós logo estávamos dentro da loja comendo hambúrgueres e tomando chope. Quando eu estava começando a me sentir quase relaxado, ouvimos motocicletas do lado de fora e vimos uma multidão correndo em direção à porta. Segundos depois, apareceu Skip, de Richmond, dizendo que tinha esperado o máximo quc pudera pela cerveja e acabou decidindo ir atrás da sua própria. Alguns outros Angels chegaram, pela mesma razão, e o dono começou a correr de um lado para o outro para atendê-los atrás do balcão. Ele enchia as canecas com entusiasmo e gentileza. "Bebam, rapazes, e fiquem sossegados. Aposto que estão com uma sede infernal depois de uma longa viagem, hein?"

A atitude do homem era muito esquisita. Quando saímos, ele ficou do lado do carro e disse para voltarmos sem demora, "com os outros companheiros". Dadas as circunstâncias, prestei atenção na sua voz para ver se identificava nela um tom que denunciava uma certa loucura. Talvez ele nem seja o dono, eu pensei... talvez o dono tenha fugido com a família para Nevada, deixando os malucos da cidade para cuidar da loja e lidar com os selvagens à sua própria maneira. Quem quer que ele fosse, era um baixinho empolgado que tinha acabado de vender 88 pacotes de seis cervejas a 1,50 dólar cada e garantido um comércio movimentado para o resto do fim de semana... Sem gastar um centavo, ele desbancou a ação mais violenta da Costa Oeste, a satisfação garantida das multidões, que ia superar de longe a demonstração de fogos de artifício à beira do lago. Ele só tinha que se preocupar com a grande possibilidade de que a ação saísse do controle a qualquer momento, acabando tanto com os lucros quanto com os clientes numa explosão brutal, que os jornais do dia seguinte descreveriam como:

A PILHAGEM DE BASS LAKE: FOGO E PÂNICO EM CIDADE TURÍSTICA MONTANHOSA.
POLÍCIA COMBATE HELL'S ANGELS ENQUANTO MORADORES FOGEM

Os habitantes da cidade pareciam conformados com a ideia, e não era nenhuma surpresa encontrá-los armados e carrancudos. Tampouco era estranho encontrar a polícia especialmente tensa. Aquele era o primeiro encontro importante desde Monterey, e a vasta publicidade que o cercava era um fator que nem os fora da lei nem a polícia jamais tiveram que combater. Coisas como bloqueios e ordens judiciais eram problemas novos para os dois lados. A ideia de um local de acampamento cuidadosamente reservado já havia sido tentada antes, mas nunca tinha funcionado, a não ser tarde da noite, quando os fora da lei provavelmente não estariam andando por aí. O verdadeiro escândalo foi o impasse da cerveja. Os Angels sempre se orgulharam da única contribuição que eles trazem inevitavelmente a qualquer comunidade que visitam. Apesar do terror que inspiram, eles deixam muitos dólares em tavernas locais. Por causa disso, eles achavam improvável que alguém se negasse a vender cerveja para eles, especialmente sem nenhum aviso, o que teria feito com que eles trouxessem da cidade um estoque do tamanho de um caminhão.

Mas Bass Lake tinha uma situação diferente. Os moradores tiveram quase uma semana para se transformar em um canhão giratório e, no sábado de manhã, eles já estavam prontos para o pior. Entre as medidas de segurança com as quais eles contavam estava a certeza de que os criminosos seriam muito menos perigosos se lhes fossem negadas grandes quantidades de bebida. Isso era evidente para todos os que estavam envolvidos, até para os vendedores de cerveja. Além disso, seria um fim de semana ruim em termos de dinheiro de qualquer jeito, uma vez que a publicidade negativa faria com que um grande número de turistas fosse para outros lugares. Que espécie de homem traria a família para acampar em um campo de batalha, um lugar que quase certamente seria invadido por um exército formado por uma multidão de devassos?

A pergunta ainda é válida, mas ela não muda o fato de que as pessoas vieram de todas as partes da Califórnia naquele final de semana para desfrutar os prazeres da vida rústica de Bass Lake. Quando não conseguiam vagas em pousadas ou acampamentos fechados, dormiam em desvios à margem da estrada e em barrancos de terra. Na segunda de manhã, a frente do lago parecia o gramado da Casa Branca depois da festa da posse de Andrew Jackson. A multidão era anormal até mesmo para um longo feriado de verão.

Os californianos são conhecidos por serem grandes apreciadores da vida ao ar livre. Em 1964, perto de Los Angeles, milhares de pessoas que saíam para acampar tiveram que ser retidas por barreiras para não entrarem numa área que havia acabado de ser devastada por um incêndio florestal. Quando a situação foi controlada e as barreiras foram abertas, a área de acampamento enegrecida lotou rapidamente. Um repórter que estava no local disse que as pessoas estavam "armando barracas entre tocos fumegantes". Um homem que levara a família explicou que não havia "outro lugar para ir, e nós só temos dois dias".

Como era um comentário patético, ele fazia um sentido patético. Mas nada tão simples e palpável podia explicar a multidão que lotava Bass Lake. Qualquer um que realmente não quisesse nada com os fora da lei tinha tempo de sobra para encontrar um local de lazer mais seguro. De acordo com os relatórios da polícia sobre possíveis "ataques dos Hell's Angels", Bass Lake estava entre as primeiras cidades de todas as listas.

Portanto, deve ter sido uma revelação estrondosa para a Câmara do Comércio de Bass Lake a descoberta de que a presença dos Hell's Angels, longe de ter sido um incômodo, foi, na verdade, uma grande dádiva para o movimento do turismo. Tentar encontrar o significado disso é algo sinistro. Se os Hell's Angels são sinal apenas de lugares lotados, qualquer presidente do setor de hospedagem da câmara do comércio que seja um pouco mais ousado deveria ver a sequência lógica. No ano seguinte, traga duas gangues inimigas de Watts e coloque uma em frente à outra em uma das praias principais, com fogos de artifício no céu enquanto a banda de um colégio da cidade toca bolero e *They Call the Wind Maria*.

13

> Este era o problema de Porterville: tinha quatro mil pessoas no centro da cidade observando duzentos dos nossos.
>
> Terry o Vagabundo

A nossa última compra no mercado da cerveja foi uma dúzia de latas de carne de cavalo para o cão de caça do Pete. O cachorro havia estado em outras jornadas e parecia saber qual era o espírito da coisa. Ele comia sem parar, parecia não dormir nunca e tinha longos ataques de uivos sem nenhuma razão aparente.

Quando voltamos para o acampamento, dirigi bem devagar. Tinha tanto pacote de cerveja solto pelo carro que eu mal conseguia mexer os braços para manobrar, e cada baque na estrada fazia com que as molas raspassem no eixo traseiro. Quando chegamos ao desvio de Willow Cove, o carro não subia a ladeira de terra que levava aos pinheiros... Então eu recuei e subi rápido, forçando o calhambeque ladeira acima feito uma bala de canhão. O impulso fez a gente subir o morro, mas o impacto jogou o para-lama para cima do pneu. O carro desceu de lado pela trilha por uma distância suficiente para bloqueá-la completamente e parou um pouco antes de bater em uma dúzia de motos a caminho da loja. Foi preciso dar duro com o guincho para fazer ele voltar a andar e, assim que liberamos a roda dianteira, um caminhão roxo apareceu no topo da ladeira e bateu no para-choque traseiro. O ritmo do fim de semana estava melhorando... uma entrega enorme de cervejas, metal sendo despedaçado, risadas incontroláveis e uma gritaria de exaltação quando Sonny contou o que tinha acontecido na loja do Williams.

Nós ficamos longe por umas duas horas, mas a paz foi mantida nesse meio-tempo pela chegada de alguns carros carregados de garotas e cerveja. Às seis horas, a área estava cercada de carros e motos. O meu carro estava no meio, servindo de geladeira comunitária.

Durante a ausência de Barger, os presidentes das outras divisões organizaram a coleta de madeira para uma fogueira. A tarefa ficou com o membro mais novo de cada divisão, uma tradição que ninguém questionava. Afinal de contas, como disse Tiny, os Angels são como qualquer outra associação e, assim como elas, têm um senso de ritual, hierarquia e organização. Ao mesmo tempo, eles se orgulham de uma certa singularidade, um estilo de vida característico que os diferencia dos Alces e dos Fi Deltas. Como seria inevitável, membros de outras associações questionam as tradições dos Angels, chamando-as de excêntricas ou criminosas. Entre as mais controversas estão o estupro, a agressão e o odor corporal. Uma outra, não tão repulsiva para o público, é o forte desprezo dos fora da lei por números de telefones residenciais e endereços para correspondência. Com raras exceções, eles atribuíram esse aspecto da realidade para "mamas", namoradas e prostitutas amigas cujos apartamentos estão sempre abertos, dia e noite, a qualquer um que use o emblema.

Os fora da lei se sentem muito à vontade com sua condição inacessível. Ela evita muitos problemas com cobradores, pessoas querendo vingança e inspeções policiais de rotina. Eles estão tão isolados da sociedade quanto gostariam de estar, mas não têm problemas para localizar uns aos outros. Quando Sonny vai a Los Angeles de avião, Otto se encontra com ele no aeroporto. Quando Terry vai para Fresno, localiza rapidamente o presidente da divisão, Ray, que vive numa espécie de limbo misterioso e só pode ser encontrado através de um número de telefone secreto que muda constantemente. Os Angels de Oakland acham conveniente usar o número do telefone de Barger, verificando de vez em quando se há mensagens. Alguns usam vários bares onde são conhecidos. Um Angel que quer ser encontrado marca um encontro num local específico ou combina de estar em certo número de telefone num horário marcado.

Uma noite tentei marcar um encontro com um jovem Angel chamado Rodger, um ex-DJ. Foi impossível. Ele não fazia ideia de onde estaria de um dia para o outro. "Não é à toa que me chamam de Rodger, o Hóspede", ele disse. "Eu consigo estar onde eu quiser. Não faz diferença pra mim. Quando você começa a se incomodar com isso, fica obcecado. E aí já era, cara, é o seu fim." Se ele tivesse morrido naquela noite, não teria deixado nenhum vestígio de sua vida, nenhuma evidência, muito menos bens pessoais, a não ser a moto, que os outros teriam sorteado imediatamente. Os Hell's Angels não acham necessário deixar testamentos e sua morte não envolve muita papelada... carteiras de motorista perdem a validade, registros policiais vão para o arquivo morto, motocicletas mudam de mãos e alguns "cartões pessoais" geralmente são retirados da carteira e jogados na lata de lixo.

Por causa desse estilo de vida cigano, a rede de contatos dos Angels tem que ser funcional. Uma mensagem perdida pode levar a sérios problemas: um Angel que poderia ter fugido pode ser preso, uma moto que acabou de ser roubada não chega ao comprador, um quilo de maconha pode perder uma conexão crucial ou, no mínimo, uma divisão inteira não fica sabendo de uma jornada ou de uma grande festa. O destino de uma jornada é mantido em segredo pelo máximo de tempo possível, na esperança de que a polícia não consiga descobrir. Os presidentes das divisões decidem qual será o local através de chamadas interurbanas entre eles. Depois, cada um informará o seu pessoal na noite anterior à jornada, ou numa reunião, ou ainda espalhando a informação através de alguns barmen, garçonetes e garotas que façam parte da rede de contatos. O sistema é bastante eficiente, mas nunca foi totalmente à prova de vazamentos e, em 1966, os Angels decidiram que a única saída seria manter o destino em segredo até o início da jornada. Barger já havia tentado fazer isso uma vez, mas a polícia conseguiu localizar os fora da lei fazendo contatos via rádio de um ponto a outro da estrada. A localização por meio de rádio é apenas um instrumento para dar uma vantagem à polícia, uma sensação de confiança e controle. E é o que eles realmente conseguem, desde que não ocorra nenhum lapso... mas pode-se prever com segurança que, em um desses feriados com estradas congestionadas, um comboio de Angels irá desaparecer como um sinal sumindo na tela de um radar. Será preciso apenas um daqueles recantos com que os fora da lei sempre sonharam: um sítio ou uma fazenda grande com um dono simpático, um pedaço de terra rural fora do alcance da polícia, onde todos possam ficar bêbados e nus e cair uns sobre os outros feito bodes no cio, até desmaiarem de exaustão.

Valeria a pena comprar um rádio de polícia, só para ficar na escuta num momento de pânico:

> "Grupo de oitenta acaba de passar por Sacramento na direção norte pela US 50, sem violência. Provavelmente seguem a caminho da região de Lake Tahoe"... Oitenta quilômetros ao norte, em Placerville, o chefe da polícia conversa com seus homens para animá-los e os posiciona com espingardas dos dois lados da rodovia, ao sul dos limites da cidade. Duas horas depois, eles ainda estão esperando e o expedidor em Sacramento envia um pedido impaciente de um relatório sobre como Placerville está lidando com a situação crítica. O chefe de polícia relata, com os nervos exaltados, que não foi feito nenhum contato e pergunta se suas tropas impacientes podem ir para casa aproveitar o feriado.
>
> O expedidor, sentado na sala de rádio da sede da Patrulha Rodoviária de Sacramento, avisa que todos devem ficar nas suas posições enquanto ele faz as checagens... e momentos depois, sua voz sai do alto-falante com chiados: "Seu porco! Você está mentindo! Onde eles estão?"
>
> "Não me chama de porco", diz o chefe de polícia de Placerville. "Eles não passaram por aqui."
>
> O expedidor faz uma inspeção em todo o norte da Califórnia, sem resultados. Carros da polícia passam de um lado para o outro das rodovias, cantando pneus, verificando todos os bares. Nada. Oitenta bandidos dos mais violentos do estado estão andando por aí, bêbados, em algum ponto entre Sacramento e Reno, sedentos por estupros e saques. Será mais um constrangimento para a lei da Califórnia... simplesmente perder de vista os assassinos, um comboio inteiro, no meio de uma das principais rodovias da região... cabeças certamente irão rolar.

A esta altura, os fora da lei estão há muito tempo seguindo por uma estrada particular, tendo saído da rodovia na altura de uma placa na qual se lia: VIVEIRO DE CORUJAS, NÃO ABRIMOS PARA VISITAS. Eles estão fora do alcance da lei, a menos que o dono reclame. Enquanto isso, mais um grupo de cinquenta desaparece na mesma área. Equipes de busca da polícia vigiam a rodovia, procurando vestígios de saliva, fuligem e sangue. O expedidor ainda demonstra a sua fúria pelo microfone. A voz do oficial em serviço enrouquece ao responder às perguntas urgentes dos jornalistas de rádios de São Francisco e Los Angeles: "Sinto muito, isso é tudo o que eu posso dizer. Parece que eles... ah... a informação que temos é de que eles... eles desapareceram, é, isso, eles sumiram".

O único motivo pelo qual isso não aconteceu é que os Hell's Angels não têm acesso à propriedade privada na roça. Um ou dois afirmam ter parentes que têm fazendas, mas não há relatos de que os outros tenham sido convidados para um piquenique. Os Angels não têm muito contato com pessoas que possuem terras. Eles são caras da cidade, no aspecto econômico, emocional e físico que isso implica. Por, no mínimo, uma geração, e às vezes duas, eles descendem de pessoas que nunca foram proprietárias de coisa alguma, nem mesmo de um carro.

Os Hell's Angels são, sem dúvida, um fenômeno da classe baixa, mas suas origens não são necessariamente miseráveis. Apesar de alguns momentos críticos, seus pais parecem ter tido boa reputação. A maioria dos fora da lei são filhos de pessoas que vieram à Califórnia durante a Segunda Guerra Mundial, ou um pouco antes. Muitos perderam o contato com a família, e eu nunca conheci um Angel que dissesse ter uma cidade natal, qualquer que seja o sentido desse conceito para as pessoas que o usam. Terry o Vagabundo, por exemplo, é "de" Detroit, Norfolk, Long Island, Los Angeles, Fresno e Sacramento. Quando criança, morou em muitos lugares do país, não na pobreza, mas com total mobilidade. Assim como a maioria deles, não possui raízes. Ele lida apenas com o presente, o momento, a ação.

Sua relação mais duradoura com a estabilidade foi um período de três anos trabalhando na Guarda Costeira, depois que terminou o colegial. Desde então, ele trabalhou sem muito entusiasmo como aparador de árvores, mecânico, figurante de filmes, operário e divulgador de diversos produtos. Tentou estudar na faculdade durante alguns meses, mas parou para se casar. Depois de dois anos, dois filhos e inúmeras brigas, o casamento terminou em divórcio. Ele teve outro filho, da segunda esposa, mas a união não durou. Agora, após duas prisões por estupro amplamente divulgadas, ele se refere a si mesmo como um "solteirão cobiçado".

Apesar da extensa ficha policial, ele estima que a sua pena total seja de cerca de seis meses – noventa dias por invasão de propriedade privada e o resto por infrações de trânsito. Terry é o Angel propenso a ser preso. Os policiais ficam ofendidos só de vê-lo. No período entre 1964 e 1965, ele gastou cerca de 2.500 dólares com fianças, advogados e multas de trânsito. Assim como a maioria dos outros Angels, ele culpa "a polícia" por fazer dele um fora da lei em tempo integral.

Pelo menos metade dos Hell's Angels são filhos da guerra, mas esse é um termo amplo demais. Também existem filhos da guerra no Exército da Paz, em programas de treinamento de empresas e lutando no Vietnã. A Segunda Guerra Mundial teve muito a ver com as origens dos Hell's Angels, mas é preciso ir um pouco mais além da guerra para explicar ao mesmo tempo Dirty Ed, com seus quarenta e poucos anos, e Clean Cut, de Oakland, que é vinte anos mais jovem. Dirty Ed tem idade para ser pai de Clean Cut – o que não é provável, embora ele tenha plantado mais sementes do que gostaria de lembrar.

É bem fácil localizar as origens da mística dos Hell's Angels, e até de seu nome e emblemas, na Segunda Guerra Mundial e em Hollywood. Mas seus genes e sua verdadeira história têm origens bem mais remotas. A Segunda Guerra Mundial não foi o primeiro *boom* econômico da Califórnia, e sim um renascimento de algo que teve início nos anos 30 e que já estava diminuindo quando a economia da guerra fez da Califórnia uma nova Valhalla. Em 1937, Woody Guthrie fez uma música chamada *Dó-Ré-Mi*. O refrão diz o seguinte:

> A Califórnia é um jardim do Éden
> Um paraíso para você e para mim,
> Mas, acredite se quiser,
> Você não vai achá-la tão incrível,
> Se não tiver o Dó-Ré-Mi.[1]

A música expressava os sentimentos de frustração de mais de um milhão de Okies, Arkies e caipiras que fizeram uma longa viagem até o Estado de Ouro e descobriram que se tratava de mais um lugar onde o dinheiro era suado. Quando esses senhores chegaram, o Movimento para o Oeste já estava começando a se solidificar. O "estilo de vida californiano" era igual à dança das cadeiras, mas levou um tempo até que essa notícia se infiltrasse no leste e, enquanto isso, a Corrida do Ouro continuava. Uma vez aqui, os recém-chegados persistiram por alguns anos, reproduzindo-se de forma prolífica até que a guerra começou. Então, eles se juntaram aos exércitos ou escolheram seus empregos no mercado de trabalho em expansão. Nos dois casos, eram californianos quando a guerra acabou. O antigo estilo de vida havia se espalhado na Rota 66, e seus filhos foram criados em um novo mundo. Os Linkhorns haviam finalmente encontrado um lar.

Nelson Algren escreveu sobre eles em *Um passeio pelo lado selvagem,* mas essa história foi contada antes que eles cruzassem as Montanhas Rochosas. Dove Linkhorn, filho do louco Fitz, foi fazer fortuna em New Orleans. Dez anos depois, ele já teria ido para Los Angeles.

O livro de Algren começa com uma das melhores descrições históricas já escritas sobre a escória branca ameri-

---

1. © Copyright. 1961 e 1963, Ludlow Music Inc. Nova York. Usada com permissão.

cana.[2] Ele segue a linha dos ancestrais de Linkhorn até a primeira onda de empregados por obrigação de dívida chegar a estas costas. Eles eram a ralé da sociedade de todas as Ilhas Britânicas: desajustados, criminosos, endividados, arruinados de todos os tipos e descrições, todos eles dispostos a assinar contratos de trabalho opressivos com futuros empregadores em troca de uma travessia do oceano rumo ao Novo Mundo. Uma vez aqui, eles toleravam uma forma de escravidão por um ou dois anos, recebendo alimento e abrigo do patrão e, quando o seu período de dívida terminava, eles eram libertados para seguir o próprio caminho.

Em teoria e no contexto histórico, o acordo era vantajoso para ambas as partes. Qualquer homem desesperado o bastante para se sujeitar a um contrato de escravidão, para começar, tinha torrado até o último tostão no seu país de origem, portanto, a chance de uma posição segura em um novo continente deveria ser levada a sério. Após um período de trabalho árduo e privações, estaria livre para buscar o que quisesse numa terra de riquezas naturais aparentemente infinitas. Milhares de empregados com contrato de dívida vieram para cá, mas, quando conquistaram a liberdade, a faixa costeira já havia sido ocupada. A terra sem dono estava a oeste, do outro lado dos montes Alleghenies. Então eles seguiram para os novos estados: Kentucky e Tennessee. Seus filhos foram para Missouri, Arkansas e Oklahoma.

A migração se tornou um hábito. Com raízes perdidas no Velho Mundo e ausentes no Novo, os Linkhorns não tinham disposição para o trabalho árduo e o cultivo. A escravidão também se tornou um hábito, mas apenas temporário. Eles não eram pioneiros, mas pobres seguidores de retaguarda do movimento original para o Oeste. Quando os Linkhorns chegavam a qualquer lugar, a terra já havia sido tomada. Eles trabalhavam durante algum tempo e se mudavam de novo. Seu mundo era um limbo violento e embria-

---

2. Um conto chamado *Barn Burning,* de William Faulkner, é outro clássico da escória branca. Ele contém a dimensão humanitária que falta à descrição de Algren. (N.A.)

gado entre o abismo do desespero e a Grande Montanha Rochosa. Eles continuaram a seguir para o Oeste, indo atrás de empregos, boatos, lotes de terra cedidos pelo governo ou da mesma sorte de algum parente que tenha ido na frente. Eles viviam da superfície da terra, como lagartas, retirando dela tudo o que pudessem antes de partir. Vivia-se um dia após o outro, e havia sempre mais terra a oeste.

Alguns ficavam para trás e seus descendentes diretos vivem lá ainda hoje, nas Carolinas, em Kentucky, West Virginia e Tennessee. Há muitos que abandonaram a busca no meio do caminho: os caipiras, Okies, Arkies, eles são todos o mesmo povo. O Texas é um monumento vivo a essa raça. Assim como o sul da Califórnia.

Algren os chamou de os "rapazes de vontade impetuosa" que têm "a sensação de terem sido traídos". Piratas armados e bêbados – uma legião de jogadores, brigões e exploradores de mulheres. Eles chegavam de surpresa na cidade num Ford Model-A caindo aos pedaços, com pneus carecas, sem escapamento e com um farol só... procurando trabalho rápido, sem ter que responder perguntas, e de preferência sem deduções de impostos. Só pegar o dinheiro, encher o tanque num posto barato e pegar a estrada, com meio litro no banco e Eddy Arnold no rádio entoando canções do interior sobre o lar, doce lar, aquela namorada que ainda está esperando e rosas no túmulo da mamãe.

Algren deixou os Linkhorns no Texas, mas qualquer um que dirija pelas rodovias do Oeste sabe que eles não ficaram por lá. Eles continuaram se mudando até que um dia, no final da década de 30, pararam no cume de uma montanha californiana coberta de carvalhos e olharam para o oceano Pacífico: o fim da linha. As coisas ficaram difíceis durante um período, mas não mais difíceis do que foram em centenas de outros lugares. E aí veio a guerra: cidades prósperas, dinheiro de sobra até para os Linkhorns.

Quando a guerra acabou, a Califórnia estava cheia de veteranos buscando formas de gastar o bônus de baixa. Muitos decidiram ficar na costa e, enquanto as suas novas rádios tocavam músicas de caipiras, eles foram comprar grandes motocicletas, sem saber exatamente por quê. Porém, com o clima de *boom* econômico e de falta de vínculos da época, parecia a coisa certa a se fazer. Eles não eram Linkhorns de forma alguma, mas a democracia imposta por quatro anos de guerra havia apagado tantas distinções antigas que até mesmo os Linkhorns estavam confusos. O padrão fechado de casamentos apenas entre eles estava abalado, com os seus filhos se unindo livremente e sem violência. Em 1950, muitos Linkhorns participavam da economia próspera. Eles tinham carros decentes, e até casas.

Outros, no entanto, não resistiram ao peso da decência e responderam ao chamado dos genes. Existe uma história sobre um Linkhorn que se tornou um vendedor de carros bem-sucedido em Los Angeles. Ele se casou com uma bela atriz espanhola e comprou uma mansão em Beverly Hills. Mas, depois de uma década de opulência, passou a sofrer de ataques de suor e não conseguia dormir à noite. Começou a sair escondido de casa pela porta dos empregados e correr alguns quarteirões até o posto de gasolina, onde guardava um Ford 37 envenenado, sem para-lamas... e passava o resto da noite em boates e paradas de caminhões, vestindo um macacão sujo e uma camiseta verde velha com um emblema da Bardahl nas costas. Ele gostava de mendigar cervejas e bater em prostitutas quando elas desprezavam as suas propostas grosseiras. Uma noite, depois de muito pechinchar, ele comprou vários potes de vidro cheios de uísque caseiro, que ele bebeu enquanto dirigia em alta velocidade pela área de Beverly Hills. Quando o velho Ford finalmente travou, ele o abandonou e chamou um táxi, que o levou à sua própria revendedora de carros. Derrubou com chutes uma porta lateral, fez ligação direta em um conversível que estava aguardando um ajuste do motor e foi com ele até a Rodovia 101, onde tirou um racha com alguns membros de uma gangue de Pasadena. Ele perdeu e ficou tão enfurecido com isso que seguiu o carro vencedor até ele parar no semáforo, onde entrou com tudo na sua traseira a 110 km/h.

A publicidade o arruinou, mas amigos influentes o deixaram fora da prisão pagando um psiquiatra para chamá-lo de insano. Ele passou um ano numa casa de repouso e agora, de acordo com as histórias que se conta, ele tem uma revendedora de motocicletas perto de San Diego. As pessoas que o conhecem dizem que ele é feliz, embora a sua carteira de motorista tenha sido cassada por causa de inúmeras violações, seu negócio esteja próximo da falência e a sua nova esposa, uma ex-miss acabada de West Virginia, seja uma alcoólatra quase maluca.

Seria injusto dizer que todos os motoqueiros fora da lei carregam genes de Linkhorns, mas qualquer um que já tenha passado algum tempo entre as tribos anglo-saxãs nativas de Appalachia precisaria de pouco mais de algumas horas com os Hell's Angels para ter uma sensação muito forte de *déjà vu*. Existe a mesma hostilidade e o mesmo mau humor em relação a estranhos, as mesmas atitudes e os mesmos temperamentos extremados e até os mesmo nomes, rostos rígidos e corpos de ossos longos que não parecem naturais a não ser que estejam debruçados sobre alguma coisa.

A maioria dos Angels é obviamente formada de anglo-saxões, mas a atitude Linkhorn é contagiosa. Os poucos fora da lei com nomes mexicanos ou italianos não apenas agem como os outros, como se parecem com eles de alguma forma. Até mesmo o Chinese Mel de Frisco e Charley, um jovem negro de Oakland, possuem o jeito de andar e as manias dos Linkhorns.

14

> Eles são basicamente iguais aos negros. Sozinhos não causam mais problemas do que qualquer outra pessoa, mas, assim que se juntam em um grupo, eles ficam fora de si, ficam mesmo.
>
> Policial de São Francisco

Pouco antes de anoitecer, na primeira tarde do final de semana, uma tensão repentina e desordenada tomou conta do acampamento. As pessoas estavam chegando e saindo há horas, mas sem nenhuma sensação de urgência. A estranha recepção no mercado de cerveja havia minado a ordem do xerife de manter distância dos turistas, e muitos dos fora da lei foram até lá com suas motos para conferir a hospitalidade. O clima em Willow Cove era festivo. Novas chegadas eram saudadas com gritos, beijos, abraços de tirar o outro do chão e banhos de cerveja. Os assistentes do xerife tiravam fotos. A princípio, achei que fosse para reunir provas, mas depois de vê-los insistir para que os Angels fizessem poses diferentes e entrassem no lago de roupa, percebi que os policiais estavam tão fascinados quanto qualquer pessoa que visita o zoológico do Bronx pela primeira vez. Um deles me disse mais tarde: "Nossa, eu queria ter uma câmera filmadora. Isso foi a coisa mais infernal que eu já vi. As pessoas não iriam acreditar se não vissem as fotos. Quero só ver quando eu mostrar isso pros meus filhos!"

Pouco antes do almoço, sem nenhum motivo aparente, o andamento da coisa mudou de forma abrupta. Barger e vários outros entraram numa discussão com alguns assistentes do xerife e depois subiram em suas motos e desapareceram trilha abaixo. Cerca de dez fora da lei deixaram o acampamento em grupo, todos com a cara fechada. Momentos depois, dois carros da polícia saíram. A maioria dos fora da lei parecia satisfeita em deixar que Barger resolvesse o que quer que estivesse acontecendo, mas cerca de vinte deles se juntaram ao redor de Tiny, no meio do acampamento, e resmungaram alguma coisa séria diante da notícia, no rádio da polícia, sobre "um ataque a um motociclista". Eles não sabiam de quem se tratava nem se era um deles. (Havia um evento de motocross programado para o dia seguinte em Yosemite, e havia muitas motos respeitáveis na área. Alguém disse que um grupo usando o uniforme dos Seventh Sons fora visto perto de Mariposa, mas nenhum dos Angels tinha ouvido falar deles nem sabia se eram um grupo fora da lei.)

Quando uma aglomeração de Angels e seus aliados fica sabendo que "um motociclista" foi atacado, isso é recebido como um sinal agourento de que algum inimigo está entrando em ação. Barger e seu séquito de seguidores tinham saído havia mais de uma hora, e muitos teriam ido procurá-los se Tiny não tivesse insistido para que esperassem mais notícias. Eu me lembro de ter ouvido alguém reclamar da situação insuportável: "Meu Deus, olha onde a gente está! Os desgraçados encurralaram a gente aqui! Não existe nenhuma saída além daquela trilha de mão única!"

Willow Cove era uma panela de pressão natural. Fiquei observando os dois assistentes do xerife que ainda permaneceram ali. Quando eles partissem, eu partiria também... A saída deles só poderia significar que as coisas haviam saído do controle em algum outro lugar, e que o acampamento dos Angels seria o próximo. Eu não queria estar lá quando os vigilantes civis chegassem urrando entre as árvores.

Mas os assistentes não foram embora e, pouco antes de escurecer, a patrulha de Barger voltou animada. Ao que tudo indicava, Dirty Ed estava andando de moto calmamente ao lado do lago quando cinco rapazes de aparência amigável, a pé, fizeram sinal para ele parar. Sempre preocupado com relações públicas, ele parou para bater um papo. O que se seguiu, de acordo com uma versão dos fatos, foi uma emboscada inescrupulosa:

> "Você vai competir na escalada de amanhã?", um deles perguntou. Quando Ed estava prestes a responder que não, o sexto homem apareceu atrás dele.

> "Ele arrancou a moto de mim", disse Ed, com desgosto. "Me acertou com um cano de dois metros de comprimento e cinco centímetros de diâmetro. Minha cabeça explodiu. Eu achei que tivesse sido atingido por uma locomotiva!
>
> "Os seis rapazes tinham bebido. A única razão que eu consigo ver para eles terem feito isso foi querer ganhar fama", reclamou Ed. "Era um bando de 'zés-ninguéns' e estavam bebendo há uns cinco dias. Os outros 'zés-ninguéns' do mesmo acampamento ficaram com medo que voltássemos para bater neles. Alguns deles estavam com tanto medo que começaram a guardar suas barracas e ir para outro lugar. 'Melhor mudar do que brigar', eles disseram."

Esse relato absurdo e fraudulento foi publicado naquilo que é conhecido no ramo como uma "rapidinha de banca de jornal", sob o título de "A Verdadeira História por Trás dos Hell's Angels e Outros Grupos de Motociclistas 'Fora da Lei'". Ele fora escrito de última hora pelo fotógrafo que foi preso depois, no mesmo fim de semana, por "obstrução da justiça". E, embora a matéria tivesse fotos excelentes, o texto parecia ter sido montado por alguém como Whittaker Chambers.

Ainda assim, Dirty Ed hoje insiste em dizer – para o consumo do público – que a versão da "Verdadeira História" é bastante próxima da realidade, embora ele ria com certa discrição de frases como "Os seis rapazes tinham bebido"... "Melhor mudar do que brigar"... e da afirmação louca de que ele percebeu de alguma forma o exato comprimento e a largura do cano que abriu o seu couro cabeludo, sem chegar a ter visto a arma. Vinte anos no circuito fora da lei não serviram muito para amenizar a visão que ele tinha da imprensa e do mundo dos caretas desonestos que ele acredita representar. Ele não confiaria mais em um repórter do que em um policial ou juiz. Para ele, são todos iguais – os cães de perseguição de alguma conspiração diabólica que o aborreceu durante todos esses anos. Ele sabe que em algum lugar depois daquele fosso, o Chefe de Polícia rabiscou o seu nome num quadro negro na Grande Sala de Instruções, com uma anotação ao lado: "Peguem esse sujeito, não deixem ele em paz, ele é incorrigível, como um cachorro nojento".

Dirty Ed foi um motoqueiro fora da lei durante toda a sua vida adulta. Ele trabalha como mecânico de carros ou motos na região da East Bay, mas não possui ambições profissionais. Com 1,85 m de altura e pesando 100 quilos, ele parece um lutador que acumulou uma barriga de cerveja. Seu cabelo está ralo no alto da cabeça e grisalho nas têmporas. Se raspasse a barba oriental alongada, teria uma aparência quase distinta. Do jeito que está, ele parece apenas um homem mau.

Mais tarde naquela mesma noite, de pé ao lado da fogueira com uma cerveja na mão, ele falou um pouco sobre o incidente. Os oito pontos na sua cabeça custaram um dólar cada, e ele teve que pagar com dinheiro. Essa foi a pior parte: ter que pagar. Caramba, oito dólares era uma caixa de cerveja e gasolina suficiente para voltar para Oakland. Diferentemente dos Angels mais jovens, Ed tem que planejar seus atos com cautela e manter uma imagem pelo menos duas vezes mais violenta. Ele está na área há mais tempo do que quase todos os outros, o que é tempo suficiente para saber que ninguém vai demonstrar compaixão quando os sinais da idade avançada começarem a aparecer. Poucos dos Angels mais jovens teriam dado meia-volta, cantando pneus, para voltar para enfrentar cinco malucos que gritaram xingando. Mas Dirty Ed fez isso. Ele entraria com a moto num rio para brigar com um alce se achasse que o animal estava querendo arrumar confusão com ele. Provavelmente foi melhor para todo mundo que os garotos o tenham arrancado da moto antes que ele machucasse um deles. Eles disseram à polícia que se desesperaram quando ele deu a volta na direção deles, no que lhes pareceu ser um ataque desprovido de razão. O fato de que eles tinham um cano de chumbo à mão parece não ter surpreendido ninguém.

Os agressores adolescentes foram presos – “senão a gente ia matar os caras”, conforme explicou Barger – e depois foram levados para casa, onde foram deixados com uma advertência para que evitassem qualquer contato com os fora da lei pelo resto do final de semana. O fato de terem sido presos deu a Barger o pretexto que ele precisava para deixar o incidente passar em branco. Se os agressores não tivessem sido detidos, os Angels teriam insistido em se vingar. Talvez não na mesma hora, mas a ameaça teria mudado todo o clima do fim de semana. Aconteceu que a formalidade da prisão agradou a todos. Barger não estava satisfeito, mas, depois de pesar as alternativas e conversar com Baxter, ele decidiu aceitar mais uma vez a ideia de uma trégua temporária. Seus legionários concordaram, o que teriam feito de qualquer jeito, mesmo se ele tivesse convocado um ataque frontal à casa do xerife. Mas, quando ele optou pela prudência, por paz e mais cerveja, os outros pareceram francamente aliviados. Eles haviam escapado de uma humilhação sem ter que brigar, e ainda tinham mais dois dias para se divertir.

Os fora da lei não se importam de brigar, mesmo que isso signifique uma boa chance de se machucar, mas ser preso pode ser uma situação muito cara. Uma vez presos, eles têm que pagar fiança para sair e, bem diferente do cidadão íntegro que possui emprego ou bens, ou pelo menos tem amigos que possam emprestar a quantia, os Angels não possuem nenhum recurso, a não ser o seu oportuno fiador. Cada divisão tem o seu, que está sempre à disposição. Se for preciso, ele dirige 150 quilômetros no meio da noite para tirar um Angel da cadeia. O pagamento pelo seu serviço é 10% cento da fiança. E em regiões rurais, onde as tensões são exaltadas, um Hell's Angel que vai parar na cadeia com certeza receberá a carta de fiança mais alta possível, que pode chegar a cinco mil dólares por embriaguez e agressão ou dois e quinhentos por atentado ao pudor... mais quinhentos ou 250 dólares para o fiador. Essas taxas não são reembolsáveis, elas são os juros sobre um empréstimo de curto prazo. Mas os Angels são clientes tão bons que alguns fiadores fazem um preço fechado para eles, o que reduz as taxas de acordo com as circunstâncias. Os fora da lei prezam os seus fiadores e nunca dão calote, embora muitos tenham uma dívida tão grande que têm que pagar em prestações de dez ou quinze dólares por semana.

O fiador da divisão de Frisco teve uma vez a sorte de ocorrerem 46 prisões em uma só noite, de 100 a 242 dólares cada.[1] A polícia fez uma batida na sede da divisão, e aqueles que foram capturados – incluindo dezoito garotas – receberam acusações, para todo o grupo, de "suspeita de (1) roubo, (2) agressão com armas mortais, (3) posse de maconha, (4) acolhimento de fugitivos, (5) conspiração para acolher fugitivos e (6) contribuição para a delinquência de menores".

Foi uma batida espetacular, que resultou em enormes manchetes nos jornais, mas todas as acusações foram retiradas quando os Angels abriram um contraprocesso por detenção ilegal. Nenhum dos 46 chegou a ser levado em juízo, e muito menos condenado... No entanto, todos os que foram detidos tiveram que pagar 10% da fiança para sair da prisão. Não havia alternativa. Eles não tinham nenhum amigo com vontade ou riqueza suficiente para arranjar 2.500 dólares em dinheiro ou propriedades no meio da noite, nem no dia seguinte. Um cheque não resolveria, e nenhum tribunal jamais libertou um Hell's Angel através do seu próprio depoimento. A única forma de escapar do martelo é pagar um fiador, e ele apenas atende ao chamado daqueles que têm boa reputação. Um fora da lei que não paga o que deve ficará na cadeia indefinidamente.

A fiadora da divisão de Oakland é uma senhora elegante, de cabelo loiro platinado, chamada Dorothy Connors. Ele tem um escritório de tábuas de madeira, dirige um Cadillac branco e trata os Angels com gentileza, como se fossem crianças geniosas. "Esses meninos são a espinha dorsal do ramo de fianças", ela diz. "Os clientes comuns vêm e vão, mas, tão certo como dois e dois são quatro, é a visita dos Angels ao meu escritório toda semana para fazer os pagamentos. Eles realmente pagam todas as despesas."

Em Bass Lake, a situação estava mais complicada por causa da ordem judicial, que, de acordo com a polícia, eliminava qualquer possibilidade de fiança, até a de 10%. Apesar disso, no final do dia, a atmosfera em Willow Cove era de alegria e relaxamento. Havia uma sensação de que as

---

1. Nem tudo foi pago, e os Angels de Frisco se viram obrigados a mudar de fiador. Seu novo fiador cobra uma taxa invariável de 10%. (N.A.)

crises haviam passado e de que agora a bebedeira de verdade poderia começar.

De acordo com a ética do excesso em todas as coisas, os Angels bebiam com uma disposição quase inumana. Quando bebem, eles têm tendência a abusar. Perto de casa eles raramente ficam bêbados, mas em festas perdem totalmente o controle, gritam coisas sem sentido e correm para trombar uns nos outros feito morcegos enlouquecidos dentro de uma caverna. A fogueira é sempre um perigo. Em uma jornada, Terry caiu no fogo e ficou tão queimado que teve que ser levado para o hospital. Os que evitam o fogo e se abstêm de enfiar o punho em para-brisas de carros podem, a qualquer momento, sair com a sua moto para buscar alguma área povoada onde possam armar um show.

Em 1957, algumas centenas de fora da lei fizeram uma jornada desastrosa para Angels Camp, onde a American Motorcycle Association estava organizando uma grande corrida em conjunto com o campeonato de corrida de rãs. Muitos dos melhores pilotos do país estavam presentes, junto com outros três mil motociclistas de todo tipo. Os Angels não tinham sido convidados, mas foram mesmo assim, sabendo que a sua presença iria causar violência.

A AMA inclui todos os tipos de motociclistas – desde aqueles que têm uma Honda de cinquenta cilindradas até os fãs de Harleys 74 – mas ela tem como foco motociclistas competidores, tanto profissionais como amadores, que levam as suas motos muito a sério, gastam muito dinheiro com elas e andam de moto o ano inteiro. Sua ideia de uma boa festa é uma discussão sobre relações de marchas ou sobre os méritos do came suspenso. Diferentemente dos fora da lei, eles costumam fazer longas viagens, sozinhos ou em grupos de dois ou três... e geralmente para áreas em que qualquer pessoa de moto é automaticamente tratada como um Hell's Angel, um estuprador irracional, incapaz de comer ou beber entre pessoas civilizadas. Isso fez com que se tornassem amargos, e muitos não conseguem sequer falar sobre os Angels sem ficar nervosos. A relação entre os dois grupos não chega a ser tão maligna quanto a de corujas e corvos, que se atacam diante da mera visão um do outro, mas as atitudes básicas não são muito diferentes. Ao contrário do público, muitos pilotos de competição já tiveram experiências dolorosas com os fora da lei por transitarem pelo mesmo mundinho. Seus caminhos se cruzam em oficinas especializadas, corridas ou barraquinhas de hambúrguer que ficam abertas até mais tarde. De acordo com motociclistas respeitáveis, os Angels são os responsáveis pela imagem sinistra que os motoqueiros têm. Eles culpam os fora da lei por muitos fatos desagradáveis ligados à posse de uma moto, desde o assédio da polícia à desaprovação do público e aos altos preços dos seguros.

O status "respeitável" dos membros da AMA é totalmente relativo. Muitos são tão maus e desonestos quanto qualquer Hell's Angel, e existe um grupo pequeno, principalmente de corredores e mecânicos, que para o que estiver fazendo para entrar em conflito com os fora da lei. A AMA nega isso, por razões óbvias, mas, quase em seguida, acusa os Angels de serem uma escória criminosa. Eu já ouvi policiais chamarem os motoqueiros fora da lei de "a ralé da ralé" e "a escória da terra", mas eles o fazem com uma certa dose de autocontrole. A maioria dos policiais sentiu uma satisfação dolorida com o crescimento repentino da publicidade dos Hell's Angels. O pessoal da AMA, por sua vez, se sentiu ultrajado. Era como se um bando de corujas recebesse a notícia de que um líder militar dos corvos tinha ganhado o Prêmio Nobel da Paz.

Em Sacramento, no outono de 1965, alguns Angels compareceram a uma corrida de um campeonato nacional e em seguida se envolveram em uma briga rápida, em um estacionamento, com dois homens que disseram algo que os ofendeu. Ninguém se machucou, e os Angels, que eram cinco, foram embora de carro para São Francisco. Eles não tinham ido muito longe quando foram forçados a sair da estrada por dois carros cheios de pilotos e mecânicos respeitáveis... que arrancaram os fora da lei do carro e, como um deles disse mais tarde, "batemos nos desgraçados até ficarem cobertos de sangue. Eles não conseguiam ficar de pé. Eles choraram."

Na jornada desastrosa para Angels Camp em 1957, os fora da lei estavam em menor número, na proporção de dez para um, mas os adversários não poderiam ter juntado forças suficientes para encará-los de frente. Os Angels chegaram antes e compraram todo o estoque de cerveja de quatro bares, o qual foi bebido em um pasto a alguns quilômetros do local das corridas. À meia-noite, a maioria dos fora da lei estava completamente bêbada e, quando alguém sugeriu que eles fossem dar uma olhada no acampamento da AMA, a reação foi automática. Seus uivos assustaram os moradores da cidade e fizeram com que o xerife fosse correndo para o seu carro. O bando dos fora da lei ocupou as duas pistas da estrada estreita, forçando os motores e jogando a luz dos faróis sobre as árvores e janelas dos quartos enquanto costuravam entre os carros e manobravam tentando achar mais espaço para correr. Eles estavam apenas indo a uma festa, disseram mais tarde, mas a festa nunca começou. As motos que iam na frente subiram o topo de uma colina a mais de 160 km/h e bateram involuntariamente em um grupo de ciclistas no acostamento. Dois fora da lei morreram no amontoado sangrento, que logo atraiu uma multidão. Não havia policiais o bastante para manter a situação sob controle, e houve ainda várias brigas à medida que os motoqueiros iam se empurrando e gritando entre os destroços. Luzes piscantes e sirenes contribuíram para a confusão, que piorou quando as brigas se espalharam. Isso prosseguiu noite adentro e pela maior parte do dia seguinte. Não era um tumulto total, e sim uma série de conflitos que fez a polícia correr de um lado para o outro feito barata tonta.

A lista de mortos e feridos consistia em duas mortes, uma dúzia de feridos graves e o fim da antiga crença de que as comunidades rurais estão geograficamente isoladas dos "problemas da cidade grande". Angel Camp era um estímulo ao desenvolvimento do conceito de assistência mútua, uma versão policial da guerra móvel, o que significava que qualquer cidade ou aldeia da Califórnia, não importa o quanto seja isolada, poderia convocar auxílio de jurisdições policiais próximas em caso de emergência. Não existe uma lista oficial dessas emergências, mas, se existisse, qualquer rumor de uma visita dos Hell's Angels seria o primeiro item da lista.

15

> O fato de que as pessoas sejam pobres ou discriminadas não lhes faz necessariamente dotadas de nenhuma qualidade especial de justiça, dignidade, caridade ou compaixão.
>
> Saul Alinky

Para eliminar qualquer possibilidade de que os Angels saíssem do acampamento bêbados e fazendo algazarra durante a madrugada, Baxter e a Patrulha Rodoviária anunciaram um toque de recolher às dez horas da noite. A essa hora, qualquer um que estivesse no acampamento teria que ficar por lá, e ninguém mais poderia entrar. Essa decisão foi oficializada no início da noite. Os assistentes do xerife ainda estavam tentando ser amigáveis e asseguraram aos Angels que o toque de recolher era mais para sua própria proteção do que qualquer outra coisa. Eles não paravam de falar sobre "montes de moradores da cidade que andavam pelas florestas com rifles para caçar veados". Para evitar problemas com isso, a polícia montou um posto de comando na intersecção entre a trilha para Willow Cove e a rodovia.

Enquanto isso, uma montanha de caixas de cerveja crescia no meio do acampamento. Essas se somavam às primeiras 22 que estavam no meu carro. Quando escureceu, o carro já tinha esvaziado até a metade, então coloquei o resto das cervejas no banco de trás e tranquei as minhas coisas no porta-malas. Eu achei que qualquer antipatia que eu pudesse causar pelo fato de assegurar os meus objetos de valor era melhor do que o risco de perder todos eles, o que provavelmente teria acontecido, uma vez que não faltava muito para o acampamento se transformar em um curral. Um repórter do *Los Angeles Times* chegou no dia seguinte e disse que aquilo "parecia o Inferno de Dante". Mas ele chegou por volta do meio-dia, quando a maioria dos fora da lei estava calma e entorpecida pela farra da noite anterior. Se a calmaria do meio-dia parecia tão horrível, as cenas da fogueira teriam afetado o repórter para sempre.

Ou talvez não, porque o toque de recolher das dez horas teve um efeito drástico na agitação esperada. Ao retirar todos os elementos complementares do acampamento, ele forçou os Angels a recuarem para os seus próprios recursos de entretenimento. A maioria dos que foram embora eram garotas. Elas pareciam estar gostando das coisas até o momento em que os assistentes do xerife anunciaram que elas teriam que sair antes do horário determinado ou ficar a noite toda. As implicações não eram agradáveis. Às dez a polícia iria se retirar, isolar a área e deixar a orgia começar.

Durante toda a tarde, o local havia sido animado pela chegada de seis ou dez carros cheios de meninas de lugares como Fresno, Modesto e Merced, que de algum jeito ficaram sabendo do encontro e aparentemente queriam se divertir de verdade ali. Os Angels não consideraram a hipótese de que elas não passariam a noite com eles – aliás, o fim de semana inteiro –, de modo que a sua partida foi um choque traumático. As três enfermeiras que tinham dado uma carona para Larry, Pete e Puff um pouco antes tomaram a corajosa decisão de ficar, mas depois, no último minuto, fugiram. "Cara, eu não consigo aguentar isso", disse um Angel ao ver o último carro sair balançando pela trilha. "Todas aquelas belas bocetas desperdiçadas. Aquela gracinha de peruca e sapatos vermelhos já estava na minha! A gente estava curtindo tanto. Como é que ela pôde sair fora?"

Foi uma cena horrorosa. Lá estavam todas aquelas mulheres atraentes, de bumbum empinado, calça justa e blusa sem manga desabotoada até a metade... penteados em forma de colmeia e olhos com cílios azuis... corpinhos bonitos e ignorantes, falando sacanagens o dia inteiro ("Ah, Beth, essas motos não deixam você louquinha?"). É, meu amor, louquinha para cair na estrada... e lá se foram elas, feito freiras ao som do apito, enquanto os Angels, cheios de mágoa, ficaram ali parados, olhando. Muitos haviam deixado a própria mulher em casa, com medo de que houvesse problemas, mas agora que o problema havia se dispersado, também não iria haver nenhuma xoxota nova.

Dentre os mais duramente atingidos estava Terry o Vagabundo, que imediatamente se encheu de LSD e passou as doze horas seguintes trancado na traseira de uma perua de entregas, gritando e chorando sob o olhar atento de algum deus que ele quase havia esquecido, mas que baixou naquela noite ao nível das copas das árvores "e ficou parado, só olhando... cara, ele só olhava para mim, e eu estava assustado que nem uma criancinha".

Outros Angels correram para a loja de bebidas ao primeiro anúncio do toque de recolher, mas as suas esperanças de diversão entre os turistas foram frustradas quando a loja foi fechada, às dez em ponto. Não havia o que fazer senão voltar para o acampamento e encher a cara. A polícia era tolerante com quem chegava atrasado, mas, uma vez dentro, não tinha como sair.

As horas entre as dez e a meia-noite foram dedicadas ao consumo pesado. Por volta das onze, eu me retirei para o carro e trabalhei nas minhas gravações durante algum tempo, mas o meu monólogo era constantemente interrompido por pessoas enfiando a mão pelas janelas de trás e tentando abrir o porta-malas à força. Durante horas, houve tanta cerveja no acampamento que ninguém se preocupou se ela iria acabar ou não, mas, de repente, ela parecia ter desaparecido. Em vez de uma cerveja de cada vez, todos os que iam pegar cerveja no carro tiravam um pacote com seis. As pessoas estavam começando a fazer o seu estoque. Era como uma corrida aos bancos. Em questão de minutos, o banco de trás estava vazio. Ainda havia vinte ou trinta pacotes com seis empilhados perto da fogueira, mas esses não eram para estocar. As cervejas iam desaparecendo uma de cada vez. Ninguém queria começar um saque ao estoque público de cervejas. Teria sido uma falta de educação... e, se os estoques pessoais dessem muito na cara, aqueles que planejavam beber a noite toda poderiam ficar violentos.

A essa altura, os efeitos de várias drogas se misturavam com a bebedeira, e ninguém sabia o que as pessoas seriam capazes de fazer. Gritos e ataques de loucura irrompiam no meio da escuridão. De vez em quando, ouvia-se o som de um corpo se atirando no lago... um barulho de água se espalhando, depois gritos e chutes na água. A única luz era a da fogueira, um amontoado de toras e galhos de três metros de largura e um metro e meio de altura. Ela iluminava toda a clareira e se refletia nos faróis e nos guidões das grandes Harleys estacionadas no limite da escuridão. Sob a luz trêmula e alaranjada, era difícil ver os rostos, exceto de quem estivesse bem perto. Corpos se transformavam em silhuetas, apenas as vozes eram as mesmas.

Havia cerca de cinquenta garotas no acampamento, mas quase todas eram "patroas", que não deveriam ser confundidas, exceto sob sério risco, com "mamas" ou "gatas de fora". A patroa pode ser uma namorada firme, uma esposa ou até uma puta indecente de quem um dos fora da lei esteja gostando. Qualquer que seja a conexão, supõe-se que ela tenha dono e, a menos que dê claros sinais do contrário, ela geralmente não é assediada. Os Angels levam isso muito a sério, e insistem que nenhum membro pensaria em violar a sagrada relação do outro. Isso é verdade, mas só até certo ponto. Diferentemente das lobas, as patroas não ficam com o mesmo companheiro a vida inteira, às vezes nem por um mês. Muitas são casadas de papel passado, têm alguns filhos e vivem totalmente à parte da promiscuidade geral. Outras são casos limítrofes, que simplesmente mudam de ideia de vez em quando... Elas transferem a lealdade sem perder o posto, estabelecendo uma relação tão firme com um Angel quanto a que tinham com outro.

Esse pode ser um terreno bastante inconstante. Assim como a beleza e a honestidade, a promiscuidade está nos olhos de quem vê, pelo menos entre os Angels. Uma patroa que muda de ideia muitas vezes, ou talvez apenas uma vez, é reclassificada como uma "mama", o que significa que ela é propriedade comum.

As mamas estão em qualquer encontro dos Angels, nos grandes e nos pequenos. Nas viagens elas fazem parte da trupe, como os pica-bois[1], com compreensão total do que se

1. O *Webster's Dictionary* define pica-bois [oxpeckers] como pássaros pequenos, de cores apagadas, que se alimentam de carrapatos, que catam nas costas do gado e de animais selvagens infestados. (N.A.)

espera delas: elas estão disponíveis a qualquer hora, de qualquer modo, para qualquer Angel, amigo ou convidado especial – individualmente ou não. Elas também entendem que, a partir do momento em que não estiverem gostando da coisa, podem ir embora. A maioria fica por perto durante alguns meses, depois segue seu caminho para fazer outras coisas. Algumas estão por perto há anos, mas esse tipo de dedicação requer uma tolerância quase sobre-humana aos maus-tratos e à humilhação.

O termo "mama" é o que sobrou da expressão original "Vamos fazer alguém virar uma mama", que depois foi encurtada para "Vamos fazer uma mama". Outros clubes possuem modos diferentes de dizê-lo, mas o significado é o mesmo: uma garota que está sempre disponível. Uma parte bastante citada do relatório Lynch diz que essas garotas são chamadas de "ovelhas", mas eu nunca ouvi um Angel usar essa palavra. Ela soa como criação de algum investigador de polícia com fortes lembranças rurais. As mamas não são bonitas, embora algumas das mais jovens e que estão com eles há pouco tempo tenham uma espécie de beleza demente que se desgasta tão rápido que você tem que ver isso acontecer, em um período de meses, para sentir o drama. Uma vez que as garotas desenvolvem a perspectiva adequada, é fácil contar com a presença delas. Uma noite, em Sacramento, acabou o dinheiro da cerveja dos Angels e eles decidiram leiloar Mama Lorraine em um bar. O lance mais alto foi doze centavos, e a menina riu junto com os outros. Em outra ocasião, Magoo estava carregando Mama Beverly numa jornada para Bakersfield quando a gasolina acabou. "Você sabe", ele se lembra, "que eu não consegui achar nenhum frentista que me desse um litro de gasolina por uma transa com ela." As publicações estão cheias de testemunhos de homens que se orgulham de ter "vendido seus talentos a preços elevados", mas as pessoas que entendem que seu talento não vale quinze centavos ou um litro de gasolina geralmente não são citadas. Muito menos deixam diários. Seria interessante ouvir, algum dia, qual é exatamente a sensação de ser leiloada, de se dispor a ser útil de qualquer forma e ser arrematada por doze centavos.

A maioria das mamas não pensa sobre isso, muito menos fala. Suas conversas variam de fofocas e insinuações atrevidas a zombarias defensivas e disputas por pequenas quantias em dinheiro. Mas, de vez em quando, elas soltam algo eloquente. Donna, uma morena forte e bondosa, que veio para o norte com o êxodo de Berdoo, uma vez resumiu toda a questão: "Todo mundo acredita em alguma coisa", ela disse. "Alguns acreditam em Deus. Eu acredito nos Angels."

Toda divisão tem algumas mamas, mas apenas Oakland mantém cinco ou seis ao mesmo tempo. Entre os outros clubes fora da lei, a situação varia. Os Gypsy Jokers não são tão interessados nas mamas quanto os Angels, mas os Satan's Slaves são tão entusiastas dessa prática que levam as mulheres que compartilham ao estúdio e pedem para tatuarem "Propriedade dos Satan's Slaves" na nádega esquerda. Os Slaves acham que a marca dá às garotas uma sensação de segurança e de fazer parte de alguma coisa. Ela apaga qualquer dúvida sobre sua aceitação pelo grupo. Dizem que o indivíduo marcado experimenta sensações intensas e instantâneas de compromisso, de unidade com a organização, e as poucas que deram esse passo formam uma elite especial. Os Angels não costumam marcar as mulheres, mas a prática provavelmente vai se espalhar porque alguns deles dizem que ela "demonstra muito estilo".[2]

"Mas tem que ser a garota certa", disse um deles. "Ela tem que realmente se sentir assim. Algumas garotas não encaram uma coisa dessas. Sabe como é, quem é que quer ir ao pediatra com uma tatuagem enorme dizendo que sua bunda pertence aos Satan's Slaves? E se algum dia a garota quiser cair fora e se casar? Cara, imagine a noite de núpcias. Ela deixa a camisola cair e lá está. Uau!"

Havia cerca de vinte Slaves em Bass Lake, mas eles não se misturavam muito. Eles demarcaram um canto na clareira com as motos estacionadas em volta e passaram a maior

2. No início de fevereiro de 1966, Terry e um Angel de Frisco chamado George Zahn foram presos por "contribuírem para a delinquência" de uma menina de quinze anos que foi tatuada com a frase "Propriedade dos Hell's Angels" nas costas, na altura da omoplata. Ela também tinha gonorreia, o que preocupa os Hell's Angels tanto quanto mau hálito. (N.A.)

parte do final de semana sem fazer nada com as mulheres e bebendo o seu próprio vinho. Os Gipsy Jokers eram menos inibidos, mas a presença de muitos Hell's Angels tinha o estranho efeito de reprimir seu comportamento. Ao contrário dos Slaves, poucos Jokers haviam trazido garotas, poupando-se assim da constante preocupação de que algum Angel louco de ácido pudesse tentar chegar junto e provocar uma briga que os Angels teriam que ganhar. Na teoria, a confederação dos Angels é amigável com todos os outros fora da lei, mas, na prática, a meia dúzia de divisões dos Angels entra frequentemente em conflito com vários clubes que se encontram próximos deles. Em São Francisco, os Jokers e os Angels nutrem uma inimizade antiga, mas os Jokers têm uma relação excelente com outras divisões dos Angels. Uma situação semelhante prevaleceu durante anos na área de Los Angeles, onde os Angels de Berdoo tiveram brigas esporádicas com os Slaves, Comancheros e Coffin Cheaters. Ainda assim, esses três clubes continuam a falar bem de todos os Hell's Angels, com exceção daqueles porcos desgraçados de Berdoo, que ficavam se intrometendo na área dos outros. Porém, tudo isso mudou após o estupro de Monterey, que resultou numa pressão tão esmagadora que os Angels de Berdoo foram levados a uma convivência desesperada com os Slaves e outros clubes de Los Angeles, que não estavam em situação muito melhor.

Os Satan's Slaves ainda têm poder nos círculos fora da lei, mas perderam seu estilo radical do início dos anos 60.[3] Outros fora da lei dizem que os Slaves nunca se recuperaram

---

3. Os Slaves voltaram a se destacar com uma vingança no verão de 1966, quando trinta deles invadiram um prédio de apartamentos em Van Nuys, um bairro de Los Angeles. Na manhã de sábado, 6 de agosto, três Slaves receberam uma ordem de despejo e foram obrigados a sair de um apartamento que ocuparam durante apenas uma semana. Na noite do sábado, os três despejados voltaram ao prédio fazendo uma invasão barulhenta e destruíram tudo o que podiam durante horas. Os moradores aterrorizados trancaram as suas portas enquanto os fora da lei arrebentaram dezesseis janelas e atiraram trinta móveis na piscina. Os Slaves ameaçaram os ex-vizinhos de mais ataques caso chamassem a polícia – o que alguém finalmente resolveu fazer, mas só depois que os motoqueiros haviam sumido na noite, à procura de novas depravações. (N.A.)

da perda de Smackey Jack, seu lendário presidente, que tinha tanta classe que até os Angels tinham uma certa admiração por ele. As histórias de Smackey Jack ainda são contadas sempre que o clã se reúne. A primeira pessoa que falou dele para mim foi um Angel de Sacramento bastante calmo chamado Norbet:

"Cara, aquele Jack era de outro mundo. Às vezes ele ficava louco de ácido e vinho uns três ou quatro dias. Ele andava com um alicate enferrujado e a gente atiçava ele contra umas sirigaitas estranhas. Cara, ele jogava as mulheres no chão e começava a arrancar os dentes delas com aquele maldito alicate. Eu estava com ele num restaurante uma vez e a garçonete não vinha nunca trazer café pra gente. Ele subiu no balcão e arrancou três dentes da frente dela com o alicate. Ele fazia coisas de embrulhar o estômago. Uma vez ele arrancou o próprio dente num bar. Ninguém acreditava. Muita gente saiu correndo quando viu que ele não estava brincando. Quando ele finalmente arrancou a coisa, colocou em cima do balcão e perguntou se podia trocar o dente por uma bebida. Ele estava cuspindo sangue no chão, mas o barman estava abalado demais para dizer qualquer coisa."

O reinado turbulento de três anos de Smackey Jack teve fim em 1964. Parece que poucos fora da lei sabem o que aconteceu com ele. "Eu ouvi dizer que ele sofreu uma queda muito feia", disse um deles. "Ele abusou da sorte o máximo que um homem poderia." Os motociclistas fora da lei relutam em falar sobre amigos antigos que tiveram um final trágico. O desdobramento é sempre deprimente. Smackey Jack, com sua inclinação para dentista freelance, não era do tipo que se aposentaria tranquilamente. O que quer que tenha acontecido – se foi preso, assassinado ou forçado a fugir no anonimato –, ele existe na lenda dos fora da lei como um monstro desaforado e imprevisível, que sempre se dava bem. Sua perda foi um golpe de desmoralização para os Satan's Slaves, cuja moral já estava vacilante com a pressão constante da polícia. No fim de 1964, o clube estava à beira da extinção. Os Slaves, assim como algumas divisões dos Angels, foram salvos da extinção graças ao relatório Lynch e a notoriedade nacional que se seguiu. Ele deu aos fora da lei uma necessidade de corresponder às expectativas, mas eles nunca conseguiriam atingir o sucesso se não parassem de brigar entre eles. Barger foi um dos primeiros a perceber isso, e os outros clubes não demoraram muito. Sua briga antiga pela igualdade estava de repente se tornando inútil. O estouro de publicidade deu tanto prestígio aos Angels que os outros clubes não tinham escolha senão pegar o bonde ou sumir. O processo de consolidação levou quase todo o ano de 1965 e estava apenas nos primeiros estágios na época da jornada de Bass Lake. Dos doze ou mais clubes de fora da lei em funcionamento no estado, somente os Jokers e os Slaves se sentiam confiantes o bastante para aparecer em Bass Lake em número significativo. As divisões dos Angels podem ter perdido a supremacia individualmente, mas, quando todas elas se juntavam, não havia dúvidas sobre quem tomava conta da situação. Considerando-se todos os fatos, o momento era tenso para os Slaves aparecerem com suas mulheres, que em geral possuem uma beleza loira e delicada – uma visão tentadora para qualquer Hell's Angel bêbado e inconformado com os porquês de uma proporção injusta entre o número de homens e de mulheres.

Lá pelas onze horas, tinha ficado claro que todas as garotas no acampamento estavam não apenas reservadas, mas ocupadas. No meio do mato havia sons de gargalhadas, gemidos e galhos quebrando, mas os cerca de cem fora da lei que ficaram ao redor da fogueira estavam discretamente esquecidos. Muitos haviam extravasado energia demais nas brincadeiras de guerra tradicionais. Em alguma jornada anterior, eles formaram duas sociedades secretas de batalha: A Torre e Submarino 13. A qualquer momento, ao som de um sinal combinado, a multidão do Submarino corria para cima de algum partidário infeliz da Torre, esmagando-o sob uma pilha de corpos. Outros integrantes da Torre corriam para o salvamento, aumentando o tamanho do monte. Parecia uma briga por uma bola perdida num jogo entre o Chicago Bears e o Green Bay Packers, com a diferença de que, em Bass Lake, as pilhas humanas envolviam cinquenta ou sessenta pessoas. Eu me lembro de ter visto Puff, que pesa mais ou menos cem quilos, disparar por uns vinte metros e mergulhar de cabeça no monte com uma cerveja em cada mão. Por alguma razão, ninguém saiu ferido. Os fora da lei não são atléticos, tanto que entre eles não há ninguém que tenha sido carteiro, mas quase todos mantêm a forma. Eles não se esforçam para isso, mas da maneira como a maioria vive, não é necessário. O trabalho que geralmente arrumam é braçal e, quando não estão trabalhando, eles vivem de hambúrgueres, *donuts* e o que mais conseguirem. Muitos ficam inchados com a cerveja, mas o inchaço não lembra muito o belo formato de pera do mundo limitado por mesas de escritório. Até mesmo os poucos Angels que são gordos têm uma constituição mais de barris de cerveja do que de balões de água.

Há quem diga que os fora da lei não precisam de comida porque tiram toda sua energia dos estimulantes. Mas essa ideia é um pouco forçada. A substituição não funciona, como qualquer pessoa que já tentou fazer isso pode testemunhar. Existem drogas que estimulam energia latente, mas elas são inúteis e enervantes a menos que haja energia antes do seu uso. Usados em excesso, com o estômago vazio, os estimulantes provocam uma espécie de letargia caracterizada por fadiga, depressão, calafrios e suor. Os Angels negociam livremente no mercado negro, e se algum estimulante realmente funcionasse como um substituto para a comida eles o usariam em grandes quantidades, porque isso simplificaria muito sua vida. Nessas circunstâncias, eles se alimentam sempre que podem. Garotas cozinham para eles, garçonetes lhe dão "crédito" em lanchonetes engorduradas e há sempre os casados, cujas esposas raramente se recusam a dar comida para cinco ou seis irmãos a qualquer hora do dia ou da noite. De acordo com o código, um Angel não impõe nada ao outro. Um fora da lei com fome será sempre alimentado por um outro que tenha comida... E, se as coisas estão difíceis para todos, um grupo de saque invade um supermercado e rouba tudo o que puder carregar. Poucos funcionários tentam impedir um marginal perigoso de sair correndo pela porta com dois pernis e três litros de leite. Os fora da lei não tentam se desculpar quando se trata de roubar comida, embora sintam o orgulho ferido. Eles preferem acreditar que não precisam disso, mas, sempre que precisam, não são sorrateiros. Enquanto um pega os pernis ou bifes, outro cria alguma confusão para atrair os funcionários. Um terceiro enche uma mochila com enlatados e legumes do outro lado da loja... Em seguida, todos saem correndo ao mesmo tempo por saídas diferentes. Não há nenhuma dificuldade nisso. Só é preciso ter atrevimento, uma aparência ameaçadora e um desprezo total pelo que os vizinhos vão pensar. Quanto à polícia, no momento em que ela chega à cena do crime, a comida já está sendo preparada, a vinte quarteirões dali. Os fora da lei não são articulados quando se trata de falar sobre as forças e as fraquezas do mundo em que atuam, mas seus instintos são perfeitamente aguçados. Eles aprenderam com a experiência que alguns crimes provavelmente serão punidos, e outros não. Um Hell's Angel que quer fazer uma ligação interurbana, por exemplo, geralmente usa um telefone público. Ele coloca dinheiro suficiente para os três primeiros minutos, confirma o sinal da operadora ao final desse tempo e fala por quanto tempo mais ele quiser. Quando finalmente termina, a operadora lhe informa quantas moedas ele deve depositar na caixa preta... mas, em vez de pagar, ele ri, grita obscenidades ao telefone e desliga. Ao contrário do americano trabalhador normal de classe média, o motoqueiro fora da lei não possui nenhuma ligação tão forte com o sistema representado pela voz de uma telefonista. Os valores desse sistema são completamente irrelevantes para ele. Ele não está nem aí e, além disso, sabe que a companhia telefônica não vai conseguir pegá-lo. Então ele termina a ligação, ofende a telefonista e vai embora feliz para se acabar por aí.

16

> O psicopata, assim como a criança, não consegue adiar os prazeres da gratificação. Esse traço é uma de suas características universais e mais importantes. Ele não consegue esperar pela gratificação erótica, cuja convenção estabelece que a caça preceda o ataque: ele tem que violentar. Ele não consegue esperar pelo prestígio na sociedade: suas ambições egoístas o fazem dar um salto para as manchetes de jornais através de seus atos ousados. Como um fio vermelho, a predominância desse mecanismo de satisfação imediata percorre a história de todo psicopata. Isso explica não apenas o seu comportamento, como também a natureza violenta dos seus atos.
>
> Robert Lindner, *Juventude transviada*

Numa jornada todo mundo se acaba. Quando era quase meia-noite, o acampamento de Willow Cove tinha a atmosfera de um hospício. Gente com os olhos vidrados andava em direção ao lago e se sentava. Outros caíam em cima das motos ou gritavam insultos sem sentido para amigos que não conseguiam reconhecer. Em vez de me misturar à movimentação demente ao redor da fogueira, voltei devagar para o meu carro, à margem da escuridão, e me juntei a um grupo de Gypsy Jokers. Eles ainda estavam se contendo, deixando os Angels dar o seu show.

Hutch, o porta-voz, parecia ter uma queda por filosofia e estava com vontade de falar. Afinal, qual era o sentido de toda essa coisa ao redor das gangues de motoqueiros? Ele não afirmava que sabia, mas queria especular sobre o tema. "Na verdade, nós não somos maus", ele disse. "Mas também não somos bons. Droga! Eu não sei. Às vezes eu gosto desta situação, e às vezes não gosto. Mas uma coisa que realmente me irrita são os jornais. Eu não ligo que eles chamem a gente de vândalos e essa coisa toda, mas quer saber? Mesmo quando a gente apronta alguma merda muito ruim, eles *ainda* entendem errado. Quando leio essas coisas eu nem me reconheço. Que inferno! A gente devia dar umas porradas em você só por ser um repórter."

Os outros deram risadinhas, mas me ocorreu que o mesmo comentário poderia provocar uma reação diferente mais tarde, quando a bebida começasse a tomar conta deles. No entanto, parecia que, se os fora da lei realmente não quisessem nada com a imprensa, eles teriam me expulsado do acampamento há muito tempo. Pouco antes de escurecer, Tiny havia botado para fora dois cameramen que diziam ser da CBS e, logo depois disso, ele havia me alertado sobre o uso do gravador, dizendo que jogaria na fogueira se o visse. Exceto em situações estudadas ou combinadas de antemão, os Angels em geral ficam desconfiados quando são fotografados ou filmados, ou até mesmo quando conversam com um homem com um caderno na mão. Fitas cassete e filmes são considerados especialmente perigosos porque não podem ser desmentidos. Isso é verdade até mesmo em situações pacíficas, em que uma fotografia casual pode identificar um homem na cena de um crime que ainda não foi cometido. Um Angel que é preso por suspeita de homicídio culposo em Oakland sempre consegue testemunhas que irão jurar que ele estava em São Francisco naquela noite. Mas ele está perdido se algum jornal tiver uma foto dele conversando com a vítima dez minutos antes da briga fatal. Fitas cassete também podem incriminar, especialmente se um dos fora da lei estiver sob o efeito de bebida ou ácido e começar a se gabar sobre aquilo que o senador Murphy chama de "seus atos violentos e o desafio à decência". Isso já aconteceu. Em um caso, Barger pegou três horas de fita de um repórter e as examinou com cuidado, apagando tudo o que pudesse incriminá-los. Desde então, ele avisou que ninguém podia dar entrevistas sem falar com ele antes.

Porém, os Jokers não devem obediência a Barger e àquela altura estavam ansiosos para encontrar qualquer jornalista disposto a ouvi-los e que pudesse lhes dar um impulso para melhorar o seu status. Hutch é um sujeito inteligente, de cerca de 1,85 m, cabelo loiro e cheio, e com um rosto que seria contratado à primeira vista por qualquer estúdio de Arthur Murray. Ele trabalha como operário de vez em quando, apenas para se manter qualificado para o seguro desemprego, conhecido nos círculos dos fora da lei como o Clube 52-26. Aos 27 anos, ele permanece à margem do mercado de trabalho, trabalhando apenas em situações de emergência. Quando eu o encontrei, semanas depois, no apartamento de seus pais em um bairro residencial próspero de São Francisco, ele falou sobre os motoqueiros fora da lei com uma imparcialidade preguiçosa que era difícil de relacionar com sua preocupação com informações mais constantes e de melhor qualidade. Naquele momento, eu tinha apenas uma vaga consciência disso, mas, depois de um certo tempo, percebi que, se os fora da lei tivessem que escolher entre uma publicidade geralmente ruim e tendenciosa e absolutamente nenhuma publicidade, eles não hesitariam em escolher a primeira.

Enquanto Hutch e eu estávamos conversando, um outro Joker se juntou à conversa. Ele se apresentou como Bruno, ou Harpo, ou algo do gênero, e me deu o seu cartão. Muitos fora da lei possuem cartão de visitas, alguns muito bem feitos. O Frenchy de Frisco distribui cartões pretos brilhantes com letras prateadas. A ideia dos cartões nasceu quando os Angels de Frisco, lamentando-se de sua imagem negativa, decidiram conquistar o público auxiliando qualquer motorista em apuros que encontrassem e depois entregando um cartão no qual estava escrito, de um lado, "Você recebeu ajuda de um membro dos Hell's Angels, Frisco", e do outro, "Quando acertamos, ninguém se lembra. Quando erramos, ninguém se esquece". Não era tão estiloso quanto deixar uma bala de prata ou um parafuso cromado, mas eles acharam que o cartão era melhor do que nada. Durante vários anos, os Angels de Frisco fizeram questão de oferecer seus talentos mecânicos a qualquer motorista com problemas, mas isso foi antes de toda a publicidade. Hoje isso seria muito arriscado.

Imagine a reação de um vendedor de materiais de construção de meia-idade, viajando com a esposa e dois filhos no Mustang da família num trecho afastado da Rodovia 101. Alguma coisa no motor começa a fazer barulho, então ele para no acostamento e sai para ver. De repente, ouve um estrondo de motocicletas. Uma dúzia de Angels para, desce da moto e anda na direção dele. Ele pensa rápido, retira a vareta do óleo e começa a balançá-la com violência na direção dos assassinos. Sua esposa, tomada de terror, sai do carro e corre para um milharal próximo, arrastando-se entre os pés de milho feito uma lagarta. As crianças se escondem, o homem leva um soco, e minutos depois chega o carro da patrulha rodoviária. Os fora da lei são presos sob fiança de três mil dólares por lesão corporal qualificada e tentativa de estupro. Uma semana depois, quando as coisas são explicadas e todas as acusações retiradas, o homem pede desculpas... mas cada Angel está trezentos dólares mais pobre, e os "cartões de cortesia" serão deixados em casa da próxima vez.

Os fora da lei ainda andam com cartões, mas não o da rodovia. A maioria tem apenas o emblema do clube, o nome do membro e o sempre presente sinal do um por cento. Nenhum deles tem endereço ou número de telefone impressos. Essas informações são às vezes escritas atrás do cartão, mas mudam com tanta frequência que é impossível mantê-las atualizadas. A maioria dos cartões que eu tenho apresenta três ou quatro números de telefone, quase todos desligados por falta de pagamento.

Por algum motivo, eu não tenho mais o cartão do Bruno (ou Harpo), mas me lembro dele porque ele me roubou uma cerveja inteira. Eu não conseguia acreditar, porque ele não havia medido esforços para garantir que eu não tivesse nenhuma impressão ruim dos Gypsy Jokers. De vez em quando, nós colocávamos a nossa cerveja sobre o porta-malas do carro sobre o qual estávamos debruçados. Um pouco antes de ele sair, eu abri uma lata, coloquei-a sobre o porta-malas e vi Bruno-Harpo trocá-la com destreza pela sua, que estava vazia. Quando comentei sobre isso com Hutch, ele deu de ombros e disse: "Deve ser só uma mania, um desses hábitos que você adquire bebendo em bares quando está sem grana".

Hábitos como esse são muito comuns na sociedade fora da lei. Os fora da lei podem ser muito amigáveis com pessoas de fora, mas nem todos eles equiparam amizade com confiança mútua. Alguns roubam sem nenhuma razão, por puro hábito ou compulsão, enquanto outros tomam as dores de um estranho ingênuo contra o irmão mão-leve – do qual não se deve ter pena e que não deve ser censurado, apenas vigiado.[1]

Existe uma história de um Angel que foi usar o banheiro na casa de um não Angel que ele estava visitando. Enquanto estava lá, mexeu no armário e encontrou um frasco de pílulas laranjas que pareciam Dexedrina – que ele tomou na mesma hora. Mais tarde, quando se sentiu mal, contou ao dono da casa sobre as pílulas e perguntou, constrangido, se teria se enganado. Conclui-se que ele havia tomado uma overdose pesada de cortisona, uma droga bastante conhecida por suas propriedades antiartríticas, reações imprevisíveis e efeitos colaterais estranhos. O homem cujas pílulas foram tomadas não estava contente e disse ao Angel que provavelmente iam irromper erupções de furúnculo na pele e chagas com pus que o fariam sofrer durante semanas. Ao ouvir isso, o fora da lei ficou nervoso e foi para o lugar onde estava dormindo na época. Os furúnculos não apareceram, mas ele disse ter se sentido enjoado, debilitado e "todo esquisito" por uns dez dias. Quando melhorou, disse que o acidente havia lhe ensinado uma lição valiosa: ele não tinha mais que se preocupar com que tipo de pílulas tomava, porque seu corpo podia aguentar qualquer coisa que ele colocasse para dentro.

O roubo da cerveja me fez voltar para a clareira para pegar outra. A essa altura, era óbvio para todas as pessoas que estavam ali que a montanha de cerveja estava quase desaparecendo. Dentro de mais ou menos uma hora, quem não tivesse nada reservado ficaria com sede. Isso causaria uma tensão. E aqueles que estavam escondendo cerveja eram os que mais insistiam para que se saísse de novo para comprar

1. Em doze meses lidando com os Angels de forma relativamente desatenta, apenas duas coisas me foram roubadas: o relatório Lynch e um pesado canivete italiano clássico, que eu deixava no consolo da lareira e usava para abrir cartas. (N.A.)

mais. Caso isso não acontecesse, eles teriam que dividir o seu estoque ou brigar. Algumas pessoas estavam chapadas e bêbadas demais para se preocupar com cerveja, mas um grupo intransigente de cinquenta bebedores que pretendiam ficar de pé a noite toda iniciou um árduo processo de arrecadação. A essa altura, o acampamento estava extremamente desorganizado. Barger havia desaparecido entre as árvores, e aqueles que permaneceram perto da fogueira eram os que muito provavelmente não teriam dinheiro.

O fato de que todas as lojas de Bass Lake estavam fechadas era secundário. Tiny disse que tinha um "amigo" que tinha um mercado na rodovia. Ele abria a loja a qualquer hora da noite se alguém fosse até os fundos e batesse na janela do seu quarto. Eu ouvi com atenção porque sabia quem ia ter que comprar as coisas. A polícia não deixaria nenhum Angel sair do acampamento, e os únicos não Angels que ainda estavam por perto eram eu e um menino que havia aparecido por ali e que agora estava preocupado em como chegar em casa. Até ele mencionar isso, todo mundo achava que ele era amigo de alguém, mas na verdade ele era um penetra. Ninguém estava especialmente ansioso para ajudá-lo a sair do acampamento, mas ele insistiu em dizer que tinha que encontrar uns amigos, que estavam indo de um lado para o outro na rodovia procurando por ele. Por um momento, ele ficou parado ao lado de Tiny, perto da fogueira, e o contraste era impressionante. Um garoto de boa aparência, de cerca de dezesseis anos, usando camiseta e calça de algodão, respirando o ar da montanha com um marginal grande e cabeludo, dado a todas as formas de depravações e que usava um pedaço de pano costurado na jaqueta com os dizeres: "Eu com certeza vou para o céu, porque já cumpri a minha pena no inferno". Juntos, eles pareciam personagens de uma pintura sinistra, um retrato do juízo final com o animal humano em confronto consigo mesmo... como se de um ovo com duas gemas tivessem saído um frango e um búfalo.

Tiny faria um bom repórter ou empresário de atores. Ele possui uma percepção apurada para "contatos", para estar em contato com o que está acontecendo, para estar por dentro, atualizado. Ele é um usuário de telefone inveterado. A palavra "interurbano" não quer dizer nada para ele. Tiny usa vários telefones públicos em Oakland, nos quais recebe ligações a cobrar de Boston, Providence, Nova York, Filadélfia e sabe Deus de onde mais. Ele age como um criminoso especialista, sempre verificando o ato, os riscos, as possibilidades. Quando ele se senta em um bar, fica virado para a porta. Enquanto os outros Angels bebem e conversam sem se preocupar com nada, Tiny reflete sobre contatos que não foram feitos, ações que não foram informadas e todas as coisas que ficaram em aberto e que podem se esclarecer a qualquer momento.

Ele tem 1,95 m e pesa entre 115 e 120 quilos, dependendo do seu estado de espírito, que varia de forma tão desenfreada que ele provavelmente é o Angel mais perigoso e também o mais bem-humorado. Os outros são mais rápidos para começar uma briga, mas não causam tanto estrago quanto ele. Tiny machuca as pessoas. Quando perde a calma, fica totalmente fora de controle e seu corpo enorme se transforma numa arma fatal. E difícil imaginar que papel ele poderia ter na Grande Sociedade.[2]

Enquanto o dinheiro da cerveja estava sendo recolhido, os faróis de um carro lançaram seus focos entre as árvores. Desde as dez horas algumas motos haviam chegado, mas esse era o primeiro carro, e sua visão causou uma agitação. Logo depois vimos que se tratava de Filthy Phil, um ex-presidente da divisão de Frisco, que explicou que havia escondido uma menina de quinze anos na rodovia e precisava de ajuda para passar com ela pelo bloqueio da estrada.

Isso ajudou a definir as coisas. Decidiu-se fazer tudo ao mesmo tempo. Phil e eu íamos atrás da cerveja, tentaríamos fazer o menino passar pelo bloqueio na saída e levaríamos Pete e Puff até um ponto na floresta onde pudessem locali-

---

2. Programa do governo de Lyndon Johnson (1963-1969), que era uma extensão das medidas de intervencionismo econômico do "New Deal" de Franklyn Roosevelt. (N.T.)

zar a garota. Phil parecia qualquer coisa menos imundo. Ele estava usando calça social, camisa branca e um suéter azul de caxemira. Teve dificuldades para entrar na área de acampamento, ele disse, porque os policiais não acreditavam que ele era um Angel. Ele estava parecendo mais um policial em dia de folga, ou talvez o segurança fortão de algum clube na Sunset Strip. Seu carro, um Chevrolet Impala branco novo, estava tão fora do contexto quanto suas roupas.

A cerca de quinze metros da rodovia, ele mostrou onde a menina estava escondida, e os dois Angels saíram correndo pela floresta para achá-la. Nós prosseguimos pela trilha até o bloqueio. Havia três carros e pelo menos dez policiais, com um capitão da Patrulha Rodoviária de cabelos brancos no comando. O nosso passageiro clandestino estava sentado no banco de trás e, quando o capitão ia perguntar o que estávamos aprontando, um outro carro se aproximou e o garoto gritou: "São eles! São eles!" Eu buzinei, o outro carro parou, o garoto desceu e segundos depois já tinha ido embora. Os policiais acharam que estávamos tentando enganá-los. "Quer dizer que aquele garoto estava lá o tempo todo?", um deles perguntou. "Alguém o machucou? O que é que está acontecendo por lá?"

"Nada", eu disse. "Está monótono. Vá até lá e veja você mesmo. Você vai ficar surpreso."

O capitão, que estava refletindo sobre as credenciais de imprensa falsas que eu havia lhe dado, disse então que não poderíamos ir embora. Isso motivou uma longa discussão, que tinha a ver com a liberdade de imprensa, o direito do cidadão de comprar cerveja em qualquer horário legal e a possibilidade de que os Angels fossem procurar cerveja por contra própria caso nos mandassem de volta.

"Onde vocês comprariam a cerveja?" o capitão perguntou. "Está tudo fechado." "Iremos até onde for preciso", eu disse. "Temos tempo de sobra." Eles conferenciaram rapidamente e depois disseram que podíamos ir. Estavam pensando, sem dúvida, que teríamos que percorrer noventa quilômetros até Madera para encontrar um bar aberto. Quando saímos, um dos guardas sorriu e disse: "Boa viagem".

Dez minutos depois, estacionamos ao lado do que parecia ser o mercado do amigo de Tiny, mas era difícil ter certeza. Era mais longe do que ele havia dito e muito maior do que havia descrito. Por causa disso, fiquei um pouco hesitante em ir até os fundos e começar a bater em janelas no escuro. Se estivéssemos enganados, o erro poderia ser grave. Mas pareceu que valia a pena tentar, então eu bati, pronto para correr até a próxima curva ao primeiro som de uma arma sendo engatilhada. Ninguém respondeu, então eu bati de novo. A qualquer instante, eu esperava ouvir uma mulher gritando: "Henry! Eles estão aqui! Ai, meu Deus! Eles vieram pegar a gente! Atira, Henry! Atira!" E, mesmo se Henry não estourasse os meus miolos, com certeza chamaria a polícia e nós seríamos presos por tentativa de invasão de domicílio e de invasão do mercado para roubar cerveja na calada da noite.

Finalmente ouvi uma movimentação do lado de dentro, e alguém gritou: "Quem é?" "Um amigo do Tiny", eu disse rápido. "Precisamos de cerveja." Acenderam uma luz e um rosto amigável apareceu. O homem saiu de roupão e abriu a loja. Ele não parecia nem um pouco incomodado. "É, grande Tiny", ele disse. "Ele é muito bacana, né?" Eu concordei e dei a ele os 35 dólares que os Angels haviam juntado ao redor da fogueira. Phil deu mais cinco e saímos com oito pacotes. O homem tinha tanta consideração por Tiny que cobrou apenas 1,25 dólar pelo pacote com seis, em vez do 1,50 que pagamos na outra loja. Quando retornamos ao bloqueio, o capitão jogou o feixe da lanterna no carro e pareceu chocado ao ver a cerveja. Nós demoramos menos de meia hora. "Onde vocês conseguiram isso?", ele perguntou. "Na estrada", respondi.

Ele balançou a cabeça com uma cara fechada e fez um sinal na direção do acampamento. Obviamente, alguma sujeira estava por vir. Eu fiquei com um pouco de pena dele. Lá estava ele, de pé na rodovia a noite toda, jurando proteger os cidadãos de Bass Lake, e as pessoas com maior probabilidade de sofrerem saques caso os Hell's Angels enlouquecessem estavam ajudando a deixar os criminosos bêbados.

Fomos recebidos no acampamento com gritos e assovios. Os nossos oito pacotes acalmaram os ânimos. Aqueles que tinham o seu próprio estoque voltaram a tomar as suas próprias cervejas escondidas e, por volta das quatro, um grande contingente do sul chegou com mais alguns pacotes. O resto da noite foi mais uma questão de resistência do que de curtição. Magoo, um caminhoneiro de 26 anos de Oakland, permaneceu perto da fogueira e ficou atiçando o fogo, Quando alguém alertou que ele não deveria queimar tudo na primeira noite, ele respondeu: "Que diabo! Tem uma floresta inteira. A gente tem lenha de sobra." Magoo é um dos Angels mais interessantes porque sua mente parece totalmente imune às ideias e aos princípios da vida americana do século XX. Assim como muitos outros, ele abandonou o colegial, mas seus serviços de caminhoneiro proporcionam uma renda decente e ele não tem muito com o que se preocupar. Ele dirige um caminhão sempre que é chamado – às vezes seis dias por semana, às vezes apenas um – e diz que gosta do trabalho, especialmente após uma longa folga. Uma noite, em Oakland, ele apareceu com uma camisa branca por baixo da jaqueta com o emblema dos Angels e com uma expressão muito feliz: "Eu fiz um trabalho honrado hoje pela primeira vez em muito tempo", ele disse. Descarreguei quinze toneladas de frangos congelados, até roubei um. Eu me senti bem trabalhando, pra variar um pouco."

Magoo é fã de bolinhas e, quando fica doido, fala muito. Apesar da sua aparência de Homem de Cro-Magnon, possui uma dignidade peculiar que só pode ser abordada em seus próprios termos. Ele se ofende facilmente, mas, ao contrário de alguns dos outros, distingue os insultos acidentais daqueles que são obviamente intencionais. Em vez de dar porrada nas pessoas de quem não gosta – no estilo de Fat Freddy, um mexicano robusto, o rei dos nocautes da divisão de Oakland –, Magoo simplesmente vira as costas para elas. Suas opiniões são temperadas por uma moralidade que parece mais instintiva do que assimilada. Ele é muito sincero e, embora a maior parte da sua fala seja esquisita e desconexa, é permeada por mostras de algo que lembra um cristianismo primitivo e uma forte dose de darwinismo. Magoo iniciou o tumulto de Porterville em 1963. Foi ele quem, de acordo com as revistas de notícias, "bateu sem piedade" no velho da taverna. Esta é a versão de Magoo:

"Eu estava lá sentado, no canto de um bar, apenas bebendo na minha, quando um velho desgraçado se aproximou, pegou a minha cerveja e jogou na minha cara. 'Que inferno!' eu gritei, e me levantei rápido. 'Opa', disse o cara, 'eu me enganei.' Então eu dei uma de direita nele e ele cambaleou. Depois mais uma e ele estava caindo, depois eu acabei com ele com mais um soco e deixei ele no chão. Só isso. Droga, o que você faria se um filho da puta jogasse cerveja na sua cara?"

Uma noite, em Oakland, Magoo e eu tivemos uma conversa longa sobre armas. Eu esperava a bobagem de sempre sobre "dunduns" e "tiroteios" e "mostrar o revólver só para assustar", mas Magoo falava mais como um candidato ao time olímpico de tiro. Quando eu mencionei casualmente alvos de tamanho humano, ele disse: "Não me fale sobre atirar em *gente.* Eu estou falando de palitos de fósforo". E realmente estava. Ele usa um revólver Luger 22, uma arma cara, de precisão e cano longo, que nenhum bandido jamais consideraria usar. E, quando não está trabalhando, ele vai para o depósito de lixo e tenta acertar a cabeça dos palitos de fósforo. "É difícil pra caramba", ele disse. "Mas de vez em quando eu acerto e acendo um."

Magoo é mais reservado do que a maioria dos Angels. Ele é um dos poucos que não se importa em dizer seu nome verdadeiro. Ele é casado com uma garota chamada Lynn, que parece ser calma e madura, mas raramente a leva para qualquer festa dos Angels que possa ficar violenta. Ele em geral vai sozinho e não fala muito, a menos que decida tomar bolas, o que faz com que ele fale com o entusiasmo de Lord Buckley.

Em Bass Lake, ele tomou conta do fogo com o cuidado decidido de um homem que tomou comprimidos de anfetaminas como se fosse pipoca. As chamas iluminaram seus óculos e seu capacete nazista. Mais cedo no mesmo dia, ele tinha cortado a calça jeans na altura do joelho com uma faca de caça, deixando à mostra vinte centímetros das pernas brancas e grossas até elas desaparecerem novamente sob as botas pretas de motoqueiro. O efeito era uma imitação ridícula de bermudas.

Antes do amanhecer, eu estava ao lado da fogueira ouvindo Magoo fazer uma de suas propostas elegantes. Ele falava com dois outros Angels e uma menina, tentando convencê-los: "Vamos para o mato, nós quatro," ele disse. "A gente fuma um baseado, fica totalmente louco, não sente nenhuma dor, e se ela quiser transar com a gente, por que não?" Ele esperou um instante, mas não houve resposta, então ele continuou: "Você é um Angel, não é? Eu nunca maltratei vocês, não é? Nunca briguei com vocês. Então, qual é o problema? Vamos pro meio do mato fumar um baseado. Ela é uma mulher dos Angels. Ela deveria transar com outros Angels".

Naquele momento, sem esperar nenhuma resposta, Magoo virou levemente o quadril, sem mexer os pés, e urinou na fogueira. Algumas brasas ficaram pretas, fazendo um som sibilante. O fedor fez com que as pessoas saíssem de perto. Talvez sua intenção fosse fazer um sinal de acasalamento, um gesto carnal com o objetivo de demonstrar que estava falando sério, mas que só estragou seus planos. O Angel cuja mulher estava sendo assediada não havia ficado feliz com a situação, e a falta de cuidado de Magoo ao aliviar a bexiga deu aos outros um bom pretexto para saírem de perto, buscando uma posição fora do alcance do vento.

Um tempo depois, do outro lado da fogueira, ouvi dois Angels conversando alguns metros atrás de mim. Eles estavam sentados no chão, encostados em uma das motos e conversando num tom muito sério enquanto passavam um baseado um para o outro. Fiquei escutando um pouco, de costas para eles, mas só consegui ouvir uma frase enfática: "Cara, eu daria toda a erva do mundo para arrumar a bagunça na minha cabeça". Eu me afastei rápido, com a esperança de não ter sido reconhecido.

Encontrei algumas pessoas remexendo o banco de trás do meu carro em busca de cerveja. Elas tinham ficado na floresta e não perceberam que havia chegado outra remessa. Um deles era o impenetrável Ray, o presidente da divisão de Fresno. Nem mesmo os Angels entendem Ray. Ele é simpático demais com estranhos, se apresenta de modo formal e sempre com aperto de mão. Não há nada de ameaçador nele, exceto talvez o seu tamanho: mais ou menos 1,90 m e 90 quilos. Seu cabelo loiro é curto para os padrões dos Angels e o rosto parece saído da capa de um manual de escoteiros. Alguns dos fora da lei o chamam de socialite, insinuando que sua ligação com os Angels seja mais deliberada do que desesperada. O que deve ser verdade. Ray dá a impressão de ter opções, portanto os outros concluem que ele pode largar tudo por alguma outra coisa que dê mais futuro. Algo como um trabalho braçal ou um emprego estável em um poço de petróleo. Ray tem 25 anos e gosta de ser um Angel, mas não é totalmente comprometido. Por causa disso, é um espinho atravessado na garganta daqueles fora da lei que não têm sequer a ilusão de uma opção. Caso Ray se mudasse para Oakland, ele teria que mostrar uma atitude muito cruel para poder entrar para a divisão de Barger. Teria que bater em um policial em público ou estuprar uma garçonete no balcão de um bar lotado. Só então, depois de destruir as suas pontes com o mundo careta, ele seria bem-vindo na legião dos amaldiçoados.

Mas Ray está satisfeito em Fresno, onde organiza festas animadas e realiza um comércio intenso de motocicletas. Ele é tão fanático por motos que os Angels, tanto de Los Angeles quanto da Bay Area, o usam como uma espécie de câmara de compensação. Ele está sempre viajando, e sempre com sua *hog*. Uma semana ele está no bar Blue Blazes em Fontana, conferindo o agito de Berdoo, e na outra ele aparece no Luau ou no Sinners Club, em Oakland, dando conselhos entusiasmados, apertos de mão e tentando organizar uma festa. No auge das manifestações pelos direitos civis em Alabama, Ray foi de moto até Selma, não para participar dos atos de protesto, mas para ver o que estava acontecendo. "Eu achei que de repente aqueles pretos iam ficar fora de controle", explicou sorrindo. "Então fui até lá pra conferir o que eles estavam fazendo."

Quando Ray conheceu Bill Murray, em Fontana, e soube que ele estava escrevendo um artigo para o *Saturday Evening Post,* ele o convidou para ir a Fresno e lhe deu instruções específicas sobre como chegar até ele. "Quando você chegar à cidade", ele disse, "continue na Blackstone Avenue até a altura do estádio Ratcliff. Pergunte por mim no posto de gasolina do outro lado da rua. Às vezes é difícil me encontrar, mas eles vão saber onde estou."

Mas algo deu errado e Murray passou metade do dia indo atrás das indicações de lugares em vão. Todas eram falsas, porque o radar humano de Ray achou que Murray fosse da polícia. Porém, ele localizou uma casa onde os Angels de Fresno haviam dado uma festa há pouco tempo. Ficou tão impressionado que deixou a cidade imediatamente. Ele descreveu o local da seguinte forma:

> A casa ficava afastada cerca de cem ou duzentos metros da Blackstone Avenue, que é a via principal a norte de Yosemite, e era uma entre muitas casas parecidas do bairro – um bangalô de um andar, de madeira branca, com três cômodos, um quintal minúsculo na frente e uma aparência geral de dilapidação. No entanto, era fácil localizá-la. Parte da cerca havia sido destruída, todas as janelas estavam quebradas, uma das estacas da cerca estava cravada na porta e os galhos de duas árvores pequenas do quintal tinham sido arrancados e arrastados de modo grotesco pelo chão. Entre eles, uma poltrona jogada de cabeça para baixo, toda estourada, com os braços quebrados. Nas costas da poltrona, em tinta vermelha, estava escrito:
>
> Hell's Angels
> 13 卐 69er
> Dee – Berdoo
>
> Eu entrei na casa e fiquei no meio do que um dia deve ter sido uma sala de estar. Era difícil saber, porque eu nunca

tinha visto um estado de caos tão absoluto: todos os móveis tinham sido destruídos, havia entulho espalhado por todo o chão, cacos de vidro, roupas rasgadas, latas vazias, garrafas de vinho e de cerveja, pratos, caixas. Todas as portas haviam sido arrancadas das dobradiças, e abria-se um enorme buraco de onde o ar-condicionado havia sido puxado e jogado em algum lugar. A palavra "polícia" havia sido rabiscada em letras vermelhas grandes acima de uma cama que estava desabando e usada como alvo para garrafas e qualquer coisa que estivesse à mão. Abaixo, estava escrito "Dá-lhe, Fresno", acima de outra suástica. Todas as paredes estavam desfiguradas...

Os vizinhos mais próximos eram pessoas respeitáveis cujas casas não ficavam a mais de alguns metros de distância. Eles disseram que a casa tinha sido alugada para uma moça que estava sozinha e parecia inofensiva. Na manhã seguinte, os motociclistas começaram a chegar. Havia cerca de 25, incluindo as meninas, e a sua festa durou quase duas semanas, até a polícia finalmente chegar sem ter sido chamada. Ninguém havia protestado ou pedido ajuda. O homem que morava na casa de trás, e que não havia tido uma noite de sono durante todo esse tempo, explicou por quê. "Ninguém quer partir pra cima de um exército", ele disse. "Eles não teriam admitido. Eles são como um bando de animais."

17

rapere: aproveitar a oportunidade, desfrutar com urgência...
Dicionário de latim

Os Angels de Fresno não são notícia com muita frequência, mas, quando são, é geralmente por alguma coisa grotesca, alguma afronta genuína a tudo o que os caretas mais estimam. Uma delas foi um "estupro" brutal numa cidade pequena chamada Clovis, perto de Fresno, no Central Valley. Quando a história foi para os jornais, os cidadãos ficaram indignados num raio de quilômetros.

Uma viúva de 35 anos, com cinco filhos, afirmou ter sido puxada para fora de um bar, onde estava tomando cerveja sossegada com outra mulher. Depois ela teria sido levada para uma cabana abandonada atrás do bar e violentada repetidas vezes durante duas horas e meia por quinze ou vinte Hell's Angels que, por fim, roubaram-lhe 150 dólares. Foi assim que a história foi publicada nos jornais de São Francisco no dia seguinte, e foi mantida viva por mais alguns dias através das alegações da mulher de que estava recebendo ligações de ameaça de morte para não testemunhar contra os agressores.

Em seguida, quatro dias depois do crime, a vítima foi presa sob acusação de "perversão sexual". A história verdadeira veio à tona, segundo o chefe de polícia de Clovis, depois da "confrontação entre a acusada e as testemunhas. A nossa investigação mostra que ela não foi estuprada", disse ele. "Ela participou de atos lascivos na taverna com pelo menos três Hell's Angels antes de ser expulsa pelos donos. Ela incitou os avanços sexuais deles na taverna, depois os levou a uma casa abandonada nos fundos... Ela não foi roubada, mas, de acordo com uma mulher que estava com ela antes, saiu de casa naquela noite com cinco dólares no bolso para ir a vários bares."

Esse incidente não foi colocado no relatório do procurador-geral, mas é tão válido quanto os outros que foram, e é uma das histórias clássicas dos Hell's Angels. O erro no meio do enredo, ao estilo de O. Henry, dá à história um grande estilo. Alguém deveria ter feito uma pesquisa de opinião em Fresno, obtendo um conjunto de reações após a publicação da primeira versão do "estupro", e outra depois da reviravolta no caso. Assim como o estupro de Monterey, a ofensa de Clovis foi um desses casos em que os promotores públicos teriam se saído melhor se as suas testemunhas tivessem realmente sido forçadas a ficar em silêncio.

A história de Clovis é interessante não por causa do que aconteceu, e sim pela tremenda disparidade entre acusação e realidade. Lá estava a obsessão pelo estupro, o velho bicho-papão, uma das grandes chaves de todo o fenômeno Hell's Angels.

Ninguém é objetivo em relação a estupros. Trata-se de um horror, uma excitação e um mistério, tudo ao mesmo tempo. As mulheres têm pavor de serem violentadas, mas, em algum lugar no fundo de qualquer útero, existe um nervo rebelde formigando de curiosidade toda vez que a palavra é mencionada. Isso é ainda mais aterrorizante, uma vez que sugere depravações e desejos secretos perigosos demais para até mesmo passarem pelo pensamento. Os homens falam de estupradores com ódio e se referem às vitimas como se elas carregassem uma espécie de marca trágica. Eles são solidários, mas sempre conscientes. Há mulheres violentadas que recebem pedido de divórcio do marido, que não suportaria viver com o peso de algo tão terrível, das visões, da possibilidade de que *não tenha sido realmente um estupro.* Existe uma questão dura de resolver, um mistério indizível. Todo mundo já ouviu a piada sobre o advogado que usou uma pena e um tinteiro para conseguir a absolvição do cliente acusado de estupro. Ele disse ao júri que não existia estupro e provou pedindo a uma testemunha para tentar colocar a pena no frasco de tinta, o qual ele manipulou com tanta habilidade que a testemunha finalmente desistiu. Isso parece uma das piadas de Cotton Mather, ou de alguém muito parecido com ele, que tenha a mesma sabedoria – alguém que nunca tomou uma chave de braço. Qualquer advogado que diga que não existe estupro deveria ser arrastado até um local público por três pervertidos bem fortes e violentado em plena luz do dia, observado por todos os seus clientes.

A Califórnia possui uma média de mais de três mil casos de queixa de estupro por ano, ou quase três por dia. Essa seria uma estatística alarmante, se não fosse vazia de significado. Em 1963, um ano como qualquer outro, 3.058 estupros foram relatados. Mas apenas 231 desses casos foram levados a julgamento, e apenas 157 estupradores foram realmente condenados. Não há como saber quantos estupros foram realmente cometidos. Muitas queixas foram retiradas e muitas vítimas silenciaram a seu respeito por medo da publicidade e da possível humilhação de um julgamento público. Vítimas de estupro, preocupadas com sua reputação, geralmente se recusam a registrar queixa, e poucos promotores públicos insistem para que prestem depoimento. Um estuprador que restrinja a sua avidez a mulheres de classe média ou alta está numa posição bastante segura. Mas está arriscando a vida quando ataca mulheres para as quais o estigma do estupro tem pouco significado. Uma vez que uma vítima se disponha a prestar depoimento numa audiência pública, um promotor eloquente pode recriar o "ataque" em detalhes tão vivos e carnais que até o réu mais manso parecerá um bárbaro depravado. A baixa porcentagem de casos de estupro que vão a julgamento indicaria que o estado apenas julga aqueles dos quais tem certeza. Apesar disso, apenas sete de cada dez julgamentos de estupros na Califórnia terminam em condenação, enquanto o número para todos os outros julgamentos de crimes é de oito para cada dez.

A obsessão por estupros é um fenômeno tão complexo que terá que ser tratado por um decreto presidencial. Uma comissão do primeiro escalão do governo terá que investigar essa questão, juntamente com a do fisiologismo político e a síndrome da gordura localizada. Enquanto isso, os Angels continuarão sendo presos por estupro com uma regularidade monótona. Essa passou a ser conhecida como uma de suas especialidades, em particular o estupro coletivo, o tipo mais doloroso e degradante de agressão sexual. Embora a maioria dos membros tenha sido presa por estupro em algum momento, em cinquenta anos, menos de meia dúzia foram condenados. Os fora da lei insistem que não estupram, mas a polícia diz que eles o fazem constantemente. É difícil haver condenações, diz a polícia, porque a maioria das mulheres fica relutante em depor, e as poucas que estão dispostas a fazê-lo geralmente mudam de ideia depois que os Angels, ou algumas das mamas, ameaçam cortá-las em pedaços ou "entregá-las" para o clube inteiro.

Em julho de 1966, quatro Angels foram a julgamento no Condado de Sonoma por estupro – em uma festa de Angels – de uma modelo de São Francisco de dezenove anos. Dezenove Angels foram acusados, mas o promotor do condado reduziu esse número para quatro – Terry, Tiny, Mouldy Marvin e Magoo II[1] – e foi ao tribunal sem nenhuma dúvida de que conseguiria quatro condenações. Duas semanas depois, quando três advogados de defesa dos Angels interrogaram a vítima, um júri de onze mulheres e um homem votou pela absolvição. Eles precisaram de menos de duas horas para chegar a um veredicto unânime.

Existe uma certa dose de verdade nas acusações de ameaça à vítima, mas nem de longe o suficiente para explicar por que os Angels são acusados com tanta frequência e raramente condenados. A maior parte da verdade está no problema de definir um ato de estupro em termos do que realmente aconteceu. Obviamente, se uma mulher é agarrada na rua e forçada a ter uma relação sexual contra a sua vontade, isso é estupro. Porém, os Angels dizem que isso nunca acontece.

"Por que arriscar a pegar uma sentença de cinquenta anos por estupro?" disse um deles. "Estupro não tem graça nenhuma, se for de verdade. E a gente consegue tudo o que quer sem precisar fazer nada. Cara, eu já recebi propostas de mulheres parado no sinal. Elas abrem o meu zíper nos bares

---

1. Outro Magoo, não o de Oakland. (N.A.)

sem nem dizer oi e, se nada acontecer por acaso, eu só dou uns telefonemas e descubro qual delas está excitada."

"É claro que a gente aproveita o máximo que pode", disse um outro. "Mas até hoje eu nunca ouvi uma garota gritar 'estupro' até tudo terminar e ela começar a pensar sobre o que aconteceu. Convenhamos, muitas mulheres não conseguem chegar lá com um cara de cada vez, elas não conseguem curtir. Mas o problema é que às vezes a garota quer parar antes da gente, ou talvez, enquanto ela está com quinze caras na traseira de uma picape, alguém tira uns trocados da bolsa dela. Aí ela fica brava e quer ferrar a gente. Ou senão a gente é surpreendido pela polícia e ela está pelada no meio de um monte de Hell's Angels, então de repente ela foi estuprada. O que é que a gente pode dizer? É uma prisão automática. Mas tudo o que a gente faz é colocar um advogado no ouvido dela, pra dizer a ela o que vai ser mencionado no tribunal, e ela decide retirar a queixa. A maioria dos acusados de estupro nem chega a ir ao tribunal."

Até mesmo em registros policiais, existem histórias de garotas que admitem francamente ter transado com dois ou três Angels e depois ter tentado mandar eles pararem. O que o júri conclui de um depoimento de que com o primeiro foi por amor, com o segundo por diversão e com o resto foi estupro? Uma suposta vítima de estupro em Oakland foi a um bar uma noite com um Angel que ela havia conhecido na noite anterior e começou a transar com ele numa mesa de bilhar no fundo do salão. Um dos outros Angels olhou, viu o que estava acontecendo e naturalmente ficou por perto por alguns segundos. A garota reclamou, mas quando o seu verdadeiro amante ameaçou lhe dar um soco ela entendeu tudo. Depois do terceiro, ela percebeu onde havia se metido e ficou histérica, fazendo com que o barman chamasse a polícia.

Uma outra garota saiu de Los Angeles de moto e insistiu em entrar para o clube. Os Angels disseram que ela poderia, mas apenas se demonstrasse ter atitude. "Cara, que mundo doido", disse um deles. "Na noite seguinte ela chegou pra festa com um cachorro São Bernardo enorme, e que *cena* ela aprontou! Vou falar pra você, quase fiquei chocado." Ele sorriu com um ar pensativo, lembrando. "Depois disso, ela deu pra todo mundo. Meu Deus, que puta ela era! Ela saiu do sério quando viu que a gente não ia deixar ela entrar pro clube. Xingou a gente de todo tipo de palavrão, depois saiu pra usar um telefone público e chamou a polícia. Todos fomos presos por estupro, mas ninguém falou mais nada sobre o caso, porque ela retirou a queixa no dia seguinte. Ninguém nunca mais viu a mulher."

Sempre que a palavra "estupro" aparece numa conversa, Terry o Vagabundo conta a história da "mulher fora do comum que chegou ao El Adobe de táxi numa noite, uma gata muito bonita. Ela pagou o táxi e ficou parada por um minuto, olhando pra gente... e depois, cara, ela atravessou o estacionamento como se fosse a dona do lugar e perguntou que diabos a gente tava olhando. Depois ela começou a rir. 'Está bem', ela gritou. 'Eu transo, chupo e fumo muita droga, então vamos começar logo!' Uau! A gente não tava acreditando. Mas juro por Deus que ela não tava mentindo. A gente colocou ela na traseira daquela perua de entregas que a gente tinha na época, e não é que ela ainda tava gritando e querendo mais quando o bar fechou? Tivemos que levar a mulher pra fora da cidade."

Os Angels têm um monte de histórias sobre garotas que vão atrás deles. Eles tendem a enfeitar o que aconteceu tanto quanto a garota, mas poucas histórias vieram do nada. Depois de dúzias de longas noites com os fora da lei, não consigo me lembrar de muitas em que não houvesse pelo menos uma garota se rendendo à multidão, ou a qualquer um que estivesse sentindo a coisa esquentar. Na maioria das vezes, eram mamas, mas, de vez em quando, o que os Angels chamam de "forasteiras" ou "boceta nova" também aparecia. A maioria delas parecia ter a impressão de que estava "com" um dos Angels, e algumas vezes a coisa funcionava assim. A boceta nova dançava um pouco, bebia algumas cervejas e saía pela noite com o seu parceiro. Outras garotas, no entanto, eram levadas para a perua e não eram mais vistas por muitas horas. Com raras exceções, a ação de uma gangue num banco de trás ou em uma caminhonete por perto não causa muito alvoroço. Dos trinta e poucos fora da lei no El Adobe numa noite de fim de semana, metade se daria o trabalho de atravessar o estacionamento para uma transa com uma boceta qualquer que esteja disponível. Pode-se ficar com uma mesma garota durante horas, mas apenas porque um grupo de dez se reveza. Qualquer fora da lei cuja patroa esteja por perto gentilmente ignora essa atividade sexual. As esposas e namoradas firmes não admitem esse tipo de coisa. Na verdade, elas não se ofendem com as mamas, mas levam em conta uma rígida barreira social. Uma das patroas de Oakland, uma morena bonita chamada Jean, acha que as mamas são pessoas muito tristes, fracassadas de nascença. "Eu só tenho pena de garotas como a Mama Beverly", diz ela. "Elas acham que têm que aguentar e fazer qualquer coisa só para andar com caras como os Angels. Mas tem muita garota assim. Uma vez, numa festa em Richmond, uma menina que ninguém nunca tinha visto chegou e começou a mostrar uma foto sua pelada. Depois ela foi para o quarto dos fundos com meia dúzia de caras. Cara, você tem que ver as meninas que se juntam quando os Angels estão numa jornada, e só porque eles são Angels. Se qualquer garota afirma que foi estuprada pelos Angels, provavelmente foi porque ela chegou junto e pediu."

Isso soa um pouco cruel demais. Invariavelmente, as meninas que vão atrás dos Hell's Angels estão sob o domínio de alguma premência carnal, e algumas são putas loucas, mas poucas estão realmente ansiosas para serem estupradas por uma gangue. Trata-se de uma experiência muito desagradável, fato que os Angels admitem de modo implícito ao classificá-la como uma forma de punição. Uma garota que delata algum dos fora da lei ou o abandona pela pessoa errada pode esperar ser "iniciada", como eles dizem, para "puxar o trem dos Angels". Um dos rapazes pega a garota à noite e a leva para uma casa onde os outros estão parados, sem ter muito o que fazer. É uma cerimônia decisiva, como a purgação de uma bruxa: primeiro tira-se a roupa da garota, depois ela é colocada no chão e em seguida transa com ela quem for o mais velho. A punição é administrada em um local onde todos possam ver, inclusive as mamas e as patroas, embora a maioria das mulheres dos Angels tenha o cuidado de evitar esses shows. Nem todos os fora da lei comparecem também. A purgação geralmente é feita pelo Angel que foi ofendido e um punhado de outros que tenha um gosto por esse tipo de castigo. Toda divisão possui alguns aficionados por sexo em gangue. Eles geralmente são os mais cruéis do grupo... não os mais durões, mas aqueles que são hostis da forma mais imprevisível, dia e noite, em todo tipo de situação.

Numa festa ocorrida muitos meses depois que conheci os Angels, quando eles já não estavam se incomodando mais com a minha presença, testemunhei algo que ainda não se definiu, na minha mente, entre uma orgia sexual amigável ou um estupro coletivo completo. A festa não era dos Angels, mas eles tinham sido convidados, e uns vinte deles compareceram ao que acabou sendo uma farra de dois dias. Quase imediatamente, alguns dos fora da lei localizaram uma garota, a ex-mulher de um dos convidados, que aceitou dar uma trepada num pequeno prédio separado da casa principal. Foi o que ela fez, feliz da vida, com o trio escolhido. Mas a notícia sobre essa "nova mama" se espalhou rapidamente, e ela logo estava cercada por um enorme grupo de espectadores... que bebiam, riam e davam uma rapidinha sempre que abria uma brecha.

Eu guardo um papel amassado e amarelado com anotações sobre aquela noite. Nem tudo o que está escrito é decifrável, mas uma parte diz o seguinte: "Garota bonita, mais ou menos 25 anos, deitada no piso de madeira, dois ou três em cima dela o tempo todo, um ajoelhado entre as pernas, um sentado no seu rosto e mais alguém segurando seus pés... dentes, línguas e pelos pubianos, pouca iluminação numa cabana de madeira, suor e sêmen brilhando nas suas coxas e na barriga, vestido vermelho e branco puxado até o peito... pessoas em volta gritando, sem calça, esperando pela primeira, segunda ou terceira vez... garota estremecendo e gemendo, sem oferecer resistência, agarrando, parece bêbada, incoerente, sem saber de nada, se afundando..."

Não era uma cena particularmente sexual. A impressão que eu tive no momento foi de vingança. A atmosfera no recinto era desagradável e irritadiça, quase histérica. A maioria das pessoas ia só uma vez, depois ficava assistindo ou voltava para a festa. Mas um grupo de oito ou dez ficou em cima dela durante algumas horas. No total, ela foi penetrada de várias maneiras pelo menos cinquenta vezes, provavelmente mais. A uma certa altura, quando a ação foi ficando mais lenta, alguns Angels saíram e foram atrás do ex-marido da moça, que estava caindo de bêbado. Eles o levaram até a cabana e insistiram para que ele tivesse a sua vez. Houve um nervosismo geral, porque apenas uns poucos fora da lei estavam ansiosos para ir tão longe com aquilo. Mas a visão do seu ex-marido fez a garota sair do seu torpor o suficiente para quebrar a tensão do silêncio. Ela se inclinou para frente, apoiando-se nos cotovelos, e pediu para ele beijá-la. Ele o fez, e depois, cambaleante, deu a sua também, enquanto os outros gritavam e aplaudiam.

Depois a garota descansou um pouco e perambulou pela festa como se nada tivesse acontecido e dançou com várias pessoas. Mais tarde, ela foi levada de volta para uma outra sessão. Quando finalmente reapareceu, eu a vi tentando dançar com o ex-marido, mas só conseguia se pendurar no pescoço dele e balançar para frente e para trás. Ela não parecia sequer ouvir a música, que era de uma banda de rock com uma batida muito animada.

O que um júri diria sobre esse caso, levando-se em conta que soubessem de todos os fatos, circunstâncias e ramificações? Se a garota foi estuprada, por que não protestou ou pediu ajuda a alguém? Os Angels estavam em número muito menor, e não era o tipo de festa que eles teriam acabado por causa de uma pretendente a mama. Havia muita gente fazendo sexo por ali, e, se alguém tivesse reclamado do estupro coletivo, eles teriam parado. Mas ninguém parecia se incomodar, e um ou dois dos convidados não Angels acabaram participando também. A garota teve várias oportunidades para sair da festa e chamar a polícia, mas isto estava fora de cogitação. As mulheres que são compartilhadas em festas dos Hell's Angels não pensam na polícia em termos de proteção.

Mas o sexo é apenas um aspecto da definição mais ampla de estupro. A palavra inglesa *rape* deriva do latim *rapere,* "pegar à força", e, de acordo com o *Webster's Dictionary,* a tradução contemporânea varia de (1) "o crime de ter relação sexual com uma mulher ou menina forçosamente e sem o seu consentimento" a (2) "o ato de capturar e levar embora à força" ou (3) "pilhar e destruir, como ocorre em guerras". Então os Hell's Angels, de acordo com várias definições, inclusive a deles próprios, são estupradores ativos... e, nesta metade decadente do século XX, eles não são tão diferentes do resto de nós como às vezes parecem ser. Eles são apenas mais óbvios.

18

Agora Bonnie e Clyde são a
Gangue do Capacete
Tenho certeza de que todos vocês já leram
Como eles roubam e saqueiam,
E como os que delatam
Em geral são encontrados morrendo
ou mortos.
Há muitas inverdades em suas descrições escritas,
Eles não são tão impiedosos assim;
Eles odeiam todas as leis,
Os dedos-duros, os observadores e
os traidores.
Eles são classificados de assassinos de sangue-frio,
dizem que são cruéis e sórdidos.
Mas eu digo isso com orgulho,
Que eu conheci Clyde
Quando ele era honesto e justo e inocente.

Bonnie Parker, que tinha nove cortes em sua
pistola quando a polícia do Texas finalmente a matou

Dia & Noite...
Quem quer que capotasse;
ele pintava & queimava
Mas!!!!
Um dia ele capotou e...
foi queimado...
e também foi pintado
Mas!!!!!
Agora ele foi embora e está correndo...
Forte...
Ele não guarda rancor
Mas POR FAVOR não o entenda
mal
Porque se você CAPOTAR
Com certeza será a sua vez de queimar!

Poema encontrado numa parede
numa festa dos Hell's Angels

Ninguém foi estuprado em Willow Cove. A falta de forasteiras levou a maioria dos fora da lei a se embriagar de desespero e, quando eu decidi dormir naquela noite, não havia um ser humano sóbrio no acampamento. Mais da metade dos cinquenta fora da lei que ainda estavam ao redor da fogueira havia perdido todo contato com a realidade. Alguns ficavam apenas de pé, feito zumbis, olhando fixamente para as chamas. Outros meditavam um pouco e de repente começavam a gritar coisas sem sentindo nenhum, que ecoavam do outro lado do lago como o grito de muitos mergulhões. De vez em quando, um traque estourava na fogueira, mandando faíscas e brasas pelos ares, em todas as direções.

Antes de apagar, verifiquei se as portas do carro estavam trancadas e as janelas quase totalmente fechadas, de modo que ninguém pudesse colocar o braço para dentro. Os Angels são um inferno com pessoas que desmaiam em festas, e uma das tradições de que mais se orgulham é a de não dormir na primeira noite de qualquer jornada. Várias vezes, quando estava procurando por alguém, eu ouvi: "Ele se escondeu pra capotar". Por um momento, pensei que o termo tivesse alguma coisa a ver com uma overdose de estimulantes, tendo a vítima enlouquecida se retirado furtivamente para a floresta como um animal doente, para superar os seus delírios sem perturbar os outros. Mas capotar não significa nada mais sinistro do que tirar um cochilo, seja por causa da bebida ou pela simples fadiga. Quando isso acontece, e se o infeliz não tiver encontrado um esconderijo seguro, os outros começam a atormentá-lo imediatamente. A punição mais comum para quem capota é o chuveiro de urina. Os que ainda estão conseguindo ficar de pé se juntam em silêncio ao redor do dorminhoco e o encharcam da cabeça aos pés. Outras punições são mais sofisticadas. Mouldy Marvin é muito admirado pelo seu trabalho com os dorminhocos. Uma vez ele amarrou Terry o Vagabundo numa tomada, depois encheu sua calça Levi's de cerveja e o plugou. Jimmy de Oakland, um dos Angels mais sossegados, lembra que botaram fogo nele quando capotou numa jornada para Sacramento. "Os desgraçados pintaram os meus óculos de preto, escreveram no meu corpo todo com batom e depois me queimaram", diz ele com um sorriso largo. Magoo uma vez acordou algemado numa festa, com as pernas presas com correntes de ferro e duas caixas de fósforo pegando fogo no colo. "Eu implorei para alguém mijar em mim", ele disse. "Cara, eu estava pegando fogo!"

Quando estava quase amanhecendo, havia menos de vinte corpos em movimento no acampamento. Um dos Jokers com o qual eu havia conversado tinha ficado fascinado com a palavra "rechaçar". Ela chamou a sua atenção quando eu disse que eles tinham sido "rechaçados" para uma área de acampamento ruim. Ele repetiu a palavra com um sorriso, depois saiu para brincar um pouco com ela. Algumas horas depois, eu o ouvi tentando persuadir um outro Joker: "E aí, cara, vamos pra cidade rechaçar alguém". Às quatro da manhã, a palavra havia crescido como um tumor em sua consciência e ele perambulava ao redor da fogueira, alugando as pessoas e perguntando, "O que você faria se eu dissesse que eu ia rechaçar você?". Ou: "E aí, cara, você pode me arrumar um rechaço até amanhã de manhã? Eu tô mal". Depois ele ria com um ar distraído e saía cambaleando para os restos do monte de cervejas, que àquela altura era quase todo constituído de latas vazias. De vez em quando, um dos fora da lei, incapaz de encontrar uma lata cheia, ficava furioso e começava a chutar as latas vazias para todo lado até alguém chegar para ajudá-lo. E, por trás de todos os outros sons, como sempre, havia a rotação e o estrondo do motor das motos. Alguns dos Angels ficavam um tempo sentados em suas motos, deixando o motor ligado, depois desligavam e saíam de novo para socializar. Esse gesto parecia renovar a sua energia, como uma carga de bateria. O último som que ouvi naquela noite foi o ronco sereno de uma *hog* bem ao lado do carro.

Na manhã seguinte, acordei com o mesmo barulho, mas dessa vez era ensurdecedor. Parecia que um inimigo havia se infiltrado no acampamento durante a noite e desregulado todos os ajustes dos carburadores, fazendo com que todos precisassem de uma revisão. Havia uma multidão perto da fogueira, que ainda soltava fumaça e, no meio de todo mundo, vi Barger falando com um homem pequeno e careca que parecia ter a síndrome de Coreia. Era um repórter do *Los Angeles Times,* e ele estava bastante nervoso, apesar de vários dos assistentes do xerife estarem no acampamento. Ele estava tremendo e suando como um homem que tivesse invadido uma fortaleza de canibais para pedir a mão da filha do chefe. Ele se apresentou como Jerry Cohen. Quando começou a explicar o que queria, Tiny correu para falar com Barger, colocou os braços em volta dele e tascou um beijo molhado em sua boca. Isso é algo que com certeza mexe com os caretas, e os Angels sabem muito bem a reação que provocam. "Eles não suportam", diz Terry. "Eles sempre ficam de queixo caído, especialmente com a parte da língua." A presença de um fotógrafo invariavelmente causa nos Angels um furor para beijar, mas eu nunca os vi fazer isso entre eles, em momentos em que não havia ninguém por perto para chocar. Existe algum elemento nisso que vai além do showbiz e, em momentos sérios, de vez em quando, um dos Angels explica isso como "apenas uma das formas de dizermos ao mundo que somos irmãos".

É uma maneira enervante de ser cumprimentado. Uma noite, quando eu já conhecia os Angels há muitos meses, entrei no Hyde Inn em São Francisco e fiquei no meio de uma multidão no bar. Enquanto eu estava tentando pegar um dinheiro para a cerveja no meu bolso, quase fui derrubado no chão por um corpo que voou para cima de mim e que de repente estava perto demais para eu ver quem era. Ficou tudo escuro, e o meu primeiro pensamento foi o de que eles finalmente tinham se voltado contra mim e estava tudo acabado. Depois senti o beijo peludo e ouvi a risada. Ronnie, o secretário de Oakland, pareceu ofendido com o fato de que eu não o peguei no ar, como ele esperava, para retribuir ao beijo com entusiasmo. Foi uma gafe séria e mais uma prova para os fora da lei de que eu não era muito inteligente. Eles me consideravam lento para entender as coisas, um caso limítrofe apenas com fragmentos de um potencial verdadeiro. A minha primeira insensatez precipitada foi ter comprado uma moto inglesa, um insulto que eu reparei apenas parcialmente ao destruí-la numa batida em alta velocidade, abrindo a minha cabeça. O acidente me deu uma espécie de status mínimo que durou até eu estragar a cena do beijo. Depois disso, eles passaram a me tratar com uma espécie de distanciamento cuidadoso, como se eu fosse o irmão mais novo de alguém e tivesse uma doença incurável. "Deixe o pobre idiota fazer as coisas do jeito dele. Só Deus sabe que é o mínimo que podemos fazer por ele."[1]

Eles trataram o homem do *Los Angeles Times* da mesma forma, mas ele não parecia superar a sensação de que alguém o surpreenderia pelas costas e amassaria o seu cérebro com um pé de cabra. A cena era muito engraçada. Eu estava esperando que Cohen dissesse algo como: "Presidente Barger, eu suponho?". Mas ele estava nervoso demais. Ele tinha conversado com a polícia e sua cabeça estava cheia de relatos de atrocidades. Provavelmente, ele estava naquele momento pensando no artigo que alguém escreveria na ocasião do seu falecimento: "... o repórter lutou, mas sem sorte. Os motoqueiros enlouquecidos pelas drogas o esquartejaram rapidamente e o colocaram em um espeto. Seus gritos devassos atravessaram as águas... ele permanece vivo na..."

A estranha verdade é que Cohen saiu de Bass Lake com uma das entrevistas mais longas e diretas que Barger já deu a qualquer pessoa. O Angel chefe estava com um humor raro naquela manhã. O sol estava brilhando, seu pessoal estava seguro, e tudo o que ele lembrava da noite anterior obviamente tinha sido bom para ele. O comportamento de Cohen era qualquer coisa menos hostil. Os repórteres em geral tratam os fora da lei com superioridade ou fazem perguntas tão indutivas e parciais que daria no mesmo se tirassem as respostas do relatório Lynch. Uma noite, em Oakland, vi um homem de um dos jornais da East Bay cometer os dois erros ao mesmo tempo. Ele entrou no El Adobe e imediatamente pediu para comprar maconha. Depois, antes que tivessem

---

1. Eu acabei tendo a oportunidade de entender que nem todos se sentiam dessa maneira. (N.A.)

decidido se ele era um sapo venenoso ou um agente da divisão de narcóticos, ele pegou um pouco da sua própria erva e ofereceu para quem estava por perto. Isso também não funcionou, embora pudesse ter quebrado o gelo caso ele tivesse enrolado um baseado para si mesmo. Depois ele se ofereceu para pagar uma rodada de cervejas, falando o tempo todo na gíria. Os Angels o toleraram durante um certo tempo, mas, depois de algumas cervejas, ele começou a fazer perguntas sobre Hitler, estupros coletivos e sodomia. Por fim, Sonny disse a ele que tinha trinta segundos para sumir dali e que, se aparecesse de novo, eles iriam esmagar a sua cabeça com uma corrente.

Um outro jornalista foi despachado por ser solidário demais. "Tem alguma coisa nesse cara que me dá calafrios", Barger me disse. "Ou ele é da polícia, ou é louco, e, se não for nenhum dos dois, então ele está usando a gente pra alguma coisa que a gente não sabe." O que acabou sendo verdade. Sua relação com os Angels passou de desconfortável para crítica, e na última vez em que nos falamos ele contou que os Angels estavam atrás dele de verdade. Ele estava tão preocupado que comprou uma Magnum 357. "Você está certo, eu estou com medo", ele disse. "Se eles aparecerem aqui, eu vou atirar para matar." Isso parecia satisfazer os Angels. "O maluco filho da puta estava pedindo pra levar um susto", disse um deles. "Talvez isso dê um jeito nele."

Cohen não cometeu nenhum desses erros. Fez perguntas genéricas e bem curtas e depois ficou em silêncio, suando e balançando os pés, enquanto o seu gravador colhia as respostas. Eu quase consegui ouvir a música quando Barger começou com: "Nós Angels vivemos no nosso próprio mundo. Nós só queremos ser deixados em paz para sermos individualistas."

Aqui estão algumas das outras pérolas que Cohen conseguiu naquela manhã, quase todas de Barger:

> Na verdade, somos conformistas. Para ser um Angel, é preciso se conformar com as regras da nossa sociedade, e as regras dos Angels são as mais duras que existem... Em pri-

> meiro lugar estão as nossas motos. Nós fazemos coisas com as motos que ninguém mais sabe fazer. Eles podem tentar, mas não conseguem. Um Angel sabe desmontar uma *[hog]* e montá-la novamente em duas horas. Quem mais sabe fazer isso?... Essa coisa [a insígnia e o capacete nazistas], isso e só pra chocar as pessoas, para que elas saibam que somos individualistas, para que saibam que somos Angels... Não haveria nenhum problema se nos deixassem em paz. A única violência é quando as pessoas vão atrás da gente. Uns dois Angels entram num bar e alguns bêbados começam uma briga, mas quem leva a culpa é a gente. Os nossos dois caras acabam com eles. Qualquer dupla de Angels acaba com cinco caras... Você tem que querer ser um Angel. A gente não aceita qualquer um. A gente tem que saber que o cara vai obedecer às nossas regras...

Barger falou sem parar por quase uma hora, totalmente consciente de que estava sendo gravado e fotografado. Nesse sentido, tratava-se do fim de uma era, porque logo em seguida ele percebeu que a sabedoria que passou adiante e as poses que fez para as câmeras valiam dinheiro e, quando o artigo foi publicado, seu temperamento expansivo havia se transformado em atrevimento.

O resto da estadia em Bass Lake foi relativamente pacífico. Muitos dos Angels passaram a tarde de domingo no mercado da cerveja, fazendo performances para uma enorme multidão de turistas. Eles derramaram cervejas uns nos outros, conversaram com os moradores sobre assuntos obscenos e se divertiram na sua tentativa de manter todo mundo no clima de ansiedade geral. Homens idosos pagaram cervejas para eles, mulheres de meia-idade gritaram perguntas desafiadoras e a caixa registradora tinia de alegria.

No acampamento, houve momentos de tensão quando a enseada de Willow Cove foi invadida por três grandes lanchas cheias de tipos praianos musculosos e garotas de biquíni. Eles não estavam necessariamente atrás de confusão, mas "chegaram botando banca", como colocou um dos Angels. Por um momento, parecia que algo ruim estava para acontecer. A polícia não havia tomado providências para impedir um ataque por água e, quando as lanchas chegaram, não havia nenhum policial no acampamento. Os homens dos barcos tinham vinte e poucos anos, usavam calções de banho brilhantes e colantes, estavam muito bronzeados e tinham cabelos curtos cheios de gel que continuavam penteados mesmo dentro d'água. Havia cerca de vinte espécimes masculinos e cinco ou seis garotas que pareciam saídas da Riviera Francesa. Eles amarraram os barcos em algumas árvores do outro lado da enseada, em frente ao acampamento, e começaram a brincar tranquilamente, mergulhando, jogando as meninas para o alto, passando cervejas de um lado para o outro, mas ignorando totalmente os fora da lei.

A trinta metros de distância, do outro lado da enseada, os Hell's Angels se espreguiçavam em todo o seu esplendor imundo. Ninguém estava bronzeado, de biquíni ou com relógios à prova d'água desse lado. Os fora da lei ficaram na costa rochosa com suas cuecas sambas-canção, calças jeans molhadas e barbas emaranhadas, que faziam sua pele parecer pálida e bolorenta. Alguns estavam brincando na água de roupa. Algumas das garotas estavam de calcinha e sutiã, outras dobraram as calças o máximo que podiam para cima, e umas poucas estavam nadando com camisetas de homem. Parecia o piquenique anual dos funcionários do cemitério na mina de cobre de Never Sweat em Butte, Montana.

Os Angels não nadavam muito. Não faz o estilo deles, e apenas uns poucos sabem nadar. "Que merda, eu ia afundar feito uma pedra se entrasse naquela água", disse um deles. "Acho que eu conseguiria nadar se quisesse, mas pra quê? Eu não ia nadar mais de uma vez por ano mesmo."

Finalmente, depois de algumas brincadeiras e provocações, alguns garotos de praia musculosos nadaram com toda elegância até o outro lado da enseada para responder às perguntas que os Angels estavam gritando sobre os barcos. Eles queriam saber detalhes sobre os motores, os quais pareciam tão grandes que os fora da lei não entendiam como eles não afundavam os cascos nos quais estavam presos. Um deles era um Oldsmobile V-8 de 400 cavalos com um compressor. Essa era a única linguagem que os dois grupos tinham em comum, mas era o suficiente. Depois de meia hora de conversa de oficina e algumas cervejas compartilhadas, um dos rapazes do barco se ofereceu para levar alguns Angels para dar uma volta rápida. Eles voltaram animados e rindo. "Cara, aquele negócio deu um giro de uma ponta à outra do lago", disse um deles. "Eu não acreditei. Esse negócio é demais!"

O único outro incidente da jornada ocorreu no sábado à noite, um pouco antes de fecharem o mercado das cervejas às dez. Os Angels que haviam ficado lá o dia inteiro estavam totalmente bêbados quando chegou a hora de ir embora, mas eles insistiram em fazer tudo dentro dos conformes. Sempre que eles saem em grupo, bêbados ou sóbrios, eles disparam como um esquadrão de bombardeiros a jato deixando uma pista de decolagem, um de cada vez, numa rápida sucessão, e com um barulho ensurdecedor. A ideia básica é que partidas individuais evitam que eles atropelem uns aos outros, mas os Angels desenvolveram o ritual até o nível do drama mais intenso. A ordem de saída não importa, mas o estilo e o ritmo são cruciais. Eles preparam seus carburadores com cuidado para ligar a moto no primeiro movimento. Um fora da lei cuja moto não arranque feito um raio se sente realmente estigmatizado. O efeito é o mesmo de uma arma que fica bloqueada no meio do combate ou de um ator que esquece uma fala essencial: "Ser ou não ser... disse o corvo".

Foi mais ou menos isso o que aconteceu perto do mercado da cerveja. Uma multidão se amontoou na saída do estacionamento para assistir ao *gran finale*. Um fotógrafo desnorteado corria de um lado para o outro, disparando sua luz estroboscópica a cada cinco segundos. Mas os Angels estavam bêbados demais para conseguir realizar o feito. Alguns deles afogaram o carburador, depois ficaram furiosos e gritaram palavrões enquanto pulavam repetidas vezes no pedal de ignição. Outros já saíam tombando ou davam uma guinada na direção da multidão com urros enfurecidos. Muitos estavam carregando pacotes de cerveja, o que tornava o controle ainda mais difícil. Os que tinham afogado o carburador logo na partida tentaram compensar cantando pneu sobre uma roda só, forçando o motor sem piedade para fazer pressão antes de acionar a embreagem. Buck, um Joker enorme, bateu num carro da polícia antes de mudar para a segunda marcha e foi levado direto para a prisão, onde passou os trinta dias seguintes. Frip, de Oakland, saiu voando da estrada e bateu numa árvore, quebrou o tornozelo e bloqueou o tráfego na estrada estreita à margem do lago.

Uma multidão se juntou, todos querendo ajudar. O único policial no local era um assistente do xerife do condado de Madera que estava numa viatura, mas ele afirmava não ter autoridade nenhuma e se recusou a chamar uma ambulância particular se ninguém assinasse um contrato concordando em pagar a conta. Isso provocou protestos e zombaria da multidão. O fotógrafo perdeu a cabeça e começou a xingar o assistente do xerife. Um dos Angels que estavam no local saiu roncando o motor em direção a Willow Cove. Por fim, o fotógrafo disse que pagaria a conta da ambulância, e o assistente do xerife fez a ligação.

Momentos depois, dois assistentes de xerife de capacete chegaram correndo cada um com um pastor alemão na coleira. Houve uma agitação de gritos e empurra-empurra das pessoas tentando sair de perto dos cachorros. Uma sirene soou em algum lugar da estrada, mas os carros da polícia não conseguiam passar pelo engarrafamento. Alguns policiais desceram do carro e correram na direção do que quer que estivesse acontecendo, agitando cassetetes e gritando "Para trás! Para trás!"

A escolta de Barger chegou segundos depois da polícia, mas não ficou parada no engarrafamento. Enquanto eles costuravam entre os carros, seus faróis lançavam fachos de luz desencontrados, adicionando um novo elemento de ameaça na cena. Eu vi Barger afastando a multidão para chegar até o Angel que estava ferido. Um dos assistentes tentou impedi-lo e foi derrubado a dois metros da estrada por Dirty Ed. Vi Ed se aproximar, mas não acreditei no que estava vendo. O policial deve ter sentido a mesma coisa. Dirty Ed o atingiu na corrida e agarrou a frente da sua jaqueta ao mesmo tempo. O policial parecia chocado e começou a se afastar, tentando balançar o cassetete. Um dos assistentes pulou em cima de Ed, e os dois travaram uma luta rápida até o fotógrafo tentar separá-los.

Depois, por razões sobre as quais podemos apenas especular, os policiais prenderam o fotógrafo em vez do Angel. Dois treinadores da Patrulha Canina do Condado o prenderam numa chave de braço dupla, ignorando os seus gritos comoventes, e o atiraram várias vezes contra um barranco de terra até ele perder a voz. Depois, ele foi colocado numa viatura. Enquanto isso, o xerife Baxter chegou e estava tentando acalmar os ânimos. Ele encontrou Barger e lhe garantiu que uma ambulância estava vindo para socorrer seu amigo. Isso pareceu resolver as coisas, mas, ainda assim, Sonny e outros quinze Angels permaneceram no local até Frip ser mandado para o hospital. Dirty Ed ficou espreitando de lado e em silêncio, com uma aparência perigosa, mas sem fazer nenhum movimento brusco. A polícia o ignorou, mas Tiny Baxter foi até o camburão e começou a gritar feito um alucinado com o pobre fotógrafo que estava lá dentro, acusando-o de tentar começar um tumulto. "Seu maluco filho da puta, eu devia entrar aí e quebrar a sua cara!", ele gritou, e por um momento achei que fosse realmente fazê-lo. Toda a tensão do fim de semana estava vibrando na sua voz, enquanto ele repreendia o único inimigo que pôde encontrar que não tinha aliados. Apanhar o Dirty Ed teria sido como acender um pavio, mas o fotógrafo era inofensivo como um saco de areia. Ele não tinha nenhum exército para apoiá-lo, para se vingar, caso alguma coisa acontecesse. E, para piorar as coisas, ele admitiu ser um freelance, um termo que a maioria dos policiais interpreta como sinônimo de um vagabundo que não consegue sequer arrumar um emprego. Se eles tivessem me prendido aquela noite, eu teria admitido ser um Agente da Sociedade Secreta Chinesa do Ópio para não dizer que era um escritor freelance. Os policiais são sempre mais cuidadosos com pessoas que estão empregadas, mesmo que o empregador seja a máfia chinesa. A única coisa que pode ser melhor que isso é uma carteira cheia de pomposas credenciais... cartões de sócio, de todo tipo, cheios de inscrições ornamentadas e estranhos códigos fazendo alusão a fortes conexões com diversos conchavos do poder e cargos de influência com os quais nenhum policial inteligente deveria se meter.

Infelizmente, o fotógrafo não possuía nenhuma dessas coisas, e portanto foi mantido na prisão por três dias, multado em 167 dólares por obstrução da justiça e solto com uma advertência para se afastar do Condado de Madera para o resto de sua vida. Antes de ser levado para a cadeia, ele me deu as chaves do seu Sunbeam conversível e me disse que tinha dois mil dólares em equipamentos fotográficos no porta-malas. Ele nem me conhecia, e com certeza não havia nada na minha aparência esquelética que indicasse que eu poderia fazer qualquer coisa a não ser vender o carro e o equipamento na primeira oportunidade. Mas ele não estava numa posição muito favorável. Sua única alternativa seria deixar o carro na estrada durante três dias. Por sorte, ele havia dado carona a dois viajantes naquele mesmo dia, os quais disseram ter viajado clandestinamente de Los Angeles a Fresno onde passaram a pedir carona para ver o que estava acontecendo com os Hell's Angels. Eles concordaram em levar o Sunbeam até Madera, onde o fotógrafo havia sido levado para ser autuado. Por algum motivo, eles me seguiram até a prisão. Eles poderiam ter fugido por qualquer estrada secundária. Ninguém sabia seus nomes ou aonde iriam, e o dono do carro não estava em condições de denunciar ninguém.

Na prisão nos disseram que ninguém poderia falar com o prisioneiro até que a fiança fosse paga. Eram 275 dólares e o único fiador disponível se recusava a se envolver com o caso. Ele disse que havia vagabundos demais soltos por aí naquele fim de semana. Os viajantes estacionaram o Sunbeam na rua e, enquanto um deles entrou para entregar a chave ao tenente da polícia, um policial que estivera presente no local do acidente chegou e disse que eu seria preso por vadiagem da próxima vez que pusesse os olhos em mim.

Não pareceu que valeria a pena discutir sobre isso, então eu deixei os caroneiros na 101 e segui para o norte por cerca de uma hora, até ter certeza de que havia deixado os limites do condado de Madera para trás. Depois encontrei uma estrada menos movimentada perto de um aeroporto e fui dormir. Na manhã seguinte, pensei em voltar para Bass Lake, mas não estava a fim de passar o dia filando cervejas e ouvindo o mesmo som monótono.

Tomei café da manhã com um monte de fazendeiros numa lanchonete da 101, depois segui para São Francisco. O trânsito do feriado estava lento, mas o único engarrafamento de verdade era em Tracy, para onde uma multidão havia se dirigido para assistir a uma apresentação de carros antigos com motor envenenado. Em algum lugar a oeste de Oakland, dei carona a dois rapazes que disseram estar fugindo de um acampamento militar. Eles não sabiam ao certo aonde queriam ir, mas um deles disse que tinha um primo em Ukiah, e estavam pensando em passar um tempo por lá. Eu dei um maço de cigarro para eles e os deixei em um sinal vermelho em Oakland.

Os jornais da manhã de segunda-feira estavam cheios de matérias sobre tumultos. O *Los Angeles Times* trazia uma manchete enorme, de oito colunas:

FERIADO DE TUMULTOS – GÁS LACRIMOGÊNEO, TROPAS ACALMAM JOVENS – QUATRO CIDADES DE VERANEIO DO MEIO-OESTE DESTRUÍDAS POR COMBATES ENTRE MULTIDÕES E A POLÍCIA

Uma matéria de primeira página no *New York Times* dizia o seguinte:

TUMULTOS DE JOVENS ESTOURAM EM TRÊS ESTADOS: 25 FERIDOS, 325 DETIDOS – REVOLTAS QUE DURARAM NOITES INTEIRAS TOMAM CONTA DE QUATRO CIDADES. 200 PRESOS EM CONFUSÃO EM LAKE GEORGE

Parecia que as únicas pessoas que não haviam se revoltado no Quatro de Julho eram os Hell's Angels. Os dois jornais de São Francisco fizeram essa observação. Uma manchete do *Chronicle* dizia: FRENTE DE BATALHA DOS HELL'S ANGELS TOTALMENTE QUIETA. Mas o *Examiner* exerceu uma pressão extra: POLÍCIA CORTA AS ASAS DOS ANGELS, MOTOQUEIROS MANSOS DESISTEM DE MADERA.

A única matéria sobre motoqueiros foi uma nota da United Press, enviada da cidade de Sioux, Iowa. Ela era muito curta:

> Uma gangue de motoqueiros com trinta membros chamada "Clube Fora da Lei do Meio-oeste" deixou hoje esta cidade de 90.500 habitantes depois de incomodar os moradores durante o feriado. Eles bloquearam o trânsito, trafegaram na calçada e brincaram de "esconde-esconde" com radiopatrulhas. Um porta-voz da gangue disse que eles vieram a Sioux para "dar mais estilo à cidade".

A matéria do *Chronicle* sobre os Hell's Angels dizia que a polícia no Condado de Madera ainda não havia decidido o que fazer quanto à ordem judicial. Aparentemente as coisas haviam saído do controle e perdido o sentido, já que a ordem exigia o comparecimento dos Angels no Tribunal Superior do Condado de Madera no dia 16 de julho, caso contrário eles estariam banidos de forma permanente do condado. "A polícia temeu que houvesse problemas", dizia o artigo, "porque a gangue ameaçou permanecer em Bass Lake até 16 de julho ou voltar nessa data com reforços." Os oficiais do condado tiveram que fazer uma escolha entre descartar a ordem completamente ou sediar mais uma jornada – e Barger afirmou que tinha toda intenção de voltar para discutir a questão. Não é preciso dizer que a ordem foi abolida. Ela tinha sido uma experiência malsucedida desde o começo, e nem mesmo os policiais encarregados de aplicá-la sabiam o que ela significava. O comentário final da imprensa sobre a Saga de Bass Lake apareceu no *Examiner*, com uma manchete pequena: UMA VITÓRIA PARA OS HELL'S ANGELS. Dizia-se que a ordem judicial havia sido anulada a pedido do promotor de justiça, o mesmo homem que a preparara duas semanas antes.

Analisando a questão retrospectivamente, houve um consenso de que tanto a imprensa quanto a polícia tinham feito um trabalho espetacular. Houve uma publicidade maciça, uma presença maciça da polícia e um consumo de cerveja maciço para justificar toda a preocupação antecipada. Num universo de tumultos e revoltas civis pelo país, Bass Lake era a estrela da paz. Houve várias explicações, algumas bastante sugestivas. Uma delas partiu de um oficial da polícia que atribuiu a falta de violência ao fato de que "havia quase o mesmo número de policiais e motoqueiros". Ele estimava a força-tarefa de Bass Lake em mais de cem, todos fazendo hora extra.[2]

Os Angels tinham a sua própria explicação. Eles desprezavam a ideia de que os policiais simplesmente haviam sido mais fortes do que eles. De jeito nenhum. Através da verdade absoluta dos números, eles forçaram tanto os policiais quanto a população a deixá-los em paz. Os dois lados alegavam que sua demonstração de força havia impedido uma crise e, até certo ponto, os dois estavam certos. Mas eu acho que a verdadeira explicação era mais complexa.

Foi a estranha ambivalência do sentimento do público que manteve o confronto de Bass Lake num equilíbrio tão instável durante todo o fim de semana. Essa situação confundiu os Angels quase tanto quanto confundiu a polícia. Eles chegaram preparados para enfrentar uma sólida frente de indignação cívica... e depois, por alguma razão que eles não esperavam conseguir entender, eles se transformaram

---

2. Outro comentário interessante sobre o Espetáculo em Bass Lake veio à tona cerca de um mês depois que tudo havia acabado. Em meados de agosto, a região de Watts, em Los Angeles, foi dominada por um enorme tumulto que durou quatro dias. Morreram 34 pessoas, centenas ficaram feridas e os prejuízos em propriedades chegaram a um milhão de dólares. Mas o tumulto de Watts eclodiu sem um centímetro de cobertura antecipada da imprensa. E a polícia de Los Angeles estava tão despreparada que a Guarda Nacional teve que ser mobilizada para controlar a situação. (N.A.)

na atração de destaque do fim de semana, o show principal, prova barulhenta e extravagante de que Bass Lake ainda sabia fazer um verdadeiro desfile de Quatro de Julho. A ameaça de violência se converteu em tensão dramática e deixou no ar uma apreensão decisiva. A multidão estava com uma disposição eufórica, até erótica. Houve incidentes, mas não muitos... E, quando tudo terminou, o crime mais sério do fim de semana recaiu sobre um fotógrafo de Los Angeles.

Pelo menos uma coisa pode ser dita: o fim de semana foi um monumento à livre iniciativa. É difícil saber o que poderia ter acontecido se os fora da lei não tivessem conseguido comprar cerveja, mas o homem de cara redonda do mercado para turistas foi o visionário que mudou o rumo dos acontecimentos. Após a primeira compra, os Angels passaram a ser bem-vindos, ou pelo menos tolerados, em todos os lugares, exceto na loja do William, que até os vigilantes civis abandonaram quando ficou claro que o agito estava do outro lado do lago. O pobre William ficou a ver navios com todo o seu civismo. Ele havia assumido uma posição corajosa, sua imagem era toda de bravura... E, na segunda-feira à noite, quando os Angels finalmente foram embora, ele havia feito por merecer o tempo livre para poder ir até o lago e olhar com um ar orgulhoso e pensativo, como Gatsby, para as luzes verdes de neon dos bares do outro lado das águas, onde os outros contavam o dinheiro.

A cabala das drogas e a muralha de fogo

19

> Eles começam a beber e a fumar maconha e botam anfetaminas para dentro... que diabo! Qualquer coisa pode acontecer. Eles entram numa espécie de furor, feito animais, e podem picar você em pedacinhos, com correntes, facas, abridores de lata, qualquer coisa que tiverem nas mãos.
>
> Detetive de Fontana

Os motoqueiros fora da lei são acusados de manter uma rede de tráfico de drogas, uma cadeia sinistra de vendas e entregas de uma costa à outra. Agentes federais de narcóticos dizem que entre 1962 e 1965 os Hell's Angels enviaram mais de um milhão de dólares em maconha do sul da Califórnia para Nova York, através de carregamentos aéreos em caixas com o rótulo "peças de moto". Isso é muita erva, mesmo pelo preço de revendedores das esquinas. A "rede" foi desmascarada no final de 1965, quando, de acordo com o *Los Angeles Times,* "oito pessoas que se identificaram como membros [dos Hell's Angels] confessaram-se culpadas em um tribunal em San Diego diante das acusações de tráfico de setenta quilos de maconha do México para os Estados Unidos em San Ysidro".

Os traficantes condenados tinham pouca, senão nenhuma, relação com os Angels, apesar de suas supostas alegações de pertencerem ao grupo. Três dos oito eram de Nova York e, dos cinco de Los Angeles, duas eram mulheres. Com isso restavam apenas três que poderiam ter sido Angels, mas os fora da lei com quem conversei disseram que nunca ouviram falar deles. Talvez eles estivessem mentindo, mas eu duvido, porque normalmente eles se orgulham de ter ligação com qualquer coisa que dê manchete de jornal. O que realmente não vem ao caso, porque setenta quilos de maconha é apenas uma fração do que atravessa a fronteira com o México toda semana apesar da vigilância pesada dos oficiais da alfândega dos Estados Unidos. Esses senhores odeiam drogas tanto quanto odeiam pecados. E, quando estão à procura delas, eles sabem quem pegar: beatniks pervertidos e malucos cabeludos de sandálias. Homens barbados são revistados da cabeça aos pés. Eu atravessei a fronteira em Tijuana mais de uma dúzia de vezes, mas a única vez em que fui parado e revistado foi após uma semana de mergulho perto da Baixa Califórnia, quando três dos mergulhadores do nosso grupo tentaram entrar de volta nos Estados Unidos com uma semana de barba por fazer. Na fronteira nos fizeram as perguntas oficiais, demos as respostas oficiais e nos revistaram imediatamente. Os agentes alfandegários pegaram a nossa picape, cheia de equipamentos de mergulho e acampamento, levaram-na para um galpão especial e a vasculharam por uma hora e meia. Eles encontraram várias garrafas de bebida alcoólica, mas nenhuma droga. Eles pareciam não acreditar. Ficaram apalpando os sacos de dormir e tateando embaixo do chassi. Eles finalmente nos deixaram ir e deram uma advertência para passarmos a "tomar mais cuidado".

Enquanto isso, na rodovia, acenos sorridentes eram dados para os traficantes de grandes volumes de drogas. Eles estavam de terno e gravata, dirigindo carros alugados de último tipo com conexão para barbeador elétrico. Eu não vi nenhum motoqueiro fora da lei cruzando a fronteira, mas, se algum deles tivesse aparecido, teria sido empurrado para dentro do galpão para uma revista completa. As pessoas que ganham a vida contrabandeando narcóticos para os Estados Unidos operam com os mesmos princípios dos estelionatários dos cheques sem fundos, que, normalmente, não usam barba, brincos ou suásticas.

Por causa da mentalidade de *maître-d'hôtel* que predomina entre os funcionários da alfândega, nenhum contrabandista de maconha ou qualquer outra coisa ilegal cometeria o erro de usar os Hell's Angels como entregadores. Seria como mandar um carro atravessar a fronteira com as palavras "Expresso do ópio" pintadas em vermelho dos dois lados. Se o Deus dos justos pudesse descer à Terra uma noite e reduzir a cinzas todos os Hell's Angels, o tráfico de maconha na fronteira com o México não seria muito afetado. Em fevereiro de 1966, três homens em uma caminhonete roubada passaram pela alfândega com quase meia tonelada de maconha: 475 quilos de carga. Eles conseguiram levá-la até Los Angeles, onde foram presos alguns dias depois por meio de uma denúncia anônima, que rendeu ao informante quase cem mil dólares de recompensa. Os Angels são óbvios demais para o tráfico de drogas de verdade. Eles não têm sequer capital suficiente para funcionar como intermediários, então acabam comprando a maior parte do seu material em pequenos lotes a preços elevados. Três ou quatro deles fumam um baseado com todo cuidado até ele ficar tão pequeno que é preciso segurá-lo com uma pinça – que muitos fora da lei carregam exatamente com esse propósito. As pessoas que têm realmente acesso à maconha se dão ao luxo de fumá-la em grandes cachimbos e narguilés... e, se possuem um sério interesse comercial no produto, elas raramente chegam a fumar, exceto atrás de portas trancadas. O gosto pela erva não faz parte da fórmula para o sucesso numa sociedade voltada para o lucro. Se Horatio Alger tivesse nascido perto de um campo de astrágalo, sua história poderia ter sido muito diferente. Ele teria ficado desempregado e passaria a maior parte do seu tempo parado e sorrindo para tudo, defendendo-se das reclamações dos amigos e benfeitores, dizendo: "Não me enche, baby, você não sabe de nada".[1]

Os Angels insistem que não existem viciados no clube, e isso é verdade pelas definições médicas e legais. Os viciados têm um único foco. A necessidade física do que quer que tenham dependência os força a serem seletivos. Os Angels não têm nenhum foco. Eles devoram as drogas como vítimas da fome soltas no meio de um raro banquete, usam qualquer coisa que esteja disponível – se o resultado for um delírio agudo, que assim seja.

1. Os Angels mais novos, especialmente os que entraram para a gangue depois do grande estouro na mídia, estão muito mais envolvidos com o submundo das drogas do que os veteranos. Eles tomam menos cuidado com os riscos da venda e da posse. Os Angels sempre foram consumidores, mas, em 1966, eles começaram a partir para um envolvimento mais comercial, como o de vender a droga em grandes quantidades. (N.A.)

Eles fumam maconha de forma tão aberta que é difícil entender por que eles não estão na cadeia por causa disso. As leis da Califórnia em relação à maconha estão entre as demonstrações mais primitivas da política americana. Duas condenações por posse de um baseado, ou até um décimo de um baseado, dão à pessoa uma pena de no mínimo dois anos. Uma terceira condenação por posse significa um mínimo de cinco anos. As sentenças são determinadas pela lei independentemente das circunstâncias que um juiz possa considerar mitigantes.

Exceto pelo risco, a situação da maconha na Califórnia é muito semelhante à situação da bebida alcoólica nos anos 20. A erva está em toda parte. Milhares de pessoas fumam com a mesma frequência com que tomam aspirina. Mas o fator ilegalidade produziu um culto, um submundo da maconha cujos partidários são forçados a se esconder pelos cantos feito espiões, reunindo-se em quartos escuros para passar o seu prazer criminal de mão nervosa em mão nervosa. Muitos sentem barato somente pelo risco. Poucas pessoas conseguem "ficar loucas" sem o clima fantasmagórico contido no consumo, mas entre as que conseguem estão os Angels, que fazem isso há tanto tempo e com tanta frequência que já não confundem mais a mística com os verdadeiros efeitos. A maconha parece deixá-los relaxados, mas não muito mais que isso. Eles se referem a ela como "erva" ou "fumo", evitando termos descolados, como "ganja" ou "marijuana". A maioria não dá muita importância a ela, como se fosse igual ao vinho ou à cerveja. Se ela está disponível, eles fumam, mas raramente gastam dinheiro com isso. Quando eles têm que pagar para viajar, preferem coisas mais fortes.

Em Bass Lake, era a anfetamina. Logo depois que escureceu, no sábado, eu estava em volta da fogueira com um grupo de Angels, conversando sobre o tumulto em Lacônia, quando alguém apareceu com um grande saco plástico e começou a distribuir punhados do que quer que estivesse ali. Quando chegou a minha vez, eu estendi a mão e recebi cerca de trinta pequenas pílulas brancas. Por um momento a conversa parou, enquanto os fora da lei engoliam suas rações, empurrando as pílulas com cerveja. Perguntei o que era aquilo e alguém do meu lado disse: "Bolinhas, cara. Toma umas, elas vão deixar você ligado." Perguntei quantos miligramas tinha cada uma, mas ele não sabia. "Toma só umas dez", ele me aconselhou. "E se isso não funcionar, toma mais."

Eu concordei e tomei duas. Elas pareciam ter uns cinco miligramas cada, o que é Benzedrina suficiente para manter a maioria das pessoas acordadas e tagarelando por várias horas. Dez pílulas, ou cinquenta miligramas, podem mandar qualquer um que não seja viciado em anfetaminas para o hospital com sintomas de *delirium tremens* agudo. Mais tarde, alguns Angels me garantiram que suas bolinhas realmente eram de cinco miligramas, ou pelo menos era por isso que eles estavam pagando. Eles nunca disseram o preço de revenda, mas uma vez me ofereceram um desconto em quantas eu quisesse, numa proporção de 53 dólares para mil unidades, ou cerca de duas vezes o que a mesma pílula custaria numa farmácia, com receita. Acontece que elas não tinham nem cinco miligramas, estava mais para um. Quando percebi que as duas primeiras não estavam fazendo nenhum efeito, tomei mais algumas, e depois mais. Quando amanheceu, eu tinha tomado doze – o que, se eles tivessem sido honestos, me teria feito roer as árvores feito um castor. O que aconteceu foi que elas apenas me ajudaram a ficar de pé por umas quatro horas a mais do que eu teria ficado se não tivesse tomado nada. No dia seguinte, eu disse aos fora da lei que eles estavam sendo passados para trás, mas eles deram de ombros. "A gente não tem escolha", disse um deles. "Se você comprar a coisa no mercado negro, você tem que dar tudo o que tiver. Ninguém liga. Se elas forem fracas, tudo o que você tem que fazer é tomar mais. A gente não vai ficar sem."

As anfetaminas ("bolinhas" ou "rebites") fazem parte da dieta básica dos fora da lei, assim como maconha, cerveja e vinho. Mas, quando eles falam em "ficar chapado", a ação parte para um outro nível. O passo seguinte na escala é o Seconal ("vermelhas" ou "demônio vermelho"), um barbitúrico que normalmente é usado como sedativo ou tranquilizante. Eles também usam Amital ("céu azul"), Nembutal ("capa amarela") e Tunial. Mas preferem as vermelhas, que tomam com cerveja e bolinhas "para não ficar com sono". A combinação resulta em alguns efeitos infernais. Barbitúricos e álcool podem dar uma mistura fatal, mas os fora da lei combinam estimulantes suficientes com os depressivos para, pelo menos, ficarem vivos, ainda que não racionais.

Um Angel dos bons pegando pesado numa jornada consome quase qualquer coisa, e em combinações com qualquer quantidade ou sequência. Eu me lembro de uma festa de dois dias, muitos meses depois de Bass Lake, na qual Terry começou o primeiro dia com cerveja, fumou um baseado ao meio-dia, e depois mais cerveja, outro baseado antes do jantar, depois vinho tinto e um punhado de bolinhas para se manter acordado... mais maconha à noite, junto com umas vermelhas para se sentir diferente, depois, ao longo da noite, mais cerveja, vinho, bolinhas e mais uma vermelha para descansar um pouco... para partir mais uma vez para outras vinte horas, na mesma dieta, mas dessa vez com uma dose de bourbon e quinhentos microgramas de LSD para afastar qualquer possibilidade de princípio de tédio. Essa é uma dieta bastante extrema, e nem todos os Angels conseguem aguentar toda a quantidade de estímulo, depressão, alucinação, embriaguez e fadiga entorpecida durante 48 horas de uma vez. A maioria tenta se manter em combinações limitadas, como cerveja, maconha e Seconal; ou gim, cerveja e bolinhas; ou vinho e LSD. Mas alguns poucos seguem o trajeto completo, e depois de tudo mandam um pouco de metedrina ou DMT e se transformam em perfeitos zumbis durante horas a fio.

20

A única maneira de acabarmos com isso é prendendo, prendendo e prendendo.

Chefe de polícia de Los Angeles, William Parker (falecido), sobre o assunto dos tumultos de negros

A possibilidade de uma rede de drogas dos Hell's Angels traz à tona mais uma vez o antigo bicho-papão da expansão. Os Angels estariam se espalhando em direção ao Leste? De acordo com o *Daily News* de Nova York, os sórdidos devassos já deram o salto. Uma noite, quando havia neblina sobre o rio, eles atravessaram as cancelas do pedágio da ponte George Washington e bateram com corrente num funcionário que percebeu que suas sacolas estavam cheias de drogas e instrumentos sexuais. O *News* apresentou a matéria com uma manchete de efeito:

TERROR SOBRE RODAS
ELES SÃO UMA MÁFIA DE MOTOQUEIROS
CHAMADA HELL'S ANGELS, E SE DIVERTEM
COM SEXO E VIOLÊNCIA

Acima da manchete havia uma foto de Tiny, sorridente e dominado por três policiais de Berkeley. A legenda da foto dizia que o barbudo Tiny, "com sangue escorrendo pelos pulsos, foi derrubado por policiais com cassetetes durante uma briga que aconteceu na semana passada, quando três Angels investiram contra os manifestantes que protestavam contra a guerra do Vietnã. O grandalhão Tiny e outros dois foram presos, e um policial quebrou a perna no conflito." A legenda deve ter sido misturada com uma outra da matéria "Beldade se corta e morre" da outra página. Não há outra explicação para a estranha frase "sangue escorrendo pelos pulsos". Pulsos de quem? A foto mostra três pulsos, mas nenhum deles está sangrando. E por que Tiny está rindo? Ele ficou histérico depois de ter cortado os pulsos num protesto contra a guerra do Vietnã? Se ficou, por que foi necessário derrubá-lo com o uso de cassetetes? Qual dos policiais quebrou a perna? E por que os outros estão sorrindo?[1]

A foto era bastante perturbadora, mas a que estava abaixo era ainda mais, especialmente para os Angels. Ela mostrava quatro suspeitos bem vestidos sendo autuados em Greenwich Village por terem dado uma facada num fuzileiro naval ausente sem autorização. Eles não tinham nada de diferente de qualquer um que pudesse ser preso por apunhalar um fuzileiro naval, exceto pelo fato de que todos os quatro estavam usando jaquetas com as palavras "Hell's Angels" escritas nas costas. Não havia nenhum emblema, nenhuma caveira alada, nenhuma atitude... e, no entanto, eles afirmaram ser Hell's Angels. O relato de sua prisão foi um exemplo de jornalismo de registro policial. Algumas horas após o crime, os quatro haviam sido presos "totalmente por coincidência", segundo o *News,* no mesmo hospital onde a vítima, o fuzileiro, estava sendo atendido. Eles estavam simplesmente andando por ali, "de jaqueta, botas e brincos denunciadores... para tratar da remoção de um cisto no pescoço de um deles".

Isso estabeleceu, de imediato, um motivo e um suspeito principal: o homem com o cisto. O cisto estava pressionando a parte de trás da medula, causando uma dor muito forte. Depois de ter aguentado o máximo que pôde, o homem perdeu o controle e deu uma facada num fuzileiro naval que estava passando. Então, o grupo todo correu sem rumo pelo bairro durante horas, feito uma família de hienas, até se ver diante de um hospital, no qual decidiram entrar para dar um jeito no cisto demoníaco que havia começado toda a confusão.

---

1. Tiny foi preso por agredir o policial que quebrou a perna. Um policial que estava no local disse que viu Tiny fazer isso com uma garrafa de Coca-cola. Nove meses depois, após demorados procedimentos, a acusação foi reduzida para "perturbação da ordem" e Tiny pagou uma multa de 150 dólares. A acusação de crime doloso foi retirada porque filmes mostraram Tiny caindo sobre a perna do policial depois de ter levado, de outro policial, um golpe de cassetete na cabeça. (N.A.)

"Os policiais os prenderam rapidamente", disse o *News,* "e encontraram facas, eles [os policiais] disseram, com todos os quatro. Dois foram identificados como envolvidos no esfaqueamento, e todos foram presos por porte ilegal de armas." (Nenhum dos quatro tinha uma moto e, exceto pelas palavras nas costas, eles pareciam um time de boliche do Bronx.)

Depois veio o detalhe chocante: "Descaradamente, os quatro informaram que haviam chegado para 'sacudir Nova York' e que de 15 a 24 outros Angels também estavam perambulando pela cidade".

Não há dúvidas de que os outros sumiram, já que não foram mais mencionados na matéria "TERROR SOBRE RODAS" ou em nenhum outro lugar. Depois de situar o terror em Manhattan, o *News* fez um resumo maçante dos rumores que estavam na *Newsweek* e na *Time,* com seleções de trechos do relatório Lynch e de velhos recortes de jornal. O artigo deixou claro, porém, que de 15 a 24 Hell's Angels estavam soltos em algum lugar de Manhattan. E talvez estivessem. Com um pouco de sorte, eles poderiam ter localizado um dos seis antros de ópio especializados em remoção de cistos. Se o *News* tivesse somado dois e dois, eles saberiam quem causou o grande blecaute daquele outono. Foi um plano dos Hell's Angels para controlar o sistema do metrô e triplicar o preço das passagens. Após semanas de sabotagens intricadas e reformas nos circuitos elétricos dos trilhos, os fora da lei estavam tentando uma ligação final sob o Yale Club, quando um deles, atormentado por enxames de abelhas perversas, perdeu a razão e fez uma ligação entre a voltagem principal do metrô com a fonte da rede de iluminação do Empire State Building. A explosão que se seguiu matou todos eles, mas os seus ossos foram carregados dali por ratazanas e não havia mais nenhuma prova. Como de costume, os Angels escaparam da punição. E o *News* perdeu uma matéria e tanto.

HELL'S ANGELS ENFRENTAM A PRISÃO
POR BADERNA DE MOTOQUEIROS EM NY

New York Post (junho de 1965)

A pane no sistema elétrico de Nova York não foi a primeira vez em que os Hell's Angels confundiram as forças da decência e saíram ilesos. É incrível como eles são trapaceiros. Oficiais da lei comparam suas fraudes com as da narceja, um animal astuto que muitos já viram, mas poucos conseguiram capturar. Isso acontece porque a narceja tem a habilidade de se transformar em algo totalmente diferente quando se vê diante do risco de captura. Os outros dois únicos animais capazes disso são os lobisomens e os Hell's Angels, que aliás possuem traços em comum. A semelhança física é óbvia, mas muito mais importante que ela é *o fator metamorfose,* a estranha habilidade de alterar a própria estrutura física e, dessa forma, "desaparecer". Os Hell's Angels são muito reservados em relação a isso, mas esse é um fato conhecido entre os altos funcionários do governo.

Um dos melhores exemplos de como isso funciona se deu no "tumulto de motoqueiros" em Lacônia, New Hampshire, em junho de 1965, que recebeu mais publicidade do que qualquer outro evento da história do motociclismo. Saiu nas primeiras páginas de costa a costa. A manchete do *New York Times* dizia: TUMULTO DE MOTOQUEIROS DOMINADO, A CIDADE DE NEW HAMPSHIRE SE RECOMPÕE. Em São Francisco, o *Examiner* acrescentou um pouco de vigor: TERROR DOS HELL'S ANGELS NAS CORRIDAS DE MOTO EM NH – POLICIAIS E GUARDAS DÃO UMA SURRA NOS DESORDEIROS. O número de baderneiros variou de cinco mil no *New York Post* a 25 mil no *Natural Observer,* mas vinte mil a mais ou a menos não parecia fazer muita diferença. Todos concordavam que havia sido um golpe violento e confuso. O prefeito da cidadezinha afetada, um patriota de 35 anos chamado Peter Lessard, colocou toda a culpa nos Hell's Angels. Ele disse que eles haviam "planejado com antecedência" e "feito um treinamento no México para o tumulto". Na segunda-feira, dois dias após o conflito, os cidadãos mais importantes de Lacônia se reuniram no Hotel Tavern para ouvir a explicação do prefeito sobre o que havia acontecido. De acordo com Lessard e o membro da Comissão de

Segurança, Robert Rhodes, os Hell's Angels cercaram toda a área. "Eles não deixavam ninguém sair. A coisa explodiu debaixo do nosso nariz em minutos. Havia maconha por ali também. Os comunistas estão por trás disso?"

Os repórteres pegaram a citação com um divertimento levemente disfarçado, mas pelo menos um mês se passou antes de os relatos iniciais apavorados sobre o tumulto de Lacônia começarem a ser minimizados por testemunhos em primeira mão de pessoas que não têm acesso instantâneo à imprensa. Até mesmo o artigo da *Life,* por meio de uma leitura cuidadosa, indicava que muitos dos "desordeiros" agiram em defesa própria quando a polícia e a Guarda Nacional partiram para o ataque com bombas de gás lacrimogêneo, baionetas, cassetetes e espingardas com tiros de sal e chumbo de caça número 6. Muitos dos que foram presos na operação de limpeza não possuíam nem estavam pilotando motocicletas, e um sujeito chamado Samuel Sadowski foi condenado a um ano de prisão depois de ter sido preso num estacionamento onde não havia nenhum sinal de tumulto. De acordo com uma testemunha, o único delito de Sadowski foi ter se retirado rápido da linha de fogo.[2] A polícia utilizou táticas extremas contra tumultos, as quais vinham sendo praticadas há mais de dois meses. O chefe de polícia local, Harold Knowlton, havia convocado duzentos homens da Guarda Nacional, sessenta policiais montados do estado e dez voluntários da Defesa Civil, além da sua própria força de 28 soldados. "Durante dez semanas, nós praticamos controle de multidão e táticas contra tumultos", disse o chefe de polícia. "Mas o fizemos em segredo. Não queríamos desafiá-los."

Com certeza ele não queria. O pequeno exército que ele treinou era apenas para propósitos simbólicos. Assim como os Hell's Angels, eles também não querem desafiar as pessoas, mas conseguem ser provocados com bastante frequência. Um repórter que cobria o tumulto citou um morador: "Por sorte havia alguns homens da Guarda Nacional em

2. Revista *Cycle World.* (N.A.)

treinamento ali perto. Se não fosse por eles, esta cidade teria se transformado numa ruína total, e não dá para saber quantas das nossas mulheres teriam sido estupradas pela gangue, quantos dos nossos cidadãos teriam sido assassinados por aqueles vagabundos nojentos de motocicleta. Graças a Deus, as tropas estavam lá!"

O Senhor realmente estava tomando conta de Lacônia naquela noite. As Suas tropas chegaram e atiraram para todos os lados. Um dos mais gravemente feridos foi um fotógrafo chamado Robert St. Louis, que levou um tiro no rosto enquanto tentava tirar fotografias. Dos setenta ferimentos informados, 69 foram do lado do "inimigo".[3] A *Life* citou as palavras de um garoto de dezessete anos: "Eles me puxaram para fora do carro e me derrubaram com as pernas dobradas... aí um policial segurou a minha cabeça enquanto outro me algemou". Até mesmo a vítima do tumulto que recebeu maior destaque, um barbeiro chamado Armand Baron, cujo carro foi queimado pelos desordeiros, atribuiu os seus ferimentos às forças do Todo Poderoso. Enquanto tentava fugir, ele foi atingido na boca por um cassetete da polícia e golpeado na altura do quadril com o cabo do rifle de um membro da Guarda.

O tumulto de Lacônia foi uma das explosões mais previsíveis de toda a história do caos civil. O principal evento daquela semana era o 44º Circuito e Rali Anual da Nova Inglaterra (como foi colocado na *Life*) ou a 26ª Corrida de Motocicletas da Nova Inglaterra (de acordo com o *National Observer*). Outros organizadores tinham nomes diferentes: a AMA o chamou de "Campeonato de Corrida de Estrada Nacional de 100 Milhas". Independentemente do nome, esse encontro de motociclistas era tradicional e gigantesco. Os motociclistas que não competem o conhecem como o "Circuito Cigano" da Nova Inglaterra, e é um daqueles eventos a que todos eles gostam de comparecer. A ideia é mais ou menos a mesma de qualquer jornada dos Hell's Angels, mas numa escala muito maior. Lacônia, com uma população de

3. A mesma proporção de feridos predominou no tumulto de Watts em outubro. Dos 34 mortos, 31 eram negros. (N.A.)

quinze mil no inverno e 45 mil no verão, atrai aproximadamente entre quinze e trinta mil motociclistas para o final de semana da corrida.

Esse tem sido um evento anual desde 1939, um ano depois que a Área de Recreação da Belknap Gunstock foi construída na saída de Lacônia para servir de pista de esqui no inverno e área para acampamento no verão. William Shekinger, da cidade próxima de Concord, é um fundador tanto da American Motorcycle Association quanto das corridas de Lacônia. As corridas não aconteceram em 1964, por causa de um tumulto no ano anterior.

"Qualquer um eu soubesse alguma coisa sobre o evento podia prever com uma hora de antecedência que haveria um tumulto [de novo]", disse Warren Warner, administrador da área de Belknap pertencente ao condado. "Eles já fizeram um tumulto aqui antes, mas ninguém viu porque foi longe da cidade. Tínhamos setenta policiais locais e do estado aqui, mas eles olharam para a multidão e decidiram não fazer absolutamente nada. Os motoqueiros soltavam fogos, brandiam facas e correntes e atiravam latas de cerveja na polícia. Houve inícios de incêndios, prédios pegaram fogo, elevadores para deficientes foram acionados e demolidos e mesas de piquenique foram cortadas em pedaços para tocar fogo nas coisas. As pessoas da cidade que estavam interessadas nas corridas não estavam por perto e não queriam estar. Eu tentei discutir sobre os tumultos com eles, mas havia sempre a réplica de que 'ninguém os tinha visto, então, que diferença fazia...'"

Em 1964, uma nova pista de corrida foi construída fora da jurisdição de Lacônia, e o evento voltou em 1965. A Câmara do Comércio de Lacônia se entusiasmou tanto que contribuiu com cinco mil dólares para o fundo promocional... o que era, afinal de contas, um investimento muito bom, uma vez que a Câmara do Comércio estima que motociclistas gastem entre 250 mil e 500 mil dólares na área durante o fim de semana das corridas. Isso parece muita coisa, mas considerando-se o número de motoqueiros, significa apenas 25 a 50 dólares por pessoa, sendo que a maior parte vai para hotéis, lojas de suvenires, botecos e barracas de hambúrguer.

O prefeito Lessard diz que o evento "sempre foi um bom começo para a temporada de turismo" e que a economia "sofreu" em 1964, quando as corridas foram suspensas. O prefeito anterior, Gerald Morin, distribuidor de cerveja em Lacônia, estima que cerca de quinze mil caixas de cerveja foram vendidas aos motociclistas durante o fim de semana de 1965. "É óbvio que as corridas são boas para a nossa economia", ele disse logo após o tumulto. "Nós não devemos tomar nenhuma decisão agora que as emoções estão à flor da pele. Devemos esperar até que as coisas esfriem". Ao mesmo tempo, o prefeito Lessard foi mais direto: "Até as pessoas que querem [as corridas] podem ter tido algumas dúvidas até o momento em que depositaram seu dinheiro no banco".

Fritzi Baer, um promotor de eventos da Nova Inglaterra Motorcylcle Dealers Association, que patrocina as corridas, colocou o peso do seu prestígio a serviço do prefeito e do distribuidor de cerveja: "Eu acredito que, quando terminarmos este ano, o grupo ruim não voltará. Acredito de coração que o grupo ruim não voltará ao estado de New Hampshire depois de ver como lidamos com eles."

O sr. Baer não definiu o que seria o "grupo ruim", mas supõe-se que não estejam incluídos nele os possíveis compradores de uma motocicleta na Nova Inglaterra. De qualquer modo, alguns deles foram tratados de forma bastante ríspida, de acordo com as disposições de uma nova lei sobre tumultos que, segundo a United Press International, foi "aprovada com toda pressa pelo legislativo do estado" apenas uma semana antes das corridas de Lacônia. Ela prevê multas de até mil dólares e prisões de até três anos para pessoas que liderem uma perturbação da ordem ou causem danos pessoais à propriedade durante um tumulto. Pela lei antiga, a multa máxima era de 25 dólares. Ao contrário dos rumores à época da sua aprovação, a nova lei não contém nenhuma cláusula para punições por meio de açoitamento em público.

Mesmo quando a lei estava sendo aprovada, os postes de telefone nas estradas perto de Lacônia estavam cobertos de cartazes dizendo: VENHAM PARA O TUMULTO – VEJAM A WEIRS BEACH PEGAR FOGO SÁBADO À NOITE. A Weirs Beach é uma faixa da margem de um lago fora da cidade, com água de um lado e bares, jogos de fliperama e pistas de boliche do outro. Às nove da noite do sábado, a Lakeside Avenue, a rua principal, estava apinhada com uns quatro mil turistas bebendo cerveja, cerca de metade andando de moto. Multidões começaram a aparecer nos telhados acima da área de passeio coberta, e a polícia ouviu o grito se espalhando: "Vamos fazer um tumulto!".

Foi por volta dessa hora que o sr. Baron desceu de carro – por alguma boa razão, sem dúvida – a Lakeside Avenue e entrou no meio da multidão. Ele havia saído "para dar uma volta", conforme explicou depois, levando a esposa, o filho, a nora e os dois netos: Duane, dois anos, e Brenda, oito meses. Quando o sr. Baron começou a se arrastar pela rua lotada, a ação estava saindo de controle. As pessoas atiravam latas de cerveja de cima dos telhados. A polícia afirmou que alguém havia batido com correntes nas caixas de alarme de incêndio e cortado os fios de telefone que faziam ligações para o centro de operações da polícia, embora isso dificilmente fosse necessário. A polícia não precisava de telefone para ouvir cinco mil pessoas gritando "Sieg Heil!" enquanto alguém subia um mastro para pendurar uma suástica em frente à praia. Em seguida, a multidão começou a balançar carros para a frente e para trás, inclusive o carro do sr. Baron, que estava bem no meio. Baron tirou a sua família de dentro, com nenhum deles ferido, e viu seu carro ser tombado e começar a queimar quando um dos desordeiros atirou um fósforo na gasolina derramada.

As chamas iluminaram as ruas exatamente no momento em que a Guarda Nacional chegou ao local agitando as baionetas. Com eles chegaram policiais locais, atirando com espingardas. A multidão se dispersou, e muitos não estavam enxergando nada por causa das bombas de gás lacrimogêneo. A polícia era atingida por fogos de artifício, pedras e latas de cerveja, mas estava usando capacete e as dez semanas de treinamento foram bastante úteis. De acordo com o chefe de polícia Knowlton, a área do tumulto foi esvaziada em quinze minutos, "mas demorou mais uma hora para desobstruir as ruas laterais". Essa ação secundária envolveu a captura de suspeitos. Há fotos de pessoas sendo derrubadas de motocicletas a golpes de cassetete, cutucadas com baionetas para saírem de sacos de dormir e, de acordo com a Associated Press, "a polícia prendeu até pessoas que estavam hospedadas em hotéis...".

Qualquer pessoa que lesse as manchetes do dia seguinte pensaria que toda a área de Lacônia tinha se transformado num monte de cinzas, com sobreviventes esfarrapados atirando uns nos outros de trás de restos de carros carbonizados. Mas esse não era bem o caso. O estado de lei marcial que havia sido declarado no sábado à noite terminou a tempo para os últimos eventos das corridas, que prosseguiram sem nenhum incidente. A venda de bebidas alcoólicas, que havia sido suspensa durante o tumulto, também foi normalizada. No domingo de manhã, houve relatos de um homem nu fazendo piquete na Lakeside Avenue com um cartaz grande onde se lia: HONI SOIT QUI MAL Y PENSE.

O prefeito Lessard passou a maior parte do domingo investigando o tumulto e, na segunda-feira, conseguiu informar que ele tinha inspiração comunista e origem mexicana, com os Hell's Angels fazendo o trabalho braçal. O prefeito, o chefe de polícia e o comissário de segurança concordaram que os Hell's Angels haviam "causado todo o problema". Eles o vinham planejando há meses.

"Mas eles não vão voltar", prometeu o comissário de segurança. "E, se o fizerem, teremos que estar preparados para recebê-los como estávamos desta vez." Afinal, ninguém morreu ou foi mutilado, e os prejuízos em propriedades chegaram a apenas alguns milhares de dólares, no máximo.

Outros comerciantes concordaram. "Eu acho [que os motociclistas] serão convidados a retornar", disse o dono do salão de dança Winnepesaukee Gardens, em Weirs Beach. O presidente do Banco Nacional de Lacônia disse que o tumulto havia sido causado por uma "pequena minoria" que aprendeu a lição e não tentaria fazer isso de novo. Uma das poucas vozes dissonantes na cidade foi a de Warren Warner, que supervisionou as corridas durante mais de quinze anos, quando elas aconteciam na pista antiga de Belknap. "Os apologistas vão esperar uns seis meses mais ou menos", ele previu. "Eles começarão a implantar a ideia de que os tumultos foram causados pela brutalidade da polícia ou pela gangue Hell's Angels da Califórnia e que eles podem ser controlados. Mas, ouça, naquela multidão de vinte mil motociclistas existem dois mil que não são melhores do que animais. Teria havido um tumulto de qualquer jeito, com ou sem a presença de qualquer clube."

Um jornalista local, sem nenhuma ligação com comércio de cerveja e hambúrguer, foi mais dramático: "Os motoqueiros poderiam ter botado fogo em Weirs se realmente quisessem. Talvez o façam na próxima vez. Lacônia é uma cidade brincando de roleta russa. Cinco em cada seis vezes ela aperta o gatilho e nada de mais acontece. Na sexta vez, ela estoura os miolos."[4]

Isso não estava de acordo com a teoria do prefeito sobre algo de podre vindo de lugares distantes. Todos pareciam concordar que havia algo de russo no ar naquela noite, mas eu estava curioso sobre a influência mexicana e o papel dos Hell's Angels. Na verdade, eu não acreditava que o prefeito havia dito aquelas coisas que foram citadas como se fossem sua análise sobre o tumulto. Eram absurdas demais. Então decidi ligar para ele e checar não apenas suas palavras, mas fatos aleatórios, como o número de prisões. Por algum motivo, era impossível para a imprensa adivinhar quantos supostos desordeiros haviam sido presos. Esse geralmente é um fator importante em casos criminais e, na maioria dos casos, é algo fácil de descobrir. Não há nada de interpretativo nisso, nenhuma nuance de variação. Trata-se

---

4. Em 1966, o fim de semana de corridas em Lacônia foi realizado conforme o planejado. Houve pressão policial maciça e nenhum tumulto, talvez porque o único Hell's Angel presente estava tranquilizado pelo LSD. (N.A.)

simplesmente de um número que qualquer um pode pegar com o tenente da polícia – se não de imediato, pelo menos nas 24 horas após o fato. A maioria dos repórteres supõe que os números do tenente são precisos, uma vez que ele é quem registra os dados no livro. No entanto, oito artigos diferentes sobre Lacônia apresentavam sete versões diferentes do número total de prisões. Aqui está uma lista que fiz uma semana após o tumulto:

The New York Times: "cerca de 50"
Associated Press: "pelo menos 75"
San Francisco Examiner (via United Press International): "pelo menos 100, incluindo cinco Hell's Angels"
New York Herald Tribune: 29
Life: 34
National Observer: 34
New York Daily News: "mais de 100"
New York Post: "pelo menos 40"

Sem dúvida existe uma explicação para essa disparidade, mas o fato de ela nunca ter surgido não era muito consolador para alguém que tivesse que se contentar apenas com as matérias impressas. Eu não estava surpreso com o fato de que oito artigos haviam apresentado pontos de vista diferentes do tumulto, porque nenhum repórter pode estar em todos os locais e eles conseguem as informações de pessoas diferentes. Mas teria sido reconfortante encontrar uma concordância da maioria sobre algo tão básico quanto o número de prisões. Teria sido mais fácil conviver com o restante das informações.

Sete semanas após o tumulto, no dia 11 de agosto, a Associated Press finalmente colocou o número correto na sua rede de notícias, mas a essa altura ninguém estava mais nem aí e, até onde sei, a informação não chegou a ser publicada. Nos registros do tribunal do distrito de Lacônia constam 32 prisões. Não havia nenhum Hell's Angel, nenhum californiano e nenhuma pessoa do Oeste. O oficial do tribunal listou: "Onze réus de Massachusetts, dez de Connecticut, quatro de Nova York, três do Canadá, três de New Jersey e um de New Hampshire".

Desses, sete tiveram pena de um ano na Casa de Detenção do estado e um pegou seis meses. Houve dez multas, que variaram de 25 a 500 dólares. Acusações contra doze dos acusados foram retiradas, um foi inocentado e onze dos que foram considerados culpados recorreram da sentença.

O prefeito Lessard fez a gentileza de me enviar esses números. Eles foram uma leve surpresa, porque, durante a nossa conversa por telefone, ele havia dito que "33 desordeiros tinham sido multados e condenados" e que "os piores, que já tinham ficha na polícia, receberam multa de mil dólares e um ano na cadeia".

Ele também me enviou um pacote de fotografias tiradas durante o tumulto, mas nenhuma delas mostrava qualquer sinal dos Hell's Angels. A maioria era de adolescentes usando suéteres coloridos, calças de sarja e mocassins. Eles estavam se dando mal nas mãos dos policiais. O prefeito também incluiu fotos dele mesmo e do chefe de polícia, tiradas com uma câmera Polaroid, mas elas logo amarelaram e apagaram.

Conversamos ao telefone por cerca de uma hora numa manhã de terça-feira. Eu estava tão fascinado que não conseguia desligar. O prefeito falava de um modo muito exótico. Era óbvio que ele era um homem que marchou pela vida ao ritmo de um tambor que eu jamais ouviria.

Eu esperava que ele negasse a estranha inteligência atribuída a ele pelo *New York Times*... mas não, ele tinha orgulho de seus insights e estava ansioso para ser mais citado. Eu mal havia mencionado os Hell's Angels e ele começou a discorrer sobre "lídcres de gangues, comunistas e narcóticos". Ele estava sabendo que quatro Hell's Angels haviam sido presos em Connecticut, a caminho de Lacônia, com "um carregamento de drogas, armas brancas e uma espingarda de cano serrado". Ele não tinha certeza se esses quatro haviam recebido treinamento ao sul da fronteira. "Eu prefiro não dizer onde conseguimos a informação de que eles treinaram no México", ele disse. "É confidencial. Veio pelo correio. Mas eu entreguei ao FBI imediatamente. Eles estão acompanhando a questão do comunismo. Temos algumas fotos deles usando suásticas."[5]

Quando eu lhe perguntei quantos Hell's Angels haviam sido presos, ele disse que nenhum, ou nenhum que admitisse que o fosse. Nem mesmo aqueles vagabundos de Connecticut admitiram ser Angels. Em algum momento, alguém em Lacônia viu um carro com a placa da Califórnia, mas ele também havia desaparecido.

Quase na metade da nossa conversa, eu senti um forte cheiro do fator metamorfose, mas eu não estava preparado para o toque especial que o prefeito daria nele. Havia muitos Hell's Angels no tumulto, "mas eles fugiram", ele explicou, "atrás de uma muralha de fogo". Enquanto ele desenvolvia essas ideias, olhei para o meu calendário para me certificar de que não havia perdido a noção dos dias. Se fosse domingo, ele provavelmente tinha acabado de voltar da igreja num estado de espírito bíblico e elevado. Eu esperava ouvir a qualquer momento que os Angels haviam corrido com suas motos direto para o mar, que se abriu para que eles passassem. Mas não, não foi assim. O prefeito não estava relutante em dar detalhes sobre a fuga. Ele queria que os órgãos de imposição da lei de todas as partes fossem advertidos quanto aos métodos dos Angels. O conhecimento é poder, ele opinou.

Então o prefeito Lessard me descreveu, no que pareceu ser um tom solene, como os Hell's Angels, antes do tumulto, jogaram gasolina numa rota de fuga e depois, no auge da violência, quando estavam prestes a serem presos, saíram da cidade a toda velocidade... e o último a passar pela poça de gasolina atirou um palito de fósforo nela. Uma parede de chamas explodiu no meio da noite, tornando impossível a perseguição. Sim, era a velha técnica da parede de fogo, uma herança da Guerra dos Bôeres. Ela foi muito bem-sucedida em Lacônia. Os homens da lei foram parados em seu caminho por um calor tão intenso que provavelmente danificou seus transmissores de rádio de ondas curtas. Caso os Hell's Angels tivessem sido menos espertos, eles teriam sido inter-

5. Nenhuma suástica era visível em nenhuma das fotos que ele me enviou, que se supõe serem as mais convincentes que ele conseguiu reunir. (N.A.)

ceptados, através de um alerta geral, em algum ponto entre New Hampshire e a Califórnia.

Assim, eles voltaram sem problemas e com tempo de sobra para sacudir das roupas a poeira das trilhas para a jornada de Bass Lake, duas semanas depois. Não havia como negar a magia envolvida nisso e, quando o clã se reuniu, esse era o principal assunto das conversas. Todos queriam cumprimentar os audaciosos que aprontaram isso... mas, por alguma razão, ninguém se pronunciou. O único Angel que sabia alguma coisa sobre Lacônia além do que todos haviam lido nos jornais era Tiny, cuja ex-mulher havia ligado para ele de um telefone público de Lacônia no momento em que tudo estava acontecendo. Um dos pontos baixos da jornada de Bass Lake foi a declaração pesarosa de Tiny de que nenhum Angel conseguira chegar a Lacônia a tempo.

"A minha patroa estava lá", ele disse aos fora da lei decepcionados, "e se tivesse algum dos nossos ela teria me falado. Foram aqueles caras de Quebec. Eles e um grupo chamado Banditos, do Leste. Eles mostraram que têm atitude. A gente devia se juntar a esses caras."

Essa notícia fez com que os outros ficassem olhando para a fogueira com olhares trágicos. Finalmente alguém resmungou: "Merda, era um bando de amadores. Se a gente estivesse lá, eles não teriam dispersado a multidão tão fácil. Cara, quinze mil motos numa cidade, isso chega a me dar uma dor no coração."

Após as primeiras histórias violentas serem diminuídas às suas devidas proporções, ninguém, nem mesmo os motociclistas respeitáveis, achava que os Hell's Angels tivessem alguma coisa a ver com a confusão em Lacônia. A *Cycle World,* que se denomina "a mais importante publicação americana voltada para fãs de motociclismo", culpou os fora da lei franco-canadenses, refugiados do "lado miserável do motociclismo do leste dos Estados Unidos", e "malucos radicais, alguns dos quais estão em repartições públicas em cidades perto de Lacônia..."

21

Mentira! Você está mentindo! Vocês estão todos mentindo pra prejudicar os meus rapazes!

Ma Barker

No final do verão de 1965, os Hell's Angels haviam se tornado um fator a ser considerado na vida social, política e intelectual do norte da Califórnia. Eles eram citados quase todos os dias pela imprensa e nenhuma festa mais ou menos boêmia fazia sucesso a menos que houvesse fortes rumores – espalhados pelo anfitrião – de que os Hell's Angels também estariam presentes. Eu estava levemente angustiado com essa síndrome, uma vez que o meu nome estava sendo associado aos Angels e havia um sentimento no ar de que eu poderia fazê-los aparecer sempre que tivesse vontade. Isso nunca foi verdade, embora eu fizesse o que podia para colocar os fora da lei em contato com cerveja de graça e diversão sempre que parecesse apropriado. Ao mesmo tempo, eu tinha aversão à possibilidade de ser responsabilizado pelo seu comportamento. A sua primazia em tantas listas de convidados tornava inevitável que um certo número de saques, agressões e roubos ocorresse, caso eles entrassem na onda de excitação social a todo vapor. Eu me lembro de uma festa em que fui atormentado por crianças e jovens mães porque os Angels não apareceram. Os convidados em geral eram intelectuais respeitáveis de Berkeley, cuja ideia de motoqueiros fora da lei não era condizente com a realidade. Eu havia contado aos Angels sobre essa festa e dado o endereço, uma rua residencial sossegada em East Bay, mas esperava que eles não fossem. O local era problema garantido: barris de cerveja amontoados, música turbulenta e dúzias de garotas querendo agitar enquanto seus maridos e acompanhantes de diversos tipos queriam conversar sobre "alienação" e "uma geração em revolta". Até mesmo uma meia dúzia de Angels teria rapidamente reduzido a cena a um intolerável denominador comum: quem nós vamos foder?

Era Bass Lake de novo, mas com uma espécie diferente de voyeur: dessa vez era a autoridade cultural da moda na Bay Area que adotou os Angels com tanto entusiasmo quanto qualquer grupo de turistas em um mercado de cervejas imundo da Sierra.[1] Os fora da lei eram bastante desejados. Eles eram grandes, sujos e estimulantes... ao contrário dos Beatles, que eram pequenos, limpos e populares demais para estarem na moda. Quando os Beatles saíram de cena, criaram um vácuo que sugou os Hell's Angels para dentro. E logo atrás dos Hell's Angels veio Roth dizendo: "Eles são os nossos últimos heróis americanos, cara". Roth era tão interessado nos Angels que começou a produzir ícones para comemorar a sua existência – réplicas de plástico de capacetes nazistas com slogans modernos – "Cristo era uma mentira" – e as cruzes de ferro, que ele vendia para o mercado de adolescentes de costa a costa.

O único problema da nova imagem dos Angels era que os próprios fora da lei não a entendiam. Eles ficavam confusos com o fato de serem tratados como heróis simbólicos por pessoas com as quais não tinham quase nada em comum. Por outro lado, estavam ganhando acesso a todo um suplemento de mulheres, bebidas, drogas e novas diversões que eles estavam ávidos para conseguir, e que se dane o simbolismo. Mas eles não conseguiam nunca compreender o papel que deviam desempenhar e insistiam em improvisar as suas falas. Isso bloqueou os seus canais de comunicação, o que os deixou nervosos... E, após um passeio breve pelo circuito de festas descoladas, com poucas exceções, eles decidiram que seria mais barato e mais fácil, a longo prazo, comprar sua própria cerveja e conseguir uma classe de bocetinhas menos complicada.

A única conexão realmente bem-sucedida que eu fiz para os Angels foi com Ken Kesey, um jovem romancista[2] que vivia em um bosque perto de La Honda, ao sul de São Francisco. Durante os anos de 1965 e 1966, Kesey foi preso

1. Isso me lembrou um cartum da revista *The Realist,* que mostrava o Pavilhão da Pobreza na Feira Mundial. (N.A.)

2. *Um estranho no ninho* e *Uma lição para não esquecer*. (N.A.)

duas vezes por posse de maconha e acabou tendo que sair do país para evitar uma pena mais longa. A sua associação com os Hell's Angels não era a coisa mais indicada para acalmar sua relação com as forças da lei e da decência, mas ele foi atrás dela, e com um fervor orgulhoso.

Encontrei Kesey numa tarde de agosto nos estúdios da KQED, a rede de TV educativa de São Francisco. Tomamos algumas cervejas em um bar próximo, mas eu tive que ir embora cedo porque tinha que levar uma gravação de música de percussão brasileira para o Frenchy na Box Shop. Kesey disse que iria junto e, quando chegamos lá, ele fez um grande sucesso com os quatro ou cinco Angels que ainda estavam trabalhando. Depois de algumas horas comendo e bebendo, e da simbólica troca de ervas, Kesey convidou a divisão de Frisco para uma festa em La Honda no fim de semana seguinte. Ele e sua turma de amigos, os Pranksters, tinham cerca de seis acres, com um córrego fundo entre a casa e a estrada e uma área privada marcada pela loucura e pela superpopulação,

O que aconteceu foi que nove acusações de posse de maconha contra os amigos de Kesey tinham sido retiradas na sexta-feira. Isso foi devidamente observado pelos jornais de sábado, que chegaram a La Honda mais ou menos na mesma hora em que Kesey estava pendurando um cartaz em seu portão com os dizeres: OS ALEGRES PRANKSTERS DÃO AS BOAS-VINDAS AOS HELL'S ANGELS. O cartaz, em vermelho, branco e azul, tinha quatro metros de comprimento e noventa centímetros de altura. Ele teve um efeito negativo nos vizinhos. Quando cheguei lá, no meio da tarde, cinco carros de xerifes do condado de San Mateo estavam estacionados na estrada, em frente à propriedade de Kesey. Uns dez Angels já haviam chegado e estavam do lado de dentro do portão, em segurança. Outros vintes estariam a caminho. A panela estava começando a ferver.

Levei minha esposa e meu filho pequeno, e nós queríamos ir até a praia para fazer um lanche antes de nos juntarmos aos outros para as festividades. Depois de percorrer alguns quilômetros de estrada, parei no mercadinho de San

Gregorio, uma comunidade numa encruzilhada sem uma população propriamente dita, mas que serve de centro de referência para as fazendas que ficam ao redor. O mercadinho estava vazio nas seções de ferramentas, verduras e arreios, mas, na parte da frente, onde ficava o bar, o clima era de impaciência e muito barulho. O pessoal não estava feliz com a movimentação na estrada. "Aquele drogado desgraçado", disse um fazendeiro de meia-idade. "Primeiro é a maconha, agora os Hell's Angels. Jesus Cristo, ele só está esfregando a nossa cara na lama!"

"Beatniks!", disse um outro. "Não valem um litro de mijo." Havia uma conversa sobre distribuir os machados do mercado para "ir até lá e fazer uma limpeza no local". Mas alguém disse que a polícia já estava cuidando do assunto: "Vão botar eles na cadeia pra sempre desta vez, cada um daqueles desgraçados...". E assim os machados ficaram nas prateleiras.

Quando anoiteceu, o terreno de Kesey estava cheio de gente, música e luzes multicoloridas. A polícia acrescentou um toque especial, estacionando ao longo da rodovia com suas próprias luzes piscando... lampejos vermelhos e alaranjados iluminando as árvores e os rochedos claros do outro lado da estrada. Naquela mesma primavera, a propriedade de Kesey havia sido invadida por dezessete policiais e meia dúzia de cães, liderados por um conhecido agente de narcóticos federal chamado Willie Wong. Kesey e doze de seus amigos foram presos sob acusações de posse e uso de maconha, mas a maioria delas teve que ser retirada em razão de peculiaridades no mandado de busca e apreensão. Logo após a busca, o agente Wong foi transferido para outro distrito e a polícia local não realizou mais nenhuma tentativa de adentrar os portões. Eles se contentavam em espreitar da estrada do outro lado do córrego e observar todos os que entravam e saíam. Os assistentes de xerife locais paravam e questionavam um fluxo constante de professores universitários, vagabundos, advogados, estudantes, psicólogos e hippies sofisticados. Não havia muito o que a polícia pudesse fazer além de passar pelo rádio o controle de multas de trânsito que não foram pagas, mas o faziam com uma determinação incansável. De vez em quando eles prendiam um bêbado mais evidente ou alguém que estivesse totalmente chapado, mas, durante vários meses de vigília, suas únicas prisões de verdade somavam menos de meia dúzia de infratores de trânsito.

Enquanto isso, as festas ficavam cada vez mais barulhentas e agitadas. Havia muito pouca maconha, mas muito LSD, que era legalizado na época. Os policiais ficavam de longe, na estrada, e viam do outro lado do córrego uma cena que deve ter atormentado as raízes de sua capacidade de compreensão. Lá estavam todas aquelas pessoas enlouquecidas, berrando e dançando seminuas ao som do rock'n'roll vibrando entre as árvores, saindo de amplificadores enormes, passando de um lado para o outro e cambaleando em um labirinto de luzes psicodélicas... ENLOUQUECIDAS, meu Deus, e sem nenhuma lei para detê-las.

Depois, com a chegada dos Hell's Angels, a polícia finalmente tinha um pretexto – uma razão de ser, por assim dizer – e logo triplicou a escolta. Kesey tinha passado dos limites. Um bando de beatniks e tipos universitários tomando uma espécie de droga invisível era algo difícil de se lidar, mas uma gangue de motoqueiros era a ameaça tangível pela qual a polícia estava esperando.[3]

A primeira festa, com a presença apenas da divisão de Frisco, foi um sucesso estrondoso. Em algum momento durante a noite, Pete, o corredor de rachas, deu um sorriso

---

3. Alguns meses depois, quando Kesey compareceu ao tribunal em sua primeira acusação de posse de maconha, uma das condições colocadas em sua pena relativamente leve de seis meses foi a de que ele vendesse a propriedade e se mudasse do condado de San Mateo para sempre. Ele obedeceu, mas foi um pouco mais longe do que as autoridades esperavam. No dia 31 de janeiro de 1966, Kesey saiu sob fiança e desapareceu. Um bilhete de suicídio foi encontrado em seu ônibus abandonado no litoral norte da Califórnia, mas nem a polícia acreditou que ele estivesse morto. Os resultados da minha própria investigação são bastante nebulosos, embora eu tenha conseguido, após muitos meses de busca, localizar o seu endereço para encaminhamento de correspondências: A/C Adido da Agricultura Embaixada dos Estados Unidos, Assunção, Paraguai. (N.A.)

enquanto examinava um barril de cerveja e disse: "Cara, isso sim é uma noite maravilhosa. A gente não sabia o que ia rolar quando chegou, mas acabou sendo uma beleza. Dessa vez é só curtição, sem problemas."

A maioria dos Angels ficou fazendo pose e permaneceu na defensiva até ficarem todos totalmente bêbados, e alguns nunca superaram a ideia de que poderiam ser desafiados e surrados a qualquer momento... Mas, como grupo, pareciam perceber que, se quisessem alguma tensão, teriam que se esforçar muito para criá-la por conta própria. O pessoal de Kesey estava muito preocupado em abrir a mente para se preocupar com coisas tão rústicas e realistas como os Hell's Angels. Outros luminares perambulavam pela festa (particularmente o poeta Allen Ginsberg e Richard Alpert, o guru do LSD), e, embora os Angels não os conhecessem, ficaram um pouco sem jeito por terem que dividir as atenções.

Esse foi o primeiro encontro de Ginsberg com os Angels, e ele logo se tornou um aficionado. Mais tarde, quando ficou claro que todos que saíam da festa estavam sendo pegos pela polícia, Ginsberg e eu saímos de carro para ver como isso estava acontecendo. Um Fusca que saiu logo na nossa frente tinha sido parado na rodovia a cerca de oitocentos metros do local da festa, e os ocupantes foram retirados para interrogatório. A nossa ideia era chegar à cena da apreensão com um gravador, mas mal saí da primeira marcha quando fomos parados por um outro carro de xerife. Eu saí do carro com o microfone na mão e perguntei qual era o problema. A visão do microfone fez com que os assistentes de xerife ficassem mudos, falando apenas o estritamente necessário. Um deles pediu para ver minha carteira de motorista, enquanto o outro tentava ignorar Ginsberg, que perguntou de forma muito agradável e insistente por que todas as pessoas que saíam da festa estavam sendo detidas. O policial ficou parado com os pés afastados, com as mãos unidas atrás das costas e a expressão congelada, com um olhar fixo e calado. Ginsberg continuou a questioná-lo enquanto o outro subdelegado verificava a minha carteira de motorista. Eu gosto de ouvir a gravação desse confronto.

Parece que Ginsberg e eu estamos lançando questões retóricas um para o outro, com um rádio da polícia emitindo ruídos no fundo. A cada intervalo de alguns minutos, uma voz diferente profere algum som monossilábico, mas as nossas perguntas não são respondidas em nenhum momento. Durante vários momentos não se ouve nenhum som – apenas a voz de Ginsberg cantarolando um raga do Oriente Médio, às vezes com o estalo espasmódico da voz do Centro de Operações ao fundo. A cena era tão ridícula que até os policiais começaram a sorrir após algum tempo. Sua recusa em falar resultou em uma inversão de papéis improvável, enfatizada de forma perfeita pelo nosso divertimento.

O assistente de xerife que teve que ficar conosco olhava para Ginsberg com curiosidade. De repente, ele perguntou: "Quanto tempo demorou para a sua barba ficar deste tamanho?".

Ginsberg parou de cantarolar, pensou um pouco na pergunta, e respondeu: "Uns dois anos. Não, acho que foram dezoito meses."

O policial balançou a cabeça, pensativo... como se estivesse pensando em deixar a barba crescer também, mas talvez não pudesse investir todo aquele tempo. Doze meses, tudo bem, mas dezoito... ele devia estar pensando consigo.

A conversa ficou devagar mais uma vez, até que o assistente de xerife que estava com o rádio voltou para informar que eu não estava com nenhuma cobrança de multa pendente. Nesse momento, eu disse que desligaria o gravador se eles tivessem qualquer tipo de conversa conosco, por mais limitada que fosse. Eles concordaram, e nós conversamos durante algum tempo. Eles estavam atrás dos Hell's Angels, disseram, não de Kesey. Cedo ou tarde os baderneiros iriam causar problemas, e que diabos eles estavam fazendo ali? Eles estavam curiosos para saber como eu havia encontrado material suficiente para escrever sobre os Angels. "Como é que você faz eles falarem?", perguntou um deles. "Você nunca apanhou? Eles deixam você ficar com eles? Qual é a deles? Eles são mesmo tão maus quanto a gente ouve por aí?"

Eu disse que os Angels provavelmente eram piores do que eles ouviam, mas que nunca tinham me causado problemas. Os assistentes de xerife disseram que não sabiam nada sobre os fora da lei além do que haviam lido nos jornais.

Exceto pela multa que acabaram me dando por uma lanterna traseira rachada, nos despedimos de forma amigável. Ginsberg perguntou por que eles haviam levado o motorista do Fusca no carro da polícia. Após alguns minutos, o rádio voltou com uma resposta: ele havia deixado de pagar uma multa de trânsito há alguns meses, e o valor original de vinte dólares tinha aumentado, como acontece com as multas na Califórnia, para 57 dólares que teriam que ser pagos em dinheiro antes que o infrator pudesse ser liberado. Nem Ginsberg, nem eu tínhamos 57 dólares, então pegamos o nome da vítima, pensando em mandar um amigo seu para ajudá-lo quando voltássemos para a casa de Kesey. Mas ninguém o conhecia e, pelo que eu sei, ele ainda está na prisão de Redwood City.

A festa continuou por dois dias e duas noites, mas a única outra crise ocorreu quando o homem que serviu de inspiração mundana[4] para o protagonista de alguns romances recentes ficou nu do lado particular do córrego e gritou um discurso longo e violento de crítica aos policiais que estavam a apenas vinte metros de distância. Ele se inclinava e gritava no clarão ofuscante de uma luz que vinha da varanda, segurando uma garrafa de cerveja e balançando o punho para os objetos do seu desprezo: "Seus bisbilhoteiros desgraçados! Qual é o seu problema, porra? Venham aqui pra ver o que vai ter... malditas sejam as suas almas cheias de merda!" Depois ele ria e balançava a cerveja. "Não se metam comigo, seus bostas. Venham aqui. Vocês vão ter toda a merda que merecem."

Por sorte, alguém o puxou de volta para a festa, ainda nu e gritando. O seu desafio bêbado à polícia poderia ter desencadeado um verdadeiro desastre. Na Califórnia, e na maioria dos outros estados, a polícia não pode invadir legalmente uma propriedade sem um mandado de busca, a

4. Nome retirado por insistência dos advogados do editor. (N.A.)

menos que (1) ela tenha alguma certeza de que um crime esteja sendo cometido ou (2) ela seja "convidada" pelo dono ou ocupante do imóvel. Essa exibição poderia ter sido interpretada de qualquer uma das duas formas caso os policiais estivessem dispostos a reagir e, naquele estágio da noite, um grupo de batida policial não teria conseguido atravessar a ponte sem uso de violência. Os Angels não estavam dispostos a ser levados sem oferecer resistência e estavam bêbados demais para se preocupar com as consequências.

Não demorou muito para que as histórias de La Honda circulassem entre outras divisões dos Angels. Um grupo de observação e reconhecimento de Oakland foi até o local e voltou com relatos tão entusiasmados que La Honda logo se tornou a Meca dos Angels de todo o norte da Califórnia. Eles chegavam sem avisar, geralmente em grupos de cinco a quinze, e permaneciam por lá até ficarem entediados ou até acabar o LSD, o qual apenas uns poucos haviam experimentado antes da relação com Kesey.

Muito antes de os fora da lei descobrirem La Honda, as festas liberais de Kesey já eram motivo de inquietação entre os defensores respeitáveis do LSD – cientistas, psiquiatras e outros nas áreas da ciência comportamental que achavam que a droga só poderia ser usada em situações de "experimentos controlados", com sujeitos cuidadosamente protegidos, sob constante observação por parte de "guias" experientes. Tais precauções são tidas como garantias contra "viagens ruins". Qualquer empolgado em potencial que saia do controle do processo protegido pode ser rapidamente entupido de tranquilizantes assim que demonstrar sinais de sede de sangue ou tentativas de arrancar a própria cabeça para ver o que tem dentro.[5]

---

5. A opinião de uma minoria dos consumidores de ácido é a de que as preparações solenes para um experimento controlado de LSD podem produzir mais viagens ruins do que evitá-las. Muitos "sujeitos" estão tão doutrinados pelo que leram e ouviram que, quando finalmente engolem a cápsula, suas reações já foram articuladas em sua própria mente. Quando o experimento diverge da suas noções preconcebidas, ou as abalam como um todo, eles tendem a entrar em pânico. E o pânico é sempre uma viagem ruim, com ou sem ácido. (N.A.)

O pessoal dos experimentos controlados sentiu que as orgias públicas com LSD levariam ao desastre a sua própria pesquisa. Havia pouco otimismo a respeito do que poderia acontecer quando os Angels – que cultuavam a violência, o estupro e as suásticas – se vissem no meio de uma multidão de intelectuais descolados, radicais marxistas e manifestantes pacifistas. Era uma situação que causaria exaltação dos nervos mesmo que fosse possível esperar que todo mundo mantivesse a cabeça no lugar... mas é claro que isso estava fora de cogitação. Com todas as pessoas bêbadas, chapadas e loucas, não havia ninguém em condições de fazer anotações objetivas, nenhum guia para acalmar os ataques mais empolgados, nenhum espectador racional para apagar princípios de incêndio ou esconder as facas do assassino... falta de controle total.

As pessoas que frequentavam as festas de Kesey não estavam tão preocupadas quanto aquelas que apenas tinham ouvido falar. O local era público apenas no sentido de que quem tivesse vontade poderia atravessar a ponte e o portão. Uma vez do lado de dentro, porém, um homem que não falasse a mesma língua dos outros se sentia muito desconfortável. Os viciados em ácido não são dados a uma hospitalidade espontânea. Eles encaram estranhos com olhar fixo, ou nem sequer olham para eles. Muitos convidados se sentiram amedrontados e nunca mais voltaram. Os que ficavam eram em sua maioria os refugiados boêmios, cujo senso de interdependência os levou a evitar que um fosse o foco das hostilidades pessoais do outro. Para isso havia sempre a polícia, do outro lado do córrego, que poderia invadir a qualquer momento.[6]

Mas até mesmo entre os Pranksters havia tanta incerteza em relação aos Angels que a primeira festa foi cla-

---

6. Analisando retrospectivamente, acredito que a reserva dos policiais não era inteiramente baseada no fato de saberem que quaisquer prisões ilegais poderiam lhes causar constrangimentos mais tarde, no tribunal. Tenho certeza de que eles também sentiam que, se esperassem o tempo suficiente, os doidos da propriedade particular de Kesey iriam destruir uns aos outros, poupando assim aos contribuintes o trabalho de encher o rol das causas com julgamentos complicados. (N.A.)

ramente leve em relação ao LSD. Depois, uma vez que a ameaça de violência pareceu ter desaparecido, houve ácido em abundância. Os Angels o usaram com cuidado no princípio, nunca trazendo o seu próprio, mas não demorou muito para que cultivassem fontes na sua própria área... de modo que qualquer ida a La Honda era precedida por um ajuntamento geral de cápsulas, que eles levavam à festa de Kesey e distribuíam, em troca de dinheiro ou não.

Uma vez que os fora da lei aceitaram o LSD como algo inatacável, passaram a lidar com ele com o mesmo entusiasmo irracional com que lidam com outros prazeres. Naquele mesmo verão, o consenso havia sido de que qualquer droga forte o suficiente para deixar um homem incapaz de pilotar uma motocicleta deveria ser esquecida... Mas, quando a oposição geral perdeu a força, após algumas festas de Kesey, os Angels começaram a tomar LSD sempre que tinham acesso a ele, o que realmente acontecia bastante, em virtude de seus inúmeros contatos no submundo das drogas. Durante vários meses, a única coisa que limitava o seu consumo era a falta de dinheiro crônica. Considerando-se a oferta ilimitada de ácido, provavelmente metade dos Angels que existiam na época teria reduzido o cérebro a cinzas em menos de um mês. O fato foi que o consumo chegou aos limites da tolerância humana. Eles não falavam de muitas outras coisas, e muitos pararam até de falar. O LSD é uma cura garantida para o tédio, um mal não menos comum entre os Angels do que em qualquer outro segmento da Grande Sociedade... E, à tarde, no El Adobe, quando nada mais estava acontecendo e não havia muito dinheiro para a cerveja, alguém como Jimmy, Terry ou Skip aparecia com as cápsulas e todos eles faziam uma viagem para algum Outro Lugar.

Ao contrário de todas as expectativas, a maioria dos Angels se tornou estranhamente pacífica sob o efeito do ácido. Com algumas exceções, ficou muito mais fácil se relacionar com eles. O ácido dissolveu muitos de seus reflexos condicionados. Sobrou pouco da malícia sombria ou da disposição constante para briga que normalmente predomina na sua relação com estranhos. A agressividade os abandonou.

Eles perderam o ar irritadiço e desconfiado de animal selvagem que pressente uma cilada. Era estranho, e eu ainda não entendo muito bem. Na época, eu tinha uma sensação incômoda de que aquilo era uma calmaria antes da tempestade, de que na verdade eles não estavam tomando o suficiente para fazer o efeito completo e de que, cedo ou tarde, tudo seria arrasado por uma espécie de reação demoníaca tardia. No entanto, havia muitas evidências de que a droga estava fazendo efeito. Os Angels não têm nenhuma consideração por aquilo que os psiquiatras consideram os limites da dosagem segura. Eles dobravam e triplicavam a dosagem máxima recomendada, geralmente usando oitocentos ou mil microgramas num período de doze horas. Alguns entravam em longos ataques de choro e gemido, balbuciando pedidos incoerentes a pessoas que ninguém enxergava. Alguns entravam em crises catatônicas e não diziam nada durante horas seguidas, depois retornavam à vida com histórias de viagens a terras distantes e visões incríveis. Uma noite, Magoo se perdeu no mato e teve um ataque de pânico. Ele gritou por socorro até que alguém o levasse de volta a um lugar iluminado. Uma outra noite, Terry o Vagabundo estava convencido de que havia morrido e voltado à vida como um galo, que seria assado na fogueira assim que a música parasse de tocar. Toda vez que uma música estava para terminar, ele corria para o gravador, gritando: "Não! Não! Não deixa ela parar!" Um fora da lei cujo nome me esqueci desceu "esquiando" um barranco quase perpendicular de sessenta metros ao alcance das vistas dos policiais. Todos aplaudiram e gritaram quando ele pulou para fora da beirada do precipício e conseguiu manter o equilíbrio enquanto os saltos das botas jogavam muita terra para o alto. O único acesso de violência envolveu um Angel que tentou estrangular a patroa na frente da casa de Kesey menos de meia hora depois de ter tomado a sua primeira – e última – cápsula.

A minha própria experiência com ácido é limitada em termos de consumo total, mas bastante variada quanto à companhia e às circunstâncias... e, se eu pudesse escolher qualquer um da meia dúzia de surtos dos quais me lembro e repeti-lo, escolheria uma daquelas festas dos Hell's Angels em La Honda, completa, com toda aquela iluminação maluca, policiais na estrada, uma escultura de Ron Boise que aparecia indefinida no meio da floresta e todos os grandes alto-falantes vibrando com *Mr. Tambourine Man*, de Bob Dylan. A atmosfera era muito eletrizante. Se por um lado os Hell's Angels davam uma sensação de ameaça à festa, também a tornavam mais interessante... e muito mais intensa do que qualquer coisa obtida a partir de um experimento controlado ou de uma reunião refinada e fria de pessoas cultas em busca da verdade, procurando a sabedoria em uma cápsula. Tomar ácido com os Angels era uma aventura, eles eram ignorantes demais para saber o que esperar e malucos demais para se preocupar. Eles simplesmente engoliam a coisa e aguardavam... o que provavelmente é tão perigoso quanto dizem os especialistas, mas é também uma viagem muito mais louca do que ficar numa câmara estéril com um guia tolerante e um grupinho nervoso de tipos pretensamente modernos. Que eu saiba, não há nenhum caso de motoqueiros fora da lei totalmente descontrolados por causa do LSD. Talvez a mente dos brigões não seja fértil o suficiente para favorecer o tipo de loucura reservada que vem à tona com o ácido. Os legisladores que exigem a proibição do LSD sempre citam crimes de homens batalhadores e inteligentes de classe média, sem nenhum histórico de crimes ou assassinatos. Um assassinato a facadas no Brooklyn acionou uma investigação no senado americano. O suposto assassino, um estudante universitário brilhante, disse que estava "viajando de LSD há três dias" e não conseguia lembrar o que havia feito. A legislatura estadual da Califórnia aprovou uma lei rigorosa a respeito do LSD[7] depois de ouvir o depoimento de um policial de Los Angeles afirmando que o ácido fazia com que as pessoas subissem nuas em árvores, corressem pelas ruas gritando e ficassem de quatro para comer grama. Outros casos de LSD incluem assassinato, suicídio e comportamentos insanos de todos os tipos. Um estudante de Berkeley saiu andando pela janela do terceiro andar do prédio dizendo: "Já que eu vou

---

7. Em junho de 1966. (N.A.)

fazer uma viagem, posso ir para a Europa". Com a queda ele teve morte instantânea.

Nenhum desses incidentes envolve aqueles elementos da sociedade norte-americana geralmente associados ao comportamento criminoso. Assim como o truste, a sonegação de impostos e a apropriação indébita, os crimes psicodélicos parecem ser um mal das classes mais abastadas. Isso não tem nada a ver com o preço do LSD, que varia de 75 centavos a cinco dólares a cápsula, ou cubo. Esse é o preço de uma viagem de doze horas de intensidade indeterminada. A heroína, por outro lado, é definitivamente um vício da classe baixa e, no entanto, custa pelo menos vinte dólares por dia para a maioria dos viciados, em geral muito mais.

As conclusões são um pouco nebulosas neste ponto e a pressa com que as leis do LSD foram aprovadas, em 1965 e 1966, provavelmente impedirá o desenvolvimento de qualquer pesquisa significativa sobre o assunto durante muitos anos. Enquanto isso, o Experimento de Kesey deve ser considerado, observado e talvez ampliado por pesquisadores que tenham convicções semelhantes. Até mesmo em sua forma abreviada, ele ridicularizou a sabedoria convencional quanto (1) à natureza do LSD, (2) à estrutura e à flexibilidade da personalidade dos brigões ou (3) às duas coisas.[8]

---

8. Depois de três ou quatro meses de uso excessivo crônico de ácido, a maioria dos Angels começou a reduzir o consumo. Alguns sofriam alucinações aterrorizantes e juraram nunca mais usar a droga. Alguns disseram que tinham medo de enlouquecer ou sofrer acidentes de moto. Em 1966, apenas alguns estavam tomando ácido com alguma frequência. Um desses me contou que o LSD foi a melhor coisa que aconteceu em sua vida: "Eu não tive uma preocupação desde que tomei a primeira cápsula", ele disse. Em setembro de 1966, Kesey retornou à Califórnia sem avisar e apareceu rapidamente em festas underground e entrevistas coletivas à imprensa. Ele disse que havia decidido, após seis meses ao sul da fronteira, voltar ao seu país como "fugitivo permanente e dedo na ferida de J. Edgar Hoover". A perua vermelha de Kesey era lenta demais, ou o motorista era ruim demais para desviar dos cães de guarda de J. Edgar. Enquanto estas linhas estavam sendo escritas, ele estava em liberdade sob uma fiança de mais de trinta mil dólares e esperando julgamento sob acusações que poderiam mandá-lo para a prisão por um a cinco anos. A minha opinião é que ele deveria ter ficado em Assunção e arrumado um emprego. (N.A.)

Um dos melhores saraus de La Honda aconteceu no fim de semana do Dia do Trabalho de 1965, o primeiro aniversário do estupro de Monterey. A essa altura, a publicidade relâmpago dos Angels prosseguia a todo vapor e eles tinham que lidar constantemente com os noticiários. Repórteres e fotógrafos permaneciam por perto do El Adobe quase todos os fins de semana, fazendo perguntas, tirando fotos e torcendo para que alguma coisa acontecesse para reforçar as manchetes do dia seguinte. A polícia de Oakland designou um destacamento de quatro homens para ficar de olho nos Hell's Angels. Eles passavam no bar de vez em quando, sorrindo com uma expressão bondosa diante de uma avalanche de insultos, e ficavam ali apenas o tempo suficiente para ter certeza de que os fora da lei sabiam que estavam sendo vigiados. Os Angels apreciavam essas visitas. Eles ficavam muito mais contentes em falar com policiais do que com repórteres ou até mesmo com estranhos solidários que frequentavam o El Adobe em número cada vez maior. Apesar da fama crescente dos fora da lei, a polícia de Oakland nunca fez sobre eles uma pressão como a que era feita nas outras divisões. Até mesmo no auge da repressão, a divisão de Barger tinha uma relação especial com a lei local. Barger explicou que isso representava uma potencial frente comum contra uma rebelião dos negros há muito anunciada em East Oakland, que tanto os Hell's Angels quanto os negros veem como "sua" cidade. A polícia, ele disse, estava contando com os Angels para "manter os pretos na linha".

"Eles têm mais medo dos pretos do que da gente", disse Sonny, "porque eles estão em número muito maior."

A relação dos Angels com os negros de Oakland é tão ambivalente quanto a que têm com a polícia. Sua barreira racial é estranhamente manipulada, de modo que os "negrinhos gente boa" ficam de um lado e a massa de "pretos malucos" fica do outro. Um dos Nomads (antiga divisão de Sacramento) divide um apartamento com um artista negro que vai a todas as festas dos Angels sem demonstrar nenhum constrangimento. Os fora da lei o chamam de "sujeito bom de verdade".

“Ele é artista”, me disse Jimmy certa noite, numa festa em Oakland. “Eu não entendo muito de arte, mas dizem que ele é bom.”

Charley é outro negrinho gente boa. Ele é um sujeito baixo, magro e que tem andado com os Angels há tanto tempo que alguns deles se sentem constrangidos ao explicar por que ele não é um membro. “Droga, eu admiro o desgraçado”, disse um deles, “mas ele nunca vai entrar. Ele acha que vai, mas não vai... merda, dois votos contra já são suficientes, e eu sei de quem seriam só de olhar em volta.”

Nunca perguntei ao Charley por que ele não andava com os East Bay Dragons, um clube fora da lei só de negros, como o Rattlers de São Francisco. Os Dragons têm o mesmo tipo de ímpeto meio insano dos Angels, e um grupo deles passando pela rua gritando é algo igualmente espetacular. Eles usam capacetes multicoloridos e as motos são uma mistura de Harleys e “caçambas de lixo” – todas Harleys 74. Os Dragons, assim como os Angels, têm na maioria vinte e poucos anos e estão mais ou menos desempregados. Também como os Angels, eles têm um grande interesse pelo agito, com ou sem violência.[9]

Pouco depois que conheci os Angels de Oakland e muito antes de nem mesmo saber que os Dragons existiam, eu estava parado na entrada do El Adobe numa noite tediosa de sexta-feira quando o estacionamento de repente lotou, com cerca de vinte motos grandes com cromados brilhantes, pilotadas pelo grupo de negros com a aparência mais louca que eu já vira. Eles chegaram forçando os motores e desceram das motos com uma segurança tão calma e elegante que o meu primeiro impulso foi largar a cerveja e correr. Eu tinha passado tempo suficiente com os Angels para entender o que eles pensavam sobre “os pretos”... E lá estavam eles, um comando de uma gangue de negros chegando com um estrondo bem no posto de comando dos Angels. Saí da

9. Os Rattlers, em geral, são mais velhos. O clube teve início na época dos Booze Fighters. “Os Rattlers tinham muita classe antigamente”, lamentou um dos Angels de Oakland. “Mas hoje eles só ficam no bar deles jogando dominó.” (N.A.)

entrada do bar para um local onde teria passagem livre para correr para a rua quando a briga começasse.

Havia uns trinta Angels no bar naquela noite e a maioria correu para fora, com a cerveja ainda na mão, para ver quem eram os visitantes. Mas ninguém parecia estar pronto para brigar. Quando os Dragons desligaram os motores, os Angels já estavam cumprimentando-os com ameaças de brincadeira, do tipo "vamos chamar a polícia" e "mandar prender esses desgraçados por assustar os cidadãos". Barger deu um aperto de mão em Lewis, o presidente dos Dragons, e perguntou o que estava acontecendo. "Onde é que vocês estão se escondendo?", perguntou Sonny. "Se vocês aparecessem mais por aqui, poderiam sair nos jornais". Lewis riu e apresentou Sonny, Terry e Gut a alguns dos novos membros do Dragons. A maioria dos fora da lei negros parecia conhecer os Angels pelo primeiro nome. Alguns entraram no bar, enquanto outros andavam pelo estacionamento, dando apertos de mão aqui e ali e admirando as motos. A conversa era, sobretudo, sobre motocicletas e, embora fosse intencionalmente amigável, também era um pouco reservada. A essa altura, Sonny havia me apresentado a Lewis e alguns dos outros. "Ele é escritor", disse Barger com um sorriso. "Só Deus sabe o que ele está escrevendo, mas ele é gente boa." Lewis concordou e me cumprimentou. "Como é que você consegue?", ele disse. "Se o Sonny está dizendo que não tem problemas com você, a gente também não tem." Ele disse isso com um sorriso tão largo que parecia que ia começar a rir. Depois bateu no meu ombro de um jeito rápido e amigável, como se fosse para garantir que eu entendesse que ele me via como um grande vigarista, mas que não iria estragar a piada dizendo isso na frente do Sonny.

Os Dragons ficaram por cerca de uma hora, depois partiram ruidosamente para onde quer que estivessem indo. Os Angels não os convidaram para nenhuma festa mais tarde, e eu tive a sensação de que ambos os grupos ficaram aliviados com o fato de a visita ter sido tão tranquila. Os Angels pareciam ter esquecido totalmente os Dragons assim que eles saíram de perto. O burburinho do El Adobe foi retomado... o tédio embriagado de sempre, o som estridente da jukebox, motos chegando e saindo, bolas batendo na mesa de bilhar e a conversa rouca e repetitiva de pessoas que passam tanto tempo juntas que só conseguem acabar com o tédio usando algum tipo de droga. Sonny foi embora cedo, como de costume e, quando estava subindo na sua Sportster preta no estacionamento, eu me lembrei dos Dragons e perguntei por que eles pareciam se dar tão bem com os Angels. "A gente não tem tanta amizade", ele respondeu, "e nunca teremos enquanto eu for o presidente. Mas eles são diferentes da maioria dos pretos. Eles são como a gente."

Eu nunca mais vi os Dragons no El Adobe, mas outros negros que apareceram lá foram recebidos de forma diferente. Uma noite, num fim de semana de agosto, um grupo de quatro negros entrou no bar. Todos tinham vinte e poucos anos, usavam blazer sem gravata e um deles era tão grande que tinha que abaixar para passar pela porta. Ele tinha mais de 2,10 m e pesava entre 120 e 140 quilos. A casa estava lotada, mas os quatro negros encontraram espaço no bar, e o grandalhão começou uma conversa aparentemente amigável com Don Mohr, o fotógrafo, que havia acabado de receber o título de Angel honorário. O resto dos fora da lei ignorou os recém-chegados, mas, meia hora após a sua chegada, Mohr e o Golias negro começaram a gritar um com o outro. A natureza da discussão nunca foi esclarecida, mas depois Mohr disse que ele pagara duas cervejas para o "negão" enquanto conversavam. "Depois ele pediu mais uma", explicou Mohr, "e eu disse a ele que iria me foder se pagasse por mais aquela. Foi só isso, cara. Ele estava procurando encrenca só de entrar aqui. Quando eu disse a ele pra pagar a droga da cerveja depois que eu tinha pagado as duas primeiras, ele ficou tirando sarro da minha cara. Aí eu disse: vamos lá pra fora."

Os dois já estavam quase indo às vias de fato no estacionamento quando os outros Angels perceberam que ia ter uma briga, mas, quando o primeiro soco foi dado, a área de combate havia sido fechada em um ringue de espectadores. Mohr atacou o enorme oponente sem nenhuma preliminar.

Deu um salto e acertou a cabeça do negro – e esse foi o fim da briga.

O negro cambaleou sem enxergar nada enquanto os outros se aglomeraram em volta dele. Ele foi atingido ao mesmo tempo no estômago, nos rins e de todos os lados da cabeça. Um de seus amigos tentou ajudá-lo, mas bateu no antebraço de Tiny e caiu inconsciente. Os outros dois foram sensatos o suficiente para correr. O monstro cambaleou para trás por um momento, depois se precipitou para a frente, ainda oscilando, até ser atingido pelo lado e cair estirado. Três dos fora da lei tentaram segurá-lo, mas ele deu um pulo e disparou para dentro do bar. Ele não parecia ferido, mas sangrava de diversos cortes pequenos e ficou desorientado depois de ter apanhado tanto, e por todos os lados. Ele caiu mais uma vez, mas se levantou rápido e se apoiou na jukebox. Até então, ele tinha sido um alvo móvel e oscilante, e apenas dois ou três Angels haviam conseguido acertá-lo em cheio. Mas agora ele estava cercado. Durante cerca de cinco segundos, nada aconteceu. O negro procurava desesperado uma passagem por onde correr, e ainda estava procurando quando a voadora de Terry o atingiu no olho esquerdo. Ele caiu de costas na jukebox, quebrando o vidro, e escorregou para o chão. Por um momento, ele parecia acabado, mas, depois de alguns chutes nas costelas, empurrou um de seus agressores e ficou de pé. Ele ainda estava se levantando quando Andy, um dos Angels mais frágeis e quietos, acertou o seu olho direito com um soco furioso que teria fraturado o crânio de um homem normal. Quando ele caiu dessa vez, Sonny o pegou pela gola da camisa e o jogou de costas no chão. O salto de uma bota bateu na sua boca. Agora ele estava impotente, com o rosto coberto de sangue, mas a agressão continuou. Finalmente, eles o arrastaram para fora e o largaram com o rosto virado para baixo no estacionamento.

O primeiro carro da polícia chegou assim que a pancadaria havia acabado. Outros dois chegaram de direções diferentes, depois veio um camburão e finalmente uma ambulância. Os Angels insistiram em alegar que a enorme vítima havia apontado uma faca para eles e teve que ser dominada. Os policiais olharam ao redor com as lanternas, mas a faca não foi encontrada. O negro não estava em condições de negar nada, embora tivesse recuperado a consciência quase imediatamente e conseguido andar até a ambulância. Isso pareceu satisfazer a polícia, pelo menos naquele momento. Eles tomaram algumas notas e alertaram Sonny de que a vítima poderia querer registrar queixa quando saísse do estado de choque, mas eu tive a impressão de que eles já estavam considerando o caso encerrado... A justiça natural havia prevalecido.

O caso nunca foi ao tribunal, mas deixou os Angels num estado mental bastante agitado. Não havia dúvida, em sua mente, de que os pretos iam tentar revidar. E da próxima vez não seriam apenas quatro. Jamais. Da próxima vez seria uma retaliação maciça. Eles provavelmente atacariam numa noite sem lua... esperariam até quase a hora de fechar o bar, com a esperança de pegar os Angels bêbados e sem reação, e aí apareceriam. A tranquilidade sombria da East Fourteenth Street, com suas luzes de neon, seria destruída sem aviso pelo sinal de apitos de osso primitivos. Levas e mais levas de corpos negros suados sairiam do posto de comando – a lanchonete Doggie na East Twenty-third Street – e seguiriam em silêncio pelas ruas até suas posições no perímetro do ataque, a cerca de quatrocentos metros do El Adobe. Depois, quando soassem os apitos de osso, a primeira leva de pretos correria com tudo pela East Fourteenth, ignorando o sinal vermelho, e se lançaria sobre os Angels com armas artesanais selvagens.

Toda vez que eu falava com os Angels nas semanas após o incidente do Negão, eles me avisavam que a represa estava prestes a ser aberta. "Temos certeza de que vai ser sábado à noite", me dizia Sonny. "Um informante falou." Garanti a ele que queria estar por perto quando acontecesse o ataque, e estive. Alguns meses antes eu teria rido de tudo aquilo, como se fosse uma espécie de ilusão adolescente delirante... Porém, depois de passar a maior parte do verão nas tavernas sanguinárias e embriagadas de East Oakland, vendo prostitutas serem espancadas, eu havia mudado os meus conceitos sobre a realidade e o animal humano.

Numa noite de fim de semana, no fim do verão, desci do meu carro no estacionamento do El Adobe. Alguém me chamou com um sussurro agudo e acenei para os Angels que estavam parados perto da porta. Ouvi o sussurro de novo, mas nenhuma das pessoas que eu via tinha dito coisa alguma. Depois percebi que havia alguém no telhado. Olhei para cima e vi a cabeça de Sonny espiando sobre a borda de concreto. "Por trás", ele disse em voz baixa. "Tem uma escada."

Atrás do bar, numa confusão de latas de lixo, encontrei uma escada de seis metros que ia dar no telhado. Subi e encontrei Sonny e Zorro deitados num canto, quase invisíveis num labirinto de papel alcatroado descascado. Sonny estava com um AR-16, o mais novo fuzil do exército americano, e Zorro estava com uma carabina M-l. Empilhado entre eles no telhado, havia um monte de munições em caixas e pentes, uma lanterna e uma garrafa térmica de café. Estavam esperando os pretos, eles disseram. Aquela era a noite.

Não foi. Mas os Angels mantiveram a guarda armada no telhado do El Adobe por quase um mês, até terem a certeza de que os negros estavam completamente intimidados. Uma tarde, no auge da tensão, Barger e outros cinco pegaram as motos e foram até uma linha de tiro em Almeda. Levaram fuzis presos às costas e pegaram uma rota pelo meio de Oakland. O telefone da polícia recebia relatos de uma patrulha de Hell's Angels fortemente armada seguindo para o sul pelo centro da cidade. Mas não havia nada que a polícia pudesse fazer. Os fora da lei levavam as armas descarregadas à mostra e respeitavam os limites de velocidade. Eles acharam que estavam precisando treinar a pontaria... e se aquela aparição tivesse um efeito ruim sobre a população, bem, isso era problema da população, não deles.

A maioria dos Angels evitava carregar armas à mostra, mas a casa de alguns deles lembra um arsenal particular: facas, revólveres, fuzis automáticos e até mesmo um carro blindado com uma torre rotatória para metralhadora no alto, feito por eles. Eles não gostam de falar sobre suas armas... é a sua única apólice de seguro contra aquele dia em que o Chefe de Polícia decidir partir para a batalha final, e os Angels têm certeza absoluta de que este dia está chegando.

> Não, eu não diria que eles são "racistas". Não mesmo. Talvez no fundo eles sejam. Não existe nenhum Angel negro, você pode notar. Mas os Angels não são *a favor* de ninguém, e isso faz com que sejam contra os negros e contra quase tudo.
>
> Oficial de polícia do condado de San Bernardino

Na linguagem da política e das relações públicas, os Angels "chegaram ao auge" no outono de 1965. A Jornada do Dia do Trabalho à casa de Kesey representou um enfraquecimento razoável porque cidades por todo o país estavam prontas para a invasão, esperando para serem saqueadas e destruídas. A Guarda Nacional foi convocada até mesmo em localidades distantes, como Parker, Arizona e Claremont, no estado de Indiana. A polícia canadense montou uma vigília especial na fronteira perto de Vancouver, na Colúmbia Britânica. Em Ketchum, Idaho, os moradores acoplaram uma metralhadora no telhado de uma farmácia de uma avenida principal. "Estamos prontos para aqueles delinquentes", disse um xerife. "Vamos mandar metade deles pra cadeia e a outra metade pro cemitério."

O passeio dos Angels até La Honda foi um triste anticlímax para a imprensa. Os fora da lei fizeram boa parte de suas viagens bizarras em alta velocidade, mas não era nada que merecesse virar uma notícia de jornal. Uma das minhas lembranças daquele fim de semana foi o discurso de plataforma de governo de Terry o Vagabundo, dirigido aos policiais na rodovia. Ele pegou um microfone ligado a alto-falantes potentes e aproveitou a oportunidade para desabafar, dirigindo-se à polícia de um modo bastante direto. Falou sobre moral, música e loucura, e terminou com um aviso rude e arrogante que não será esquecido tão cedo pelo departamento do xerife de San Mateo:

"Lembre-se disto", ele gritou no microfone. "Lembre-se apenas de que enquanto você está aí parado nessa estrada fria, cumprindo o seu dever e vigiando todos nós, maníacos sexuais e viciados em drogas nos divertindo aqui... pense apenas naquela sua boa esposa, lá na sua casa com algum Hell's Angel safado subindo entre as pernas dela!" Nesse momento, houve um estouro de risos incontidos, claramente audíveis na estrada. "O que você acha disso, seu imprestável? Tá ficando com fome? Nós vamos levar um pouco de chili pra você, se tiver alguma sobra... mas não vá correndo pra casa, deixe a sua esposa se divertir."

Era difícil entender, no caos triunfante daquele Dia do Trabalho, que os Angels estavam prestes a jogar fora uma das melhores ligações que já tiveram. Fazer batidas policiais em cidades do interior já era coisa antiga, e os policiais ficavam tensos com isso. A cena das drogas hippies era uma dimensão totalmente nova – uma tarefa diferente, por assim dizer –, mas, quando a guerra do Vietnã se tornou uma questão cada vez mais pública, os Angels foram colocados numa situação difícil.

Durante alguns meses, eles foram levados a se envolver com a política, mas a situação estava nebulosa, e um dos elementos que mais criava confusão era sua proximidade geográfica de Berkeley, a fortaleza do radicalismo da Costa Oeste. Berkeley é vizinha de Oakland, sem nada entre elas a não ser uma linha no mapa e algumas placas de rua, mas, por diversas razões, elas são tão diferentes quanto Manhattan e o Bronx. Berkeley é uma cidade universitária e, assim como Manhattan, uma atração para visitantes intelectuais. Oakland atrai pessoas que querem empregos que paguem por hora e moradia barata, pessoas que não têm dinheiro suficiente para morar em Berkeley, São Francisco ou em qualquer um dos distritos de classe média da Bay Area.[10] É um lugar barulhento, feio e vil, com a espécie de charme que Chicago tinha para Sandburg. Também é o habitat natural de bandidos, brigões, gangues de adolescentes e da tensão racial.

A publicidade maciça dos Hell's Angels, que seguiu muito de perto a amplamente divulgada rebelião estudantil

10. A população oficial de Oakland é de quase quatrocentas mil pessoas, mas ela é o centro de uma vasta expansão urbana chamada East Bay, com uma população de cerca de dois milhões – mais do dobro do tamanho de São Francisco. (N.A.)

em Berkeley, foi interpretada nos círculos intelectuais, radicais e liberais como sinal de uma aliança natural. Além disso, a postura agressiva e antissocial dos Angels – sua *alienação,* por assim dizer – tinha um apelo muito forte para o temperamento mais estético de Berkeley. Estudantes que mal conseguiam reunir forças para assinar um abaixo-assinado ou roubar uma bala ficaram fascinados com as histórias dos Hell's Angels destruindo cidades e tomando o que bem entendessem. O mais importante era que os Angels tinham uma reputação de desafiar a polícia, de se opor à autoridade e, para o estudante radical frustrado, isso era uma imagem realmente poderosa. Os Angels não se masturbavam, eles estupravam. Eles não vinham com teorias, canções e citações, mas com ruído, músculos e colhões.

A lua de mel durou cerca de três meses e chegou a um fim nervoso no dia 16 de outubro, quando os Hell's Angels atacaram uma passeata contra a guerra do Vietnã na divisa entre Oakland e Berkeley. Os heróis existenciais que dividiram o baseado com os liberais de Berkeley nas festas de Kesey de repente se tornaram bestas perversas, que partiam para cima desses mesmos liberais agitando os punhos e gritando "Traidores", "Comunistas", "Beatniks!". Quando a situação ficou difícil, os Hell's Angels ficaram firmes do lado da polícia, do Pentágono e da Sociedade John Birch. E não houve nenhum motivo para alegria naquele dia em Berkeley, porque tudo indicava que Casey havia enlouquecido.

O ataque foi um choque terrível para aqueles que tinham visto os Hell's Angels como pioneiros do espírito humano, mas para qualquer um que os conhecesse era inteiramente lógico. O ponto de vista coletivo dos Angels sempre foi fascista. Eles insistem e parecem acreditar que seu fetiche pela suástica não passa de uma piada antissocial, um truque garantido para irritar os caretas, os contribuintes, todos aqueles a quem se referem com desprezo como "cidadãos". O que eles realmente querem dizer é classe média, burguesia, habitantes dos burgos – mas os Angels não conhecem esses termos e desconfiam de qualquer um que tente explicá-los. Se eles quisessem ser engenhosos para aborrecer os caretas, abandonariam a suástica e decorariam suas motos com a foice e o martelo. Isso realmente iria causar uma comoção nas estradas... centenas de assassinos comunistas percorrendo o interior em grandes motocicletas, procurando confusão.

O primeiro choque aconteceu numa tarde de sábado, na metade do trajeto de uma passeata de protesto que ia do campus de Berkeley ao Terminal do Exército de Oakland, um ponto de embarque para homens e equipamentos com destino ao Extremo Oriente. Cerca de quinze mil manifestantes desciam a Telegraph Avenue, uma das vias principais de Berkeley, e ficaram cara a cara, nos limites da cidade, com uma muralha de quatrocentos homens da polícia de Oakland usando capacetes e segurando cassetetes com uma postura militar altiva. Estavam distribuídos numa formação em "V", com o chefe de polícia Toothman na posição central, de armador, dando ordens através de vários walkie-talkies. Era óbvio que a passeata não atravessaria a fronteira de Oakland sem luta. Eu me aproximei do confronto pelo lado de Oakland, mas, mesmo com um gravador, câmera e credenciais da imprensa, levei quase meia hora para transpor a terra de ninguém da barreira policial. A maioria das pessoas – até mesmo alguns jornalistas legítimos – teve que voltar.

Portanto, ainda está além da minha capacidade de compreensão a forma como uma dúzia de Hell's Angels, com a óbvia intenção de causar problemas, conseguiu se aproximar e atacar os líderes da passeata de protesto no momento em que eles vieram para a frente para trocar ideias com o chefe de polícia Toothman. Tiny liderou a investida, acertando quem tivesse o azar de estar no seu caminho. Os Angels foram dominados rapidamente pela polícia de Berkeley, mas não antes de conseguirem dar socos em algumas pessoas, rasgar alguns cartazes e arrancar fios de microfones do carro de som dos líderes da manifestação. Essa foi a luta infame que resultou na perna quebrada do policial.

Foi tudo um mal-entendido, disseram os militantes moderninhos ao explicar o ataque: os Angels foram enganados pelos policiais, o dinheiro da Direita havia feito sua cabeça e eles certamente refariam as suas alianças assim que soubessem o que estava em jogo.

Mas foi muito mais complicado definir o que estava em jogo do que imaginavam os moderninhos. Outro protesto contra a guerra foi marcado para meados de novembro e, nesse meio-tempo, houve inúmeras reuniões entre os assessores do grupo antiguerra e os Hell's Angels. Barger ficava sentado em sua sala de estar ouvindo pacientemente tudo o que o Comitê do Dia do Vietnã tinha a dizer, depois rejeitava tudo. O pessoal de Berkeley argumentava bem e durante um longo tempo, mas nunca entenderam que estavam falando em frequências diferentes. Não importava quantas barbas, pancadas ou cápsulas de ácido eles conseguissem reunir. Sonny considerava todos eles uns maricas – e ponto final.

Os Angels, assim como todos os motoqueiros fora da lei, são rigidamente anticomunistas. Suas visões políticas são limitadas ao mesmo tipo de patriotismo retrógrado que inspira a Sociedade de John Birch, a Ku Klux Klan e o Partido Nazista Americano. Eles não enxergam a ironia do seu papel... cavaleiros errantes de uma fé da qual já foram excomungados. Os Angels estarão entre os primeiros a ser trancafiados e mortos se os políticos com quem eles pensam que concordam chegarem ao poder.

Durante as semanas que precederam a segunda manifestação no Terminal do Exército de Oakland, Allen Ginsberg passou muito tempo tentando convencer Barger e seu pessoal a não atacar os manifestantes. Na quarta-feira anterior à passeata, Ginsberg, Kesey, Neal Cassady, alguns dos Pranksters de Kesey e um grupo de Angels se encontraram na casa de Barger em Oakland. Tomou-se muito LSD, discussões políticas tolas foram resolvidas pelas vozes gravadas de Joan Baez e Bob Dylan e tudo acabou com o grupo todo entoando o texto do *Prajnaparamita Sutra,* o Sermão Budista da Sabedoria mais Elevada e Perfeita.

Os Angels nunca tinham conhecido ninguém como Ginsberg: eles o classificaram como algo de outro mundo.

"Esse Ginsberg vai foder a gente", disse Terry. "Pra um cara que não é hétero, ele é o filho da puta mais hétero que eu já vi. Cara, você devia ter visto quando ele disse pro Sonny que amava ele. O Sonny não sabia o que dizer."

Os Angels nunca entenderam de verdade o que Ginsberg queria dizer, mas sua franqueza enervante e o fato de que Kesey gostava dele fizeram com que eles pensassem duas vezes antes de atacar a passeata que ele obviamente considerava uma coisa correta. Logo antes do protesto de novembro, Ginsberg publicou o seguinte discurso no jornal underground *Berkeley Barb:*

Aos Angels

Allen Ginsberg

Estes são os pensamentos – ansiedades – de manifestantes ansiosos
    De que os Angels irão atacá-los
        por diversão, ou para obterem publicidade, para aliviar a
            tensão
        ou para terem a afeição da polícia & da imprensa &/ou
            do Dinheiro da direita
    Que um acordo consciente foi feito com a
            polícia de Oakland
        ou uma concordância inconsciente, compreensão tácita
            mútua solidariedade
        que Oakland não mais perseguirá os Angels
            se os Angels atacarem & interromperem a Passeata &
                transformarem-na num tumulto
    Alguma dessas ideias é verdadeira, ou trata-se da paranoia dos
        manifestantes de mente menos equilibrada?
Enquanto os Angels forem ambíguos e não derem
        claras garantias de que ficarão tranquilos,
    As almas ansiosas, os naturalmente violentos, os inseguros, os
        histéricos entre os manifestantes têm uma desculpa para
        a política de
                autodefesa através da violência,
                uma racionalização da sua própria violência interna.

    Isso dá aos manifestantes a escolha entre se defenderem
            através da força devido ao medo & à ameaça

liberando a minoria mais irracional de rebeldes
ou, na melhor das hipóteses, de se defenderem friamente, sob controle
MAS CRITICADOS POR SEREM ILEGAIS

ou não se defenderem, e possivelmente serem abandonados
pela polícia
(uma vez que não temos nenhuma garantia clara da polícia de
Oakland de
que ela tentará manter com sinceridade a ordem e protegerá
o nosso direito constituído de protestar)
se vocês atacarem & prenderem pacifistas inocentes, jovens &
senhoras
E FOREM CRITICADOS COMO COVARDES IRRESPONSÁVEIS
Por vocês, pela imprensa, pela opinião pública & por esquerdistas
& Direitistas amantes da violência.

Esta é a política de pacifismo adotada pelo CDV para
manifestantes,
QUE NÃO SE CORRIGEM DE JEITO NENHUM. E tentarão fazer da passeata um ESPETÁCULO FELIZ.

**

Os Angels têm alguma pergunta para o Comitê do Dia do Vietnã?
alguma suspeita que pudesse ser esclarecida agora?
Qual é a principal reclamação?

O que os Angels pretendem fazer no dia 20 de novembro? Será que eles
têm mesmo um plano?
Vamos fazer um plano agora para deixar todo mundo seguro.

Porque os Medrosos presentes nas reuniões abertas do CDV
veem a Imagem dos Angels como "Eles gostam de bater
nas pessoas
por diversão" e naturalmente você tem uma representação
ruim desse jeito,
sobretudo se você finalmente encontrou um grupo que

você pode espancar com alguma aprovação social, temporariamente,
& com o consentimento da polícia.
Vocês não querem "mudar" vocês querem ser vocês mesmos,
& se isso inclui sadismo, ou hostilidade,
aí está uma situação na qual não serão punidos.
MAS NINGUÉM QUER DESPREZAR AS ALMAS
DOS HELL'S ANGELS
ou fazê-los mudar –
NÓS SÓ NÃO QUEREMOS APANHAR

**

A passeata de protesto está tentando mostrar
que o terror no Vietnã está causando
o mesmo terror aqui dentro do nosso país
liberando publicamente a mesma psicologia que
dará a aprovação para se acabar com os amarelos no Vietnã
Isso está afetando as relações humanas pacíficas aqui
permitindo a perseguição em massa de pessoas
que discordam
do
crescimento da hostilidade em massa da hipocrisia em massa
dos conflitos em massa
A massa de manifestantes não é POLÍTICA, eles são
INDIVÍDUOS PSICOLÓGICOS
que não querem que o país adquira o hábito da violência
cega & da crueldade inconsciente & do egoísmo NÃO
COMUNICAÇÃO – com o mundo externo ou com as
minorias solitárias dos Estados Unidos
tais como vocês
e nós
E os negros
E os fumetas
E os comunistas
E os Beatniks
E os Birchers
E até os chamados Caretas
Receio que um dia
as pessoas que têm ódio de nós, Manifestantes

pela paz & deixam vocês nos baterem – com medo de nós, Pacifistas –,
ainda com esse medo e esse ódio no coração,
irão se voltar contra vocês também,
ou pedirão para vocês se voltarem contra outras minorias
os negros?
Por fim, contra vocês mesmos e uns contra os outros.
(Esse foi o modelo dos Camisas Marrons na Alemanha
que foram usados pelos políticos do ódio,
& depois cremados nos Campos de Concentração,
acho eu.)

**

Eu disse que nós não éramos políticos, na maioria. E vocês dizem que são indiferentes à política. Mas estão tomando gosto pela política e tomando posições geopolíticas ao promoverem o bombardeio no Vietnã.

**

O que mais, além da política, irá aliviar
a tensão dos Hell's Angels?

**

Essa tensão está em todos, *não* apenas em vocês
De ir para a guerra, ser recrutado
ganhar dinheiro com a economia e os empregos da guerra, ser destruído
pela Bomba, apanhar
pela grana –

Para aliviar a tensão, vocês têm
que aliviar a tensão
DENTRO DE VOCÊS –
Encontrar a paz significa parar de odiar a si mesmo
parar de odiar as pessoas que os odeiam
parar de refletir a TENSÃO
HÁ PESSOAS QUE NÃO SÃO A TENSÃO
A MAIORIA DOS MANIFESTANTES NÃO SÃO A TENSÃO

Eles querem que vocês se juntem a eles para aliviarem
a tensão em vocês & em todos nós.

Tirem a tensão – Ansiedade Paranoica –
de cima de nós, E da polícia, de todos os que têm medo –
RENOVEM A CONFIANÇA, e ajam com clareza
de modo a tranquilizar –
sendo gentis e não
cruéis –
e os seus atos serão lembrados e respondidos.
Forçar a si mesmo, a outros e a polícia a situações de apuro
aumenta a tensão.
Atacar o Vietnã não alivia a tensão –
mesmo se país inteiro se juntasse aos Hell's Angels
– mundo usará tensão e mundo será destruído –
(quase aconteceu através de Hitler)

Sim hora de retirar da Suástica o simbolismo da tensão
e devolver a suástica aos Índios & Místicos Pacifistas
& Fumantes de Ganja de Calcutá
Podem imaginar-se fazendo o mesmo com a Foice e o Martelo?
Já vi Estrelas de Davi, & tem M 13 & LSD
& Negro Crescent
para vocês ficarem felizes.

**

Eu chamado de Beatnik ou Vietnick não quer dizer que não é
comum para todos – reconhecível & aceitável para todos –
quer dizer que podemos viver juntos sem tensão & rejeição.
Meu desejo é dividir, não
MONOPOLIZAR as imagens, porque não quero
ficar SOZINHO na Terra.
Não quero sofrimento desnecessário para mim, ou para qualquer outro. – vocês ou a polícia ou os vietnamitas ou todo o universo humano.

**

Qual é a saída para a tensão
para vocês? Se pararem ameaça de atacar
outros, aí as pessoas deixam vocês em paz.
    Já pararam de ameaçar o pessoal das
passeatas?
    Se vocês ameaçam é porque QUEREM tensão.
                                        Estamos tentando
tirá-la de vocês, & de nós, & da
polícia, & dos Estados Unidos & da China & do Vietnã.

A tensão é humana, emocional, não
uma lei da natureza.

**

Quantos Angels realmente entendem a sua posição política
        à parte suas táticas de aliviar a tensão?
    Quantos deles odeiam os manifestantes? Realmente querem perturbá-los?
    É uma besteira sua e do Tiny ou é realmente o que todos vocês
    querem?
    Se vocês curtem GANJA por que não entendem que
toda a geração que não entende a guerra da tensão também curte
ganja e
consciência & espontaneidade & cabelos & que eles querem ser
os seus
irmãos naturais.
    e não os tipos rígidos e moralistas
    que fixaram a imagem negativa e belicosa dos Estados Unidos?
A grande imagem – na qual todos podem acreditar – é a sua própria
Imagem ideal –
    Da alma livre de WHITMAN, camarada, e também da Estrada
    Livre!
Estou pedindo para vocês serem Camarada, amigo, amável, amante,
    porque grande
    maioria de manifestantes pela paz
    na verdade respeitam & admiram a sua solidão
    & luta & prefeririam ser amigos íntimos e pacíficos

de vocês do que inimigos paranoicos,
raivosos, assustados batendo uns nos outros.
Isso provavelmente vale para a polícia também que tem corpo
humano dentro do uniforme.

Existem algumas almas rígidas – que acreditam que o universo é
mau – que têm medo de sexo & ganja & motocicletas & PAZ
mesmo se tudo estivesse em paz e na tranquilidade –
medo da vida, sem perceber o seu vazio inócuo –
Essas são as pessoas que deveríamos estar
tentando persuadir – fazendo amor com elas –
surpreendendo-as e a nós mesmos –
abrandando-as, ampliando a sua consciência
e a nossa própria também no processo –
e não lutando uns contra os outros

Todas as identidades separadas estão falidas –
Careta, beat, judeus, negros, Hell's Angels, comunistas &
americanos.
A intervenção dos Hell's Angels e de Tiny provavelmente teve um
bom efeito –
fez com que os líderes e os manifestantes olhassem para dentro
de si mesmos e avaliassem
o quanto a sua passeata é uma agressão cega
simulação motivada pela raiva &
desejo confuso de encontrar alguém para CULPAR
& com quem gritar & brigar

OU

O quanto a passeata será uma expressão livre
de pessoas calmas que controlaram
os seus próprios ódios
e que estão mostrando ao Povo Americano
como controlar o seu próprio medo & ódio
e de uma vez por todas a pressão crescente para se aniquilar o
planeta
e fazer a nossa parte para ACABAR COM A PRESSÃO na Terra.

Pronunciado em forma de discurso na Faculdade Estadual de San Jose, segunda-feira, 15 de novembro de 1965, para estudantes e representantes dos Hell's Angels

Apesar dos apelos de Ginsberg, Sonny me disse, uma semana antes da manifestação, que iria aparecer com "o maior grupo de motoqueiros fora da lei já visto na Califórnia". Allen e seus amigos eram bem-intencionados, ele disse, mas simplesmente não sabiam o que estava acontecendo. Portanto, foi uma verdadeira surpresa para mim quando, no dia 19 de novembro – véspera da passeata –, os Angels convocaram uma entrevista coletiva e anunciaram que não iriam preparar o ataque. A explicação, em forma de um informativo mimeografado à imprensa, dizia: "Apesar de termos declarado a nossa intenção de fazer uma contramanifestação a essa atividade desprezível e antiamericana, acreditamos que, pelos interesses da segurança pública e pela proteção do bom nome de Oakland, não deveríamos corroborar o CDV com a nossa presença... porque a nossa preocupação patriótica com o que essas pessoas estão fazendo com a nossa grande nação poderá motivar atos violentos de nossa parte... [e que] qualquer confronto físico produziria apenas solidariedade em relação a essa massa de traidores".

O ponto alto da coletiva foi a leitura, por Barger, de um telegrama que ele já havia enviado a Sua Excelência, o presidente dos Estados Unidos:

> PRESIDENTE LYNDON B. JOHNSON
> 1600 Penn. Ave.
> Washington, D.C.
>
> Prezado Senhor Presidente:
>
> Em meu nome e em nome de meus associados, ofereço como voluntários um grupo de americanos leais para servir na retaguarda no Vietnã. Acreditamos que um grupo de primeira ordem de gorilas [sic] treinados desmoralizaria os vietcongues e auxiliaria a causa da liberdade. Estamos disponíveis para treinamento e cumprimento do dever desde já.
> Atenciosamente,
> Ralph Barger Jr.
> Oakland, Califórnia
> Presidente dos Hell's Angels

Por razões não divulgadas, o sr. Johnson demorou para tirar proveito da oferta de Barger, e os Angels não foram ao Vietnã. Mas eles também não atacaram a manifestação do dia 20 de novembro, e algumas pessoas disseram que isso significava que os fora da lei estavam mudando de postura.

> Nós não temos problemas com a polícia nesta comunidade. Temos problemas com as pessoas.
>
> Ex-chefe de polícia de Oakland

Foi mais ou menos nesse período que a minha relação duradoura com os Angels começou a se deteriorar. Todo humor saiu de cena quando eles começaram a acreditar nos seus recortes de jornal, e não era mais divertido beber com eles. Até mesmo os nomes perderam sua magia. Em vez de Bagmaster, Scuzzy e Hype, era Luther Young, E. O. Stuurm e Norman Scarlet III. Não havia mais mistério. A superexposição havia reduzido a ameaça a um denominador comum demais e, quando a imagem do grupo ficou mais compreensível, ela também se tornou menos atraente.

Durante quase um ano, eu tinha vivido num mundo que parecia, a princípio, algo original. Era óbvio desde o começo que a ameaça tinha pouca semelhança com a imagem divulgada pelos meios de comunicação, mas havia um certo prazer em compartilhar o divertimento dos Angels com o alvoroço criado por eles. Depois, à medida que eles atraíam cada vez mais atenção, a mística foi tão deturpada que acabou ficando transparente. Uma tarde, quando me sentei no El Adobe e vi um Angel vender um punhado de pílulas de barbitúricos a uma dupla de adolescentes espinhentos que não deviam ter mais de dezesseis anos, percebi que as origens desse ato não estavam em nenhum mito americano consagrado pelo tempo, mas logo abaixo dos meus pés, em um novo tipo de sociedade que está apenas começando a tomar forma. Ver os Hell's Angels como guardiões da antiga tradição "individualista" que "fazia deste um grande país" é apenas uma forma fácil de evitar vê-los pelo que realmente são: não resquícios de tempos românticos, e sim a primeira onda de um futuro que nada em nossa história nos preparou para entender. Os Angels são protótipos. Sua falta de instrução não só os tornou completamente inúteis numa economia altamente técnica como também lhes deu o tempo livre para cultivar um ressentimento profundo... e para traduzi-lo em um culto destrutivo, que a mídia insiste em retratar como uma espécie de esquisitice isolada, um fenômeno temporário que logo será extinto, já que chegou ao conhecimento da polícia.

Esse é um ponto de vista tranquilizador e seria ainda mais se fosse compartilhado pela polícia. Infelizmente, não é. Os policiais que conhecem os Angels apenas através de relatos da imprensa às vezes têm medo deles, mas a convivência parece produzir desprezo, e os que conhecem os Angels a partir da experiência geralmente os descartam como uma ameaça superestimada. Por outro lado, pelo menos 90% das dúzias de policiais com quem conversei por toda a Califórnia estavam seriamente preocupados com o que chamavam de "a maré alta da ilegalidade" ou "a tendência perigosa à falta de respeito pela lei e pela ordem". Para eles, os Hell's Angels são apenas um sintoma de algo muito mais ameaçador... a Maré Alta.

"São principalmente os adolescentes", disse um jovem patrulheiro em Santa Cruz. "Cinco anos atrás, era apenas uma questão de conversar com eles, dizendo de forma amigável exatamente o que eles podiam e o que não podiam fazer. Eles eram tão turbulentos quanto hoje, eu acho, mas você sabia que eles iriam ceder à razão." Ele encolheu os ombros, passando os dedos nos cartuchos especiais de 38 que tinha ao redor da cintura. "Mas agora, que droga, é diferente. Você nunca sabe quando um moleque vai partir pra cima de você, ou sacar um revólver, ou talvez, apenas sair correndo. O distintivo não significa droga nenhuma pra eles. Eles perderam todo o respeito por isso, todo o temor. É um inferno, eu preferiria prender uma dúzia de Angels a cada dia da semana que ter que separar uma briga numa festa de cerveja do colegial. Com o bando de motoqueiros você pelo menos sabe o que vai enfrentar, mas esses garotos são capazes de qualquer coisa. Estou falando sério, eles me deixam arrepiado. Antes eu os entendia, mas agora não."

As tendências e os problemas da execução da lei nunca interessaram os Angels. Porém, e mesmo após a sua *détente* temporária com a polícia de Oakland, eles ainda viam os policiais simplesmente como o inimigo. Eles também não têm muito interesse em sua conexão emocional ou ideológica com outros grupos rebeldes. Para eles, todas as comparações são presunçosas ou insultantes. "Há apenas dois tipos de pessoas no mundo", explicou Magoo uma noite. "Angels, e gente que queria ser um Angel."

No entanto, nem mesmo o Magoo acredita nisso. Quando a festa está boa, com muita cerveja e mulheres, ser um Angel é um estilo de vida muito bom. Mas naquelas tardes solitárias, quando você está enfrentando uma dor de dente e tentando arrumar alguns dólares para pagar uma multa de trânsito e o proprietário trocou a fechadura do seu apartamento para que você pague os aluguéis atrasados... aí não tem nenhuma graça ser um Angel. E difícil rir quando os seus dentes estão tão estragados que doem o tempo todo e nenhum dentista quer tocá-lo a menos que a conta seja paga com antecedência. Então, quando a deterioração do corpo começa a provocar dores, é bom acreditar que a dor é um preço pequeno para as recompensas maiores de ser um Angel honrado.

Esse paradoxo oscilante é um pilar do ponto de vista do fora da lei. Um homem que já eliminou todas as suas opções não pode se dar ao luxo de mudar seus costumes. Ele tem que tirar proveito de tudo o que lhe resta e não pode admitir – não importa quantas vezes seja lembrado disso – que cada dia da sua vida o leva mais adiante em um beco sem saída. A maioria dos Angels entende onde está, mas não o porquê, e eles estão bem ligados às verdades eternas, o suficiente para saber que pouquíssimos sapos deste mundo são o Príncipe Encantado disfarçado. A maioria é apenas um sapo, e não importa quantas donzelas encantadas eles beijem ou estuprem, continuarão do mesmo jeito... Sapos não criam leis nem modificam estruturas, mas um ou dois insights profundos podem provocar mudanças poderosas na forma com que passam pela vida. Um sapo que acredita que vai ser passado para trás antes mesmo de saber quem está envolvido na negociação geralmente será solidário à ignorância cruel e vingativa que caracteriza a visão que os Angels têm da humanidade. Não existe muita diferença mental entre o sentimento de ter sido enganado e a ética da retaliação total, ou pelo menos o tipo de revanche aleatória que acompanha o insulto à decência pública.

A postura fora da lei é claramente antissocial, embora a maioria dos Angels, enquanto indivíduos, seja constituída de criaturas naturalmente sociáveis. A contradição tem raízes profundas e paralelos em todos os níveis com a sociedade norte-americana. Os sociólogos chamam esse fenômeno de "alienação" ou "anomia". É uma sensação de ter sido excluído, ou deixado de fora de qualquer sociedade da qual se presumia fazer parte. Numa sociedade em que os indivíduos são fortemente motivados, as vítimas da anomia costumam ser casos extremos, isolados uns dos outros por pontos de vista divergentes ou idiossincrasias particulares demais para se encaixarem em qualquer explicação ampla.

Mas numa sociedade sem nenhum estímulo central, tão sem rumo e desorientada em si mesma que o seu presidente[11] se sente impelido a formar um Comitê sobre Objetivos Nacionais, é provável que uma sensação de alienação venha a ser muito comum na população – especialmente entre as pessoas jovens o bastante para serem indiferentes à culpa que deveriam sentir por se desviarem de um objetivo ou propósito que nunca chegaram a compreender. Deixe que os mais velhos chafurdem na vergonha de ter falhado. As leis que eles fizeram para preservar um mito não são mais pertinentes. O assim chamado Modo de Vida Americano começa a parecer um dique feito de cimento barato, com vazamentos demais para que os dedos da lei possam tapá-los. Os Estados Unidos têm produzido anomias em massa desde o fim da Segunda Guerra Mundial. Não se trata

11. Eisenhower. (N.A.)

de uma questão política, mas da percepção de novas realidades, de urgência, raiva e às vezes desespero, numa sociedade em que até as autoridades mais importantes parecem estar se agarrando a qualquer resquício de esperança.

Nos termos da nossa Grande Sociedade, os Hell's Angels e os outros do seu gênero são derrotados – desistentes, fracassados e descontentes. Eles são rejeitados procurando uma forma de se vingar do mundo no qual eles são apenas um problema. Os Hell's Angels não são visionários, e sim teimosos, e, se forem os precursores ou a vanguarda de qualquer coisa, não será da "revolução moral" em voga nos campi das universidades, mas de uma legião crescente de jovens desempregados cuja energia acumulada inevitavelmente encontrará o mesmo tipo de vazão destrutiva que os "fora da lei" como os Hell's Angels têm encontrado há anos. A diferença entre os estudantes radicais e os Hell's Angels é que os estudantes estão se rebelando contra o passado, enquanto os Angels estão lutando contra o futuro. O seu único ponto em comum é o desprezo pelo presente, ou pelo *status quo.*

Não é preciso dizer que alguns dos estudantes radicais, em Berkeley e em dúzias de outras universidades, são tão desvairados e agressivos quanto qualquer Hell's Angel – e que nem todos os Angels são assassinos cruéis e nazistas em potencial. Isso era especialmente verdadeiro antes de toda a publicidade que receberam. Recentemente, no início de 1965, havia menos de meia dúzia de Angels que tinha algum interesse no que estava acontecendo no campus de Berkeley. Se eles tivessem se interessado seriamente na caça aos comunistas, teriam aparecido em algum dos comícios de liberdade de expressão. Mas não apareceram. Nem mesmo para fazer pose no meio da multidão e ter a sua foto publicada nos jornais. Tampouco – mais ou menos na mesma época – atrapalharam o piquete da CORE na Jack London Square, bem no centro de Oakland. Mesmo na primavera e no início do verão de 1965, quando estavam começando a se dar conta da extensão de sua infâmia, eles ignoraram diversas oportunidades preciosas de se envolver com os manifestantes – tanto dos direitos civis quanto dos contra a guerra do Vietnã. Eles simplesmente não estavam se importando. Ou pelo menos não em número suficiente... e nem todos eles se importam até hoje.

Mas o peso da fama fez com que os Hell's Angels se tornassem muito conscientes de sua imagem. Eles começaram a ler jornais feito políticos, procurando menções a coisas que haviam dito ou feito. E, à medida que lidavam cada vez mais com a imprensa, era inevitável que fossem requisitados para comentar as questões do dia. ("Diga, Sonny, os Hell's Angels têm uma posição em relação à guerra do Vietnã?"... "Como você se sente em relação ao movimento pelos direitos civis, Tiny?") As respostas deram boas reportagens e não demorou muito para que os Angels descobrissem que poderiam convocar uma entrevista coletiva[12], inclusive com câmeras de TV, com o propósito de fazer vários discursos e pronunciamentos. A mídia adorava e, embora muitos dos itens sobre os Hell's Angels fossem abordados com considerável humor, os fora da lei nunca notavam. Eles tiravam muita vantagem do fato de se verem na TV e, quando as coisas haviam chegado a essa conjuntura, não havia nenhuma questão de divergências ideológicas dentro do clube. Barger e os outros representantes falavam pela organização como um todo, e qualquer um que não concordasse poderia desistir do clube. Ninguém o fez, é claro, ainda que Barger e talvez outros dois ou três fossem os únicos Angels com alguma consciência política. Mas se Sonny tivesse alguma queixa de um manifestante socialista, então, meu Deus, todos eles tinham uma queixa. E era assim que as coisas funcionavam. Porém, havia fragmentos de provas, no final de 1965, de que a atmosfera de La Honda estava fazendo um efeito gradual. Uma tarde, algumas semanas antes da crise política, Terry estava sentado no El Adobe tomando uma cerveja e falando com bastante cuidado sobre a diferença entre os Angels e os tipos modernos e radicais com os quais ele vinha se encon-

12. Em uma entrevista coletiva em Oakland, no escritório da fiadora dos Angels no centro da cidade, contei 42 repórteres presentes e treze microfones amontoados na frente de Barger enquanto ele falava – além de cinco câmeras de TV. (N.A.)

trando nas festas: "Sabe, às vezes eu acho que não estou chegando a lugar nenhum", ele disse. "Essas outras pessoas pelo menos estão fazendo alguma coisa acontecer para elas. Elas são fracassadas também, mas são construtivas. Nós somos negativos demais. Toda a nossa pequena participação é destrutiva. Não consigo ver nenhuma saída se a gente não conseguir achar outro tipo de ocupação que não seja destruir as coisas."

Seis meses antes, o único verdadeiro problema dos Angels era se manter fora da cadeia, mas agora eles eram engajados. Alguns dos fora da lei tiveram sucesso na nova tarefa, mas, para a maioria, ela era apenas uma encheção. E, para os que podiam se lembrar de uma década ou mais de isolamento hostil, esse parecia ser o fim de uma era.

> Não se poderia descobrir nenhum outro artifício de maior autoderrota do que aquele que a sociedade desenvolveu no tratamento com os criminosos. Ela evidencia a carreira deles de maneiras tão dramáticas e espalhafatosas que tanto eles quanto a comunidade aceitam o julgamento como uma descrição definitiva. Eles se tornam conscientes de si mesmos como criminosos, e a comunidade espera que eles façam jus à sua reputação, e não lhes dará crédito caso eles não correspondam às expectativas.
>
> Frank Tannenbaum,
> *Crime and the Community*

Longe de serem aberrações, os Hell's Angels são o produto lógico da cultura que hoje se declara chocada com a existência deles. A geração representada pelos editores da *Time* viveu muito tempo num mundo cheio de bandidos apenas nos filmes, contrabandeando pasta de dente e óleo para cabelo, que não é mais capaz de enfrentar a realidade. Durante vinte anos eles se sentaram com seus filhos para assistir aos fora da lei do passado pintando e bordando no mundo do passado... e agora eles estão criando crianças que pensam que Jesse James é um personagem da televisão. Essa é a geração que foi à guerra pela mamãe, por Deus e pela Manteiga de Maçã, o Estilo de Vida Americano. Quando retornaram, coroaram Eisenhower e depois se retiraram para o conforto fácil da sua sala de estar com TV, para cultivar as sutilezas da história norte-americana pela ótica de Hollywood.

Para eles, a aparição dos Hell's Angels deve ter soado como uma façanha publicitária fantástica. Numa nação de simplórios amedrontados, existe uma lamentável falta dos fora da lei, e os poucos que conseguem ser bem-sucedidos são sempre bem-vindos: Frank Sinatra, Alexander King, Elizabeth Taylor, Raoul Duke... Eles têm aquele "algo a mais".

Charles Starkweather também possuía esse "algo a mais", mas não conseguiu arrumar um empresário e, em vez de levar sua vitalidade aos estúdios de Hollywood, teve um ataque em Wyoming e assassinou uma dúzia de pessoas por razões que não conseguiu explicar. Então foi condenado à morte pelo estado. Houve outros fora da lei que perderam oportunidades de ouro nos anos 50. Lenny Bruce foi um deles. Ele nunca se adaptou muito bem à televisão. Bruce tinha um tremendo potencial até 1961, quando as pessoas que estavam se divertindo muito com ele perceberam, de repente, que ele estava falando sério. Assim como Starkweather estava falando sério... e como os Hell's Angels falam sério.

Logo depois que a matéria do *Post* foi publicada, a Associated Press divulgou a seguinte notícia, com origem em Detroit: "Uma gangue de sete adolescentes terroristas – de treze, quatorze e quinze anos – foi detida, informou ontem a polícia. Segundo policiais, os garotos foram responsáveis por incêndio criminoso, assalto à mão armada, furtos em domicílios e crueldade contra animais. A gangue costumava usar capuzes feitos de fronhas de travesseiro. Ele se denominavam 'Os Regulamentos' e classificavam judeus, negros e 'frats' (estudantes bem-vestidos) como objetos de ódio."

Alguns meses antes, a United Press International despachou por sua rede a seguinte notícia, de Dallas, intitulada: MULTIDÃO IMPEDE SALVAMENTO.

> Bombeiros que tentavam chegar a uma casa em chamas no sul de Dallas, na noite de terça-feira, foram bloqueados por um grupo de sessenta jovens que gritavam e desafiavam, recusando-se a sair do meio da rua.
> Os bombeiros chamaram a polícia. Vários carros da polícia, com cães, finalmente chegaram e dispersaram os jovens provocadores, que foram descritos como "delinquentes desvairados".
> Os jovens ameaçaram e enfrentaram a polícia.
> Os bombeiros que, em seguida, conseguiram passar e chegar à casa onde havia o incêndio encontraram Patrick Chamber, de dois anos, em estado debilitado. Mas era tarde demais. A criança foi dada como morta ao chegar ao hospital.
> Sua mãe, a sra. Geneva Chambers, de 31 anos, e um vizinho, o sr. Jessie Jones, de 27 anos, foram internados em estado de choque. "Se a sua polícia quer confusão, veio ao lugar certo e nós vamos tomar conta de vocês também", disse um dos jovens, de acordo com um porta-voz do corpo de bombeiros.
> Os bombeiros disseram que, enquanto tentavam reanimar a criança no gramado, alguns jovens se aproximaram correndo e "tentaram pisotear o bebê morto".
> Uma mulher e dois homens que faziam parte da multidão de quatrocentas pessoas foram presos.
> A polícia afirma que a mulher arranhou e esbofeteou um policial. Os homens pularam em cima dos policiais que tentavam impedir que a mulher atacasse o guarda.

> Como você foi, eu fui
> Como eu sou, você será.
>
> H. Himmler
> (citação rabiscada numa parede durante
> uma festa dos Hell's Angels)

Agora, pensando em rótulos, é difícil chamar os Hell's Angels de qualquer coisa senão de mutantes. Eles são fora da lei urbanos com uma ética rural e um estilo novo e improvisado de autopreservação. A imagem que têm de si mesmos é originada principalmente dos filmes de faroeste e programas de televisão violentos que os ensinaram a maior parte do que sabem sobre a sociedade em que vivem. Muito poucos leram livros e, na maioria dos casos, sua educação formal terminou aos quinze ou dezesseis anos de idade. O pouco que eles conhecem de história vem da mídia de massa, começando pelas revistas em quadrinhos... Então, se eles veem a si mesmos em relação ao passado, é porque não conseguem compreender o presente, muito menos o futuro. Eles são filhos de homens pobres e andarilhos, fracassados e filhos de fracassados. Suas origens são espantosamente ordinárias. Como pessoas, eles são iguais a milhões de outras. Mas, em sua identidade coletiva, eles têm uma fascinação característica tão óbvia que até a imprensa já reconheceu, embora não sem uma dose de cinismo. Nesse flerte ritualístico com a realidade, a imprensa vê os Angels com um misto de reverência, humor e pavor – justificados, como sempre, por uma dedicação servil ao apetite do público, o qual a maioria dos jornalistas considera tão enigmático e desprezível que há muito tempo já deixou a tarefa de tentar entendê-lo para um grupo de pesquisadores de opinião pública e "especialistas".

O amplo fascínio que os Angels exercem merece uma reflexão. Ao contrário da maioria dos outros rebeldes, os Angels perderam as esperanças de que o mundo mude para eles. Eles supõem, a partir de bons indícios, que as pessoas que controlam os mecanismos sociais têm pouca utilidade para os motoqueiros fora da lei, e se conformam em serem fracassados. Mas, em vez de serem derrotados em silêncio, um a um, eles se uniram por meio de uma espécie de lealdade insensata e saíram das estruturas constituídas, para o bem ou para o mal. Eles podem não ter uma resposta, mas pelo menos ainda estão de pé. Uma noite, no meio de uma de suas reuniões semanais, eu me lembrei de Joe Hill indo enfrentar um pelotão de fuzilamento de Utah e pronunciando as suas últimas palavras: "Não se lamente. Organize-se". Pode-se dizer com segurança que nenhum Hell's Angel já ouviu falar em Joe Hill ou que nenhum deles saberia distinguir um Wobbly[13] de uma surucucu, mas existe algo muito semelhante nas atitudes. Os Industrial Workers of the World tinham projetos muitos sérios para a sociedade, ao passo que os Hell's Angels têm apenas a intenção de desafiar os mecanismos sociais. Não existe nenhuma conversa entre os Angels sobre "construir um mundo melhor", ainda que as suas reações ao mundo em que vivem tenham origens no mesmo tipo de sentimento de convicção anárquico e paralegal que fez com que a ira armada das autoridades estabelecidas caíssem sobre os Wobblies. Existe o mesmo tipo de solidariedade suicida, o mesmo tipo de rituais e apelidos dentro do grupo e, acima de tudo, a mesma sensação de luta constante contra um mundo injusto. Os Wobblies eram perdedores, assim como os Angels... E, se cada fracassado deste país hoje andasse de moto, todo o sistema de rodovias teria que ser modificado.

Há uma diferença importante entre as palavras "fracassado" e "fora da lei". Uma é passiva, a outra é ativa, e as principais razões para que os Angels sejam um assunto tão bom sobre o qual escrever é que eles expressam em ações os sonhos de milhões de fracassados que não usam nenhum emblema de contestação e que não sabem como se tornar um fora da lei. As ruas de todas as cidades estão cheias de homens que pagariam todo o dinheiro que conseguissem para serem transformados, ainda que por um dia, em cabeludos brutos e violentos, que tratam policiais com desprezo, extorquem bebidas de balconistas amedrontados e saem da cidade com o estrondo das grandes motocicletas depois de terem estuprado a filha do banqueiro.

13. Em 1905, um grupo anarcossindicalista fundou em Chicago a Industrial Workers of the World (Trabalhadores Industriais do Mundo), organização revolucionária, cujos militantes ficaram conhecidos como Wobblies. Joe Hill era um deles. Como outros movimentos ocorridos na Europa nesse mesmo ano (revolução na Rússia, greves de massas na Alemanha), essa era basicamente uma resposta dos trabalhadores ao brutal processo de modernização por que passava a economia capitalista desde o final do século XIX. (N.T.)

Até mesmo as pessoas que acham que todos os Angels deveriam ser sacrificados sentem que é fácil se identificar com eles. Eles impõem uma fascinação, ainda que com resistências, que beira a masturbação psíquica.

Os Angels não gostam de ser chamados de fracassados, mas aprenderam a conviver com isso. "É, acho que eu sou", disse um deles. "Mas você está olhando para um fracassado que vai aprontar um escarcéu antes de ir embora."

22

> Aquele que se transforma num animal se livra da dor de ser um homem.
>
> Dr. Johnson

> O bairro foi tomado de repente por multidões agitadas, doentias. Mulheres histéricas se atiravam num frenesi, gritando num êxtase quase sexual, arranhando e empurrando os agentes e policiais na tentativa de se aproximar do corpo. Uma mulher de seios fartos e cabelos vermelhos ralos atravessou o cordão de isolamento e molhou seu lenço no sangue, depois o apertou contra o peito suado e saiu rebolando pela rua...
>
> De um relato da morte de John Dillinger

Perto do Natal, a agitação diminuiu e os Angels não apareceram mais nas manchetes de jornais. Tiny perdeu o emprego, Sonny se envolveu num longo inquérito judicial sobre a acusação de tentativa de homicídio[1] e o El Adobe foi demolido. Os Angels ficaram se mudando de um bar ao outro, mas acharam mais difícil estabelecer um ponto de encontro do que mantê-lo. Em São Francisco, a coisa também estava devagar. Frenchy ficou três meses no Hospital Geral depois que uma lata de gasolina explodiu em cima dele e Puff foi para a cadeia após uma discussão com dois policiais que fizeram uma batida na festa de aniversário de um Angel. O inverno é sempre parado para os fora da lei. Muitos têm que ir trabalhar para se manter qualificados para receber o seguro desemprego do próximo verão, é frio demais para as grandes festas ao ar livre e a chuva constante faz dos passeios de moto algo arriscado e desconfortável.

Parecia um bom momento para começar o trabalho, então me afastei do circuito. Terry aparecia de vez em

1. Que terminou com um júri suspenso e a consequente redução da acusação para "ataque com uma arma mortal", diante da qual Barger se declarou culpado e cumpriu seis meses de prisão. (N.A.)

quando para me manter inteirado. Um dia ele apareceu com o braço quebrado, dizendo que tinha caído de moto, sua patroa tinha ido embora e os negros tinham destruído sua casa. Eu soube da casa através da esposa de Barger, Elsie, que estava encarregada de controlar as comunicações na casas deles em Oakland. Durante um dos esporádicos confrontos entre os Angels e os negros de Oakland, alguém lançou uma bomba caseira pela janela da casa que Terry estava alugando em East Oakland. O incêndio destruiu a casa e todas as pinturas de Marilyn. Ela era uma menina bonitinha de uns dezenove anos, de cabelos loiros compridos e de uma família respeitável de uma das cidades do vale. Estava morando com Terry havia quase seis meses, cobrindo as paredes com sua arte, mas não tinha estômago para bombas. O divórcio foi efetivado assim que se mudaram para outra casa. "Eu voltei pra casa uma noite e ela tinha ido embora", disse Terry. "Ela só deixou um bilhete: 'Querido Terry: Foda-se tudo'." E foi isso.

Não aconteceu mais nada até janeiro, quando Mother Miles morreu. Ele estava andando de moto em Berkeley quando um caminhão saiu de uma rua transversal e o atingiu de frente, quebrando as suas duas pernas e fraturando o seu crânio. Ele ficou em coma durante seis dias e morreu numa manhã de domingo, menos de 24 horas antes do seu aniversário de trinta anos. Deixou esposa, dois filhos e uma namorada honrada, Ann.

Miles tinha sido presidente da divisão de Sacramento. Sua influência era tão grande que, em 1965, ele mudou o clube inteiro para Oakland, alegando que a polícia havia tornado a vida insuportável para eles através do assédio constante. Os fora da lei simplesmente pegaram suas coisas e se mudaram, sem questionar o critério de Miles. Seu verdadeiro nome era James, mas os Angels o chamavam de Mother.

"Acho que era porque ele era meio maternal", disse Gut. "Miles era muito, muito gente boa. Ele tomava conta de todo mundo. Ele se preocupava. Dava pra contar com ele sempre."

Eu conheci Miles de forma distante. Ele não confiava em escritores, mas não parecia ser nem um pouco malvado e, uma vez que decidiu que eu não ia provocar a sua prisão de algum modo, tornou-se amigável. Ele tinha o porte de um estivador pançudo, de rosto redondo e largo e barba volumosa. Nunca o vi como um criminoso violento. Ele tinha uma ficha policial comum entre os Angels: embriaguez, desordem, briga, vadiagem, ociosidade, furto simples e um punhado de acusações ameaçadoras de "suspeita de" que nunca foram a julgamento. Mas ele não era perturbado pelos mesmos demônios que instigavam alguns dos outros. Ele não estava satisfeito com o mundo, mas não ficava pensando nisso, e sua fome de vingança não ia além das injustiças cometidas contra os Angels ou contra ele pessoalmente. Era possível beber com Miles sem ficar se perguntando quando ele ia dar um soco em alguém ou sair do bar com o seu dinheiro. Ele não era desse tipo. A cerveja parecia deixá-lo mais afável. Como a maioria dos líderes dos Angels, ele tinha um raciocínio rápido e uma capacidade de autocontrole nos quais os outros confiavam.

Quando fiquei sabendo que ele tinha morrido, liguei para o Sonny para perguntar sobre o funeral, mas, quando finalmente consegui entrar em contato com ele, os detalhes já estavam sendo dados pelo rádio e pela TV. A mãe de Miles estava providenciando o funeral em Sacramento. A caravana dos fora da lei sairia da casa de Barger às onze horas na manhã de terça-feira. Os Angels já foram a muitos funerais do seu pessoal, mas até esse eles nunca haviam tentado fazer o cortejo seguir por 140 km numa rodovia principal. Também havia a chance de que a polícia de Sacramento tentasse impedi-los de entrar na cidade.

A notícia se espalhou por telefone na segunda e na terça. Esse não seria o funeral de nenhum Jay Gatsby. Os Angels queriam uma reunião completa e formal. A questão não era o status de Miles – a morte de qualquer Angel requer uma demonstração de força por parte dos outros. É uma forma de afirmação – não para o morto, mas para os vivos. Não existe nenhuma punição combinada para quem não comparecesse, porque não é necessário. Na solidão desconcertante que é um fator predominante na vida de todo fora da lei, um funeral é uma lembrança triste de que a tribo está com uma pessoa a menos. A corrente está com um elo a menos, o inimigo aumenta um pouco mais sua vantagem, e os defensores da fé precisam de algo para afastar o desânimo. O funeral é o momento de contar os membros fiéis, para ver quantos ainda restam. Não existe nenhuma dúvida quanto a faltar no trabalho, ir sem dormir ou viajar de moto no vento frio por horas para estar lá no horário.

Na manhã de terça-feira, as motos começaram a chegar a Oakland. A maioria dos fora da lei já estava na Bay Area, ou a menos de oitenta ou noventa quilômetros de distância, mas alguns Satan's Slaves dirigiram durante toda a noite de quarta-feira, oitocentos quilômetros desde Los Angeles, para se juntar à caravana principal. Outros vieram de Fresno, San Jose e Santa Rosa. Havia membros dos Hangmen, Misfits, Presidents, Night-Riders, Crossmen e alguns que não faziam parte de nenhum clube. Um homenzinho carrancudo a quem ninguém dirigia a palavra usava uma jaqueta de bombardeiro verde-oliva em cujas costas estava escrito apenas "Solitário", em letras azuis e pequenas que pareciam uma assinatura.

Eu estava atravessando a Bay Bridge quando uma dúzia de Gipsy Jokers passou roncando, ignorando o limite de velocidade enquanto se separavam para ultrapassar o meu carro pelos dois lados. Segundos depois, eles desapareceram na neblina. A manhã estava fria e o trânsito na ponte estava lento, exceto pelas motocicletas. Lá embaixo, na baía, havia navios cargueiros em fila, esperando a abertura dos píeres.

O cortejo começou às onze em ponto. Cento e cinquenta motos e cerca de vinte carros. Alguns quilômetros ao norte de Oakland, na Carquinez Bridge, os fora da lei passaram a ser acompanhados por uma escolta da polícia designada para mantê-los sob controle. Um carro da Patrulha Rodoviária conduziu a caravana até Sacramento. Os Angels que estavam à frente seguiram lado a lado na pista da direita, mantendo constantes 105 km/h. Na frente, com

Barger, estava a Guarda Pretoriana esfarrapada: Magoo, Tommy, Jimmy, Skip, Tiny, Zorro, Terry e Charger Charley, o Molestador de Crianças. O espetáculo parou o trânsito ao longo de todo o caminho. Parecia uma coisa de outro mundo. Lá estava a "escória do planeta", "a forma mais baixa de animais", um exército de estupradores de gangue vindos da ralé... sendo escoltado até a capital do estado por um carro da Patrulha Rodoviária com uma luz amarela piscando. O ritmo constante do cortejo tornava-o estranhamente solene. Nem mesmo o senador Murphy o teria confundido com uma jornada perigosa. Os rostos barbados eram os mesmos, os brincos, emblemas, suásticas e caveiras sorridentes agitadas pelo vento, mas dessa vez não havia roupas de festa, nem gestos para impressionar os caretas. Eles ainda estavam representando seu papel, mas não restava nada do humor. O único problema durante a viagem ocorreu quando o dono de um posto de gasolina reclamou que alguém havia roubado catorze litros de gasolina na última parada para abastecimento. Barger começou rapidamente uma coleta para pagar o homem, murmurando que quem tivesse roubado a gasolina ia apanhar de corrente depois. Os Angels garantiram uns aos outros que devia ter sido alguém em um dos carros do final do cortejo. Algum merda sem classe nenhuma.

Em Sacramento, não houve nenhum sinal de assédio policial. Centenas de espectadores curiosos pararam ao longo do trajeto entre a casa funerária e o cemitério. Dentro da capela, alguns amigos de infância e parentes de Jim Miles aguardavam com o corpo, um pastor contratado e três auxiliares nervosos. Eles sabiam o que estava por vir: o "pessoal" do Mother Miles, centenas de assassinos, brigões violentos e garotas de aparência extravagante, com calças jeans justas, lenços e perucas platinadas na altura da cintura. A mãe de Miles, uma mulher robusta de meia-idade, de terno preto, chorava discretamente no banco da frente, voltada para o caixão aberto.

A uma e meia da tarde, a caravana dos fora da lei chegou. O ruído surdo e lento dos motores das motocicletas fez os vidros das janelas chacoalharem no mortuário fúnebre. A polícia tentou manter o trânsito fluindo enquanto as câmeras de TV seguiam Barger e talvez mais uns cem em direção à porta da capela. Muitos fora da lei esperaram do lado de fora durante a cerimônia. Eles ficaram quietos, em grupos, encostados nas motos e matando o tempo com uma conversa vazia. Quase não se falava sobre Miles. Num dos grupos, meio litro de uísque passava de mão em mão. Alguns dos fora da lei conversavam com curiosos, tentando explicar o que estava acontecendo. "É, o cara era um dos nossos líderes", disse um Angel a um senhor de idade com um boné de beisebol. "Ele era gente boa. Algum maluco furou o sinal vermelho e acabou com ele. A gente veio enterrar ele com a bandeira do clube."

> Do lado de dentro da capela revestida de pinho, o pastor dizia à sua estranha congregação que "o pagamento pelo pecado é a morte". Ele parecia um boticário de algum quadro de Norman Rockwell e era óbvio que aquela situação estava lhe causando repulsa. Nem todos os bancos estavam cheios, mas o lugar em que se ficava em pé nos fundos estava lotado até perto da porta. O pastor falava sobre "pecado" e "absolvição", fazendo pausas de vez em quando, como se esperasse uma réplica do público. "Não cabe a mim julgar ninguém", ele continuou. "Tampouco devo elogiar ninguém. Mas cabe, sim, a mim, comunicar a advertência de que *isso acontecerá a vocês!* Não sei qual a filosofia que vocês têm em relação à morte, mas sei que as Escrituras nos dizem que Deus não deseja a morte dos maus... Jesus não morreu por um animal, ele morreu por um homem. O que quer que eu diga sobre Jim não mudará nada, mas eu posso pregar o Evangelho a vocês e tenho a responsabilidade de adverti-los de que todos vocês terão *que prestar contas a Deus!*"

A plateia estava irrequieta e transpirava. A capela estava tão quente que parecia que o Diabo estava à espera em alguma das antessalas, pronto para buscar os maus assim que a cerimônia terminasse.

"Quantos de vocês", perguntou o pastor, "quantos de vocês se perguntaram quando estavam vindo para cá: *'Quem será o próximo?'*"

Nesse momento, alguns Angels que estavam sentados nos bancos se levantaram e saíram, maldizendo secretamente um estilo de vida que já haviam abandonado há muito tempo. O pastor ignorou esses sinais de rebeldia e começou uma história sobre um carcereiro filipense. "Puta merda!", resmungou Tiny. Ele estava em silêncio nos fundos há uns trinta minutos, transpirando e encarando o pastor como se pretendesse persegui-lo mais tarde e arrancar todos os seus dentes. A saída de Tiny fez com que outros cinco ou seis saíssem também. O pastor sentiu que estava perdendo público e terminou rapidamente a história sobre o filipense.

Não havia nenhuma música enquanto a multidão saía em fila. Passei pelo caixão e fiquei chocado ao ver Mother Miles de barba feita, deitado com um ar sereno, vestindo terno azul, camisa branca e gravata marrom. Sua jaqueta de Hell's Angel, cheia de emblemas exóticos, estava pendurada num suporte ao pé do caixão. Atrás dela havia treze coroas de flores, algumas com nomes de outros clubes fora da lei.

Eu quase não reconheci Miles. Ele aparentava menos de 29 anos e parecia muito comum. Mas sua expressão era calma, como se não estivesse nem um pouco surpreso por estar dentro de um caixão. Ele não teria gostado das roupas que estava usando, mas, como os Angels não estavam pagando pelo funeral, o melhor que eles podiam fazer era se certificarem de que o emblema fosse colocado dentro do caixão antes que ele fosse fechado. Barger permaneceu atrás com os homens que iam carregar o caixão para garantir que as coisas fossem feitas da maneira correta.

Depois do funeral mais de duzentas motocicletas seguiram o carro funerário até o cemitério. Atrás dos Angels estavam todos os outros clubes, incluindo meia dúzia de East Bay Dragons e, de acordo com o comentarista do rádio, "dezenas de motoqueiros adolescentes que tinham um ar tão solene que parecia que Robin Hood havia morrido".

Os Hell's Angels não caíam nessa. Nem todos haviam lido sobre Robin Hood, mas entendiam que a comparação era elogiosa. Talvez os fora da lei mais jovens acreditassem, mas existe lugar entre eles para uma ou duas ilusões benévolas. Os que têm quase trinta, ou mais que isso, convivem há muito tempo com a sua própria imagem vil para poderem se ver como heróis. Eles sabem que os heróis são sempre "os bons", e já viram filmes de caubóis o suficiente para saberem que os bonzinhos vencem no fim. O mito não parecia incluir Miles, que era "um dos melhores". E tudo o que ele conseguiu no final foi quebrar as duas pernas, esmagar a cabeça e receber uma reprimenda do pastor. Apenas a sua identidade de Hell's Angel impediu que ele fosse para o túmulo tão anônimo quanto um covarde qualquer. Do jeito que foi, seu funeral recebeu cobertura completa da imprensa nacional: A *Life* tinha uma foto do cortejo entrando no cemitério, os noticiários de TV deram uma prioridade solene ao funeral e a manchete do *Chronicle* dizia: HELL'S ANGELS ENTERRAM UM DOS SEUS – JAQUETAS PRETAS E SINGULAR DIGNIDADE. Mother Miles teria ficado satisfeito.

Momentos após o enterro, a caravana foi escoltada para fora da cidade por uma legião de carros da polícia com as sirenes ligadas. A breve trégua foi suspensa. Na saída da cidade, os Angels aceleraram e zuniram de volta a Richmond, do outro lado da baía em relação a São Francisco, onde fizeram uma vigília que varou a noite e deixou a polícia nervosa até muito depois do amanhecer. No domingo à noite, houve uma reunião em Oakland para aprovar o sucessor de Miles, Big Al. Foi uma situação reservada, mas sem a austeridade do funeral. O lamento de Banshee, que parecia tão alto na quinta-feira, já estava diminuindo. Após a reunião, eles foram beber cerveja no Sinners Club e, quando o bar fechou, eles já haviam combinado a data da próxima jornada. Os Angels iriam se reunir em Bakersfield no primeiro dia da primavera.

> Toda a minha vida meu coração buscou
> algo que não sei nomear.
>
> Verso lembrado de um poema
> esquecido há muito tempo

Meses depois, quando dificilmente via os Angels, eu ainda tinha o legado da grande máquina: 180 quilos de cromo e um ruído enfurecido para ir à Coast Highway e sair sem rumo às três da madrugada, quando todos os policiais estavam espreitando a Rodovia 101. A minha primeira batida havia acabado totalmente com a moto e foram necessários alguns meses para reformá-la. Depois disso decidi andar de um jeito diferente: ia parar de abusar da sorte nas curvas, usar sempre o capacete e tentar me manter próximo do limite de velocidade... meu seguro já havia sido cancelado e a minha carteira de motorista estava por um fio.

Então era sempre de madrugada, como um lobisomem, que eu saía com a coisa para um passeio decente pela costa. Eu começava no Golden Gate Park, pensando apenas em percorrer algumas longas curvas para esfriar a cabeça... Mas, em questão de minutos, eu estava na praia com o som dos motores nos meus ouvidos, as ondas arrebentando no quebra-mar e uma bela estrada vazia que ia até Santa Cruz... nem sequer um posto de gasolina num trecho de cem quilômetros. A única iluminação pública no caminho é a de uma lanchonete 24 horas perto da praia de Rockaway. Nessas noites não havia capacete, limite de velocidade e nada de pegar leve nas curvas. A sensação de liberdade momentânea do passeio no parque era como o drinque infeliz que faz o alcoólatra hesitante ter uma recaída. Eu saía do parque perto do campo de futebol, fazia uma breve pausa diante da placa de "pare" e me perguntava se conhecia alguma daquelas pessoas que estavam dentro dos carros estacionados na faixa da trepada da meia-noite.

Depois eu colocava a primeira marcha, esquecia os carros e deixava a fera se soltar... 60, 70 km/h... depois a segunda, resmungando para passar pelo sinal da Lincoln Way, sem me preocupar se estava verde ou vermelho, mas apenas atento a algum outro lobisomem maluco que estivesse saindo, devagar demais, para começar sua jornada. Não há muitos... e, com três pistas numa curva ampla, uma moto vindo com tudo tem muito espaço para desviar de quase qualquer coisa... depois a terceira, a marcha da potência, chegando a 120 km/h e ao começo dos gritos estridentes do vento no ouvido, uma pressão no globo ocular como um mergulho na água de um trampolim bem alto.

Inclinado para a frente, sentado na parte de trás do banco e segurando firme o guidão quando a moto começa a tremer e sacudir no vento. Luzes traseiras muito distantes se aproximam rápido e, de repente – zaaapppp –, passo e inclino a moto numa curva perto do jardim zoológico, onde a estrada abre para o mar.

As dunas são mais planas aqui e, nos dias em que venta muito, a areia atravessa a rodovia, aglomerando-se em depósitos espessos tão fatais quanto qualquer óleo na pista... perda de controle instantânea, uma batida, derrapagem e capotagem, e talvez uma daquelas notinhas de cinco centímetros no jornal do dia seguinte: "Um motociclista não identificado morreu ontem à noite por não conseguir transpor uma curva na Highway I".

É verdade... mas dessa vez não havia areia, então o pedal vai para cima, para a quarta, e agora não se ouve nenhum som a não ser o do vento. Todo esticado, tateando o guidão para elevar o feixe do farol, o ponteiro encosta no 160, e os globos oculares ardentes lutam para enxergar o centro da pista mesmo com a pressão do vento. É preciso deixar uma margem para os reflexos.

Mas com o acelerador no máximo a margem é muito pouca, e não existe nenhuma possibilidade de erro. Tudo tem que ser feito certo... e é aí que a música estranha começa, quando você abusa tanto da sorte que o medo se transforma em alegria e vibra pelos seus braços. A 160 km/h, mal dá para enxergar, as lágrimas são jogadas para trás tão rápido que evaporam antes de chegarem às orelhas. Os únicos sons são o do vento e um zunido surdo que vem dos amortecedores. Você vê a linha branca e tenta virar junto com ela... urrando numa curva para a direita, depois para a esquerda e na longa descida para Pacifica... menos intenso agora, atento para a presença da polícia, mas só até o próximo trecho escuro e mais alguns segundos no limite... O Limite... Não existe nenhuma forma genuína de explicá-lo porque as únicas pessoas que realmente sabem onde ele está são aquelas que o ultrapassaram. As outras – as vivas – são as que forçaram seu controle até onde sentiram que podiam aguentar, e depois recuaram, ou reduziram a velocidade, ou fizeram o que quer que tinham que fazer quando chegou o momento de escolher entre o Agora e o Depois.

Mas o limite ainda está Lá. Ou talvez Aqui. A associação que se faz entre motocicletas e LSD não é um acidente de publicidade. Os dois são meios para se chegar a um fim, ao lugar das definições.

Posfácio

No Dia do Trabalho de 1966, abusei um pouco da sorte e apanhei feio de quatro ou cinco Angels que pareciam achar que eu estava me aproveitando deles. Um desentendimento sem muita importância se tornou muito sério de repente.

Nenhum dos que me espancaram pertenciam ao grupo que eu considerava meus amigos – mas eram Angels, e isso foi o suficiente para fazer com que muitos dos outros participassem depois que um dos companheiros se aborreceu comigo. O primeiro soco foi dado sem nenhum aviso e, por um momento, achei que se tratasse apenas de um daqueles acidentes de bêbados com os quais se tem que conviver nesses ambientes. Mas, em segundos, eu fui derrubado por trás com um taco pelo Angel com o qual eu estivera conversando minutos antes. Em seguida, fui atropelado por uma pancadaria geral. Quando caí, eu vi Tiny de relance, parado à margem da ação. Era o único rosto familiar que eu conseguia ver... e, se existe alguém que um não Angel não quer ver entre os seus agressores, essa pessoa é Tiny. Eu gritei para ele, pedindo socorro, mas mais por desespero do que por esperança.

No entanto, foi Tiny quem me puxou para me tirar da roda de espancamento antes que os outros conseguissem fraturar meu crânio ou estourar minha virilha. Mesmo quando as botas pesadas estavam batendo nas minhas costelas e fazendo a minha cabeça sacudir para a frente e para trás, eu consegui ouvir Tiny em algum lugar acima de mim dizendo: "Tá bom, tá bom, já deu". Suponho que ele tenha me ajudado mais do que pude perceber, mas eu já estaria devendo a ele um grande favor por um único fato, por ter impedido que um dos fora da lei atirasse uma pedra enorme na minha cabeça. Eu pude ver o animal cruel tentando me acertar com a pedra erguida acima da cabeça com as suas mãos de Godzilla. Tiny teve piedade e o tirou do raio de ação... e depois, durante uma calmaria na hora dos chutes, ele me puxou para que eu ficasse de pé e me fez correr na direção da estrada.

Ninguém me seguiu. O ataque acabou tão bruscamente quanto havia começado. Não houve nenhum prosseguimento verbal, nem naquele dia nem depois. E eu não esperava isso, assim como não esperaria que um bando de tubarões explicasse sua fúria para se alimentar.

Entrei no meu carro e saí a toda velocidade, cuspindo sangue no painel num ziguezague entre as duas pistas da rodovia no meio da madrugada, até o meu olho que não estava machucado entrar em foco. Eu não tinha ido muito longe quando percebi que Magoo estava dormindo no banco de trás. Parei no acostamento e o acordei. Ele levou um susto ao ver o meu rosto ensanguentado. "Meu Deus!", ele murmurou. "Quem está atrás da gente? Você devia ter me acordado!"

"Deixa pra lá", eu disse. "É melhor você descer. Estou indo embora." Ele concordou, pasmo, e saiu para encarar o inimigo. Eu o deixei nos cascalhos no lado da estrada.

Minha próxima parada foi o hospital em Santa Rosa, a quase oitenta quilômetros do acampamento dos Angels. A sala de espera do pronto-socorro estava cheia de Gipsy Jokers. O caso mais grave era um maxilar quebrado, resultado de um conflito naquela noite contra um Hell's Angel que tinha um cano nas mãos.

Os Jokers me disseram que estavam seguindo para o norte para acabar com os Angels. "Vai ser um massacre", disse um deles.

Concordei e desejei boa sorte. Eu não queria participar daquilo, nem se tivesse uma espingarda. Eu estava cansado, inchado e arrasado. Parecia que o meu rosto tinha sido forçado contra os raios de uma Harley a alta velocidade, e a única coisa que me mantinha acordado eram os espasmos da dor de uma costela quebrada.

A viagem tinha sido ruim... rápida e violenta em alguns momentos, lenta e repugnante em outros, mas no geral parecia uma overdose. No caminho de volta a São Francisco, tentei compor um epitáfio apropriado. Eu queria algo original, mas não tinha como fugir do eco das palavras finais que sr. Kurtz proferiu do coração das trevas: "O horror! O horror!... Exterminem todos os brutos!".

O AUTOR GOSTARIA DE AGRADECER AOS QUE SE SEGUEM PELA PERMISSÃO DA CÓPIA DE MATERIAL:

The World of Sex, Henry Miller, Copyright © 1959 by Henry Miller; Copyright © 1965 by Grove Press, Inc. Usado sob permissão de Grove Press, Inc.

California: The Wild Ones. Copyright © 1965, Newsweek, Inc. Usado sob permissão de Newsweek, Inc.

The Wild Ones. Reimpresso sob permissão de *Time* The Weekly Newsmagazine; © Time Inc. 1965.

They Came, They Saw, They Did not Conquer, William R. Rodgers. Copyright © 1963

The Farm Tribune. Usado sob permissão de *The Farm Tribune*.

À sra. Pat Whitright pela sua carta na página 46.

California Takes Steps to Curb Terrorism of Ruffian Cyclists. © 1966 by the New York Times Company. Reimpresso sob permissão.

The Bowery Granediers, letra e música de John Allison. © Copyright 1948, 1957 Hollis Music, Inc. New York, NY. Usado sob permissão.

Black Denim Trousers and Motorcycle Boots, Jerry Leiber e Mike Stoller. Copyright © 1955 por Quintet Music, Inc. Usado sob permissão.

The Hell's Angels Scandals – Black Boots, Booze, and Highway Broads, Birney Jarvis. Copyright © 1965 por *Male* Magazine. Usado sob permissão de Male Publishing Corporation.

A World of Our Own. Copyright © 1965 por Springfield Music, Ltd. Chappel & Co., Inc., dono dos direitos de publicação e de uso para o Hemisfério Ocidental.

Do-Re-Mi, letra e música de Woody Guthrie. Copyright © 1961, 1963, Ludlow Music, Inc., New York, NY. Usada sob permissão.

Hell's Angels: How They Live and Think by *Jerry Cohen*. Copyright © 1965, The Times Mirror Company. Usada sob permissão de *The Los Angeles Times*.

"To the Angels", Allen Ginsberg. Copyright © 1966 *Liberation*. Usada sob permissão de Allen Ginsberg.

Ao sr. Ralph Barger por seu telegrama na página 315.

Coleção **L&PM** POCKET (LANÇAMENTOS MAIS RECENTES)

413.**De ratos e homens** – John Steinbeck
414.**Lazarilho de Tormes** – Anônimo do séc. XVI
415.**Triângulo das águas** – Caio Fernando Abreu
416.**100 receitas de carnes** – Sílvio Lancellotti
417.**Histórias de robôs:** vol. 1 – org. Isaac Asimov
418.**Histórias de robôs:** vol. 2 – org. Isaac Asimov
419.**Histórias de robôs:** vol. 3 – org. Isaac Asimov
420.**O país dos centauros** – Tabajara Ruas
421.**A república de Anita** – Tabajara Ruas
422.**A carga dos lanceiros** – Tabajara Ruas
423.**Um amigo de Kafka** – Isaac Singer
424.**As alegres matronas de Windsor** – Shakespeare
425.**Amor e exílio** – Isaac Bashevis Singer
426.**Use & abuse do seu signo** – Marília Fiorillo e Marylou Simonsen
427.**Pigmaleão** – Bernard Shaw
428.**As fenícias** – Eurípides
429.**Everest** – Thomaz Brandolin
430.**A arte de furtar** – Anônimo do séc. XVI
431.**Billy Bud** – Herman Melville
432.**A rosa separada** – Pablo Neruda
433.**Elegia** – Pablo Neruda
434.**A garota de Cassidy** – David Goodis
435.**Como fazer a guerra: máximas de Napoleão** – Balzac
436.**Poemas escolhidos** – Emily Dickinson
437.**Gracias por el fuego** – Mario Benedetti
438.**O sofá** – Crébillon Fils
439.**O "Martín Fierro"** – Jorge Luis Borges
440.**Trabalhos de amor perdidos** – W. Shakespeare
441.**O melhor de Hagar 3** – Dik Browne
442.**Os Maias (volume1)** – Eça de Queiroz
443.**Os Maias (volume2)** – Eça de Queiroz
444.**Anti-Justine** – Restif de La Bretonne
445.**Juventude** – Joseph Conrad
446.**Contos** – Eça de Queiroz
447.**Janela para a morte** – Raymond Chandler
448.**Um amor de Swann** – Marcel Proust
449.**À paz perpétua** – Immanuel Kant
450.**A conquista do México** – Hernan Cortez
451.**Defeitos escolhidos e 2000** – Pablo Neruda
452.**O casamento do céu e do inferno** – William Blake
453.**A primeira viagem ao redor do mundo** – Antonio Pigafetta
454(14).**Uma sombra na janela** – Simenon
455(15).**A noite da encruzilhada** – Simenon
456(16).**A velha senhora** – Simenon
457.**Sartre** – Annie Cohen-Solal
458.**Discurso do método** – René Descartes
459.**Garfield em grande forma (1)** – Jim Davis
460.**Garfield está de dieta** (2) – Jim Davis
461.**O livro das feras** – Patricia Highsmith
462.**Viajante solitário** – Jack Kerouac
463.**Auto da barca do inferno** – Gil Vicente
464.**O livro vermelho dos pensamentos de Millôr** – Millôr Fernandes
465.**O livro dos abraços** – Eduardo Galeano
466.**Voltaremos!** – José Antonio Pinheiro Machado
467.**Rango** – Edgar Vasques
468(8).**Dieta mediterrânea** – Dr. Fernando Lucchese e José Antonio Pinheiro Machado
469.**Radicci 5** – Iotti
470.**Pequenos pássaros** – Anaïs Nin
471.**Guia prático do Português correto – vol.3** – Cláudio Moreno
472.**Atire no pianista** – David Goodis
473.**Antologia Poética** – García Lorca
474.**Alexandre e César** – Plutarco
475.**Uma espiã na casa do amor** – Anaïs Nin
476.**A gorda do Tiki Bar** – Dalton Trevisan
477.**Garfield um gato de peso (3)** – Jim Davis
478.**Canibais** – David Coimbra
479.**A arte de escrever** – Arthur Schopenhauer
480.**Pinóquio** – Carlo Collodi
481.**Misto-quente** – Bukowski
482.**A lua na sarjeta** – David Goodis
483.**O melhor do Recruta Zero (1)** – Mort Walker
484.**Aline: TPM – tensão pré-monstrual (2)** – Adão Iturrusgarai
485.**Sermões do Padre Antonio Vieira**
486.**Garfield numa boa (4)** – Jim Davis
487.**Mensagem** – Fernando Pessoa
488.**Vendeta** *seguido de* **A paz conjugal** – Balzac
489.**Poemas de Alberto Caeiro** – Fernando Pessoa
490.**Ferragus** – Honoré de Balzac
491.**A duquesa de Langeais** – Honoré de Balzac
492.**A menina dos olhos de ouro** – Honoré de Balzac
493.**O lírio do vale** – Honoré de Balzac
494(17).**A barcaça da morte** – Simenon
495(18).**As testemunhas rebeldes** – Simenon
496(19).**Um engano de Maigret** – Simenon
497(1).**A noite das bruxas** – Agatha Christie
498(2).**Um passe de mágica** – Agatha Christie
499(3).**Nêmesis** – Agatha Christie
500.**Esboço para uma teoria das emoções** – Sartre
501.**Renda básica de cidadania** – Eduardo Suplicy
502(1).**Pílulas para viver melhor** – Dr. Lucchese
503(2).**Pílulas para prolongar a juventude** – Dr. Lucchese
504(3).**Desembarcando o diabetes** – Dr. Lucchese
505(4).**Desembarcando o sedentarismo** – Dr. Fernando Lucchese e Cláudio Castro
506(5).**Desembarcando a hipertensão** – Dr. Lucchese
507(6).**Desembarcando o colesterol** – Dr. Fernando Lucchese e Fernanda Lucchese
508.**Estudos de mulher** – Balzac
509.**O terceiro tira** – Flann O'Brien
510.**100 receitas de aves e ovos** – J. A. P. Machado
511.**Garfield em toneladas de diversão** (5) – Jim Davis
512.**Trem-bala** – Martha Medeiros
513.**Os cães ladram** – Truman Capote
514.**O Kama Sutra de Vatsyayana**
515.**O crime do Padre Amaro** – Eça de Queiroz
516.**Odes de Ricardo Reis** – Fernando Pessoa
517.**O inverno da nossa desesperança** – Steinbeck
518.**Piratas do Tietê (1)** – Laerte
519.**Rê Bordosa: do começo ao fim** – Angeli

520.**O Harlem é escuro** – Chester Himes
521.**Café-da-manhã dos campeões** – Kurt Vonnegut
522.**Eugénie Grandet** – Balzac
523.**O último magnata** – F. Scott Fitzgerald
524.**Carol** – Patricia Highsmith
525.**100 receitas de patisseria** – Sílvio Lancellotti
526.**O fator humano** – Graham Greene
527.**Tristessa** – Jack Kerouac
528.**O diamante do tamanho do Ritz** – Scott Fitzgerald
529.**As melhores histórias de Sherlock Holmes** – Arthur Conan Doyle
530.**Cartas a um jovem poeta** – Rilke
531(20).**Memórias de Maigret** – Simenon
532(4).**O misterioso sr. Quin** – Agatha Christie
533.**Os analectos** – Confúcio
534(21).**Maigret e os homens de bem** – Simenon
535(22).**O medo de Maigret** – Simenon
536.**Ascensão e queda de César Birotteau** – Balzac
537.**Sexta-feira negra** – David Goodis
538.**Ora bolas – O humor de Mario Quintana** – Juarez Fonseca
539.**Longe daqui aqui mesmo** – Antonio Bivar
540(5).**É fácil matar** – Agatha Christie
541.**O pai Goriot** – Balzac
542.**Brasil, um país do futuro** – Stefan Zweig
543.**O processo** – Kafka
544.**O melhor de Hagar 4** – Dik Browne
545(6).**Por que não pediram a Evans?** – Agatha Christie
546.**Fanny Hill** – John Cleland
547.**O gato por dentro** – William S. Burroughs
548.**Sobre a brevidade da vida** – Sêneca
549.**Geraldão (1)** – Glauco
550.**Piratas do Tietê (2)** – Laerte
551.**Pagando o pato** – Ciça
552.**Garfield de bom humor (6)** – Jim Davis
553.**Conhece o Mário?** vol.1 – Santiago
554.**Radicci 6** – Iotti
555.**Os subterrâneos** – Jack Kerouac
556(1).**Balzac** – François Taillandier
557(2).**Modigliani** – Christian Parisot
558(3).**Kafka** – Gérard-Georges Lemaire
559(4).**Júlio César** – Joël Schmidt
560.**Receitas da família** – J. A. Pinheiro Machado
561.**Boas maneiras à mesa** – Celia Ribeiro
562(9).**Filhos sadios, pais felizes** – R. Pagnoncelli
563(10).**Fatos & mitos** – Dr. Fernando Lucchese
564.**Ménage à trois** – Paula Taitelbaum
565.**Mulheres!** – David Coimbra
566.**Poemas de Álvaro de Campos** – Fernando Pessoa
567.**Medo e outras histórias** – Stefan Zweig
568.**Snoopy e sua turma (1)** – Schulz
569.**Piadas para sempre (1)** – Visconde da Casa Verde
570.**O alvo móvel** – Ross Macdonald
571.**O melhor do Recruta Zero (2)** – Mort Walker
572.**Um sonho americano** – Norman Mailer
573.**Os broncos também amam** – Angeli
574.**Crônica de um amor louco** – Bukowski
575(5).**Freud** – René Major e Chantal Talagrand
576(6).**Picasso** – Gilles Plazy
577(7).**Gandhi** – Christine Jordis
578.**A tumba** – H. P. Lovecraft
579.**O príncipe e o mendigo** – Mark Twain
580.**Garfield, um charme de gato (7)** – Jim Davis
581.**Ilusões perdidas** – Balzac
582.**Esplendores e misérias das cortesãs** – Balzac
583.**Walter Ego** – Angeli
584.**Striptiras (1)** – Laerte
585.**Fagundes: um puxa-saco de mão cheia** – Laerte
586.**Depois do último trem** – Josué Guimarães
587.**Ricardo III** – Shakespeare
588.**Dona Anja** – Josué Guimarães
589.**24 horas na vida de uma mulher** – Stefan Zweig
590.**O terceiro homem** – Graham Greene
591.**Mulher no escuro** – Dashiell Hammett
592.**No que acredito** – Bertrand Russell
593.**Odisséia (1): Telemaquia** – Homero
594.**O cavalo cego** – Josué Guimarães
595.**Henrique V** – Shakespeare
596.**Fabulário geral do delírio cotidiano** – Bukowski
597.**Tiros na noite 1: A mulher do bandido** – Dashiell Hammett
598.**Snoopy em Feliz Dia dos Namorados! (2)** – Schulz
599.**Mas não se matam cavalos?** – Horace McCoy
600.**Crime e castigo** – Dostoiévski
601(7).**Mistério no Caribe** – Agatha Christie
602.**Odisséia (2): Regresso** – Homero
603.**Piadas para sempre (2)** – Visconde da Casa Verde
604.**À sombra do vulcão** – Malcolm Lowry
605(8).**Kerouac** – Yves Buin
606.**E agora são cinzas** – Angeli
607.**As mil e uma noites** – Paulo Caruso
608.**Um assassino entre nós** – Ruth Rendell
609.**Crack-up** – F. Scott Fitzgerald
610.**Do amor** – Stendhal
611.**Cartas do Yage** – William Burroughs e Allen Ginsberg
612.**Striptiras (2)** – Laerte
613.**Henry & June** – Anaïs Nin
614.**A piscina mortal** – Ross Macdonald
615.**Geraldão (2)** – Glauco
616.**Tempo de delicadeza** – A. R. de Sant'Anna
617.**Tiros na noite 2: Medo de tiro** – Dashiell Hammett
618.**Snoopy em Assim é a vida, Charlie Brown! (3)** – Schulz
619.**1954 – Um tiro no coração** – Hélio Silva
620.**Sobre a inspiração poética (Íon)** e ... – Platão
621.**Garfield e seus amigos (8)** – Jim Davis
622.**Odisséia (3): Ítaca** – Homero
623.**A louca matança** – Chester Himes
624.**Factótum** – Bukowski
625.**Guerra e Paz: volume 1** – Tolstói
626.**Guerra e Paz: volume 2** – Tolstói
627.**Guerra e Paz: volume 3** – Tolstói
628.**Guerra e Paz: volume 4** – Tolstói
629(9).**Shakespeare** – Claude Mourthé
630.**Bem está o que bem acaba** – Shakespeare
631.**O contrato social** – Rousseau

632.**Geração Beat** – Jack Kerouac
633.**Snoopy: É Natal! (4)** – Charles Schulz
634(8).**Testemunha da acusação** – Agatha Christie
635.**Um elefante no caos** – Millôr Fernandes
636.**Guia de leitura (100 autores que você precisa ler)** – Organização de Léa Masina
637.**Pistoleiros também mandam flores** – David Coimbra
638.**O prazer das palavras** – vol. 1 – Cláudio Moreno
639.**O prazer das palavras** – vol. 2 – Cláudio Moreno
640.**Novíssimo testamento: com Deus e o diabo, a dupla da criação** – Iotti
641.**Literatura Brasileira: modos de usar** – Luís Augusto Fischer
642.**Dicionário de Porto-Alegrês** – Luís A. Fischer
643.**Clô Dias & Noites** – Sérgio Jockymann
644.**Memorial de Isla Negra** – Pablo Neruda
645.**Um homem extraordinário e outras histórias** – Tchékhov
646.**Ana sem terra** – Alcy Cheuiche
647.**Adultérios** – Woody Allen
648.**Para sempre ou nunca mais** – R. Chandler
649.**Nosso homem em Havana** – Graham Greene
650.**Dicionário Caldas Aulete de Bolso**
651.**Snoopy: Posso fazer uma pergunta, professora? (5)** – Charles Schulz
652(10).**Luís XVI** – Bernard Vincent
653.**O mercador de Veneza** – Shakespeare
654.**Cancioneiro** – Fernando Pessoa
655.**Non-Stop** – Martha Medeiros
656.**Carpinteiros, levantem bem alto a cumeeira & Seymour, uma apresentação** – J.D.Salinger
657.**Ensaios céticos** – Bertrand Russell
658.**O melhor de Hagar 5** – Dik e Chris Browne
659.**Primeiro amor** – Ivan Turguêniev
660.**A trégua** – Mario Benedetti
661.**Um parque de diversões da cabeça** – Lawrence Ferlinghetti
662.**Aprendendo a viver** – Sêneca
663.**Garfield, um gato em apuros (9)** – Jim Davis
664.**Dilbert 1** – Scott Adams
665.**Dicionário de dificuldades** – Domingos Paschoal Cegalla
666.**A imaginação** – Jean-Paul Sartre
667.**O ladrão e os cães** – Naguib Mahfuz
668.**Gramática do português contemporâneo** – Celso Cunha
669.**A volta do parafuso** *seguido de* **Daisy Miller** – Henry James
670.**Notas do subsolo** – Dostoiévski
671.**Abobrinhas da Brasilônia** – Glauco
672.**Geraldão (3)** – Glauco
673.**Piadas para sempre (3)** – Visconde da Casa Verde
674.**Duas viagens ao Brasil** – Hans Staden
675.**Bandeira de bolso** – Manuel Bandeira
676.**A arte da guerra** – Maquiavel
677.**Além do bem e do mal** – Nietzsche
678.**O coronel Chabert** *seguido de* **A mulher abandonada** – Balzac
679.**O sorriso de marfim** – Ross Macdonald
680.**100 receitas de pescados** – Sílvio Lancellotti
681.**O juiz e seu carrasco** – Friedrich Dürrenmatt
682.**Noites brancas** – Dostoiévski
683.**Quadras ao gosto popular** – Fernando Pessoa
684.**Romanceiro da Inconfidência** – Cecília Meireles
685.**Kaos** – Millôr Fernandes
686.**A pele de onagro** – Balzac
687.**As ligações perigosas** – Choderlos de Laclos
688.**Dicionário de matemática** – Luiz Fernandes Cardoso
689.**Os Lusíadas** – Luís Vaz de Camões
690(11).**Átila** – Éric Deschodt
691.**Um jeito tranqüilo de matar** – Chester Himes
692.**A felicidade conjugal** *seguido de* **O diabo** – Tolstói
693.**Viagem de um naturalista ao redor do mundo** – vol. 1 – Charles Darwin
694.**Viagem de um naturalista ao redor do mundo** – vol. 2 – Charles Darwin
695.**Memórias da casa dos mortos** – Dostoiévski
696.**A Celestina** – Fernando de Rojas
697.**Snoopy: Como você é azarado, Charlie Brown! (6)** – Charles Schulz
698.**Dez (quase) amores** – Claudia Tajes
699(9).**Poirot sempre espera** – Agatha Christie
700.**Cecília de bolso** – Cecília Meireles
701.**Apologia de Sócrates** *precedido de* **Êutifron** e *seguido de* **Críton** – Platão
702.**Wood & Stock** – Angeli
703.**Striptiras (3)** – Laerte
704.**Discurso sobre a origem e os fundamentos da desigualdade entre os homens** – Rousseau
705.**Os duelistas** – Joseph Conrad
706.**Dilbert (2)** – Scott Adams
707.**Viver e escrever** (vol. 1) – Edla van Steen
708.**Viver e escrever** (vol. 2) – Edla van Steen
709.**Viver e escrever** (vol. 3) – Edla van Steen
710(10).**A teia da aranha** – Agatha Christie
711.**O banquete** – Platão
712.**Os belos e malditos** – F. Scott Fitzgerald
713.**Libelo contra a arte moderna** – Salvador Dalí
714.**Akropolis** – Valerio Massimo Manfredi
715.**Devoradores de mortos** – Michael Crichton
716.**Sob o sol da Toscana** – Frances Mayes
717.**Batom na cueca** – Nani
718.**Vida dura** – Claudia Tajes
719.**Carne trêmula** – Ruth Rendell
720.**Cris, a fera** – David Coimbra
721.**O anticristo** – Nietzsche
722.**Como um romance** – Daniel Pennac
723.**Emboscada no Forte Bragg** – Tom Wolfe
724.**Assédio sexual** – Michael Crichton
725.**O espírito do Zen** – Alan W. Watts
726.**Um bonde chamado desejo** – Tennessee Williams
727.**Como gostais** *seguido de* **Conto de inverno** – Shakespeare
728.**Tratado sobre a tolerância** – Voltaire
729.**Snoopy: Doces ou travessuras? (7)** – Charles Schulz
730.**Cardápios do Anonymus Gourmet** – J.A. Pinheiro Machado
731.**100 receitas com lata** – J.A. Pinheiro Machado
732.**Conhece o Mário?** vol.2 – Santiago
733.**Dilbert (3)** – Scott Adams

734.**História de um louco amor** *seguido de* **Passado amor** – Horacio Quiroga
735(11).**Sexo: muito prazer** – Laura Meyer da Silva
736(12).**Para entender o adolescente** – Dr. Ronald Pagnoncelli
737(13).**Desembarcando a tristeza** – Dr. Fernando Lucchese
738.**Poirot e o mistério da arca espanhola & outras histórias** – Agatha Christie
739.**A última legião** – Valerio Massimo Manfredi
740.**As virgens suicidas** – Jeffrey Eugenides
741.**Sol nascente** – Michael Crichton
742.**Duzentos ladrões** – Dalton Trevisan
743.**Os devaneios do caminhante solitário** – Rousseau
744.**Garfield, o rei da preguiça (10)** – Jim Davis
745.**Os magnatas** – Charles R. Morris
746.**Pulp** – Charles Bukowski
747.**Enquanto agonizo** – William Faulkner
748.**Aline: viciada em sexo (3)** – Adão Iturrusgarai
749.**A dama do cachorrinho** – Anton Tchékhov
750.**Tito Andrônico** – Shakespeare
751.**Antologia poética** – Anna Akhmátova
752.**O melhor de Hagar 6** – Dik e Chris Browne
753(12).**Michelangelo** – Nadine Sautel
754.**Dilbert (4)** – Scott Adams
755.**O jardim das cerejeiras** *seguido de* **Tio Vânia** – Tchékhov
756.**Geração Beat** – Claudio Willer
757.**Santos Dumont** – Alcy Cheuiche
758.**Budismo** – Claude B. Levenson
759.**Cleópatra** – Christian-Georges Schwentzel
760.**Revolução Francesa** – Frédéric Bluche, Stéphane Rials e Jean Tulard
761.**A crise de 1929** – Bernard Gazier
762.**Sigmund Freud** – Edson Sousa e Paulo Endo
763.**Império Romano** – Patrick Le Roux
764.**Cruzadas** – Cécile Morrisson
765.**O mistério do Trem Azul** – Agatha Christie
766.**Os escrúpulos de Maigret** – Simenon
767.**Maigret se diverte** – Simenon
768.**Senso comum** – Thomas Paine
769.**O parque dos dinossauros** – Michael Crichton
770.**Trilogia da paixão** – Goethe
771.**A simples arte de matar** (vol.1) – R. Chandler
772.**A simples arte de matar** (vol.2) – R. Chandler
773.**Snoopy: No mundo da lua! (8)** – Charles Schulz
774.**Os Quatro Grandes** – Agatha Christie
775.**Um brinde de cianureto** – Agatha Christie
776.**Súplicas atendidas** – Truman Capote
777.**Ainda restam aveleiras** – Simenon
778.**Maigret e o ladrão preguiçoso** – Simenon
779.**A viúva imortal** – Millôr Fernandes
780.**Cabala** – Roland Goetschel
781.**Capitalismo** – Claude Jessua
782.**Mitologia grega** – Pierre Grimal
783.**Economia: 100 palavras-chave** – Jean-Paul Betbèze
784.**Marxismo** – Henri Lefebvre
785.**Punição para a inocência** – Agatha Christie
786.**A extravagância do morto** – Agatha Christie
787(13).**Cézanne** – Bernard Fauconnier
788.**A identidade Bourne** – Robert Ludlum
789.**Da tranquilidade da alma** – Sêneca
790.**Um artista da fome** *seguido de* **Na colônia penal e outras histórias** – Kafka
791.**Histórias de fantasmas** – Charles Dickens
792.**A louca de Maigret** – Simenon
793.**O amigo de infância de Maigret** – Simenon
794.**O revólver de Maigret** – Simenon
795.**A fuga do sr. Monde** – Simenon
796.**O Uraguai** – Basílio da Gama
797.**A mão misteriosa** – Agatha Christie
798.**Testemunha ocular do crime** – Agatha Christie
799.**Crepúsculo dos ídolos** – Friedrich Nietzsche
800.**Maigret e o negociante de vinhos** – Simemon
801.**Maigret e o mendigo** – Simenon
802.**O grande golpe** – Dashiell Hammett
803.**Humor barra pesada** – Nani
804.**Vinho** – Jean-François Gautier
805.**Egito Antigo** – Sophie Desplancques
806(14).**Baudelaire** – Jean-Baptiste Baronian
807.**Caminho da sabedoria, caminho da paz** – Dalai Lama e Felizitas von Schönborn
808.**Senhor e servo e outras histórias** – Tolstói
809.**Os cadernos de Malte Laurids Brigge** – Rilke
810.**Dilbert (5)** – Scott Adams
811.**Big Sur** – Jack Kerouac
812.**Seguindo a correnteza** – Agatha Christie
813.**O álibi** – Sandra Brown
814.**Montanha-russa** – Martha Medeiros
815.**Coisas da vida** – Martha Medeiros
816.**A cantada infalível** *seguido de* **A mulher do centroavante** – David Coimbra
817.**Maigret e os crimes do cais** – Simenon
818.**Sinal vermelho** – Simenon
819.**Snoopy: Pausa para a soneca (9)** – Charles Schulz
820.**De pernas pro ar** – Eduardo Galeano
821.**Tragédias gregas** – Pascal Thiercy
822.**Existencialismo** – Jacques Colette
823.**Nietzsche** – Jean Granier
824.**Amar ou depender?** – Walter Riso
825.**Darmapada: A doutrina budista em versos**
826.**J'Accuse...! – a verdade em marcha** – Zola
827.**Os crimes ABC** – Agatha Christie
828.**Um gato entre os pombos** – Agatha Christie
829.**Maigret e o sumiço do sr. Charles** – Simenon
830.**Maigret e a morte do jogador** – Simenon
831.**Dicionário de teatro** – Luiz Paulo Vasconcellos
832.**Cartas extraviadas** – Martha Medeiros
833.**A longa viagem de prazer** – J. J. Morosoli
834.**Receitas fáceis** – J. A. Pinheiro Machado
835.(14).**Mais fatos & mitos** – Dr. Fernando Lucchese
836.(15).**Boa viagem!** – Dr. Fernando Lucchese
837.**Aline: Finalmente nua!!!** (4) – Adão Iturrusgarai
838.**Mônica tem uma novidade!** – Mauricio de Sousa
839.**Cebolinha em apuros!** – Mauricio de Sousa
840.**Sócios no crime** – Agatha Christie
841.**Bocas do tempo** – Eduardo Galeano
842.**Orgulho e preconceito** – Jane Austen
843.**Impressionismo** – Dominique Lobstein
844.**Escrita chinesa** – Viviane Alleton
845.**Paris: uma história** – Yvan Combeau
846(15).**Van Gogh** – David Haziot
847.**Maigret e o corpo sem cabeça** – Simenon
848.**Portal do destino** – Agatha Christie

849.**O futuro de uma ilusão** – Freud
850.**O mal-estar na cultura** – Freud
851.**Maigret e o matador** – Simenon
852.**Maigret e o fantasma** – Simenon
853.**Um crime adormecido** – Agatha Christie
854.**Satori em Paris** – Jack Kerouac
855.**Medo e delírio em Las Vegas** – Hunter Thompson
856.**Um negócio fracassado e outros contos de humor** – Tchékhov
857.**Mônica está de férias!** – Mauricio de Sousa
858.**De quem é esse coelho?** – Mauricio de Sousa
859.**O burgomestre de Furnes** – Simenon
860.**O mistério Sittaford** – Agatha Christie
861.**Manhã transfigurada** – Luiz Antonio de Assis Brasil
862.**Alexandre, o Grande** – Pierre Briant
863.**Jesus** – Charles Perrot
864.**Islã** – Paul Balta
865.**Guerra da Secessão** – Farid Ameur
866.**Um rio que vem da Grécia** – Cláudio Moreno
867.**Maigret e os colegas americanos** – Simenon
868.**Assassinato na casa do pastor** – Agatha Christie
869.**Manual do líder** – Napoleão Bonaparte
870(16).**Billie Holiday** – Sylvia Fol
871.**Bidu arrasando!** – Mauricio de Sousa
872.**Desventuras em família** – Mauricio de Sousa
873.**Liberty Bar** – Simenon
874.**E no final a morte** – Agatha Christie
875.**Guia prático do Português correto – vol. 4** – Cláudio Moreno
876.**Dilbert (6)** – Scott Adams
877(17).**Leonardo da Vinci** – Sophie Chauveau
878.**Bella Toscana** – Frances Mayes
879.**A arte da ficção** – David Lodge
880.**Striptiras (4)** – Laerte
881.**Skrotinhos** – Angeli
882.**Depois do funeral** – Agatha Christie
883.**Radicci 7** – Iotti
884.**Walden** – H. D. Thoreau
885.**Lincoln** – Allen C. Guelzo
886.**Primeira Guerra Mundial** – Michael Howard
887.**A linha de sombra** – Joseph Conrad
888.**O amor é um cão dos diabos** – Bukowski
889.**Maigret sai em viagem** – Simenon
890.**Despertar: uma vida de Buda** – Jack Kerouac
891(18).**Albert Einstein** – Laurent Seksik
892.**Hell's Angels** – Hunter Thompson
893.**Ausência na primavera** – Agatha Christie
894.**Dilbert (7)** – Scott Adams
895.**Ao sul de lugar nenhum** – Bukowski
896.**Maquiavel** – Quentin Skinner
897.**Sócrates** – C.C.W. Taylor
898.**A casa do canal** – Simenon
899.**O Natal de Poirot** – Agatha Christie
900.**As veias abertas da América Latina** – Eduardo Galeano
901.**Snoopy: Sempre alerta! (10)** – Charles Schulz
902.**Chico Bento: Plantando confusão** – Mauricio de Sousa
903.**Penadinho: Quem é morto sempre aparece** – Mauricio de Sousa
904.**A vida sexual da mulher feia** – Claudia Tajes
905.**100 segredos de liquidificador** – José Antonio Pinheiro Machado
906.**Sexo muito prazer 2** – Laura Meyer da Silva
907.**Os nascimentos** – Eduardo Galeano
908.**As caras e as máscaras** – Eduardo Galeano
909.**O século do vento** – Eduardo Galeano
910.**Poirot perde uma cliente** – Agatha Christie
911.**Cérebro** – Michael O'Shea
912.**O escaravelho de ouro e outras histórias** – Edgar Allan Poe
913.**Piadas para sempre (4)** – Visconde da Casa Verde
914.**100 receitas de massas light** – Helena Tonetto
915(19).**Oscar Wilde** – Daniel Salvatore Schiffer
916.**Uma breve história do mundo** – H. G. Wells
917.**A Casa do Penhasco** – Agatha Christie
918.**Maigret e o finado sr. Gallet** – Simenon
919.**John M. Keynes** – Bernard Gazier
920(20).**Virginia Woolf** – Alexandra Lemasson
921.**Peter e Wendy** *seguido de* **Peter Pan em Kensington Gardens** – J. M. Barrie
922.**Aline: numas de colegial (5)** – Adão Iturrusgarai
923.**Uma dose mortal** – Agatha Christie
924.**Os trabalhos de Hércules** – Agatha Christie
925.**Maigret na escola** – Simenon
926.**Kant** – Roger Scruton
927.**A inocência do Padre Brown** – G.K. Chesterton
928.**Casa Velha** – Machado de Assis
929.**Marcas de nascença** – Nancy Huston
930.**Aulete de bolso**
931.**Hora Zero** – Agatha Christie
932.**Morte na Mesopotâmia** – Agatha Christie
933.**Um crime na Holanda** – Simenon
934.**Nem te conto, João** – Dalton Trevisan
935.**As aventuras de Huckleberry Finn** – Mark Twain
936(21).**Marilyn Monroe** – Anne Plantagenet
937.**China moderna** – Rana Mitter
938.**Dinossauros** – David Norman
939.**Louca por homem** – Claudia Tajes
940.**Amores de alto risco** – Walter Riso
941.**Jogo de damas** – David Coimbra
942.**Filha é filha** – Agatha Christie
943.**M ou N?** – Agatha Christie
944.**Maigret se defende** – Simenon
945.**Bidu: diversão em dobro!** – Mauricio de Sousa
946.**Fogo** – Anaïs Nin
947.**Rum: diário de um jornalista bêbado** – Hunter Thompson
948.**Persuasão** – Jane Austen
949.**Lágrimas na chuva** – Sergio Faraco
950.**Mulheres** – Bukowski
951.**Um pressentimento funesto** – Agatha Christie
952.**Cartas na mesa** – Agatha Christie
953.**Maigret em Vichy** – Simenon
954.**O lobo do mar** – Jack London
955.**Os gatos** – Patricia Highsmith
956.**Jesus** – Christiane Rancé
957.**História da medicina** – William Bynum
958.**O Morro dos Ventos Uivantes** – Emily Brontë
959.**A filosofia na era trágica dos gregos** – Nietzsche
960.**Os treze problemas** – Agatha Christie
961.**A massagista japonesa** – Moacyr Scliar
962.**A taberna dos dois tostões** – Simenon
963.**Humor do miserê** – Nani
964.**Todo o mundo tem dúvida, inclusive você** – Édison Oliveira
965.**A dama do Bar Nevada** – Sergio Faraco

IMPRESSÃO:

GRÁFICA EDITORA Pallotti
IMAGEM DE QUALIDADE

Santa Maria - RS - Fone/Fax: (55) 3220.4500
www.pallotti.com.br